Erin Hunter

WARRIOR CATS

Vision von Schatten

Die Mission des Schülers

WARRIOR CATS

Staffel I

In die Wildnis (Bd. 1)
Feuer und Eis (Bd. 2)
Geheimnis des Waldes (Bd. 3)
Vor dem Sturm (Bd. 4)
Gefährliche Spuren (Bd. 5)
Stunde der Finsternis (Bd. 6)

Staffel II – Die neue Prophezeiung

Mitternacht (Bd. 1)
Mondschein (Bd. 2)
Morgenröte (Bd. 3)
Sternenglanz (Bd. 4)
Dämmerung (Bd. 5)
Sonnenuntergang (Bd. 6)

Staffel III – Die Macht der drei

Der geheime Blick (Bd. 1)
Fluss der Finsternis (Bd. 2)
Verbannt (Bd. 3)
Zeit der Dunkelheit (Bd. 4)
Lange Schatten (Bd. 5)
Sonnenaufgang (Bd. 6)

Staffel IV – Zeichen der Sterne

Der vierte Schüler (Bd. 1)
Fernes Echo (Bd. 2)
Stimmen der Nacht (Bd. 3)
Spur des Mondes (Bd. 4)
Der verschollene Krieger (Bd. 5)
Die letzte Hoffnung (Bd. 6)

Staffel V – Der Ursprung der Clans

Der Sonnenpfad (Bd. 1)
Donnerschlag (Bd. 2)
Der erste Kampf (Bd. 3)
Der Leuchtende Stern (Bd. 4)
Der geteilte Wald (Bd. 5)
Der Sternenpfad (Bd. 6)

Staffel VI – Vision von Schatten

Die Mission des Schülers (Bd. 1)
Donner und Schatten (Bd. 2)
Zerrissene Wolken (Bd. 3)
Dunkelste Nacht (Bd. 4)
Fluss aus Feuer (Bd. 5)
Wütender Sturm (Bd. 6)

Staffel VII – Das gebrochene Gesetz

Verlorene Sterne (Bd. 1)
Eisiges Schweigen (Bd. 2)
Schleier aus Schatten (Bd. 3)
Finsternis im Inneren (Bd. 4)
Ort ohne Sterne (Bd. 5)

Special Adventure

Feuersterns Mission
Das Schicksal des WolkenClans
Blausterns Prophezeiung
Streifensterns Bestimmung
Gelbzahns Geheimnis
Riesensterns Rache
Brombeersterns Aufstieg
Mottenflugs Vision
Habichtschwinges Reise
Tigerherz' Schatten
Krähenfeders Prüfung
Eichhornschweifs Hoffnung

Short Adventure

Wolkensterns Reise
Distelblatts Geschichte
Nebelsterns Omen
Taubenflugs Schicksal
Ahornschattens Vergeltung
Tigerkralles Zorn
Blattsees Wunsch
Die unerzählten Geschichten
Tüpfelbaltts Herz
Rabenpfotes Abschied
Wege zum SchattenClan
Mystische Spuren

Die Welt der Clans

Das Gesetz der Krieger
Die letzten Geheimnisse
Von Helden und Verrätern
Legendäre Kämpfe
Deine Welt der Clans

Alle Abenteuer auch als E-Books bei Beltz & Gelberg
www.warriorcats.de

Erin Hunter

WARRIOR CATS

Vision von Schatten

Die Mission des Schülers

Aus dem Englischen von
Friederike Levin

GULLIVER
von BELTZ & Gelberg

Besonderen Dank an Cherith Baldry

Erin Hunter ist ein Autorinnenteam und inspiriert von der Liebe zu Katzen und der Faszination von der Wildnis. Immer mit dem größten Respekt gegenüber der Natur in all ihren Formen, findet Erin Hunter mystische Erklärungen für das Verhalten der Tiere und erschafft magische Welten.
Das Team ist ebenfalls Autor_in von Bravelands und den Survivor Dogs.

MIX
Papier aus verantwortungsvollen Quellen
FSC www.fsc.org FSC® C089473

Klimaneutral Papier
ClimatePartner.com/13732-1910-1001

Dieses Buch ist erhältlich als:
ISBN 978-3-407-78519-0 Print (Taschenbuch)
ISBN 978-3-407-82190-4 Print (Hardcover)
ISBN 978-3-407-74751-8 E-Book (EPUB)

Die Originalausgabe erschien unter dem Titel *Warriors, A Vision of Shadows, The Apprentice's Quest* bei HarperCollins Children's Books, New York
Übersetzung: Friederike Levin
Lektorat: Susanne Härtel
Neue Rechtschreibung
Einbandgestaltung: © Johannes Wiebel, punchdesign, München
Wort-Bild-Marke: © Hauptmann & Kompanie, München
Landkarte: © Gary Chalk
Druck und Bindung: Beltz Grafische Betriebe, Bad Langensalza
Beltz Grafische Betriebe ist ein klimaneutrales Unternehmen (ID 15985-2104-100).
Printed in Germany
2 3 4 5 6   26 25 24 23 22

Weitere Informationen zu unseren Autor_innen und Titeln finden Sie unter: www.beltz.de

DIE HIERARCHIE DER KATZEN

DONNERCLAN

Anführer	**BROMBEERSTERN** – dunkelbraun getigerter Kater mit bernsteinfarbenen Augen
Zweite Anführerin	**EICHHORNSCHWEIF** – dunkelrote Kätzin mit grünen Augen
Heiler	**BLATTSEE** – hellbraun gestreifte Kätzin mit bernsteinfarbenen Augen und weißen Pfoten **HÄHERFEDER** – grau getigerter, blinder Kater mit blauen Augen
Krieger	(Kater und Kätzinnen ohne Junge) **FARNPELZ** – goldbraun getigerter Kater **WOLKENSCHWEIF** – langhaariger, weißer Kater mit leuchtend blauen Augen **LICHTHERZ** – weiße Kätzin mit goldbraunen Flecken und vernarbtem Gesicht **DORNENKRALLE** – goldbraun getigerter Kater **WEISSFLUG** – weiße Kätzin mit grünen Augen **BIRKENFALL** – hellbraun gestreifter Kater **BEERENNASE** – cremefarbener Kater **MOHNFROST** – schildpattfarbene Kätzin **RUSSHERZ** – grau getigerte Kätzin

LÖWENGLUT – goldgelb getigerter Kater mit bernsteinfarbenen Augen

ROSENBLATT – dunkelcremefarbene Kätzin

WURZELLICHT – dunkelbraune Kätzin

BLUMENFALL – schildpattfarben-weiße Kätzin

HUMMELSTREIF – sehr hellgrauer Kater mit schwarzen Streifen

EFEUSEE – silberweiße Tigerkätzin mit dunkelblauen Augen

TAUBENFLUG – helle, rauchgraue Kätzin mit blauen Augen

KIRSCHFALL – rotbraune Kätzin; Mentorin von **FUNKENPFOTE**

MAULWURFBART – braun- und sandfarbener Kater; Mentor von **ERLENPFOTE**

SCHNEEBUSCH – weißer, flauschiger Kater

BERNSTEINMOND – hellrote Kätzin

DISTELSCHOPF – schwarze Kätzin

RAUCHKLANG – gelb getigerter Kater

AMPFERSTREIF – dunkelbraune Kätzin

Königinnen (Kätzinnen, die Junge erwarten oder aufziehen)

MINKA – Kätzin mit langem, cremefarbenem Fell vom Pferdeort

LILIENHERZ – schildpattfarbene Kätzin mit weißen Flecken; Mutter von **BLATTJUNGES**, **LERCHENJUNGES** und **HONIGJUNGES**

Älteste (ehemalige Krieger und Königinnen, jetzt im Ruhestand)

CHARLY – kräftiger Tigerkater mit grauer Schnauze; ehemaliger Einzelläufer

GRAUSTREIF – langhaariger, grauer Kater

SANDSTURM – kleine, gelbbraune Kätzin mit grünen Augen

MILLIE – silbergrau gestreifte Kätzin

SCHATTENCLAN

Anführer **ESCHENSTERN** – goldbrauner Kater

Zweiter Anführer **KRÄHENFROST** – schwarz-weißer Kater

Heiler **KLEINWOLKE** – sehr kleiner, getigerter Kater

Krieger **BERNSTEINPELZ** – schildpattfarbene Kätzin mit grünen Augen; Mentorin von **NADELPFOTE**

TIGERHERZ – dunkelbraun getigerter Kater; Mentor von **SEIDENPFOTE**

STEINSCHWINGE – weißer Kater; Mentor von **WACHOLDERPFOTE**

STACHELFELL – dunkelbrauner Kater mit abstehendem Fellbüschel auf dem Kopf; Mentor von **SCHAFGARBENPFOTE**

WESPENSCHWEIF – gelb getigerte Kätzin mit grünen Augen; Mentorin von **SCHLAGPFOTE**

Ältester RATTENNARBE – brauner Kater mit langer Narbe am Rücken

WINDCLAN

Anführer KURZSTERN – braun getigerter Kater

Zweiter Anführer HASENSPRUNG – braun-weißer Kater

Heiler FALKENFLUG – grau gescheckter Kater

Krieger KRÄHENFEDER – rauchgrauer, fast schwarzer Kater mit blauen Augen; Mentor von FARNPFOTE

FLUSSCLAN

Anführerin NEBELSTERN – graue Kätzin mit blauen Augen

Zweiter Anführer SCHILFBART – schwarzer Kater

Heilerinnen MOTTENFLÜGEL – schöne, golden gefleckte Kätzin mit bernsteinfarbenen Augen
MAULBEERGLANZ – grau getigerte Kätzin

STREUNER

DUNKELSCHWEIF – Anführer; weißer Kater mit langem, schwarzem Schwanz
REGEN – grauer Kater
FLAMME – orangerote Kätzin mit grünen Augen
RABE – schwarze Kätzin mit langem Fell

PROLOG

HÄHERFEDER KLETTERTE den Hang zum Mondsee hinauf, seine Pfoten kamen auf den feuchten Steinen ins Rutschen. Eine frostige Brise raufte sein Fell, und er zitterte, als sich Blattsee, seine Mutter, zu ihm auf den Felsen hinaufhangelte. »Die Blattgrüne ist fast vorüber«, sagte sie. »Wir müssen unseren Kräutervorrat aufstocken, solange wir das noch können. Vor allem mit Katzenminze.«

»Katzenminze!« Häherfeders Schwanzspitze zuckte ungeduldig. »Du miaust ständig von Katzenminze. Wenn's nach dir ginge, würden wir den Bau damit vollstopfen, bis für nichts anderes mehr Platz ist.«

Blattsee stieß ihn freundschaftlich in die Seite. »Das wäre nicht das Schlechteste. Du weißt, wie schnell aus weißem Husten Grüner Husten wird, wenn wir ihn nicht richtig behandeln können. Die Ältesten ...«

»Sandsturm, Graustreif, Millie und Charly sind kerngesund«, fiel ihr Häherfeder ins Wort. »Ernsthaft, Blattsee, du verhätschelst sie zu sehr. Außerdem wächst reichlich Katzenminze beim alten Zweibeinernest. Sogar für dich! Verlang also nicht von mir, dass ich noch mehr sammeln gehe.«

Nachdem er aufgehört hatte zu miauen, hörte er weiter unten am Hang Pfoten scharren. Der strenge Wassergeruch des FlussClans wehte ihm entgegen, als Mottenflügel und Maulbeerglanz, die FlussClan-Heilerkatzen, zu ihnen hinaufkletterten.

»Wir haben genügend Katzenminze«, erklärte Mottenflügel verständnisvoll. »Lasst es uns einfach wissen, wenn der DonnerClan Probleme bekommt.«

»Danke, Mottenflügel«, miaute Blattsee, während Häherfeder eine bissige Bemerkung unterdrückte.

Als ob der DonnerClan auf Kräuter vom FlussClan angewiesen wäre!

»Lasst uns weitergehen«, drängte er die übrigen Heilerkatzen. »Kleinwolke und Falkenflug sind schon da. Ich kann ihre Spur riechen.«

Häherfeder übernahm die Führung und sprang das letzte Stück des Hangs hinauf. Trotz seiner Blindheit bahnte er sich auf sicheren Pfoten den Weg durch das dichte Gebüsch, hinter dem die Senke mit dem Mondsee lag. Als er wiederauftauchte und seinen Pelz schüttelte, hörte er den Bach über die Felsen plätschern und stellte sich vor, wie die Sterne auf der Wasserfläche blinkten.

»Willkommen!«, rief Kleinwolke, der SchattenClan-Heiler, unten am Wasserrand. »Falkenflug und ich dachten schon, ihr würdet gar nicht mehr kommen.«

»Jetzt sind wir ja da«, antwortete Häherfeder.

Er begann, den Schlängelpfad zum See hinabzutappen, seine Pfoten glitten mühelos in die Spuren jener Katzen, die vor zahllosen Monden am See gelebt hatten.

»Wie lang ist es her ...«, flüsterte er vor sich hin und kämpfte insgeheim gegen die bittersüßen Erinnerungen an jene Zeit an, in der er mit den Urkatzen auf demselben Pfad gewandelt war. Eine Zeit, in der er ihre Pfoten auf die Reise in die Berge geschickt hatte. *Damals habe ich mir mit Halber Mond die Zunge gegeben …*

Energisch riss er sich in die Gegenwart zurück, zu Kleinwolke und Falkenflug am See, wo sie warteten, bis Blattsee, Mottenflügel und Maulbeerglanz ebenfalls den Pfad hinabgetappt waren. Dann ließ er sich am Wasserrand nieder. Er hörte, wie die übrigen Katzen rund um den See verteilt dasselbe taten.

Sogar Mottenflügel. Wieder einmal fragte er sich, wie es sein konnte, dass sie Heilerkatze war, obwohl sie nicht an den SternenClan glaubte. *Für sie ist das hier nichts weiter als ein nettes, friedliches Nickerchen!*

Allmählich verklangen die Geräusche der sich bewegenden Katzen, nur das in Kaskaden herabsprudelnde Wasser war noch zu hören. Trotz des Rauschens hörte Häherfeder Kleinwolke atmen. Da war ein leises Rasseln, und ab und zu gab es kurze Aussetzer, was Häherfeder daran erinnerte, wie alt der SchattenClan-Heiler inzwischen war.

Seit Flammenschweifs Tod hat er keinen Schüler angenommen, dachte Häherfeder besorgt. *Im SchattenClan wimmelt es von jungen Katzen. Da muss es doch eine geben, die geeignet ist?*

Entschlossen schob Häherfeder seine Sorgen beiseite. Was auch in der Zukunft passieren mochte, jetzt hatten die Clans ein gutes Leben. Es hatte reichlich Beute gegeben während der Blattgrüne und jede Katze war gesund. Zufrieden, wie nach dem Genuss eines köstlichen Beutestücks, schloss er die Augen, reckte den Hals und berührte das Wasser des Mondsees mit der Nase.

Häherfeder spürte warmes Sonnenlicht auf seinem Fell. Seine Nase zuckte, als der Duft nach üppigem Grün auf einem lauen Lüftchen heranwehte. Er rekelte sich ausgiebig und schlug die Augen auf.

Beim SternenClan, was …?

Häherfeder sprang auf die Pfoten und starrte um sich. Er stand mitten auf einer prachtvollen Wiese zwischen dicht belaubten Bäumen. Irgendwo weit weg hörte er einen Bach leise gurgeln. Alle seine Heilerkatzen-Gefährten waren um ihn versammelt und blinzelten sich verwundert an.

Das kann nicht mit rechten Dingen zugehen, sagte sich Häherfeder. Jedes Haar in seinem Pelz kribbelte nervös. Früher einmal war er in den Träumen anderer Katzen gewandelt, aber diese Gabe hatte er vor fast achtzehn Monden nach dem Kampf gegen die Katzen vom Wald der Finsternis verloren. *Und jetzt träumen wir einen gemeinsamen Traum.* Die Heilerkatzen aller vier Clans standen im sonnigen Gras der Jagdgründe des SternenClans beieinander. *Soll das bedeuten, dass der SternenClan eine wichtige Botschaft für uns alle hat?*

»Was geschieht hier?«, fragte Falkenflug mit großen, verängstigten Augen.

Kleinwolke schüttelte verwirrt den Kopf. »Das ist sehr seltsam …«, miaute er.

Blattsee und Maulbeerglanz hatte ihre Köpfe zusammengesteckt und redeten leise und hastig miteinander. Häherfeder tappte auf sie zu, blieb aber stehen, als er eine Katzengruppe zwischen den Bäumen näher kommen sah. Sie bewegten sich in einem Nebel aus Sternenschein, der rund um ihre Pfoten und Ohren funkelte. Ein edler Kater mit einem flammenfarbenen Pelz führte sie an.

Häherfeder erschauderte, als er den ehemaligen DonnerClan-Anführer erkannte.

»Feuerstern!«, rief Blattsee erfreut.

Eine Welle der Zuneigung überkam Häherfeder, als er sah, wie sie über das Gras rannte, um ihren Vater Nase an Nase zu begrüßen.

Falkenflug sprang hinter ihr her, zu Rindengesicht, der sein Mentor beim WindClan gewesen war. Die beiden Heilerkatzen unterhielten sich sofort angeregt. Maulbeerglanz tappte zu Leopardenstern und neigte ihren Kopf respektvoll vor der ehemaligen FlussClan-Anführerin. Kleinwolke und Flammenschweif ließen sich gemeinsam im Gras nieder, gaben sich die Zunge und schnurrten voller Freude, während Schwarzstern, der ehemalige Anführer des SchattenClans, verständnisvoll zusah.

Häherfeder näherte sich den SternenClan-Katzen nicht so schnell. Auch er freute sich, sie zu sehen, und dennoch kribbelten seine Pfoten unbehaglich. *Ich will wissen, worum es hier geht.*

Er sah weitere Katzen im Schatten der Bäume stehen, die nur als schimmerndes Sternenlicht zu erkennen waren. Bei näherem Hinsehen bemerkte Häherfeder, dass er keine von ihnen kannte. Er öffnete das Maul, sog ihre Gerüche tief ein und schmeckte etwas für ihn völlig Neues.

Häherfeder kniff die Augen zusammen und trat zu Feuerstern. »Was ist hier los?«, fragte er. »Wer sind alle diese fremden Katzen?«

»Auch du seist gegrüßt, Häherfeder«, antwortete Feuerstern.

Häherfeders Schwanzspitze zuckte ungeduldig. »Nun?«

Feuerstern räusperte sich und warf einen Blick auf die übrigen SternenClan-Katzen, die ihre Gespräche unterbrachen, um sich bei ihm zu versammeln.

»Ich schlage vor, du legst am besten los und sprichst für uns alle«, erklärte Leopardenstern dem flammenfarbenen Kater trocken. »Das hattest du offensichtlich ohnehin vor.«

Die anderen Heilerkatzen waren näher zu Häherfeder getappt. Er sah, wie Falkenflug unbehaglich von einer Pfote auf die andere trat, als wolle er etwas sagen, sich in diesem gemeinsamen Traum aber nicht wohlzufühlen schien.

Häherfeder tippte ihn an. »Spuck's aus«, knurrte er.

»Vielleicht könnten wir Heilerkatzen jeweils allein mit unseren Clan-Gefährten sprechen«, warf Falkenflug schüchtern ein. »Es könnte doch sein, dass es Dinge zu besprechen gibt, die nur unseren jeweiligen Clan etwas angehen.«

»Nein«, miaute Rindengesicht freundlich und berührte Falkenflugs Schulter mit der Nase. »Wir haben eine Prophezeiung für euch alle – eine, die alle Clans betrifft.«

Häherfeder fühlte, wie sein Herz schneller schlug. *Nicht noch eine Prophezeiung!,* stöhnte er insgeheim. *Soll das heißen, dass unsere friedlichen Blattwechsel zu Ende gehen?*

»Eine Prophezeiung und auch ein Versprechen«, miaute Feuerstern. Er sah Häherfeder unverwandt in die Augen, als wisse er genau, was Häherfeder nicht laut gesagt hatte. »Eine Zeit der großen Veränderung steht allen Clans bevor. Nehmt auf, was ihr in den Schatten findet. Sonst sind die Wolken für immer verloren.«

Er hatte seine Rede beendet und die SternenClan-Krieger sahen die Heilerkatzen eindringlich an. Nachdem sich das Schweigen einige Herzschläge in die Länge gezogen hatte, peitschte Häherfeder enttäuscht mit dem Schwanz. »Was soll *das* denn bedeuten?«, fragte er mit einem Blick auf Feuerstern. Sarkasmus stach wie eine kratzende Kralle aus seiner Stimme, als er fortfuhr: »Wie wär's, wenn ihr euch ein bisschen Mühe gebt und euch *noch* unverständlicher ausdrückt?«

Feuerstern sah Häherfeder liebevoll und zugleich verärgert an, doch die Vision verblasste bereits. Die SternenClan-Gestalten erstrahlten wie ein Feuer aus Sternenlicht und blendeten Häherfeder und die übrigen Heilerkatzen. Der Himmel verfinsterte sich, als wären Wolken herbeigeeilt, um die Sonne zu verdecken.

Aber bevor Häherfeder wieder erblindete, entdeckte er aus dem Augenwinkel noch eine Katze, die er nicht erkannte: einen sehr jungen Kater, der ein paar Schritte hinter der Gruppe der Heilerkatzen stand. Als Häherfeder ihm den Kopf zuwandte, sprang er davon, sodass Häherfeder nur eine schnippende weiße Schwanzspitze deutlich sehen konnte.

Häherfeder sog tief die Luft ein, um den Geruch aufzufangen. *Das ist eine lebende Katze! Und dieser Kater riecht unverkennbar nach DonnerClan.*

1. KAPITEL

ERLENJUNGES STAND VOR der Kinderstube und verlagerte nervös das Gewicht von einer Seite auf die andere. Er ließ die Krallen ausfahren, bohrte sie in die ausgetretene Erde des Felsenkessels, zog sie dann wieder ein und schüttelte Staub von seinen Pfoten.

Wie geht's jetzt weiter?, fragte er sich und dachte mit rumorendem Magen an seine Schülerzeremonie, die unmittelbar bevorstand. *Ob ich erst eine Prüfung ablegen muss, bevor ich Schüler werden kann?*

Erlenjunges meinte sich zu erinnern, dass er schon einmal von einer Prüfung gehört hatte. Vielleicht war das vor ein paar Monaten gewesen, als Distelschopf, Rauchklang und Ampferstreif zu Kriegern ernannt wurden. *Aber eigentlich kann ich mich gar nicht richtig erinnern … da war ich noch so klein.*

Sein Herz klopfte immer schneller und schneller. Er sagte sich, dass ihm bestimmt eine Katze Bescheid gegeben hätte, wenn von ihm ein Beweis erwartet würde, dass er inzwischen bereit war. *Weil ich nicht sicher bin, dass ich schon Schüler werden kann. Überhaupt nicht sicher. Und wenn ich es nicht schaffe?*

Tief in Gedanken versunken, fuhr Erlenjunges zusammen, als ihn eine Katze von hinten anstieß. Er wirbelte herum und sah seine Schwester Funkenjunges mit dem orangeroten Fell, das nach allen Seiten abstand.

»Bist du denn gar nicht aufgeregt?«, fragte sie und hüpfte vor Begeisterung. »Willst du nicht wissen, wer dein Mentor wird? Hoffentlich kriege ich einen, der Spaß versteht! Nicht so eine herrische Katze wie Beerennase oder Weißflug. Sie hält sich so streng an die Regeln, dass sie das Gesetz der Krieger wahrscheinlich im Schlaf aufsagen kann!«

»Schluss jetzt!« Eichhornschweif, die Mutter der Jungen, trat aus der Kinderstube und hatte Funkenjunges' letzte Worte gehört. »Ihr sollt mit euren Mentoren keinen *Spaß* haben«, fügte sie hinzu, leckte eine Pfote an und glättete Funkenjunges damit den Pelz. »Ihr sollt von ihnen *lernen*. Beerennase und Weißflug sind zwei ausgezeichnete Krieger. Ihr habt großes Glück, wenn einer von beiden euer Mentor wird.«

Eichhornschweifs Stimme war zwar streng, aber ihre grünen Augen leuchteten voller Liebe für ihre Jungen. Erlenjunges wusste, wie sehr seine Mutter ihn und seine Schwester vergötterte. Obwohl er noch ein Junges war, wusste er, dass Eichhornschweif ihren ersten Wurf erst sehr spät bekommen hatte, und er hatte nicht vergessen, wie sehr sie mit ihnen um seine verstorbenen Wurfgefährten getrauert hatte. Wacholderjunges hatte kaum einen Atemzug getan, bevor er starb, und Löwenzahnjunges, die schon schmächtig zur Welt gekommen war, hatte immer mehr abgebaut und war nach zwei Monden schließlich auch gestorben.

Für Eichhornschweif und Brombeerstern müssen Funkenjunges und ich die besten Katzen werden, die es gibt.

Funkenjunges hatte sich von der Kritik ihrer Mutter keineswegs einschüchtern lassen. Sie zuckte mit dem Schwanz und schüttelte fröhlich ihren Pelz, bis er wieder nach allen Seiten abstand.

Erlenjunges wäre gern genauso selbstbewusst wie sie gewesen. Er hatte bislang keinen Gedanken dafür übriggehabt, wer sein Mentor werden könnte, und beäugte jetzt die übrigen Katzen auf der Lichtung mit neuen und neugierigen Augen. *Efeusee wäre als Mentorin ganz in Ordnung*, dachte er, als er die silberweiße Kätzin mit Löwenglut und Blumenfall von einer Jagdpatrouille zurückkehren sah. *Sie ist freundlich und eine gute Jägerin. Löwenglut ist allerdings ein bisschen Furcht einflößend.* Erlenjunges unterdrückte ein Schaudern beim Anblick der Muskeln, die unter dem goldenen Pelz des Kriegers spielten. *Und Blumenfall kann es nicht werden, weil sie gerade Distelschopf ausgebildet hat. Farnpelz und Rosenblatt auch nicht, weil sie Mentoren von Ampferstreif und Rauchklang gewesen waren.*

Nachdenklich beobachtete Erlenjunges Dornenkralle, der mitten auf der Lichtung stehen geblieben war, um sich ausgiebig hinter einem Ohr zu kratzen. *Der wäre wahrscheinlich auch in Ordnung, allerdings manchmal ziemlich launisch …*

»He, aufwachen!« Funkenjunges trat Erlenjunges kräftig auf eine Pfote. »Es geht los!«

Erlenjunges sah, dass Brombeerstern auf der Hochnase vor seinem Bau aufgetaucht war, hoch über ihren Köpfen vor der Wand des Felsenkessels.

»Alle Katzen, die alt genug sind, Beute zu machen, fordere ich auf, sich hier unter der Hochnase zu einem Clan-Treffen zu versammeln!«, jaulte Brombeerstern.

Während die Katzen auf der Lichtung ihre Aufmerksamkeit auf Brombeerstern richteten und zusammenliefen, betrachtete Erlenjunges seinen Vater, der ihm aufrechter und kraftvoller erschien als alle anderen – sogar so tapfere Krieger wie Löwenglut und Taubenflug.

Er ist so selbstbewusst und stark. Ich habe Glück, dass ich sein Sohn bin.

Brombeerstern sprang elegant den Steinfall hinab und nahm seinen Platz in der Mitte der Katzengruppe ein, die sich am Fuß der Felswand versammelte. Graustreif, der ehemalige Zweite DonnerClan-Anführer, schnurrte, als die Jungen an ihm vorbeikamen, und Ampferstreif, eine der jüngsten Kriegerinnen, stand erhobenen Hauptes da und war offensichtlich stolz, dass das eigene Schülerdasein hinter ihr lag. Eichhornschweif schob ihre Jungen liebevoll vorwärts, bis auch sie in den Kreis getappt waren.

Erlenjunges' Magen rebellierte noch heftiger, und er spannte alle Muskeln an, um nicht zu zittern. *Ich schaffe das nicht!*, dachte er und versuchte, nicht völlig in Panik zu geraten.

Dann sah er die Augen seines Vaters, die mit einem warmen, stolzen Blick auf ihm ruhten, sodass er sich auf der Stelle geborgen fühlte. Er holte ein paarmal tief Luft und zwang sich zur Ruhe.

»Katzen des DonnerClans«, hob Brombeerstern an. »Dies ist ein guter Tag für uns, weil es an der Zeit ist, zwei neue Schüler zu ernennen. Funkenjunges, komm bitte her.«

Sofort hüpfte Funkenjunges mit senkrecht in die Luft gerecktem Schwanz in die Mitte des Kreises, ihr Fell sträubte sich vor Aufregung. Vertrauensvoll sah sie zu ihrem Anführer auf.

»Von heute an«, miaute Brombeerstern und berührte Funkenjunges mit seiner Schwanzspitze an der Schulter, »wird diese Schülerin Funkenpfote heißen. Kirschfall, du wirst ihre

Mentorin sein. Ich bin sicher, dass du die Hingabe für deinen Clan mit ihr teilen wirst, zusammen mit deinem schnellen Verstand und deinen hervorragenden Jagdtechniken.«

Funkenpfote sauste durch den Kreis zu Kirschfall, hopste glücklich auf und ab, bis die rote Kätzin den Kopf beugte, um den Nasengruß mit ihr zu tauschen.

»Funkenpfote! Funkenpfote!«, hob der Clan an.

Funkenpfote hüpfte noch einmal vor Begeisterung, als ihre Clan-Gefährten sie beim Namen riefen, und stellte sich mit leuchtenden Augen neben ihre Mentorin.

Erlenjunges fiel in die Rufe ein, freute sich, dass seine Schwester so glücklich aussah. *SternenClan sei Dank! Sie hatte keine Prüfung bestehen und beweisen müssen, dass sie bereit war.*

Als der Jubel verklang, winkte Brombeerstern Erlenjunges mit dem Schwanz zu sich. »Nun zu dir«, miaute er und sein Blick sprach Erlenjunges Mut zu.

Erlenjunges' Beine waren plötzlich weich geworden, als er zur Mitte des Kreises tappte. Seine Brust schien zu eng, um richtig atmen zu können. Aber dann stand er vor seinem Vater, der ihm kaum merklich beruhigend zunickte, und er hob den Kopf, während ihm Brombeerstern die Schwanzspitze auf die Schulter legte.

»Von heute an wird dieser Schüler Erlenpfote heißen«, verkündete Brombeerstern. »Maulwurfbart, du wirst sein Mentor sein. Du bist treu, zielstrebig und mutig, und ich weiß, dass du dein Bestes tun wirst, um diese Qualitäten an deinen Schüler weiterzugeben.«

Als Erlenpfote über die Lichtung zu seinem Mentor lief, hätte er nicht genau sagen können, wie er sich fühlte. Er wusste, dass Maulwurfbart Kirschfalls Wurfgefährte war, aber der große, beigebraune Kater war viel ruhiger als seine Schwester und hatte sich nie sonderlich für die Jungen interessiert. Sein Blick war ernst, als er den Kopf beugte, um Erlenpfote Nase an Nase zu begrüßen.

Hoffentlich bin ich gut genug, damit du stolz auf mich sein kannst, dachte Erlenpfote. *Ich werde mir die allergrößte Mühe geben!*

»Erlenpfote! Erlenpfote!«

Erlenpfote senkte den Kopf und leckte sich ein paarmal verlegen über die Brust, als er den Clan seinen Namen jubeln hörte. Gleichzeitig war ihm, als müsse er vor Glück platzen.

Endlich ebbte der Lobgesang ab, die Katzenmenge begann auseinanderzulaufen und begab sich zu den Bauen oder zum Frischbeutehaufen. Eichhornschweif und Brombeerstern tappten zu ihren Jungen.

»Gut gemacht«, miaute Brombeerstern. »So schlimm war's doch gar nicht, oder?«

»Das war toll!«, antwortete Funkenpfote und wedelte mit ihrem Schwanz durch die Luft. »Ich kann's kaum erwarten, auf die Jagd zu gehen!«

»Wir sind so stolz auf euch beide«, schnurrte Eichhornschweif und leckte erst Funkenpfote und dann Erlenpfote das Fell hinter den Ohren. »Eines Tages werdet ihr ganz wunderbare Krieger sein, da bin ich mir sicher.«

Brombeerstern nickte zustimmend mit dem Kopf. »Ich weiß, dass ihr beide eurem Clan sehr viel geben könnt.« Mit diesen Worten trat er zurück und winkte Maulwurfbart und Kirschfall mit dem Schwanz näher. »Ich freu mich schon auf lauter gute Nachrichten über eure Fortschritte.«

Nach einem zärtlichen Nasenstupser wandte er sich ab, um seinen Bau aufzusuchen. Auch Eichhornschweif liebkoste ihre Jungen kurz, dann folgte sie ihm. Erlenpfote und Funkenpfote blieben allein mit Maulwurfbart und Kirschfall zurück.

Maulwurfbart sah Erlenpfote an und blinzelte feierlich. »Schüler zu sein ist eine große Aufgabe. Du musst bei allem, was dir gezeigt wird, gut aufpassen, denn eines Tages könnte der Clan auf deine Kampf- oder Jagdfertigkeiten angewiesen sein.«

Erlenpfote nickte ernsthaft.

»Du wirst hart arbeiten müssen, um zu beweisen, dass ein guter Krieger in dir steckt«, fuhr Maulwurfbart fort.

Erlenpfote hob den Kopf, um sich den Anschein von Würde zu geben, fürchtete jedoch, dass es ihm nicht allzu gut gelang. Er hörte, was Kirschfall hinter ihm zu Funkenpfote sagte, und das machte es nicht besser.

»... und das wird ein Spaß, wenn wir das Territorium erkunden!«, miaute die rote Kätzin begeistert. »Außerdem darfst du jetzt zu den Großen Versammlungen mitkommen.«

Erlenpfote wünschte sich insgeheim, sein Mentor könnte auch etwas mehr Begeisterung aufbringen.

»Fangen wir jetzt mit den Jagdlektionen an?«, fragte Funkenpfote eifrig.

Es war Maulwurfbart, der darauf antwortete: »Jetzt noch nicht. Schüler lernen nicht nur, was ein Krieger können muss, sie haben auch besondere Pflichten zum Wohle des ganzen Clans.«

»Was sollen wir tun?«, fragte Erlenpfote, in der Hoffnung, seinen Mentor zu beeindrucken, indem er Bereitwilligkeit zeigte.

Mit schuldbewusstem Gesicht miaute Kirschfall: »Heute werdet ihr für das Wohlbefinden der Ältesten sorgen, indem ihr sie von Zecken befreit.«

Maulwurfbart deutete mit der Schwanzspitze auf den Heilerbau. »Geht und bittet Blattsee oder Häherfeder um Mäusegalle. Sie werden euch erklären, wie man das macht.«

»Mäusegalle!« Funkenpfote rümpfte angewidert die Nase. »Igitt!«

Erlenpfotes Herz wurde noch schwerer. *Wenn Schüler sein immer so ist, dann weiß ich nicht, ob es mir gefällt.*

Sonnenlicht schien in den Bau unter den Haselsträuchern, wo die Ältesten wohnten. Erlenpfote hätte sich gern in der Wärme zusammengerollt und ein Schläfchen gehalten. Stattdessen kämmte er mit den Krallen sorgsam Graustreifs langen Pelz, auf der Suche nach Zecken. Funkenpfote tat das Gleiche bei Charly, während Sandsturm und Millie geduldig zusahen und warteten, bis sie an der Reihe waren.

»Oh nein, was für eine fette Zecke!«, rief Funkenpfote. »Halt still, Charly, dann mach ich sie weg.«

Mit zusammengebissenen Zähnen packte sie den Zweig, den ihr Häherfeder gegeben hatte, und manövrierte die mit Mäusegalle getränkte Mooskugel auf dem einen Ende umständlich zu der Stelle, wo sie Charlys Zecke betupfen musste.

Der alte Tigerkater schüttelte seinen Pelz und seufzte erleichtert, als die Zecke abfiel. »So ist's schon viel besser, Kleine«, schnurrte er.

»Aber das Zeug stinkt *ekelhaft*!«, nuschelte Funkenpfote mit dem Zweig im Maul. »Keine Ahnung, wie ihr Ältesten das aushaltet.« Sie unterdrückte ein Stöhnen und begann, Charlys verfilztes, ungepflegtes Fell zu teilen, um nach weiteren Zecken zu suchen.

»Ich sag dir was, Kleine«, miaute Charly. »Jede Katze im DonnerClan war auch mal Schüler und hat Zecken rausgemacht, so wie du.«

»Brombeerstern auch?«, fragte Erlenpfote und hielt mit einer Pfote tief in Graustreifs Pelz inne.

»Sogar *Feuerstern*«, antwortete Graustreif. »Er und ich, wir waren gleichzeitig Schüler und haben die Zecken nicht gezählt, die wir rausziehen mussten. He!«, rief er dann. »Pass auf, was du tust. Deine Krallen pieken in meine Schulter!«

»Entschuldigung!«, murmelte Erlenpfote.

Trotz des Tadels fühlte er sich recht wohl. Zecken zu entfernen war keine schöne Aufgabe, aber es gab Schlimmeres, als auf einem sonnigen Flecken zu sitzen und den Ältesten zuzuhören. Er blickte kurz in Sandsturms grüne Augen, die liebevoll auf ihm und seiner Schwester ruhten, während sie es sich in ihrem Nest aus Farnwedeln gemütlich machte.

»Ich weiß noch, wie eure Mutter zur Schülerin ernannt wurde«, miaute sie. »Borkenpelz war ihr Mentor. Ihr habt ihn nicht kennengelernt – er wurde nach dem Großen Sturm von Dachsen getötet –, aber er war einer unserer besten Krieger und hat keinen Unsinn zugelassen. Aber gegen Eichhornschweif kam er kaum an!«

»Was hat sie angestellt?«, fragte Erlenpfote, den die Vorstellung von seiner ernsten, sachlichen Mutter als schwierige Schülerin faszinierte. »Komm schon, erzähl uns von ihr!«

Sandsturm seufzte. »Sie hat *nichts* ausgelassen! Hat heimlich das Lager verlassen und wollte allein jagen … hat sich in Sträuchern verkeilt, ist in Bäche gefallen … Ich erinnere mich, dass Borkenpelz einmal zu mir sagte: Wenn dieses Junge so weitermacht, dann kratz ich ihr eines Tages den Pelz vom Leib und häng ihn an einen Strauch, wo er die Füchse vertreibt!«

Funkenpfote starrte Sandsturm mit offenem Maul an. »Das hätte er nie gewagt!«

»Nein, natürlich nicht«, antwortete Sandsturm und ihre grünen Augen blitzten belustigt auf. »Aber Borkenpelz hatte seine Last mit ihr. Er sah, was sie ihrem Clan zu bieten hatte, wusste aber auch, dass sie Disziplin lernen musste, damit sie zeigen konnte, was in ihr steckt.«

»Das hat sie auf jeden Fall hingekriegt«, miaute Erlenpfote.

»Hallo!« Graustreif stupste Erlenpfote an. »Was wird jetzt aus meinen Zecken?«

»Und unseren«, warf Millie mit einem Seitenblick auf Sandsturm ein. »Wir warten seit *Monden*!«

»Verzeihung …«

Erlenpfote widmete sich schnell wieder der Suche in Graustreifs Pelz und stieß sofort auf eine große, fette Zecke. *Die muss Graustreif wirklich zu schaffen gemacht haben.*

Er nahm seinen Stock mit dem gallegetränkten Moos und betupfte das Ungeziefer. Dabei blickte er zufällig auf und sah, wie Blattsee und Häherfeder vor dem Heilerbau eindringlich miteinander sprachen.

Während Erlenpfote sich insgeheim fragte, was wohl so wichtig sein könnte, wandten ihm beide Katzen den Kopf zu. Plötzlich fühlte er sich von Häherfeders blindem Blick und Blattsees suchenden Augen ertappt.

Ein unangenehmes Gefühl nagte in Erlenpfotes Bauch. *Beim SternenClan! Reden sie über mich? Hab ich jetzt schon was falsch gemacht?*

2. KAPITEL

ERLENPFOTE SCHLIEF SO GUT wie gar nicht in seiner ersten Nacht im Schülerbau. Er vermisste die warmen Gerüche der Kinderstube und die vertrauten Körper von seiner Mutter und Minka, die sonst neben ihm schliefen. In der Höhle unter den Farnwedeln, die nur er und seine Schwester bewohnten, fühlte er sich einsam.

Funkenpfote hatte sich sofort zusammengerollt und ihren Schwanz über die Nase gelegt, aber Erlenpfote döste nur leicht, kam nicht zur Ruhe, war gefangen zwischen der Aufregung und Vorfreude, was der neue Tag bringen würde. Als das erste blasse Dämmerlicht durch die Farnwedel sickerte, war er sofort hellwach.

Er sprang auf, als sich die gebogenen Wedel teilten und ein Kopf auftauchte, und sah erleichtert, dass es Kirschfall war.

»Hallo!«, miaute die rote Kätzin. »Weck Funkenpfote auf. Es ist Zeit für unseren Rundgang durch das Territorium!«

»Ich auch?«, fragte Erlenpfote.

»Ja, natürlich. Maulwurfbart wartet schon. Beeilung!«

Erlenpfote stieß seiner Schwester eine Pfote in die Seite, die sofort aufhörte mit ihrem leisen, regelmäßigen Schnarchen und hochschreckte. »Was ist? Füchse?«, rief sie, setzte sich auf und schüttelte Moosfetzen aus ihrem Pelz. »Dachse?«

»Nein, es sind unsere Mentoren«, erklärte ihr Erlenpfote. »Sie zeigen uns das Territorium.«

»Super!« Funkenpfote schoss hoch, scharrte kräftig mit den Hinterpfoten und bahnte sich dann ihren Weg aus dem Farn. »Bin bereit!«

Erlenpfote folgte ihr langsamer, er zitterte in der kühlen Morgenluft. Draußen vor dem Bau standen Maulwurfbart und Kirschfall beieinander. Hinter ihnen sah er Hummelstreif, Rosenblatt und Wolkenschweif, die den Kriegerbau verlassen hatten, sich kurz wuschen und dann aufbrachen. Mit Wolkenschweif an der Spitze verschwanden sie im Dornentunnel.

»Die Morgenpatrouille«, miaute Maulwurfbart. »Wir warten kurz, bis sie weg sind. Wenn ihr wollt, könnt ihr euch vom Frischbeutehaufen bedienen.«

Plötzlich bemerkte Erlenpfote, wie hungrig er war. Mit Funkenpfote an seiner Seite rannte er durch das Lager.

»Ist nicht mehr viel übrig«, klagte Funkenpfote und tippte mit einer Pfote auf eine magere Maus.

»Die Jagdpatrouillen sind noch nicht unterwegs«, erklärte Erlenpfote. Er nahm sich eine Amsel von der spärlichen Beute und schlang sie hinunter.

»Wenn *wir* erst Jäger sind«, nuschelte Funkenpfote mit vollem Mund, »wird der Frischbeutehaufen *immer* gefüllt sein.«

Erlenpfote hoffte, dass sie recht hatte.

Maulwurfbart winkte von der anderen Seite des Lagers mit dem Schwanz. Die beiden Schüler schluckten die Reste ihrer Beute hinunter und sprangen zu ihren Mentoren. Dann führte Kirschfall sie durch den Tunnel in der Dornenbarriere aus dem Lager hinaus.

Erlenpfotes Ballen kribbelten vor Aufregung, als er aus dem schmalen Durchgang schlüpfte und seine Pfoten zum ersten Mal auf den Waldboden setzte.

Inzwischen war das Morgenlicht kräftiger geworden, und ein rötlicher Schimmer zwischen den Bäumen zeigte an, wo die Sonne aufgehen würde. Hier und da waberte noch der Nebel über dem Unterholz und das Gras war schwer vom Tau.

Funkenpfote sah sich mit großen Augen um. »Wie groß hier alles ist!«, rief sie aus.

Erlenpfote schwieg, er fand keine Worte für all das, was er sah. Überall gab es Bäume, die weit in der Ferne zu Schatten verschmolzen. Ihre Stämme überragten seinen Kopf um viele Fuchslängen, hoch oben waren ihre Zweige miteinander verwoben. Verführerische Beutedüfte erfüllten die Luft und im dichten Unterholz unter den Bäumen hörte er kleine Wesen huschen.

»Dürfen wir jagen?«, fragte Funkenpfote eifrig.

»Später vielleicht«, erklärte ihr Kirschfall. »Zuerst werden wir das Territorium erkunden. Ihr müsst jeden Pfotenschritt kennen, bevor ihr zu Kriegern ernannt werdet.«

Maulwurfbart nickte ernsthaft. »Jeden Baum, jeden Fels, jeden Bach …«

Erlenpfote blinzelte. *Das alles? So gut konnte sich doch keine Katze auskennen?*

»Hier geht's lang«, miaute Kirschfall energisch. »Als Erstes nehmen wir uns den Weg zur SchattenClan-Grenze vor.«

»Begegnen wir dort SchattenClan-Katzen?«, fragte Funkenpfote. »Und was passiert dann?«

»Gar nichts passiert«, antwortete Maulwurfbart streng. »Sie bleiben auf ihrer Seite, wir bleiben auf unserer.«

Kirschfall legte ein schnelles Tempo vor, Funkenpfote sprang neben ihr her. Erlenpfote folgte und Maulwurfbart bildete den Schluss.

Wenige Pfotenschritte weiter kamen sie an eine Stelle, wo ein breiter Weg in den Wald hineinführte, auf dem nur kurzes Gras und kleine Kriechpflanzen wuchsen. Höheres Gras und Farne begrenzten ihn zu beiden Seiten.

»Wo führt der hin?«, fragte Erlenpfote und deutete mit den Ohrenspitzen auf den Weg. »Und warum wächst hier fast nichts?«

»Gute Frage«, antwortete Maulwurfbart. Erlenpfote freute sich über das Lob seines Mentors. »Dieser Weg wurde vor vielen, vielen Blattwechseln von Zweibeinern angelegt. Dieselben Zweibeiner, die den Stein ausgeschlagen haben, bis der Felsenkessel entstanden ist, in dem unser Lager liegt. Hier kommt man zum alten Zweibeinernest, wo Blattsee und Häherfeder ihre Kräuter pflegen.«

»Aber wir nehmen heute eine andere Richtung«, fügte Kirschfall hinzu.

Nachdem sie das Lager noch weiter hinter sich gelassen hatten, bemerkte Erlenpfote, dass der Wald vor ihnen lichter wurde. Ein helles, silbriges Licht sickerte durch die Bäume.

»Was ist das?«, fragte Funkenpfote.

Die beiden Mentoren antworteten nicht, sie liefen wortlos weiter bis zum Waldrand. Dort brachen sie durch einen dichten Wall aus Dornengestrüpp. Erlenpfote betrat weiches, kurzes Gras. Etwas weiter hinten sah er einen Streifen mit Kies und Sandboden und dahinter …

»Oh!«, staunte Funkenpfote. »Ist das der See?«

Blinzelnd betrachtete Erlenpfote die glänzende Wasserfläche vor ihm. Wenn er seinen Clan-Gefährten zugehört hatte, was sie im Lager vom See erzählten, war dieser in seiner Vorstellung zwar größer gewesen als die Pfützen, die sich am Boden des Felsenkessels sammelten, wenn es regnete, aber er hätte nie geglaubt, dass es irgendwo auf der Welt so viel Wasser geben könnte.

»Der hat ja gar keine Ende!«, rief er aus.

»Oh doch, das hat er«, versicherte ihm Maulwurfbart. »Es gibt Katzen, die schon einmal außen herum gewandert sind. Schau mal da rüber«, fuhr er fort und deutete mit dem Schwanz nach vorn. »Siehst du die Bäume und Sträucher? Das ist das FlussClan-Territorium.«

Erlenpfote kniff die Augen zusammen und konnte im Dunst in der Ferne die Bäume, von denen sein Mentor gesprochen hatte, gerade noch erkennen.

»FlussClan-Katzen lieben den See«, miaute Kirschfall. »Sie schwimmen darin und fangen Fische.«

»Gruselig!«, antwortete Funkenpfote. Sie hopste ein bisschen und fügte hinzu: »Darf ich einen Fisch fangen?« Ohne die Antwort ihrer Mentorin abzuwarten, schoss sie über den Kies und konnte beim See gerade noch anhalten, ihre Vorderpfoten platschten am Rand ins Wasser. »Ist das kalt!«, jaulte sie und sprang mit gesträubtem Nackenfell zurück. Dann prustete sie kurz vor Lachen und war mit einem Satz wieder am Rand, wobei sie vor Begeisterung mit dem Schwanz wedelte. »Ich seh gar keine Fische«, miaute sie.

Maulwurfbart seufzte schwer. »Wirst du auch nicht, wenn du so weitermachst. Und was anderes genauso wenig. Wenn du so jaulst und herumhüpfst, verschreckst du alle Beute im Wald.«

Funkenpfote zog sich vom Wasser zurück und schlich mit hängendem Schwanz zu ihren Clan-Gefährten beim Dickicht. »Tut mir leid«, murmelte sie.

»Schon gut.« Kirschfall legte ihrer Schülerin kurz den Schwanz auf die Schultern. »Wir jagen ja jetzt noch nicht. Und ich weiß, wie aufregend es ist, wenn man den See zum ersten Mal sieht.«

Maulwurfbart schnippte mit den Ohren. »Gehen wir weiter.«

Er übernahm die Führung der Katzen am Seeufer entlang. Bald kamen sie an einen Bach, der aus dem Wald auftauchte und in den See mündete.

»Hier ist die SchattenClan-Grenze«, verkündete Kirschfall.

Erlenpfote rümpfte die Nase wegen des strengen, unbekannten Gestanks, der vom anderen Ufer des Bachs herüberwehte.

»Igitt! Was ist das denn?«, fragte Funkenpfote, trat einen Schritt zurück und fuhr sich mit der Zunge ums Maul, als hätte sie etwas Ekliges geschmeckt.

»Das ist SchattenClan-Geruch«, antwortete Maulwurfbart.

»Das ist *Katzen*geruch?« Funkenpfote klang entsetzt. »Ich dachte, nur Füchse würden so stinken.«

»Es riecht nur so übel, weil wir nicht daran gewöhnt sind«, erklärte Maulwurfbart und führte sie stromaufwärts in den Schutz der Bäume zurück. »Wahrscheinlich riechen wir für sie genauso schlimm.«

»Kann gar nicht sein!«, murmelte Funkenpfote vor sich hin.

»Wie ihr wisst, setzen alle Clans an ihren Grenzen Geruchsmarkierungen«, erklärte Kirschfall, während sie dem Bachlauf folgten. »Natürlich wissen wir alle, wo die Grenzen sind, aber mit den Markierungen erinnern wir jede Katze daran, dass niemand ohne Erlaubnis das Territorium eines anderen Clans betreten darf.«

»Ihr müsstet die DonnerClan-Markierungen auch erkennen können«, miaute Maulwurfbart. »Wir werden euch zeigen, wie man sie setzt. Damit ihr wisst, was zu tun ist, wenn ihr bald an den Grenzpatrouillen teilnehmt.«

»Toll!«, rief Erlenpfote. Zum ersten Mal sah er sich selbst als Krieger, vielleicht sogar als Anführer einer Patrouille, wie er Geruchsmarkierungen setzte, um das Territorium seines Clans zu schützen. *Was ich heute alles lerne! Ich fühl mich allmählich wie ein echtes Clan-Mitglied.*

Nachdem sie ein Stück tiefer in den Wald hineingewandert waren, beschrieb der Bach eine enge Kurve, aber die Reihe der SchattenClan- und DonnerClan-Markierungen verlief in derselben Richtung weiter. Auf der SchattenClan-Seite wurden die Laubbäume und das dichte Unterholz bald von dunklen Kiefern abgelöst, eine dicke Nadelschicht bedeckte den Boden.

»Jetzt zeigen wir euch etwas ganz Besonderes«, versprach Kirschfall. Sie winkte die beiden Schüler in ein Haseldickicht und bedeutete ihnen mit der Schwanzspitze, leise zu sein. »Was glaubt ihr, was das ist?«

Erlenpfote spähte auf eine Lichtung hinaus, die mit seltsamen Strukturen übersät war: Sie sahen aus wie kleine Baue aus eigenartigen, grünen Pelzen. Er prüfte die Luft und bemerkte, dass sie sich genau auf der Grenze zwischen den beiden Clans befanden. Außer den Geruchsmarkierungen konnte er noch einen Geruch ausmachen, der ihm nie zuvor in die Nase gestiegen war.

»Ist das irgendein Zweibeinerzeug?«, fragte er. »Ich hab zwar noch keinen Zweibeiner gesehen, aber Eichhornschweif sagt, dass sie manchmal in den Wald kommen.«

»Genau richtig«, schnurrte Maulwurfbart und schnippte Erlenpfote mit dem Schwanz leicht übers Ohr. Erlenpfote spürte, wie seine Brust schwoll vor Stolz. »In der Blattgrüne kommen Zweibeiner hierher und wohnen in diesen kleinen Bauen.«

»Wozu das denn?«, fragte Funkenpfote, die ihm nicht zu glauben schien.

Maulwurfbart sah sie nachdenklich an. »Weiß der SternenClan.«

»Sind sie jetzt hier?«, fragte Erlenpfote.

»Sie schlafen wahrscheinlich noch da drin«, miaute Kirschfall. »Faules Pack. Aber diese Lichtung gehört zum SchattenClan-Territorium und damit sind sie das Problem des SchattenClans. Wir gehen weiter.«

Erlenpfotes Beine wurden langsam müde, als die Mentoren von der Grenze abbogen und in ein dichteres Waldstück eintauchten. Es war, als würden sie viele Blattwechsel lang weiterlaufen, begrünte Lichtungen überqueren, Brombeergestrüpp ausweichen und über kleine Bäche springen. Sein Bauch fühlte sich allmählich hohl an. Es war lange her, dass er im Lager die Amsel gegessen hatte.

Irgendwann hörte er weiter vorn Wasser fließen, vermutlich näherten sie sich einem breiteren Bach. Bevor sie ihn sehen konnten, gab Kirschfall ein Zeichen, dass sie stehen bleiben sollten. »Was riecht ihr?«, fragte sie.

Erlenpfote und Funkenpfote standen Seite an Seite mit weit geöffneten Mäulern und ließen die Luft über ihre Geruchsknospen gleiten. Erlenpfote konzentrierte sich, versuchte, all die verschiedenen Gerüche zu unterscheiden, die auf ihn einstürmten.

»Maus!«, rief Funkenpfote, während er immer noch nachdachte. »*Bitte*, dürfen wir jetzt jagen? Ich bin schon fast verhungert!«

»Maus, stimmt«, miaute Kirschfall, ohne den Wunsch ihrer Schülerin zu beachten. »Was noch?«

Erlenpfote bezwang seinen Hunger, um seine ganze Aufmerksamkeit darauf zu richten, was er roch. »Da sind zwei Gerüche dicht beieinander«, hob er zögernd an, aus Furcht, etwas Falsches zu sagen. »Und sie sind richtig kräftig. DonnerClan und …« Der andere Geruch war ein bisschen unangenehm und erinnerte ihn daran, was sie bei der SchattenClan-Grenze gelernt hatten. »Ist das der Geruch eines fremden Clans?«

Maulwurfbart und Kirschfall sahen sich an. »So ist es«, miaute Maulwurfbart. »Weißt du, welcher Clan?«

Woher soll ich das wissen?, fragte sich Erlenpfote. *Ich hab das noch nie gerochen!* Dann fiel ihm etwas anderes ein.

»Ihr habt uns gesagt, dass der FlussClan weit hinten am anderen Ufer des Sees lebt. Dann muss das hier der WindClan sein.«

»Ausgezeichnet!«, schnurrte Kirschfall. »Gehen wir und sehen uns die Grenze an.«

Sie führte sie zum Ufer eines Bachs, der diesmal durch eine tiefe Schlucht floss, die mit üppigen Pflanzen bewachsen war. »Da drüben ist das WindClan-Territorium«, miaute sie mit einer Schwanzgeste.

Hinter dem Bach wichen die Bäume bald einem steilen Hügel, der sich wie ein Katzenbuckel wölbte, auf dem kurzes, hartes Gras wuchs.

»*Da* wohnen die WindClan-Katzen?«, fragte Funkenpfote.

Maulwurfbart nickte. »Ja, auf dem Moor.«

»Es sieht so kahl aus«, flüsterte Erlenpfote erschaudernd. »Bestimmt haben sie ihr Lager doch irgendwo da zwischen den Bäumen, oder?«

»Falsch«, antwortete sein Mentor. »Ihr Lager liegt in einer Senke auf dem Moor, umringt von Ginsterbüschen. Für den DonnerClan wäre das nichts, aber ihnen scheint es zu gefallen.«

»Ich könnte niemals irgendwo wohnen, wo es keine Bäume gibt«, miaute Funkenpfote. »Ich glaube …«

Sie brach ab, als ein Kaninchen über die Bergkuppe geschossen kam. Kurz darauf tauchte eine dünne, langbeinige Tigerkatze auf dem Kamm auf, die mit wehendem Schwanz hinter ihm herrannte, den Bauch so dicht am Boden, dass ihr Fell das Moorgras streifte. Beide verschwanden in einer Senke, aber dann verriet den DonnerClan-Katzen ein spitzer Schrei, der schnell verstummte, dass die Tigerkatze ihre Beute erwischt hatte.

»Sie sind ziemlich schnell«, bemerkte Maulwurfbart.

»Ein Kaninchen würde mir jetzt schmecken«, seufzte Funkenpfote und leckte sich die Lippen, als würde ein saftiges Beutestück vor ihr liegen.

»Dann kehren wir zum Lager zurück«, miaute Kirschfall. »Es ist nicht weit von hier.«

»Wir wollten aber doch Jagen üben!«, protestierte Funkenpfote.

Erlenpfote zuckte mit dem Schwanz, in der Hoffnung, die Mentoren würden Nein sagen. Er war ohnehin schon nervös, weil er bezweifelte, dass er sich all die neuen Dinge merken konnte, auch wenn keine Jagdlektion dazukam. Aber Kirschfall und Maulwurfbart sahen einander an. »Gut«, stimmte Maulwurfbart nach einer Weile zu. »Wenn ihr etwas fangt, dürft ihr es aber nicht essen. Alles kommt mit zurück auf den Frischbeutehaufen. Der Clan muss zuerst versorgt werden.«

Erlenpfotes Herz wurde schwer. Sein Magen knurrte doch schon. Dennoch gab er sich Mühe, seine Enttäuschung zu verbergen.

»Nichts dagegen«, erklärte Funkenpfote gleichmütig. »Aber wir dürfen es doch versuchen?«

Die Katzen entfernten sich vom Bach und erreichten den Rand einer Lichtung, auf der eine riesige Eiche mit knorrigen Wurzeln stand, die aus dem Boden ragten. Drum herum wuchs dichter Farn.

»Das ist ein guter Platz für Beute«, miaute Maulwurfbart und blieb stehen. »Sehen wir, was ihr aufspüren könnt.«

Erlenpfote schloss die Augen und fühlte sich ein bisschen überwältigt von all den verschiedenen Geräuschen, die er im Unterholz und in den Zweigen über seinem Kopf hörte. *Das ist viel schwieriger zu erkennen als WindClan-Geruch. Der war so kräftig, dass man ihn kaum verfehlen konnte.*

Schließlich peilte Erlenpfote einen Geruch an, den er kannte: Spitzmaus. Er hörte leise Kratzgeräusche im Unterholz, die aus der richtigen Richtung kamen, öffnete die Augen und sah, dass sich zwischen den Grashalmen etwas bewegte.

Aber bin ich wirklich sicher …?, fragte er sich und zögerte, seine Entdeckung kundzutun.

Bevor er entschieden hatte, ob er etwas sagen sollte, deutete Funkenpfote mit ihrem Schwanz. »Da drüben ist eine Spitzmaus.«

»Die rieche ich auch«, bestätigte Erlenpfote und hoffte, dass ihm sein Mentor glauben würde, dass er sie selbst entdeckt hatte.

»In Ordnung, dann versucht sie zu fangen«, miaute Kirschfall, ihr Blick huschte von Erlenpfote zu Funkenpfote. »Ihr habt gesehen, wie die Lauerstellung geht, und zwar – so.« Sie führte es vor, duckte sich mit gespannten Muskeln tief über dem Boden, bereit, voranzuschleichen.

Erlenpfote und Funkenpfote imitierten sie nach besten Kräften.

»So«, fuhr Kirschfall fort. »Jetzt denkt daran, unten zu bleiben, und setzt eure Pfoten ganz leicht auf. Achtet darauf, dass ihr nicht auf einen Zweig tretet.«

»Und passt auf euren Schwanz auf«, ergänzte Maulwurfbart. »Wenn ihr damit herumwedelt, weiß eure Beute, wo ihr seid.«

»Funkenpfote, du zuerst«, miaute Kirschfall.

Nach kurzem Zögern begann Funkenpfote vorwärtszuschleichen, ihre Augen leuchteten vor Erregung. Sie behielt die Pfoten dicht unter ihrem Körper und hatte den Schwanz an einer Seite ihres Körpers angelegt. Plötzlich schoss sie vor und verschwand im dichtesten Unterholz.

Einen Herzschlag später tauchte sie wieder auf, die schlaffe Spitzmaus baumelte zwischen ihren Zähnen. Sie trabte mit stolz erhobenem Kopf zu den anderen zurück, den Schwanz senkrecht in die Luft gestreckt.

»Bravo!«, rief Kirschfall, als Funkenpfote die Spitzmaus

vor ihren Pfoten fallen ließ. »Ich habe noch nie von einem Schüler gehört, der beim ersten Versuch gleich etwas gefangen hat.«

»Ich auch nicht«, stimmte Maulwurfbart zu. »Gute Arbeit, Funkenpfote.«

»Großartiger Fang«, miaute Erlenpfote.

»Ach, das war leicht«, prahlte Funkenpfote. »Ich hab's nur so gemacht, wie ihr es gesagt habt.«

Maulwurfbart wandte sich an seinen Schüler. »Sehen wir, ob Erlenpfote es genauso gut kann.«

Erlenpfote erstarrte sofort vor Schreck. *Mir wäre es lieber gewesen, wenn sie die Beute nicht erwischt hätte. Dann müsste ich mir keine Sorgen machen, ob ich es schaffe.* Aber er schob seine eifersüchtigen Gedanken energisch beiseite.

»Erst ziehen wir weiter«, entschied Kirschfall. »Hier haben wir wahrscheinlich alle Beute aufgeschreckt.«

Erlenpfote spürte, wie seine Pfoten mit jedem Schritt schwerer wurden, während er den Mentoren folgte. *Ich weiß* genau, *dass ich es verpatzen werde.* Sein Bauch rumorte, als sie schließlich an einem kleinen Teich anhielten, an dessen Ufern Sträucher und hohes Gras wuchsen.

»Hier müssten wir etwas finden«, miaute Maulwurfbart. »So, ihr beiden, zeigt mir die Lauerstellung.«

Erlenpfote duckte sich neben seiner Schwester, sein Pelz kribbelte vor Furcht, als beide Mentoren um sie herumtappten und sie genau musterten.

»Gut, Funkenpfote«, miaute Kirschfall. »Aber nimm den Schwanz etwas näher an dich heran.«

»Und du, Erlenpfote, zieh die Pfoten ein bisschen mehr ein«, setzte Maulwurfbart hinzu.

»Genau, deine Hinterpfoten dürfen nicht rausgucken, wenn du richtig springen willst«, warf Funkenpfote ein.

Das weiß ich auch, dachte Erlenpfote und funkelte sie an.

»Und dann musst du ganz, ganz schnell sein«, fuhr Funkenpfote fort. »Deine Beute wartet nicht auf dich. Und deine Krallen …«

»Funkenpfote, hör auf damit.« Maulwurfbart war verärgert. »Du bist hier keine Mentorin. Du bist gerade erst zur Schülerin ernannt worden, genau wie Erlenpfote.«

Funkenpfote legte die Ohren an, dann nickte sie zögernd, während Erlenpfote seinen Mentor dankbar ansah. Maulwurfbart legte Erlenpfote zur Antwort den Schwanz um die Schultern.

»Denk daran, was wir dir über die geduckte Haltung gesagt haben«, fuhr Kirschfall fort. »Und achte darauf, wohin du deine Pfoten setzt. Ein knackender Zweig, ein wackelnder Farnwedel und deine Beute ist weg.«

Erlenpfote nickte, bemüht, sich all die Instruktionen zu merken. Dann war der Moment, vor dem er sich fürchtete, endlich gekommen.

»So, Erlenpfote«, miaute Maulwurfbart. »Lass sehen, ob du Beute entdeckst.«

Erlenpfote kniff die Augen zusammen und konzentrierte sich, prüfte die Luft. Die Gerüche waren hier nicht ganz so schwierig auseinanderzuhalten und bald lokalisierte er eine Wühlmaus unter einem Busch nah beim Wasser.

»Da drunter sitzt eine Wühlmaus«, flüsterte er Maulwurfbart zu, wobei er mit den Ohren auf den Busch deutete.

Maulwurfbart nickte anerkennend. »Stimmt. Dann also los.«

Erlenpfote korrigierte seine Lauerstellung und begann sich anzuschleichen, dann zögerte er. *Ist die Wühlmaus wirklich unter diesem Busch oder im hohen Gras gleich daneben? Soll ich mich direkt anschleichen oder im Gras einen Bogen schlagen, damit sie mich nicht kommen sieht?*

»Was ist los?«, fauchte Maulwurfbart ungeduldig. »Weiter!«

Erlenpfote war erstarrt vor Unentschlossenheit. *Ich* muss *das hier schaffen, weiß aber nicht, wie!*

Während er immer noch zögerte, unfähig, sich zu bewegen, huschte die Wühlmaus plötzlich aus den Tiefen des Gebüschs, platschte ins Wasser und verschwand.

»Mäusehirn!«, rief Funkenpfote.

Ich hab's wohl nicht besser verdient, gestand sich Erlenpfote ein. Beschämt ließ er den Kopf hängen, als Maulwurfbart zu ihm tappte. »Ein guter Jäger zögert nicht«, miaute sein Mentor. »Du musst deinen Instinkten vertrauen.« Dann berührte er Erlenpfote etwas nachsichtiger mit dem Schwanz an der Schulter. »Mach dir nichts draus. Es wird noch mehr Beute geben.«

Die freundlichen Worte seines Mentors beschämten Erlenpfote nur noch mehr. *Ich habe Maulwurfbart enttäuscht.*

Plötzlich schoss Funkenpfote ins Gebüsch und Erlenpfote blickte erschrocken auf. Kurz darauf tauchte sie wieder auf und schwenkte eine tote, fette Maus am Schwanz hin und her.

»Funkenpfote, das ist erstaunlich!« Kirschfalls Augen leuchteten vor Begeisterung. »Aus dir wird eine hervorragende Jägerin.«

»Doch, guter Fang«, murmelte Maulwurfbart, seine Schwanzspitze zuckte verärgert.

Jetzt hab ich ihn schon wieder enttäuscht, dachte Erlenpfote geknickt. *Dabei hab ich mich so angestrengt, damit er stolz auf mich sein kann!*

Kirschfall hob Funkenpfotes Spitzmaus auf und führte die Katzen zum Lager zurück. Erlenpfote trottete mit hängendem Kopf dahin, fühlte sich mit jedem Pfotenschritt elender und blamierter. *Wie konnte das bloß passieren?*

»Macht nichts«, miaute Maulwurfbart schroff, der neben ihm hertappte. »Du wirst es lernen. Du musst es einfach tun und darfst nicht so zögern wie vorhin.«

»Ich weiß«, flüsterte Erlenpfote. *Aber das sagt sich so leicht.*

Er wollte nicht sehen, wie Kirschfall und Funkenpfote mit Funkenpfotes Beute vor ihm hersprangen. Und als er gerade dachte, dass er sich unmöglich noch deprimierter fühlen könnte, tauchten Efeusee, Birkenfall und Ampferstreif aus dem Unterholz auf. Sie wollten auch zum Lager zurück und hatten ebenfalls Beute dabei.

»Eure Jagd war offensichtlich erfolgreich«, bemerkte Kirschfall und deutete mit einem Nicken auf mehrere Eichhörnchen und ein Kaninchen, das die Patrouille bei sich trug.

»Eure aber anscheinend auch«, antwortete Efeusee.

»Nun, Funkenpfote hat sie gefangen«, miaute Kirschfall. »Und das bei ihrem ersten Ausflug aus dem Lager.«

»Bravo, das ist erstaunlich!«, rief Ampferstreif. »Gute Arbeit, Funkenpfote.«

»Da hast du ja eine Erfolg versprechende Schülerin«, fügte Birkenfall hinzu.

»Kirschfall ist ja auch eine besonders gute Mentorin«, miaute Funkenpfote.

Keine Katze nahm Erlenpfote zur Kenntnis, was ihm gerade recht war. Sein Schwanz hing tiefer und tiefer, weil er von sich selbst so enttäuscht war, und er wäre am liebsten in den Waldboden gesunken und verschwunden.

Als sie das Lager betraten, sah Erlenpfote, dass Brombeerstern vor seinem Bau auf der Hochnase stand und mit Graustreif sprach. Sobald er die Katzen zurückkehren sah, unterbrach er das Gespräch, sprang auf leichten Pfoten den Steinfall hinab und lief ihnen durch das Lager entgegen.

»Wie seid ihr an eurem ersten Tag draußen vor dem Lager zurechtgekommen?«, fragte er.

Kirschfall und Maulwurfbart wechselten einen Blick. Erlenpfote sah, dass sie belustigt waren, weil Brombeerstern so dringend wissen wollte, wie sich seine Jungen machten.

»Ich hab eine Spitzmaus *und* eine Waldmaus gefangen!«, verkündete Funkenpfote mit stolz geschwellter Brust.

»Ausgezeichnet!«, rief Brombeerstern und leckte die Ohren seiner Tochter. »Und was ist mit dir, Erlenpfote?«

Erlenpfote schwieg und betrachtete seine Pfoten.

Die unangenehme Stille hielt einige Herzschläge lang an. Es war Funkenpfote, die zuerst etwas sagte: »Also, er hat seinem Mentor richtig gut zugehört und weiß jetzt über das DonnerClan-Territorium genau Bescheid.«

Aber das ist doch nichts Besonderes, dachte Erlenpfote bekümmert.

»Erlenpfote wird das Jagen bestimmt noch lernen«, miaute Maulwurfbart. »Er gibt sich große Mühe.«

Erlenpfote fühlte sich noch schlechter, nachdem sein Mentor und seine Wurfgefährtin nichts Besseres über ihn zu sagen wussten. *Brombeerstern soll doch auch stolz auf mich sein!*

Nach einem verzweifelten Kampf schaffte er es, den Kopf zu heben und seinen Vater anzusehen, gewappnet für die Enttäuschung in dessen Blick.

Aber Brombeersterns Augen verrieten nichts. Er zögerte einen Moment, dann nickte er kurz. »Kirschfall und Maulwurfbart, ihr bringt mit Funkenpfote den Fang zum Frischbeutehaufen«, wies er sie an. »Ihr seid sicher hungrig. Erlenpfote, ich würde gern kurz allein mit dir sprechen.«

Funkenpfote schoss Erlenpfote einen mitfühlenden Blick zu, bevor sie sich den anderen Katzen anschloss. Erlenpfote stand wieder mit gesenktem Kopf da. »Bist du böse auf mich?«, fragte er Brombeerstern leise. »Ich hab's versucht. Ich hab's wirklich versucht.« Er heftete seinen Blick fest auf den Boden. Seinen Vater noch einmal anzusehen, brachte er nicht über sich.

Brombeerstern beugte sich vor und berührte Erlenpfote sanft mit der Nase am Kopf. »Ich weiß doch, dass du dich angestrengt hast«, versicherte er Erlenpfote. »Aber du hast das Lager zum ersten Mal verlassen. Und es macht mich so stolz, wenn ich höre, dass du gut aufpasst, was dein Mentor dir sagt, und dir große Mühe gibst, alles zu lernen.«

Erlenpfote konnte seinen Vater immer noch nicht ansehen. *Er will bloß nett zu mir sein. Und das Mitleid in seinen Augen will ich auch nicht sehen.*

Brombeerstern schwieg ein paar Herzschläge lang. »Hab ich dir eigentlich jemals von meiner Schulzeit erzählt?«, miaute er schließlich.

»Ich weiß, dass Feuerstern dein Mentor war«, flüsterte Erlenpfote, immer noch ohne den Blick von seinen Pfoten zu heben. »Er muss dich ziemlich toll gefunden haben, sonst hätte er dich nicht zum Schüler genommen, obwohl er Anführer war.«

Brombeerstern seufzte. »Ich glaube, Feuerstern wollte mich bloß gut im Auge behalten. Es hat lange gedauert, bis er mir endlich vertraut hat, weil Tigerstern mein Vater war.« Seine Stimme war angespannt, anscheinend wollte er nicht an die niederträchtige Katze denken, die sein Vater gewesen war, jene Katze, die ihre eigene Anführerin ermorden wollte, um die Herrschaft über den ganzen Wald an sich zu reißen. »Wie auch immer«, setzte er nach einer Pause hinzu und hörte sich etwas gelöster an, »als ich zum ersten Mal mit Feuerstern jagen ging, wollte ich ihn unbedingt beeindrucken. Ich bin so schnell hinter einem Eichhörnchen hergerannt, dass ich ausgerutscht bin, mich überschlagen habe und gegen einen Baum geknallt bin. Beim SternenClan, das hat vielleicht wehgetan! Und noch schmerzhafter war, dass ich ziemlich genau gemerkt habe, dass Feuerstern am liebsten laut losgeschnurrt hätte.«

»Wirklich?« Endlich konnte Erlenpfote ohne Scham oder Verlegenheit aufblicken. »Ist das wirklich passiert?«

»So ist es gewesen«, bestätigte Brombeerstern. »Es war ein schrecklicher erster Versuch, aber ich bin bald viel besser geworden, und das wird bei dir ganz sicher auch so sein.«

Als Erlenpfote in die sanften Augen seines Vaters sah, hatte er ein Gefühl, als würde eine schwere Last von seinem Rücken genommen, und allmählich freute er sich darauf, wieder mit seinem Mentor hinauszugehen. *Ich werde es lernen,* schwor er sich insgeheim. *Und eines Tages werde ich ein Krieger, auf den mein Clan stolz sein kann!*

3. KAPITEL

DIE SONNE WAR UNTERGEGANGEN und die Umrisse des Waldes über dem Felsenkessel verblassten allmählich im Zwielicht. Erlenpfote saß vor dem Schülerbau und putzte sich ausgiebig.

Diese Nacht ist besonders. Ich muss richtig gut aussehen.

Er und Funkenpfote waren seit fast einem halben Mond Schüler. Wenn er zurückblickte, fand Erlenpfote, dass er sich gar nicht schlecht geschlagen hatte. Maulwurfbart hatte ihn dafür gelobt, dass er sich verantwortungsvoll um die Ältesten kümmerte und seinen Teil der Pflichten erfüllte, wie zum Beispiel Moos zu sammeln, um jeder Katze ein gemütliches Nest auszupolstern, und alle anderen Aufgaben, die den Schülern zugeteilt wurden. Er war mit einer Grenzpatrouille draußen gewesen, hatte auf die Anweisungen des Anführers geachtet und alles erledigt, was ihm aufgetragen worden war.

Beute habe ich allerdings immer noch nicht gefangen, bis auf den Vogel, den ich gestern fast *erwischt hätte, und Maulwurfbart hat mir gesagt, dass Vögel besonders schwer zu fangen sind.*

Trotzdem musste Erlenpfote zugeben, dass er zwar gute Fortschritte machte, Funkenpfote jedoch besser war. Sie kehrte nie mit leeren Pfoten von der Jagd zurück und schien die Kampftechniken mühelos zu lernen.

Aber nur, weil sie in allem großartig ist, bin ich ja nicht schlecht, sagte sich Erlenpfote und würde es nur allzu gern glauben. *Ich frag mich, wie es wäre, wenn ich nicht mit Funkenpfote gemeinsam Schüler wäre. Dann müsste ich mich nicht ständig mit ihr vergleichen.* Aber der Gedanke fühlte sich so sehr nach Verrat an seiner Wurfgefährtin an, dass er ihn beiseitestieß und sein Pelz vor Scham brannte. *Sie ist meine Schwester! Natürlich will ich mit ihr zusammen sein!*

In diesem Moment tauchte Funkenpfote aus dem Dämmerlicht auf. »Bist du so weit?«, fragte sie aufgeregt und hüpfte von einer Pfote auf die andere. »Brombeerstern versammelt den Clan beim Dornentunnel.«

Erlenpfote sprang auf und schob seine Sorgen beiseite. Vorfreude prickelte von den Ohren bis zur Schwanzspitze unter seinem Pelz. »Das wird so aufregend!«, miaute er. »Unsere erste Große Versammlung!«

»Auf der wir den anderen Clans vorgestellt werden«, ergänzte Funkenpfote, während die beiden Seite an Seite über die Lichtung sprangen. »Ich kann's kaum erwarten!«

Während sie sich unter die Katzen mischten, die sich vor dem Dornentunnel versammelt hatten, fragte sich Erlenpfote, wie die anderen Clans wohl sein mochten. Abgesehen von flüchtigen Blicken über die Grenze, wenn er auf Patrouille war, hatte er nur ein Mal Katzen eines fremden Clans gesehen. Da war er noch ein Junges gewesen, und zwei Heilerkatzen waren vom FlussClan gekommen, um mit Häherfeder und Blattsee zu sprechen. Sie hatten wie ganz normale Katzen ausgesehen, bis auf ihre Pelze, die besonders dick und glatt waren und einen merkwürdigen Fischgeruch verbreiteten. Und solange sie sich im Lager aufhielten, waren alle DonnerClan-

Katzen angespannt gewesen, hatten ihnen mit gesträubten Nackenhaaren Seitenblicke zugeworfen.

Heilerkatzen sind sowieso anders als echte Krieger, sagte sich Erlenpfote. Einen kompletten Clan fremder Katzen konnte er sich nur schwer vorstellen.

Endlich hob Brombeerstern den Schwanz, das Zeichen zum Aufbruch für die Katzen, die ausgewählt worden waren, um zur Großen Versammlung zu wandern. Als Erlenpfote mit den letzten Katzen der Gruppe durch den Tunnel tappte, ließ seine freudige Aufregung allmählich nach. *Hoffentlich stelle ich vor all den fremden Katzen nichts Dummes an.*

An den Wald bei Tageslicht war Erlenpfote inzwischen gewöhnt, aber als er jetzt die Dornenbarriere hinter sich ließ, stellte er fest, dass im Zwielicht alles anders aussah. Die Bäume wirkten dicker und geheimnisvoller, die Luft war kühler und trug andere Gerüche herbei. Die Dunkelheit war erfüllt von neuen Geräuschen, und es war schwer auszumachen, aus welchen Richtungen sie kamen.

Mit klopfendem Herzen erreichte Erlenpfote mit seinen Clan-Gefährten das Seeufer. Er hatte den Schutz der Bäume kaum verlassen, als er über seinem Kopf gespenstische Rufe hörte. Er zuckte zusammen, wirbelte herum und starrte hinauf in die Dunkelheit. Ein blasser Flügel schwebte durch sein Blickfeld, dann war die Eule weg.

Erlenpfote unterdrückte ein Schaudern und wandte sich an Eichhornschweif, die neben ihm hertappte. »Ich hab Geschichten über riesige Eulen gehört«, hob er nervös an, »die groß genug sind, um eine Katzen zu schnappen. Stimmt das?«

Eichhornschweifs grüne Augen leuchteten im Dunkeln in einer Mischung aus Mitgefühl und Belustigung auf. »Die Eulen in diesen Wäldern sind zu klein, um eine Katze anzugreifen«, antwortete sie.

Erlenpfote dachte über ihre Antwort nach, die ihn nur zum Teil beruhigte: Meinte seine Mutter damit, dass es tatsächlich Eulen gab, die groß genug waren, um Katzen zu ihrer Beute zu machen? Und wenn ja, konnten sie dann nicht eines Tages im Wald auftauchen?

Maulwurfbart, der an Erlenpfotes anderer Seite lief, schnippte seinem Schüler mit dem Schwanz übers Ohr. »Eines Tages werden Kirschfall und ich dich und Funkenpfote zur Nachtjagd mitnehmen«, miaute er. »Es gibt reichlich Beute, die nur nachts ihre Nester verlässt.«

»Das … äh … ist großartig«, antwortete Erlenpfote unsicher.

In dem Moment hörte er, wie Funkenpfote, die mit Kirschfall direkt hinter ihm lief, einen erschreckten und erstaunten Laut ausstieß. Erlenpfote blickte sich um und sah, dass kleine Lichter in der Dunkelheit aufleuchteten und wieder verloschten, als würden winzige Sonnenfunken durch die Luft tanzen.

»Was ist das?«, fragte Funkenpfote, ohne den Blick von den Lichtern abzuwenden, als könne sie nicht glauben, was sie da sah.

»Sie heißen Glühwürmchen«, erklärte Kirschfall. »Insekten, die leuchten wie die Sterne. Ist das nicht toll?«

»Das ist fantastisch!«, miaute Erlenpfote.

Funkenpfote sauste auf die Lichter zu, und Erlenpfote zögerte kaum einen Herzschlag, ihr zu folgen. Vor lauter Begeisterung sprang er in die Luft und schlug mit den Pfoten nach den Glühwürmchen, als könnte er die kleinen Sonnenfunken fangen. Neben ihm sprang auch seine Schwester hoch, drehte sich in der Luft, verfehlte die winzigen Lichtpunkte aber immer um Schnurrhaareslänge.

»Funkenpfote! Erlenpfote!«, rief Eichhornschweif mit strenger Stimme. »Kommt sofort hierher.«

Erlenpfote und Funkenpfote ließen sich auf ihre Pfoten fallen und tappten keuchend und zerzaust zu der Katzengruppe zurück.

»Was habt ihr euch bloß dabei gedacht?«, fragte Eichhornschweif, als sie sich wieder zu ihr gesellten. »Wenn ihr zu einer Großen Versammlung unterwegs seid, dann repräsentiert ihr den DonnerClan und solltet euch *tadellos* benehmen, wenn ihr den anderen Clans begegnet.«

Erlenpfote ließ den Kopf sinken. »Machen wir. Tut mir leid.«

»Mir auch«, schloss sich Funkenpfote an.

»Das möchte ich aber auch meinen!« Eichhornschweif schritt energisch aus.

Die beiden Schüler folgten ihr, aber sobald Eichhornschweif außer Hörweite war, trat Funkenpfote näher an Erlenpfote heran. »War das nicht *wunderbar*?«, flüsterte sie. »So was kriegen wir nie zu sehen, wenn wir die ganze Zeit im Lager festsitzen!«

Die DonnerClan-Katzen umrundeten den See und hielten sich dicht am Wasserrand, während sie das WindClan-Territorium durchquerten. Auf ihrem Weg sahen sie den Mond hinter dicken Wolken auftauchen und einen kalten, silbernen Lichtstrahl über die Wasseroberfläche schicken.

»Gut«, miaute Maulwurfbart. »Wenn der SternenClan wütend ist, bedeckt er den Mond. Dies hier bedeutet, dass die Große Versammlung stattfinden kann.«

Weit hinten am anderen Ende des WindClan-Territoriums sah Erlenpfote im frostigen Mondlicht eine Gruppe von Zweibeinernestern. »Das muss der Pferdeort sein«, flüsterte er Funkenpfote zu. »Weißt du noch, wie uns Minka in der Kinderstube davon erzählt hat?«

Funkenpfote hielt inne und suchte den Boden hinter dem Zweibeinerzaun ab. »Ich seh gar keine Pferde«, miaute sie enttäuscht. »Vielleicht gehen sie in ihre Baue, wenn …«

Sie brach ab, als sie von Eichhornschweif angestoßen wurde. »Nicht trödeln, wir sind fast da.«

Erlenpfotes Aufregung wuchs, als sie ein Stück sumpfigen Boden überquerten und die Baumbrücke zur Versammlungsinsel sichtbar wurde. Eine weitere Katzengruppe streifte am Ufer in der Nähe des umgestürzten Baumes umher.

»Das ist der WindClan«, erklärte Kirschfall den beiden Schülern. »Strengt eure Nasen an, um euch die Gerüche zu merken.«

Erlenpfote hatte den WindClan-Geruch schon bei der Grenze zwischen beiden Clans kennengelernt, aber hier war er viel kräftiger und erinnerte an kühle Luft und harte, struppige Pflanzen. Die WindClan-Katzen sahen ziemlich normal aus, nur dünner als die meisten seiner Clan-Gefährten, und hatten lange Beine und drahtige, muskulöse Körper.

Brombeerstern tappte durch die Katzengruppe und neigte höflich den Kopf vor einem braun gescheckten Kater mit einer ergrauten Schnauze, die auf sein hohes Alter schließen ließ.

»Sei gegrüßt, Kurzstern«, miaute Brombeerstern. »Wie läuft die Beute im WindClan?«

»Ziemlich gut, würde ich sagen«, antwortete der WindClan-Anführer mürrisch. »Du bist hoffentlich mit deinen

Kriegern dicht beim Seeufer geblieben, als ihr durch unser Territorium gewandert seid.«

»Selbstverständlich.« Brombeersterns Stimme blieb ruhig. »Der DonnerClan würde nicht einmal daran denken, bei euch einzudringen.«

Kurzstern brummte nur zur Antwort.

Brombeerstern bedeutete seinen Katzen zurückzubleiben, bis die WindClan-Katzen die Baumbrücke zur Insel überquert hatten. Erlenpfotes Pfoten kribbelten nervös, während er zusah, wie sie über den Stamm balancierten und am fernen Ende zum Boden sprangen.

Ich frage mich, ob jemals eine Katze in den See gefallen ist, dachte er. *Das wäre schrecklich peinlich!*

Brombeerstern begann, die DonnerClan-Katzen zur Insel zu führen und Erlenpfote reckte den Kopf. Als Funkenpfote an die Reihe kam, flitzte sie zur anderen Seite hinüber und sprang mit einem Triumphschrei hinab auf den Inselstrand.

Kirschfall, die als Nächste dran war, rollte mit den Augen. »Ich muss mit ihr reden, damit sie ein bisschen vorsichtiger ist«, murmelte sie.

Erlenpfote kletterte auf den Baumstamm und stellte erleichtert fest, dass er viel breiter und stabiler war, als er gedacht hatte. Der Anblick des dunklen Wassers direkt unter ihm gefiel ihm nicht, so wenig wie das saugende Geräusch, mit dem es an den Baum schwappte, deshalb hielt er den Blick unbeirrt auf die Insel vor ihm gerichtet und war außerordentlich froh, als er das Wurzelende des Baumes erreichte. Er sprang zu Funkenpfote auf den Boden, die auf ihn gewartet hatte.

»Komm weiter, du lahmer Maulwurf!«, bedrängte sie ihn. »Wir verpassen den ganzen Spaß!«

Erlenpfote sah, dass sich die DonnerClan-Krieger oben auf dem Hang, der vom Strand wegführte, durch eine Reihe von dichten Büschen drängten. Mit Funkenpfote neben sich rannte er die Böschung hinauf und warf sich hinter seinen Clan-Gefährten ins Gestrüpp. Dornen durchkämmten seinen Pelz, sodass er sich fragte, warum er so viel Zeit auf seine Fellpflege verwendet hatte.

Hinter dem Gestrüpp fand sich Erlenpfote auf einer breiten, runden Graslichtung wieder. Eine riesige, knorrige Eiche stand in der Mitte, mit Wurzeln, die so dick waren wie der Körper einer Katze. Überall streiften Katzen umher, einige redeten in Gruppen miteinander, während andere bequeme Plätze aufsuchten, um sich dort mit den Gesichtern zur Eiche niederzulassen. Das Durcheinander aus Gerüchen blieb Erlenpfote im Hals stecken, sodass er fast würgen musste.

»Anscheinend sind alle anderen Clans schon da«, flüsterte ihm Funkenpfote ins Ohr. »Ich hab noch nie so viele Katzen gesehen!«

Erlenpfote nickte zustimmend. Er wunderte sich vor allem über eine Gruppe junger Katzen – *wahrscheinlich Schüler wie wir* –, die im Schutz der Büsche miteinander jaulten und sich gegenseitig anrempelten. *Auf einer Großen Versammlung soll man sich* tadellos *benehmen, hat Eichhornschweif doch gesagt,* dachte er. *Aber vielleicht haben die anderen Clans nicht dieselben Regeln.*

»Nun, was hältst du davon?«, fragte Maulwurfbart, der unbemerkt herangetappt war, während Erlenpfote die rauflustigen jungen Katzen anstarrte.

»Das ist unglaublich!« Erlenpfote schnappte nach Luft.

»Das ist es wirklich«, stimmte ihm Kirschfall zu, die aus

dem Gebüsch trat und ihren Pelz schüttelte. »Vor allem beim ersten Besuch.«

»Sieh her«, miaute Maulwurfbart und deutete mit dem Schwanz auf einen Kater. »Das ist Eschenstern, der gerade auf die Große Eiche hinaufklettert.«

Erlenpfote blickte staunend zu dem mächtigen, goldbraunen Kater hoch, der sich in einer Astgabel niederließ und gebieterisch um sich blickte. *So einer Katze will ich nicht in die Quere kommen.*

»Kurzstern hast du schon gesehen, er sitzt da auf dem Ast direkt über Eschenstern«, fuhr Maulwurfbart fort, wobei er auf den braunen Kater zeigte. »Und da kommt Nebelstern, die FlussClan-Anführerin.«

Erlenpfote sah eine graue Kätzin elegant in den Baum hinaufspringen. Einige Blätter flatterten herab, während sie auf einem niedrigen Ast Platz nahm. Er sah, dass auch Brombeerstern zum Baum lief, und beobachtete voller Stolz, wie sein Vater zu den übrigen Anführern stieß. *Wie wichtig er ist!*

»Die Zweiten Anführer sitzen auf den Wurzeln«, erklärte Kirschfall den Schülern. »Der braun-weiße Kater, Hasensprung, ist der Zweite WindClan-Anführer und neben ihm sitzt Schilfbart vom FlussClan. Die Katze, die gerade zu ihnen tappt, ist Krähenfrost vom SchattenClan.«

»Und ich an eurer Stelle würde meinen Schwanz da rüberschaffen«, rief Eichhornschweif im Vorbeigehen. Sie blieb kurz stehen und miaute den Schülern zu: »Das ist eure Chance, Katzen von anderen Clans kennenzulernen. Geht hin und stellt euch vor.«

Erlenpfote sah, dass sich die älteren DonnerClan-Katzen bereits unter die übrigen Clans gemischt hatten, bei ihren

Freunden saßen und angeregt mit ihnen plauderten. Eichhornschweif ging zu den übrigen Zweiten Anführern, während Brombeerstern in den Baum sprang und sich in Nebelsterns Nähe auf einen Ast setzte.

Erlenpfote blickte nervös um sich, wagte nicht, sich einer der umherschweifenden Katzengruppen zu nähern. *Am liebsten würde ich einfach bei Funkenpfote bleiben,* sagte er sich.

»Ich kann euch ein paar Katzen vorstellen, wenn ihr wollt«, schlug Kirschfall vor.

Erlenpfote wollte das Angebot gerade dankbar annehmen, als Funkenpfotes Ohr zuckte. »Danke, wir brauchen keine Hilfe«, miaute sie. »Wir kommen allein zurecht.«

»Wie ihr wollt.« Kirschfall neigte den Kopf. »Dann bis später.« Sie tappte davon und ließ sich bei einer langbeinigen Tigerkätzin nieder, die vermutlich zum WindClan gehörte.

Erlenpfote warf seiner Wurfgefährtin einen Seitenblick zu. »Warum hast du das gesagt?«, wollte er wissen. »Ich hätte mich viel lieber von Kirschfall einführen lassen, anstatt zu einer fremden Katze zu laufen und mich selbst vorzustellen.«

Funkenpfote erwiderte seinen Blick. »Ich werd mich doch nicht wie ein *Junges* hinter einer älteren Katze verstecken«, fauchte sie. »Was sollen denn die Katzen der anderen Clans von mir denken?«

»Na, dann los«, konterte Erlenpfote. »Und wen quatschen wir dann jetzt an?«

Funkenpfote ließ ihren Kopf und Schwanz ein wenig sinken, als würde sie jetzt erst darüber nachdenken. Dann reckte sie das Kinn wieder hoch in die Luft und sah sich um.

In diesem Moment sah Erlenpfote, dass ihnen eine Katze mit dem Schwanz zuwinkte. Ihr Körperbau ließ vermuten, dass sie Schülerin war, eine geschmeidige, silbergraue Kätzin mit weißem Brustfell. Ihre frechen grünen Augen blitzten. »He! Kommt hier rüber!«, rief sie.

Erleichtert, dass eine andere Katze den ersten Schritt getan hatte, trabte Erlenpfote mit Funkenpfote an seiner Seite zu ihr. Er entdeckte den seltsam strengen Geruch, den er von der SchattenClan-Grenze kannte, war aber zu höflich, um die Nase zu rümpfen.

»Ich bin Nadelpfote«, verkündete die silberne Kätzin. »Das ist Seidenpfote und das Bienenpfote.«

Die beiden Schülerinnen neben ihr nickten zur Begrüßung. Die Kätzin Seidenpfote war gelb und die kräftige Bienenpfote weiß mit schwarzen Ohren.

»Hallo«, miaute Bienenpfote und rückte zur Seite, um für die DonnerClan-Schüler unter ihrem Busch Platz zu machen. »Wir sind vom SchattenClan.«

»Ist das eure erste Große Versammlung?«, fragte Nadelpfote. »Für mich ist es die zweite – ich bin schon seit drei Monden Schülerin.«

»Ja, wir sind zum ersten Mal hier«, antwortete Erlenpfote. »Ich bin Erlenpfote und das ist Funkenpfote.«

»Wir sind vom DonnerClan«, ergänzte Funkenpfote.

»Ach, wirklich?« Nadelpfotes leuchtend grüne Augen wurden groß. »Dann gehört ihr also zu denen, die alle anderen Katzen im Wald herumkommandieren?«

»Nein, das tun wir *nicht*!«, rief Funkenpfote und peitschte mit dem Schwanz, während Erlenpfote das Nackenfell sträubte. »Warum sagt ihr so was überhaupt?«, setzte sie hinzu. »Warum müsst ihr uns so beleidigen?«

»Schon gut, lass dein Fell flach«, miaute Nadelpfote mit einem belustigten Blick zu ihren Clan-Gefährtinnen. »Das sollte ein Witz sein. Alle Clans haben Vorurteile gegenüber den anderen. DonnerClan-Katzen sind arrogant, WindClan-Katzen fürchten sich und rennen weg, und FlussClan-Katzen sind zu fett und faul, um anständig zu jagen.«

Erlenpfote konnte gerade noch verhindern, dass sein Kiefer runterklappte, und wechselte einen entsetzten Blick mit Funkenpfote. *Für wen hält die sich eigentlich, dass sie so über andere Clans redet?*

»Also, *ich* finde das blöd«, mischte sich Seidenpfote ein, leckte eine Pfote an und strich sich damit übers Ohr. »Es hat nichts mit deinem Clan zu tun, wie du bist. Da bist du bloß geboren. Beim SchattenClan gibt es Katzen, die sind ganz genauso arrogant wie die vom DonnerClan.«

Funkenpfotes gespitzte Ohren schnellten bei dieser Bemerkung schockiert nach vorn, während Erlenpfote die Beschreibung gar nicht so abwegig fand.

Bevor Funkenpfote widersprechen konnte, erschallte eine Stimme über die Lichtung. »Katzen aller Clans!« Es war Eschenstern, der groß und stolz auf seinem Ast stand. »Willkommen bei der Großen Versammlung. Nebelstern, möchtest du zuerst berichten?«

Die graue Kätzin neigte ihren Kopf und erhob sich auf die Pfoten. »Dem FlussClan geht es gut«, hob sie an. »Der See ist gefüllt mit Fischen ...«

»FlussClan-Katzen essen Fische!«, rief Bienenpfote. »Könnt ihr euch das vorstellen? Kein Wunder, dass sie so stinken.«

Erlenpfote sah sich um, ob irgendein SchattenClan-Krieger Bienenpfotes Benehmen rügen würde, aber es war niemand in

Hörweite. Er hoffte inständig, dass Nebelstern diese Bemerkung nicht gehört hatte, aber sie ließ sich nichts anmerken.

»Seeherz hat einen Wurf mit vier Jungen zur Welt gebracht«, verkündete sie, dann neigte sie noch einmal den Kopf vor Eschenstern und setzte sich wieder.

»Kurzstern?« Eschenstern gab dem WindClan-Anführer ein Zeichen.

»Die Jagd auf dem Moor war gut«, hob Kurzstern an.

»Wetten, dass der eher weniger gejagt hat?«, flüsterte Nadelpfote. »Mürrischer, alter Zottelpelz!«

»Stimmt, mein Mentor hat gesagt, dass der noch nicht mal einen blinden Igel erwischen würde, und schon gar kein Kaninchen«, antwortete Seidenpfote.

So reden sie über einen Anführer! Allerdings musste Erlenpfote zugeben, dass er das schon lustig fand, und auch Funkenpfote unterdrückte ein amüsiertes Schnurren. Trotzdem war er entsetzt über ihre Kommentare und noch entsetzter, dass SchattenClan-Krieger ihren Schülern so etwas erzählten.

»Einige Streuner sind an den Ausläufern unseres Territoriums aufgetaucht«, fuhr Kurzstern fort. »Krähenfeder hat eine Patrouille angeführt und sie im Auge behalten, und die Streuner sind gegangen, ohne Ärger zu machen. Inzwischen sind sie längst weg.«

»Ich hätte ihnen die Ohren zerfetzt, wenn sie zum SchattenClan gekommen wären«, flüsterte Bienenpfote und ließ die Krallen ausfahren. »Damit sie wissen, dass sie in unserem Territorium nichts zu suchen haben.«

»Der WindClan war schon immer schwach«, fügte Nadelpfote hinzu. »Das hat Bernsteinpelz jedenfalls zu Krähenfrost gesagt.«

Seidenpfote beugte sich vor, um Nadelpfote etwas ins Ohr zu flüstern, aber Erlenpfote hörte nicht länger zu, weil Brombeerstern gerade aufgestanden war, um seinen Bericht abzugeben.

»Die Beute läuft gut beim DonnerClan«, miaute der getigerte Kater. »Und zwei neue Schüler, Erlenpfote und Funkenpfote, haben ihr Training begonnen, mit ihren Mentoren Maulwurfbart und Kirschfall.«

Erlenpfote spürte, wie jede Katze den Kopf drehte, um sie anzusehen. Einige jaulten laut ihre Namen. »Erlenpfote! Funkenpfote!« Entsetzlich verlegen senkte er seinen Kopf, um sich das Brustfell zu lecken. *Es war schon beim eigenen Clan schlimm genug, im Mittelpunkt zu stehen!*

Funkenpfote andererseits war stolz und genoss die Willkommensrufe der anderen Katzen.

Brombeerstern hatte sich wieder auf seinem Ast niedergelassen und Eschenstern trat vor.

»Im SchattenClan gibt es Beute im Überfluss«, berichtete er.

»Mal ehrlich!«, flüsterte Nadelpfote. »Hat irgendeine Katze erwartet, dass er was anderes sagt? Das würde er auch noch behaupten, wenn wir am Verhungern wären. Er muss uns alle für Mäusehirne halten.«

Erlenpfote war schon wieder entsetzt über Nadelpfotes abfälligen Kommentar. *Haben diese Katzen nicht mal Respekt vor ihrem eigenen Anführer? So würde ich* niemals *über Brombeerstern reden!* Erlenpfote zweifelte nicht daran, dass Eschenstern die Wahrheit sagte. Diese wohlgenährten Kätzinnen hatten offensichtlich mehr Beute, als sie essen konnten.

»Zweibeiner besuchen den Zweibeinerort in unserem Territorium nach wie vor in der Blattgrüne«, fuhr Eschenstern fort. »Aber sie haben uns keine Probleme gemacht, und da es in den kommenden Monden kälter wird, sehen wir vermutlich bald kaum noch welche.«

»Und wenn's nach mir geht, dann kann's gar nicht schnell genug gehen«, murmelte Nadelpfote.

»Zwei Schüler unseres Clans sind zu Kriegern ernannt worden.« Eschenstern blickte stolz auf sie hinab, mit einer ausschweifenden Schwanzbewegung deutete er auf einen weißen Kater und eine gelb getigerte Kätzin, die dicht beieinander bei der Großen Eiche standen. »Steinschwinge und Wespenschweif.«

Die beiden neuen Krieger richteten sich auf, ihre Augen leuchteten, als die Clan-Gefährten begeistert ihre Namen jaulten. Die meisten anderen Katzen fielen ein.

»Außerdem«, setzte Eschenstern hinzu, als sich der Jubel gelegt hatte, »sind vier Junge zu Schülern ernannt worden. Bienenpfotes Mentorin ist Lichtfell, Tigerherz betreut Seidenpfote, Steinschwinge Wacholderpfote und Wespenschweif ist Mentorin von Schlagpfote.«

Statt zu jubeln, um die neuen Schüler zu begrüßen, erhob sich überraschtes Raunen unter allen Katzen. Kurzstern sah den goldbraunen Kater streng an. »Der SchattenClan ernennt jetzt also tatsächlich brandneue Krieger zu Mentoren?«, fragte er missbilligend.

»Wenn SchattenClan-Katzen zu Kriegern ernannt werden«, gab Eschenstern zurück und in seiner Stimme war ein leises Knurren zu hören, »sind sie auf alles vorbereitet. Das ist Sache des SchattenClans und geht sonst niemanden etwas an.«

Erlenpfote fand, dass die SchattenClan-Schülerinnen neben ihm ein bisschen selbstgefällig dreinschauten.

»Der SchattenClan hat *reichlich* Schüler«, klärte Nadelpfote ihn hochmütig auf. »Eschenstern weiß nicht mehr, wohin mit uns allen.«

Erlenpfote fand es immer seltsamer, in welchem Ton die SchattenClan-Schüler über ihren Anführer redeten und die Schwächen ihres Clans gegenüber anderen so freizügig preisgaben.

Erlenpfote wurde von seinen Gedanken abgelenkt, als er sah, dass die vier Clan-Anführer dicht beieinandersaßen und leise miteinander sprachen.

Kurz darauf trat Eschenstern noch einmal vor. »Die Heilerkatzen haben allen Clans etwas mitzuteilen«, verkündete er. »Es ist so wichtig, dass sie bisher nur mit ihren Anführern darüber gesprochen haben.«

Gespannte Stille legte sich über die Clans, als die Heilerkatzen gemeinsam zur Großen Eiche tappten.

Neben Blattsee und Häherfeder kannte Erlenpfote nur Mottenflügel und ihre Schülerin Maulbeerglanz von ihrem Besuch im DonnerClan-Lager.

»Der alte Kater muss Kleinwolke vom SchattenClan sein«, flüsterte er Funkenpfote zu.

»Dann ist die Katze mit dem gefleckten grauen Fell Falkenflug vom WindClan«, flüsterte Funkenpfote zurück.

Die Heilerkatzen verständigten sich kurz, dann sprang Falkenflug auf eine Eichenwurzel bei den Zweiten Anführern.

»Wir hatten alle eine gemeinsame Vision«, hob er an. »Wir haben eine Prophezeiung empfangen, die für sämtliche Clans überlebenswichtig ist.«

Erschrockenes Miauen und Verwirrung erhob sich unter den versammelten Katzen.

»Warum sollte euch der SternenClan eine *gemeinsame* Vision schicken?«, rief eine Katze.

Der Tumult wurde lauter und lauter, bis Häherfeder mit peitschendem Schwanz aufstand. »Beim SternenClan, seid doch still und hört erst mal zu!«, blaffte er.

Allmählich legte sich der Lärm, bis sich Falkenflug wieder Gehör verschaffen konnte. »Zuerst hat Feuerstern zu uns gesprochen«, berichtete er.

»Ach ja, natürlich war es *Feuerstern*!«, murmelte Nadelpfote. »Der steckt seinen Schwanz in die Angelegenheiten *jeder* Katze, sogar jetzt noch, wo er tot ist.«

»Er sagte: ›Nehmt auf, was ihr in den Schatten findet, sonst sind die Wolken für immer verloren‹.«

»Und was hat er damit gemeint?«, fragte Hasensprung, der Zweite Anführer des WindClans.

»Wir wissen es nicht«, antwortete Falkenflug.

Hasensprung schnaubte. »Na, großartig.«

Während er Falkenflug zuhörte, wurde Erlenpfote das Gefühl nicht los, dass ihm diese Situation vertraut vorkam. Er sah die große Katze mit dem flammenfarbenen Pelz – der er nie begegnet war – förmlich vor Augen, wie sie die Worte sagte. *Könnte das Feuerstern gewesen sein?* Aber alles war so vage wie in einem teilweise erinnerten Traum, sodass er die schemenhafte Erinnerung beiseiteschob und sich darauf konzentrierte, was gesagt wurde.

Als Falkenflug schwieg, erhoben sich überall um ihn herum aufgebrachte Stimmen.

»Was bedeutet das?«

»Was sollen wir in den Schatten finden?«

»Und wie sollen wir etwas finden, wenn wir nicht wissen, was es ist?«

»Vielleicht ist der SchattenClan gemeint?«

»Wenn ihr mich fragt«, fauchte ein SchattenClan-Ältester mit einer auffälligen Narbe, »ein bisschen mehr Respekt für in die Jahre gekommene Krieger ist es, was aufgenommen werden sollte.«

Bienenpfote und Nadelpfote schnurrten belustigt. »Das sagt Rattennarbe ständig!«, flüsterte Bienenpfote.

Eine hübsche FlussClan-Schülerin hob den Schwanz. »Ich hab ein paar wunderschöne blaue Federn in einer schattigen Schlucht gefunden und mein Nest damit dekoriert«, miaute sie. »Meint ihr, sie könnten wichtig sein?«

Ein älterer FlussClan-Krieger schnippte ihr energisch übers Ohr. »Dumme Fellkugel!«

»In unserem alten Territorium, damals im Wald, gab es überall Schatten«, brummelte Kurzstern. Er sah alt und gebrechlich aus, mit zahllosen Erinnerungen in den Augen. »Und wir haben so vieles zurückgelassen, als wir gingen.«

»Aber wie sollen wir unser altes Territorium jemals wiederfinden?«, fragte Nebelstern. Ihre Stimme war warm und mitfühlend, und sie reckte ihren Schwanz, um dem WindClan-Anführer über die Flanke zu streichen. »Das ist vorbei.«

»Ich habe eine Frage.« Wolkenschweif erhob sich von seinem Platz neben Lichtherz und Weißflug und wandte sich an die Heilerkatzen. »Gehen wir davon aus, dass sich diese Prophezeiung auf alle Clans bezieht? Oder war sie speziell für Häherfeder gedacht?«

»Gute Frage«, antwortete Kleinwolke.

»Feuerstern hat sie mit den Worten eingeleitet, allen Clans stehe eine Zeit mit großen Veränderungen bevor«, antwortete Häherfeder. »Womit ja offensichtlich ist, dass sie uns alle betrifft.«

Wieder erhoben sich Stimmen, verwirrt und verärgert, aus allen vier Clans.

»Will der SternenClan sagen, dass wir uns *alle* um etwas kümmern sollen, was wir in den Schatten finden – ganz gleich, was es ist?«, wollte Krähenfrost wissen.

Erlenpfote spürte die Spannung auf der Lichtung, als ob plötzlich kalter, dunkler Nebel aufgezogen wäre. Katzen warfen sich besorgte Blicke zu und tuschelten miteinander.

»Ist das aufregend!«, flüsterte Funkenpfote. »Vielleicht finden *wir* das Ding in den Schatten und retten den DonnerClan.«

»Glaub ich kaum«, antwortete Erlenpfote. *Ich bin noch nicht bereit für Heldentaten.*

»Was?« Nadelpfote hatte offensichtlich mitgehört. »*Keine* DonnerClan-Katze ist besser im Finden von Sachen als der SchattenClan!«

»Das *musstest* du ja sagen!«, fauchte Funkenpfote zurück. »Wart's ab, dann wirst du schon sehen!«

»Ich finde die ganze Idee blöd«, miaute Seidenpfote verächtlich, wobei Erlenpfote nicht entging, dass sie dabei ihre Stimme senkte. »Prophezeiungen und SternenClan und all das Zeug sind einfach lächerlich!«

Erlenpfote und Funkenpfote sahen sich entsetzt an. *Seidenpfote glaubt nicht an den SternenClan?* Erlenpfote wunderte sich. *Das ist ja schrecklich!* Er hatte den Eindruck, dass Nadelpfote und Bienenpfote genauso entsetzt waren, einige

Herzschläge lang schwiegen und sich erst dann ein paar belustigte Schnurrlaute abringen konnten.

Plötzlich spürte Erlenpfote ein Kribbeln im Nacken, als würde ihn eine Katze beobachten. Er spähte über die Schulter zur Großen Eiche und wieder begann sein Pelz alarmiert zu kribbeln. Blattsee saß mit den übrigen Heilerkatzen am Fuß des Baumes und musterte ihn unverhohlen.

Warum?

4. KAPITEL

ERLENPFOTE, WIRST DU dich wohl konzentrieren!« Maulwurfbart peitschte verärgert mit dem Schwanz. »Jedes Junge kann sich diesen Zug merken.«

Die beiden Schüler trainierten mit ihren Mentoren Kampftechniken auf einer Lichtung in der Nähe des Lagers. Maulwurfbart zeigte ihnen, sich auf die Hinterläufe zu stellen und von oben auf ihre Gegner zu stürzen. Funkenpfote hatte sofort verstanden, worauf es ankam, und Erlenpfotes Ohren brannten von den Schlägen, die sie ihm verpasst hatte. Aber sobald er es selbst versuchte, verlor er das Gleichgewicht, oder Funkenpfote wich seitlich aus, bevor er einen Treffer landen konnte.

Erlenpfote wusste genau, warum er sich nicht ganz auf das Training konzentrieren konnte. Er fühlte sich immer noch unbehaglich, weil Blattsee ihn in der vergangenen Nacht bei der Großen Versammlung so seltsam gemustert hatte. Warum hatte sie ihn ständig so *angestarrt*? Bis vor Kurzem hatten ihn die Heilerkatzen nur ein einziges Mal beachtet und da war er noch ein Junges gewesen und hatte einen Dorn in der Pfote gehabt. Jetzt kam es ihm so vor, als würden sie ihn ständig beobachten. *Ich mag das nicht*, sagte er zu sich selbst.

»Schluss mit dem Kampftraining für heute«, miaute Maulwurfbart seufzend. »Kirschfall, wie wär's, wenn du mit Funkenpfote die Beute einsammelst, die ihr vorhin gefangen habt? Erlenpfote, wir beide versuchen noch einmal, an einer anderen Stelle im Wald zu jagen.«

»Einverstanden«, stimmte Kirschfall zu. »Vielleicht fangen wir auf dem Rückweg auch noch etwas. Viel Glück, Erlenpfote.«

Sie und Funkenpfote schlugen den Rückweg zum Lager ein. Funkenpfote baute in jeden ihrer Schritte einen Hopser ein. Bei der vorangegangenen Jagdlektion hatte sie eine fette Drossel und ein Eichhörnchen erlegt und Kirschfall konnte sie gar nicht genug loben.

»Komm mit, Erlenpfote.« Maulwurfbart tappte tiefer in den Wald hinein. »Vielleicht hast du mehr Glück beim Jagen, wenn deine Wurfgefährtin nicht in der Nähe ist.«

So wird's sein, dachte Erlenpfote finster, während er seinem Mentor folgte. *Ich hab noch nie was gefangen. Nicht nur heute, sondern* noch nie. *Funkenpfote fängt andauernd was.*

Wieder einmal kehrten seine Gedanken zu Blattsees starrem Blick zurück. *Heilerkatzen wissen Dinge*, überlegte er. *Vielleicht weiß sie, dass mit mir irgendwas nicht stimmt und ich nie ein guter Krieger werde.*

Tief betrübt, wie er war, bekam er gar nicht mit, dass Maulwurfbart stehen geblieben war und ihm etwas erklärte. Er hörte nur noch die letzten Worte: »Versuch's mal so.«

»Entschuldige«, miaute er. »Kannst du das bitte noch mal wiederholen?«

Maulwurfbart ließ die Krallen spielen und antwortete mit scharfer Stimme: »Erlenpfote, du musst aufpassen. Eine Katze, die nicht jagen kann, ist nutzlos für ihren Clan.«

Erlenpfote zuckte zusammen wegen des barschen Tons. Maulwurfbart sah ihn an, seufzte und schüttelte kaum merklich den Kopf. Er hatte offensichtlich große Mühe, nicht die Beherrschung zu verlieren.

»Ich will, dass du dich ausschließlich auf eine kleine Stelle konzentrierst und dort nach Beute Ausschau hältst«, miaute er. »Verschließ deine Ohren und Nase für das restliche Territorium um dich herum.«

»Gut, ich versuch's«, antwortete Erlenpfote.

Nachdem er sich umgeschaut hatte, wählte er das Unterholz am Fuß einer Eiche und konzentrierte all seine Sinne darauf. Irgendwann hörte er etwas zwischen den Wurzeln scharren, prüfte die Luft und erkannte Mausgeruch.

Erlenpfote ging in die Lauerstellung und schlich vorwärts. Er erinnerte sich an alles, was ihm Maulwurfbart beigebracht hatte: unten bleiben, bis das Fell am Bauch den Boden streift, und den Schwanz an eine Seite legen.

Er setzte seine Pfoten so leicht wie möglich auf, und als er sich dem Baum näherte, kribbelte überall in seinem Pelz der Gedanke an den Sieg. *Diesmal schaffe ich es … ganz bestimmt!*

Jetzt konnte er den kleinen grauen Körper der Maus hinter einem hohen Grasbüschel hocken sehen. Ein Vorgeschmack auf die Beute ließ ihm schon das Wasser im Maul zusammenlaufen. Aber als er gerade zum Sprung ansetzte, knackte ein Zweig unter seiner Vorderpfote. Blitzartig war die Maus verschwunden.

Erlenpfote hielt inne und knurrte enttäuscht. Er wagte nicht, Maulwurfbart anzusehen, bis sein Mentor direkt vor ihm stand.

Maulwurfbarts Schwanzspitze zuckte aufgebracht. »Das reicht vielleicht für heute«, miaute er mit gepresster, beherrschter Stimme.

Schweigend führte er sie zum Lager zurück und Erlenpfote folgte ihm in einem Nebel der Verzweiflung. *Alles geht schief! Wer hat schon von einem Krieger gehört, der weder kämpfen noch jagen kann?*

Sobald sie aus dem Dornentunnel heraus das Lager betraten, kam Brombeerstern angesprungen. »Maulwurfbart, auf ein Wort«, miaute er. »Komm zu mir hinauf in den Bau.«

»Natürlich, Brombeerstern.« Maulwurfbart spähte hinter sich, bevor er seinem Anführer zum Steinfall folgte. »Erlenpfote, du kannst dir was zu essen holen.«

Erlenpfote trottete zum Frischbeutehaufen hinüber. Funkenpfote war bereits da und schlug die Zähne in die Drossel, die sie gefangen hatte. »Wie ist es gelaufen?«, fragte sie.

»Schrecklich«, antwortete Erlenpfote. »Mir ist schon wieder eine ganz leichte Beute entwischt.«

»Ach, Mäusedung!« Funkenpfote sah ihn mitfühlend an und drückte ihre Schnauze kurz an Erlenpfotes Schulter. »Mach dir nichts draus. Du kannst was von dieser Drossel abkriegen. Da ist genug dran.«

»Danke«, miaute Erlenpfote zerknirscht. *Werde ich immer auf das Essen anderer Katzen angewiesen sein?*

Als er den ersten Bissen nahm, blickte Funkenpfote neugierig zu Brombeersterns Bau auf der Hochnase hinauf. »Hast du Ärger?«, fragte sie. »Redet Brombeerstern deshalb mit Maulwurfbart?«

Erlenpfotes Bauch rumorte. *Da hab ich gar nicht dran gedacht. Ich war so erleichtert, dass ich das Training hinter mir habe.* »Natürlich nicht«, antwortete er und spähte ebenfalls nervös zur Hochnase hinauf. Aber das Zittern in seiner Stimme konnte er nicht ganz unterdrücken, und er wusste, dass Funkenpfote merken musste, dass er selbst nicht glaubte, was er sagte.

Er beobachtete, wie Brombeerstern und Maulwurfbart aus dem Bau traten, dicht gefolgt von Häherfeder und Blattsee. Alle vier Katzen kletterten den Steinfall hinab. Brombeerstern winkte Erlenpfote mit dem Schwanz zu sich. *Ach, SternenClan! Es geht um mich,* dachte Erlenpfote. Er wechselte einen Blick mit seiner Schwester, schluckte und ging zu seinem Clan-Anführer.

»Ich weiß, dass du dir mit deinem Training große Mühe gibst«, hob Brombeerstern an, als Erlenpfote vor ihm stand. Seine Stimme und seine Augen waren freundlich. »Ich bin wirklich stolz auf alles, was du gelernt hast. Aber manchmal dauert es eine Weile, bis eine Katze merkt, dass sie den falschen Weg eingeschlagen hat.«

Erlenpfote blinzelte seinen Vater an. »Das verstehe ich nicht.«

Brombeersterns Blick wurde weich. »Es sieht so aus, als hättest du jetzt eine andere Bestimmung: Du sollst Heilerschüler werden.«

Erlenpfote riss das Maul auf. »Was?« Er hatte zwar mit einer Strafe für sein Versagen gerechnet, wäre aber nie darauf gekommen, dass er überhaupt nicht mehr bei Maulwurfbart bleiben durfte. »Ich soll nicht mehr Krieger werden?«

Brombeerstern nickte den beiden Heilerkatzen zu. »Blattsee und Häherfeder haben deine neue Bestimmung in einer Vision gesehen.«

»Aber das kann ich doch gar nicht!« Erlenpfote wäre in seinen wildesten Träumen nicht auf die Idee gekommen, Heilerkatze zu werden. *Da wäre ich noch viel nutzloser!*

Außerdem konnte er eigentlich nicht glauben, dass es diese Vision gab. Das war bestimmt nur eine Ausrede, weil Brombeerstern seine Gefühle nicht verletzen wollte. *Blattsee und Häherfeder brauchen nicht noch eine Heilerkatze,* dachte er. Er war so erschrocken und verletzt, dass er am liebsten aus dem Lager geflohen und vor jeder Katze möglichst weit weggerannt wäre, die von seinem Versagen wusste.

»Bitte«, flehte er. »Ich verspreche, dass ich mich bessern werde. Ich werde auf Maulwurfbart hören und mich ganz furchtbar anstrengen!«

»Ich weiß, dass du dich bis jetzt auch schon sehr angestrengt hast«, erklärte Maulwurfbart mitfühlend. »Ich bin dir nicht böse.«

Blattsee trat einen Schritt vor. »Niemand will dich bestrafen«, erklärte sie. »Häherfeder und ich haben Brombeerstern darum gebeten.«

»Sie sagen, sie glauben, dass du mit dem SternenClan sprechen kannst«, warf Brombeerstern ein.

Erlenpfote wurde allmählich klar, dass sein Anführer, sein *Vater*, ihn nicht belügen würde. Aber er hegte immer noch Zweifel. *Wie kommen Blattsee und Häherfeder bloß auf die Idee, dass ich mit dem SternenClan sprechen kann?* »Kann ich denn gar nichts tun, damit du deine Meinung änderst?«, fragte er verzweifelt.

Brombeerstern schüttelte seinen Kopf. »Mit mir hat das nichts tun«, antwortete er. »Es ist der Wille des SternenClans. Du bist dazu bestimmt.«

Erlenpfote erkannte, dass jede weitere Diskussion zwecklos war, und holte tief Luft. »Wie du meinst«, seufzte er. Als Brombeerstern ihn mit einem Nicken entließ, taumelte er zu Funkenpfote zurück und starrte mit leerem Blick auf die Reste der Drossel. *Ich hab keinen Hunger mehr.*

»Was haben Brombeerstern und Maulwurfbart zu dir gesagt?«, fragte Funkenpfote neugierig.

»Sie sagten …« Erlenpfotes Stimme zitterte, also holte er tief Luft und hob noch einmal an. »Sie haben gesagt, dass ich Heilerschüler werden muss.«

Funkenpfote riss die Augen weit auf vor Staunen. »Das ist großartig!«, rief sie aus. »Heilerkatzen sind total wichtig.« Dann schien ihr aufzufallen, wie unglücklich Erlenpfote war, und sie fügte etwas einfühlsamer hinzu: »Aber irgendwie ist es wohl nicht so lustig, Heilerkatze zu werden und kein normaler Krieger. All die ekligen Kräuter!« Sie blinzelte einen Moment nachdenklich. »Vielleicht bist du deshalb so schlecht beim Jagen – du bist zur Heilerkatze bestimmt.«

Erlenpfote hätte am liebsten jedes einzelne Beutestück herausgewürgt, das er je gegessen hatte. *Ich weiß, dass sie mich genau deshalb zur Heilerkatze machen wollen, nicht, weil ich besonders und wichtig bin, sondern weil ich als Kriegerschüler nicht gut bin.* Er schluckte heftig, spürte einen festen Knoten in seiner Brust. *Nun, dann werde ich es ihnen zeigen! Ich werde als Heilerschüler mein Bestes geben,* beschloss er, *Ich werde mich richtig anstrengen, damit Brombeerstern und Eichhornschweif stolz auf mich sind.*

Aber in seinem tiefsten Inneren war Erlenpfote unsicher, ob er das schaffen würde. *Ich bin keine* richtige *Heilerkatze. Dafür bin ich nicht … besonders genug.*

Frostiger Morgennebel erfüllte den Felsenkessel, als Erlenpfote aus seinem Bau taumelte. Funkenpfote schnarchte noch friedlich in ihrem Moosnest. Er machte einen Buckel, dehnte sich ausgiebig und tappte dann durch das Lager.

Die meisten seiner Clan-Gefährten schliefen noch, nur Eichhornschweif stand vor dem Kriegerbau, besetzte die Morgenpatrouille mit Farnpelz, Beerennase und Lichtherz.

»Du bist früh auf«, miaute sie Erlenpfote zu, als er an ihr vorbeitrabte.

»Ich soll zu Häherfeder in den Heilerbau«, antwortete Erlenpfote.

»Dann komm lieber nicht zu spät«, miaute seine Mutter und leckte ihm kurz die Ohren. »Aber nimm dir erst etwas Frischbeute. Mit leerem Bauch kann man nicht lernen.«

»Danke!« Erlenpfote schoss zum Frischbeutehaufen, schnappte sich eine Spitzmaus und verschlang sie.

Es war Erlenpfotes zweiter Tag als Heilerschüler. Am vorigen Tag hatte er im Bau in einer Ecke gehockt, zugesehen und sich bemüht, niemandem im Weg zu sein. Aber Blattsee hatte gesagt, dass er heute anfangen sollte mitzuhelfen.

Ein Teil von ihm freute sich darauf, aber Erlenpfote war sich sicher, dass Häherfeder, der immer so schnippisch und schlecht gelaunt war, ihn eigentlich nicht bei sich haben wollte. *Blattsee ist viel netter,* dachte er seufzend, *wenn sie mich bloß nicht immer so komisch ansehen würde.*

Die beiden Heilerkatzen schliefen in ihrem Bau, zusammen mit Wurzellicht, die ihre Hinterläufe nicht bewegen konnte, und jeder anderen Katze, die ständige Betreuung brauchte. Es war so voll, dass Häherfeder und Blattsee beschlossen hatten, Erlenpfote solle vorläufig mit Funkenpfote zusammen im

Schülerbau schlafen. Erlenpfote war froh, dass er bei seiner Wurfgefährtin bleiben durfte, fühlte sich deshalb aber umso weniger wie eine richtige Heilerkatze. Ihm war unter seinem Pelz ganz heiß geworden vor Neid, als ihm Funkenpfote alles von ihrer Grenzpatrouille mit Kirschfall und den anderen Katzen erzählt hatte. *Warum darf ich kein ganz normaler Schüler sein wie Funkenpfote?*, dachte er seufzend. Dann riss er sich zusammen. *Ich muss aufhören, so zu denken. Ich werde mein Bestes geben. Diesmal werde ich nicht versagen.*

Erlenpfote war gerade durch den Brombeervorhang vor dem Heilerbau geschlüpft, als sich Häherfeder von den Kräutern im hinteren Teil des Baus abwandte. »Du kommst spät«, blaffte er.

»Ach, Häherfeder, lass doch«, miaute Blattsee und blickte von ihrer Massage an Wurzellichts Hinterläufen auf. »Die Sonne ist noch gar nicht aufgegangen.«

Häherfeder bleckte die Zähne und setzte zu einem Fauchen an. »Ich sage, was ich will«, gab er zurück. »Ich bin nicht mehr dein Schüler. Hast du gut geschlafen?«, fragte er Erlenpfote.

»Ja, danke«, antwortete Erlenpfote verblüfft über den plötzlichen Wandel von Häherfeders Tonfall, der jetzt nicht mehr verärgert, sondern eindringlich war.

Häherfeder trat näher. »Hast du manchmal seltsame Träume?«

Erlenpfote fühlte sich unwohl unter Häherfeders blindem Blick. Es schien beinahe unhöflich, ihn so anzustarren, wo er doch wusste, dass Häherfeder nicht sehen konnte. Er drehte den Kopf, aber da begegnete er Blattsees Blick, die ihn genauso unverwandt fixierte.

Erlenpfote spürte ein Kribbeln auf der Haut, als hätte sich ein ganzer Ameisenbau in seinem Fell eingenistet. »Ich – ich glaub schon, manchmal«, stammelte er. »Hat das nicht jede Katze?«

»Ich schon!«, rief Wurzellicht dazwischen und stemmte sich auf ihre Vorderpfoten. »Erst neulich Nacht habe ich geträumt, mir wäre eingefallen, dass ich fliegen kann, und dann bin ich über das Clan-Territorium hinweggesaust. Das war toll!«

Erlenpfote war zutiefst erleichtert, dass sie die Aufmerksamkeit von ihm auf sich lenkte.

Häherfeder und Blattsee wechselten einen Blick, dann schüttelte Häherfeder den Kopf und wandte sich wieder dem Kräuterlager zu.

»Komm her zu mir«, miaute er Erlenpfote zu. »Es wird Zeit, dass du die Kräuter kennenlernst.«

Erlenpfote tappte zu ihm und spähte auf die Kräuter, die in kleine Haufen sortiert waren. Die trockenen Blätter sahen für ihn alle gleich aus, aber das behielt er lieber für sich.

»Hier ist Goldrute«, hob Häherfeder an und schnupperte an einer Pflanze mit leuchtend gelben Blüten. »Damit reinigen wir Wunden. Und dies ist Gänsefingerkraut, was gegen Husten hilft – wenn auch nicht so gut wie Katzenminze, die du hier findest.«

»Und dennoch zu gebrauchen«, warf Blattsee ein. Sie hatte ihre Massage bei Wurzellicht beendet und half ihr jetzt bei ihren Übungen, indem sie Wurzellicht eine Mooskugel zuwarf, die sie fangen sollte. »Hilft auch bei Rückenschmerzen.«

»Das da ist Bachminze«, fuhr Häherfeder fort und deutete mit den Ohren auf eine Pflanze mit behaarten Stängeln und lila Blüten. »Wir verabreichen sie bei Bauchschmerzen.«

»Lass ihn daran riechen«, schlug Blattsee vor. »Wir sind bei unserer Arbeit so oft auf Gerüche angewiesen«, setzte sie an Erlenpfote gewandt hinzu.

Häherfeder zog sich zurück, damit Erlenpfote an den verschiedenen Kräutern in der Vorratshöhle schnuppern konnte. *Für mich riechen sie alle gleich,* dachte Erlenpfote. *Irgendwie … krautig.*

»Und das hier ist Schafgarbe«, fuhr Häherfeder fort. »Wenn eine Katze etwas Giftiges gegessen hat, muss sie sich davon übergeben. Wir machen auch eine Paste daraus, die rissige Ballen heilt. Alles verstanden?«, fragte er und trat schnell wieder an Erlenpfote heran.

»Äh … ich glaub schon«, miaute Erlenpfote. In Wirklichkeit schwirrte ihm der Kopf, und er glaubte nicht, dass er all die verschiedenen Kräuter und ihre Anwendung jemals auseinanderhalten könnte. *Und dabei sind das ja längst nicht alle!*

Häherfeder fuhr fort, verschiedene Kräuter zu erklären, an denen er schnuppern musste, bis er glaubte, er hätte sich mondelang auf nichts anderes konzentriert. Seine Augen brannten von der duftschweren Luft.

Die Sonne war längst aufgegangen, als der Brombeervorhang auseinandergeschoben wurde und Funkenpfote in den Bau tappte.

»Was willst du?«, miaute Häherfeder. »Wir sind hier beschäftigt, also hoffe ich, dass du einen guten Grund hast.«

»Kirschfall schickt mich«, antwortete Funkenpfote, unbeeindruckt von Häherfeders barschem Ton. »Charly hat Bauchschmerzen und ich soll Kräuter für ihn holen.«

»Ach, der arme Charly!«, rief Blattsee aus. »Ich komme zum Ältestenbau und sehe nach ihm.«

Häherfeder drehte sich zu Erlenpfote um. »Nun? Welches Kraut sollte Blattsee mitnehmen? Was hilft gegen Bauchschmerzen?«

»Äh … das wäre dann …« Erlenpfote wusste, dass Häherfeder es ihm gesagt hatte. Aber sein Kopf war vollgestopft mit all den schnell vorgestellten Kräuternamen, aus denen er den gewünschten nicht herauspicken konnte. Panisch blickte er um sich und sah, wie Wurzellicht tonlos das Wort *Bachminze* mit den Lippen formte.

»Bachminze«, miaute Erlenpfote dankbar.

Zu sehen, dass Funkenpfote beeindruckt war, tat ihm gut. *Wie schön, dass* ich *zur Abwechslung mal* ihr *zeige, was ich kann.*

»Stimmt«, miaute Häherfeder schroff. »Jetzt suchst du sie im Lager.«

Erlenpfote starrte auf die Kräuterbündel. Er hatte keine Ahnung, welches Bachminze war. Wohl wissend, dass Häherfeder neben ihm ungeduldig mit der Schwanzspitze zuckte, zog er einen Stängel mit leuchtend gelben Blüten heraus.

Häherfeder seufzte. »Nein, das ist Goldrute. Die sollte Charly lieber nicht essen. Wir legen sie auf Wunden. Das da ist Bachminze.«

Er zog mit seinen Krallen an der Pflanze mit den lila Blüten und schob sie Blattsee zu, die mit Funkenpfote den Bau verließ.

»Du musst gut aufpassen«, erklärte Häherfeder Erlenpfote streng. »Katzen sind mit ihrem Leben auf uns angewiesen, deshalb dürfen wir keine Fehler machen.«

»Ich weiß …«, seufzte Erlenpfote. *Wie soll ich das alles jemals lernen?*

5. KAPITEL

ERLENPFOTE HIELT EINEN Moment vor dem Kräuterlager inne, dann zog er zielsicher einige Blätter Gänsefingerkraut heraus. »Nimm das hier, Taubenflug«, miaute er. »Damit sollten deine Halsschmerzen weggehen.«

Die hellgraue Kätzin neigte den Kopf. »Danke, Erlenpfote.« Sie leckte die Blätter auf und begann zu kauen, während sie den Bau verließ. »Fühlt sich jetzt schon besser an«, nuschelte sie mit vollem Mund.

»Gute Arbeit«, miaute Häherfeder seinem Schüler widerwillig zu.

Erlenpfote spürte kurz einen Anflug von Wärme in seiner Brust. *Zum ersten Mal hat sich Häherfeder zufrieden angehört!* Inzwischen war er seit einigen Monden Heilerschüler und sein neues Leben fühlte sich nicht mehr ganz so unmöglich an wie am Anfang. Dennoch fiel es ihm immer noch schwer, sich vorzustellen, dass er jemals eine richtige Heilerkatze werden könnte.

Während er die Reste des Gänsefingerkrauts wegräumte, tauchte Eichhornschweif durch den Brombeervorhang und betrat den Bau. »Ist Blattsee schon zurück?«, fragte sie Häherfeder.

»Nein, ist sie nicht«, brummte Häherfeder. »Und warum

sie bis zum SchattenClan wandern muss, bloß weil sich Kleinwolke ein bisschen unwohl fühlt, weiß ich auch nicht.«

»Sie will ihm nur helfen«, miaute Eichhornschweif.

Häherfeder schnaubte. »Diese Katze könnte definitiv einen Schüler gebrauchen. Im SchattenClan wimmelt es von Schülern, da sollte sich doch einer für Kleinwolke finden. Aber nein, sie müssen sich eine Heilerkatze vom DonnerClan leihen.«

»Du weißt so gut wie ich«, antwortete Eichhornschweif nachsichtig, »dass ein Heilerschüler genau die richtige Katze sein muss.«

Sie warf einen liebevollen Blick auf Erlenpfote, dem ihre Worte wohltaten.

»Brombeerstern und ich wollen in seinem Bau mit dir sprechen«, sagte Eichhornschweif zu Häherfeder. »Hast du gerade zu tun?«

»Nichts, was nicht warten kann«, antwortete Häherfeder. »Erlenpfote, du kannst Wurzellicht bei ihren Übungen helfen. Ich bin bald wieder da.«

Als er gegangen war, rollte Erlenpfote eine Mooskugel zusammen, die er Wurzellicht immer wieder zuwarf, damit sie die Vorderbeine und den Brustkorb dehnte. Er staunte, wie beweglich sie war, wie sie die Kugel fing, obwohl er fest davon überzeugt gewesen war, dass er sie unerreichbar weit geworfen hatte.

»Du kannst das richtig gut!«, rief er.

»Ich hab auch reichlich Übung«, miaute Wurzellicht. »Es hilft mir wirklich beim Atmen. Wie kommst du mit deinem Training voran?«, fragte sie kurz darauf.

Erlenpfote schüttelte den Kopf. »Ich glaube, es geht inzwischen ein bisschen besser, aber eine richtige Heilerkatze wird ganz bestimmt nie aus mir.«

»Du schaffst das schon«, versicherte ihm Wurzellicht. »Denk daran, wie viel du schon gelernt hast, obwohl du vor weniger als einem Halbmond angefangen hast.«

Erlenpfote hoffte, dass sie recht behielt. Gegenüber Wurzellicht mit all ihren Beschwerden und Schmerzen hatte er ein schlechtes Gewissen wegen seiner Mutlosigkeit. *Sie gibt nie auf und bedauert sich auch fast nie.*

»Häherfeder! Häherfeder!«

Erlenpfote erstarrte, als er das panische Miauen seiner Schwester draußen im Lager hörte. Einen Herzschlag später stürzte sie in den Bau, keuchte und blickte wild um sich. »Wo ist Häherfeder?«, wollte sie wissen. »Ich war mit Kirschfall und Ampferstreif draußen im Wald und Kirschfall ist verletzt – sie hat eine Schnittwunde am Bein. Sie braucht sofort Hilfe!«

Für einen Moment war Erlenpfote wie betäubt, kurz vor einer Panik. *Das ist mein erster Notfall und ich bin ganz allein! Was mache ich bloß?*

»Häherfeder ist in Brombeersterns Bau«, miaute Wurzellicht ruhig. »Lauf hin, Funkenpfote, und hol ihn.«

Funkenpfote sauste sofort los. Während Erlenpfote wartete, überlegte er, was er tun sollte. *Soll ich einige Kräuter aus dem Vorrat holen? Was hilft bei einer Wunde am Bein?*

Er war erleichtert, als er wenige Augenblicke später Funkenpfote von draußen rufen hörte. Er schlüpfte aus dem Bau, wo sie mit Häherfeder wartete.

»Komm mit!«, befahl Häherfeder. »Funkenpfote, zeig uns, wo du Kirschfall zurückgelassen hast.«

Funkenpfote führte sie aus dem Lager und lief Richtung SchattenClan-Grenze. Erlenpfote folgte mit Häherfeder, führte die blinde Heilerkatze um Baumstümpfe und Brombeerdickichte herum. Trotz seiner Sorge wegen Kirschfall war er froh, wieder durch den Wald laufen zu können, statt den ganzen Tag im Bau der Heilerkatzen festzusitzen.

»Kannst du dich nicht ein bisschen beeilen?«, fragte Häherfeder mürrisch. »Kirschfall verblutet vielleicht schon!«

»Ich tue, was ich kann«, antwortete Erlenpfote. Er ärgerte sich ein bisschen, weil er viel schneller vorankäme, wenn er keine blinde Katze führen müsste. Aber er wusste, dass Häherfeder nur so übellaunig war, weil er es hasste, wenn er Hilfe brauchte, deshalb sagte Erlenpfote nichts und blickte voraus, um die leichteste Route auszumachen.

»Wie hat sich Kirschfall verletzt?«, fragte Häherfeder, als sie das Seeufer erreichten, wo es sich besser laufen ließ.

»Wir haben über die Prophezeiung gesprochen«, hob Funkenpfote an, »und Kirschfall hat sich gefragt, ob mit dem, was wir in den Schatten finden sollen, vielleicht die Hauskätzchen gemeint sind, die während des Großen Sturms beim DonnerClan geblieben sind. Wir wollten versuchen, die anderen zu finden, die danach nicht fortgegangen sind, und sie fragen, ob sie zurückkommen wollen.«

Das überraschte Erlenpfote nicht. Seit der Großen Versammlung war er zu beschäftigt gewesen, um viel über die Prophezeiung nachzudenken, aber seine restlichen Clan-Gefährten redeten offensichtlich über nichts anderes.

Häherfeder schnaubte. »Was für eine mäusehirnige Idee! Hauskätzchen haben mit dem SternenClan nichts zu tun. Sie sind für Clan-Katzen nicht zu gebrauchen.«

»Kirschfall dachte, ein Versuch könnte nicht schaden«, miaute Funkenpfote zu ihrer Verteidigung.

»Außerdem müsstet ihr durch SchattenClan-Gebiet, um zum Zweibeinerort zu kommen«, knurrte Häherfeder und fauchte verärgert, als er über einen Zweig im Weg stolperte. »Ihr hättet um Erlaubnis bitten müssen, bevor ihr das DonnerClan-Territorium verlasst. Idiotische Fellkugeln!«

»Es war nur eine Idee.« Funkenpfotes Nackenfell sträubte sich wegen Häherfeders abfälligem Ton. »Außerdem sind wir nicht mal in die Nähe des SchattenClan-Territoriums gekommen. Kirschfall ist ausgerutscht und hat sich an einem weggeworfenen Zweibeinerding verletzt, bevor die SchattenClan-Grenze auch nur in Sichtweite war.«

Darauf antwortete Häherfeder nichts, sah aber immer noch wütend aus.

»Wir dachten, wenn wir es bis zum Zweibeinerort schaffen, würden wir vielleicht ein paar Hauskätzchen finden, die die Katzen kennen, mit denen wir reden wollen«, fügte Funkenpfote hinzu.

Häherfeder verdrehte die Augen. »SternenClan, steh uns bei! Mäusehirne!«

Funkenpfote biss die Zähne zusammen, als wollte sie eine bissige Bemerkung unterdrücken. Erlenpfote konnte es ihr nachfühlen, obwohl er Häherfeders Meinung insgeheim teilte. *Hauskätzchen können unmöglich Teil einer Prophezeiung vom SternenClan sein.*

»Hier geht's lang«, miaute Funkenpfote wenig später. Sie entfernte sich vom Ufer durch einen Hain mit jungen Haselsträuchern bis in eine grasbewachsene Mulde im Schatten einer ausladenden Buche. Kirschfall lag am Fuß des Baums und streckte ein Bein von sich, während Ampferstreif besorgt neben ihr auf und ab lief.

»SternenClan sei Dank! Ihr seid da!«, rief Ampferstreif, als Funkenpfote sie in die Mulde führte.

Erlenpfote blieb an Häherfeders Seite, während die Heilerkatze Kirschfalls Pfote untersuchte. Sie hatte einen tiefen Schnitt im Ballen, aus dem Blut quoll. Geronnenes Blut tränkte das Gras neben ihr und Erlenpfote entdeckte durchsichtiges Zweibeinerzeug ganz in ihrer Nähe. Er tippte versuchsweise darauf und spürte die scharfe Kante.

»Vorsicht!«, mahnte Ampferstreif. »Damit hat sich Kirschfall verletzt.«

»Warum nehmen die Zweibeiner ihre Sachen nicht wieder in ihre Baue mit, anstatt sie hier rumliegen zu lassen, sodass sich Katzen daran verletzen?«, fragte Funkenpfote wütend.

»Erlenpfote!« Häherfeder winkte mit seinem Schwanz. »Wir brauchen Spinnweben, um die Blutung zu stillen. Lauf und bring mir welche.«

Erlenpfote zuckte zusammen und blickte wild um sich. *Spinnweben? Wo?* Der Anblick und Gestank von so viel Blut und Kirschfalls schmerzverzerrtes Gesicht bestürzten ihn dermaßen, dass seine Pfoten wie angewurzelt am Boden klebten.

»Da drüben!« Funkenpfote deutete auf eine Eiche am anderen Ende der Mulde. »Da ist ein Spalt im Baum – da drin gibt es bestimmt Spinnweben.«

Bevor sich Erlenpfote in Bewegung setzen konnte, schoss seine Wurfgefährtin davon, dicht gefolgt von Ampferstreif. *Jetzt ist Funkenpfote auch noch die bessere Heilerkatze als ich!*, dachte Erlenpfote, wütend auf sich selbst. Er wurde noch wütender, als sich herausstellte, dass Funkenpfote richtig vermutet hatte. Mit Pfoten voller Spinnweben an den Pfoten kamen sie und Ampferstreif zurück über die Lichtung gerannt.

»Beim SternenClan, Erlenpfote!«, fauchte Häherfeder aufgebracht. »Komm her zu mir. Leg deine Pfote hier drauf.« Er deutete mit dem Schwanz auf eine Stelle an Kirschfalls Bein. »Du musst fest pressen – nein, noch fester. Hab keine Angst, ihr wehzutun. Wir müssen die Blutung stoppen.«

»Es geht schon, Erlenpfote«, keuchte Kirschfall.

Erlenpfote drückte mit aller Kraft auf die Stelle, die ihm Häherfeder gezeigt hatte, und zu seiner Erleichterung floss allmählich immer weniger Blut aus Kirschfalls Pfote, bis es schließlich ganz versiegte.

»Gut«, knurrte Häherfeder. »Jetzt die Spinnweben.«

Erlenpfote konnte nicht glauben, wie geschickt Häherfeder trotz seiner Blindheit Kirschfalls Wunde versorgte.

»Du kannst jetzt aufhören zu pressen«, wies Häherfeder Erlenpfote an, als er alle Spinnweben um die verletzte Pfote gewickelt hatte. »Und – SternenClan, wir bitten dich – lass uns hoffen, dass es nicht wieder anfängt zu bluten.«

Erlenpfote hob seine Pfote und starrte voller Angst auf den Spinnwebverband, ob sich dort ein roter Fleck ausbreitete. »Es blutet nicht mehr«, miaute er einige Herzschläge später.

»Gut.« Häherfeder schien zufrieden. »Kirschfall, wir bringen dich zum Lager zurück. Und komm ja nicht auf die Idee, die Pfote auf den Boden zu setzen. Funkenpfote und Ampferstreif, ihr stützt sie.«

Zurück im Lager, ließ Häherfeder Kirschfall von ihren Gefährtinnen in den Bau der Heilerkatzen bringen. Erlenpfote richtete ein Nest für sie neben Wurzellicht, in das sie sich mit einem erleichterten Seufzer sinken ließ.

»Danke, Häherfeder«, miaute sie. »Und dir auch, Erlenpfote. Tut mir leid, dass ich euch so viel Arbeit mache.«

»Erinnere dich einfach daran, falls du mal wieder so ein mäusehirniges Vorhaben planst«, brummelte Häherfeder. »So, Erlenpfote, jetzt nimm die Spinnweben ab. Ich will die Wunde genauer untersuchen.«

Mit äußerster Vorsicht zupfte Erlenpfote mit den Krallen an den Spinnweben und legte die Wunde frei. Er wagte kaum zu atmen, als er die letzte Schicht abhob, aber zu seiner Erleichterung kam kein neues Blut.

Häherfeder hatte in der Zwischenzeit sein Kräuterlager aufgesucht und kehrte mit einem Stück Beinwellwurzel zurück. Er ließ die Wurzel vor Erlenpfotes Pfoten fallen »Davon werden wir eine Paste auf die Wunde streichen«, miaute er. »Du kannst sie zerkauen, und Kirschfall, du leckst die Wunde sauber.«

Erlenpfote kaute die Wurzel weich, die so scharf schmeckte, dass er blinzeln musste. Als er fand, dass sie breiig genug war, spuckte er sie aus. Häherfeder senkte den Kopf und schnupperte daran.

»Das reicht«, kommentierte er. »Jetzt tupfst du das auf Kirschfalls Pfote.«

Erlenpfote sah, wie Kirschfall sich allmählich entspannte, während er arbeitete und der Beinwellsaft in die Wunde sickerte. »Das tut so gut …«, flüsterte sie.

»Am besten schläfst du jetzt«, riet ihr Häherfeder, nachdem die Paste aufgetragen war. An Erlenpfote gewandt, fügte er hinzu: »Und du bist für heute fertig. Geh und nimm dir etwas zu essen.«

»Danke, Häherfeder.«

Erlenpfote schlüpfte aus dem Bau, seine Beine zitterten vor Erschöpfung. Er entdeckte seine Schwester beim Frischbeutehaufen und tappte zu ihr.

»Komm und teil dir die Wühlmaus mit mir«, miaute ihm Funkenpfote entgegen. »Ich hab sie heute Morgen gefangen, als ich mit Kirschfall jagen war. Sieht die nicht gut aus?«

Erlenpfote lief das Wasser im Maul zusammen, als sein Blick auf das fette Beutestück fiel und ihm bewusst wurde, dass sein Magen vor Hunger knurrte. Gleichzeitig strömte eine heiße Woge der Verlegenheit durch seinen Pelz.

»Kirschfalls Wunde hat mich total in Panik versetzt«, gestand er. »Ich konnte gar nichts machen, nicht einmal so etwas Einfaches wie Spinnweben suchen.« Er seufzte schwer. »Wie soll aus mir eine anständige Heilerkatze werden, wenn ich kein Blut sehen kann?«

»Ach, Mäusedung!«, miaute Funkenpfote fröhlich. »Ich hab keine Ahnung, warum irgendeine Katze *freiwillig* Heilerkatze sein will, aber wie ihr die Blutung an Kirschfalls Wunde gestoppt habt, hat mich schwer beeindruckt. Du musst einfach nur an dich glauben«, setzte sie hinzu und strich Erlenpfote mit ihrem Schwanz über die Flanke. »So mach ich das beim Jagen. Man denkt einfach nicht dran, dass die Beute entwischen könnte, und so ist das auch mit den Spinnweben. Anschließend hast du doch alles richtig gemacht. Ich glaube jedenfalls, dass aus dir noch eine ziemlich gute Heilerkatze wird.«

»Das glaubst du wirklich?«, fragte Erlenpfote.

Funkenpfote stieß ihn an. »Natürlich tue ich das, du dämliche Fellkugel!«

Erlenpfote biss in die saftige Wühlmaus und spürte, wie er sich allmählich wohler fühlte.

6. KAPITEL

ALS ERLENPFOTE AM folgenden Morgen den Bau der Heilerkatzen betrat, sah er, dass Blattsee zurückgekehrt war und Kirschfalls Wunde gründlich beschnupperte. »Das sieht gut aus«, sagte sie zu der roten Kätzin. »Aber sag Eichhornschweif, dass du für heute von Kriegerpflichten befreit bist. Geh in deinen Bau und ruh dich aus.«

Kirschfall neigte zum Dank den Kopf und streifte Erlenpfotes Flanke, als sie ging.

»Hallo, Blattsee«, miaute Erlenpfote. »Wie geht's Kleinwolke?«

Blattsee richtete sich auf. »Besser«, antwortete sie. »Er hatte bloß ein bisschen Weißen Husten. Trotzdem mache ich mir immer noch Sorgen wegen ihm. Er wird älter, und beim SchattenClan gibt's keine Katze, die ihm hilft.«

»Der SternenClan muss *irgendeiner* Katze doch ein Zeichen geschickt haben«, murmelte Erlenpfote.

»Pah!« Häherfeder sortierte Kräuter hinten im Bau und drehte den Kopf. »Alle SchattenClan-Katzen wollen unbedingt Krieger werden und deshalb beachten sie Zeichen vermutlich gar nicht.«

Kann ich ihnen nachfühlen, sagte sich Erlenpfote, obwohl er mit seinem neuen Leben allmählich besser zurechtkam.

»Wie dem auch sei«, miaute Blattsee, »du wirst Kleinwolke und die anderen Heilerkatzen heute Nacht kennenlernen. Es ist Zeit für das Halbmondtreffen am Mondsee.«

Erlenpfote erstarrte. Die Heilerkatzen waren ihm auf der Großen Versammlung alle so wichtig vorgekommen, als sie die Prophezeiung an die Clans weitergaben. *Was soll ich zu ihnen sagen? Ich komm mir eigentlich nicht so vor, als würde ich zu ihnen gehören.*

Dennoch kribbelte sein Pelz ein wenig vor Aufregung. *Keine Katze außer den Heilerkatzen weiß, was bei ihren Treffen passiert.* »Was machen wir da?«, fragte er.

»Das wirst du dann erfahren«, erklärte ihm Häherfeder. »Wie wär's jetzt mit etwas Arbeit? Wir haben fast keine Katzenminze mehr, nachdem du dem SchattenClan einen Teil davon gebracht hast«, fügte er hinzu und richtete seine zusammengekniffenen Augen auf Blattsee.

»Soll ich vom alten Zweibeinernest welche holen?«, bot Erlenpfote an.

»Nein«, knurrte Häherfeder mit peitschendem Schwanz. »Maulwürfe haben unseren Kräuterflecken umgegraben. Bestimmt haben sie ein übles Durcheinander angerichtet. *Maulwürfe!*«, fauchte er und bohrte die Krallen in den Boden. »Am liebsten würde ich jedem einzelnen den Pelz abziehen.«

»Reg dich doch nicht so auf.« Blattsee strich Häherfeder mit dem Schwanz über die Flanke. »Wir können die Kräuter wieder einpflanzen.«

Häherfeder knurrte schlecht gelaunt. »Und in der Zwischenzeit geht uns die Katzenminze aus, so kurz vor Blattfall, wo Fälle von Grünem Husten immer wahrscheinlicher werden. Wir können nur durch das SchattenClan-Territorium ziehen und Katzenminze aus dem Zweibeinergarten beim FlussClan holen.«

Erlenpfote war überrascht und ein bisschen missmutig. »Aber Funkenpfote hast du getadelt, weil sie mit Kirschfall und Ampferstreif zu den Zweibeinernestern gehen wollte«, erinnerte er Häherfeder.

Es war Blattsee, die darauf antwortete. »Für Heilerkatzen gelten andere Regeln. Außerdem kann jede Katze ein Territorium durchqueren, wenn sie sich nicht weiter als drei Fuchslängen vom See entfernt.«

Dann lässt Häherfeder seine Launen also gern an anderen Katzen aus, dachte Erlenpfote. *Aber das wusste ich ja schon.*

»Außerdem«, setzte Blattsee energisch hinzu, »bin ich gerade eine Weile beim SchattenClan gewesen, um Kleinwolke zu helfen. Daher werden sie mir bestimmt nichts tun. Erlenpfote, du und ich, wir gehen gemeinsam.«

Als Blattsee und Erlenpfote den Bach bei der SchattenClan-Grenze überquerten, wehte ihnen ein strenger, frischer Geruch von SchattenClan-Katzen entgegen. Sie waren erst wenige Schritte am Ufer entlanggelaufen, als eine Patrouille oberhalb des Strandes aus dem Gebüsch trat.

»Tigerherz«, miaute Blattsee höflich und neigte den Kopf, um den dunklen Tigerkater zu begrüßen, der die Patrouille anführte. »Wie läuft die Beute beim SchattenClan?«

»Warum willst du das wissen?«, fragte der getigerte Krieger herausfordernd. »Hast du vor, uns welche zu stehlen?«

Erlenpfote spürte, wie sich bei dem feindseligen Ton sein Nackenfell sträubte, aber Blattsee blieb ungerührt. »Das weißt du selbst, Tigerherz«, antwortete sie.

Tigerherz' Schwanzspitze zuckte hin und her. »Ich weiß,

dass du dich immer in SchattenClan-Angelegenheiten einmischst«, miaute er. »Wie jede DonnerClan-Katze.«

»Genau, vor allem, wenn sie mit Feuerstern verwandt ist!«, rief eine andere SchattenClan-Katze, ein stämmiger, brauner Kater mit einem abstehenden Fellbüschel auf dem Kopf.

»Ich bin stolz darauf, dass Feuerstern mein Vater war, Stachelfell.« Blattsees Stimme war immer noch ruhig.

Erlenpfote war so fasziniert von diesem Wortwechsel und fragte sich unterdessen, ob er in einem Kampf enden würde, weshalb er auf die restliche SchattenClan-Patrouille nicht mehr geachtet hatte. Er zuckte vor Schreck zusammen, als eine der Katzen zu ihm tappte und ihn anstieß. Er drehte sich um und sah, dass es Nadelpfote war.

»Ach, du bist das«, miaute er, wusste allerdings nicht genau, ob er sich freuen sollte, sie zu sehen.

»Hallo, Erlenpfote.« Nadelpfote nickte ihm freundlich zu. »Dachte ich mir doch, dass wir uns bald wiedersehen. Seidenpfote kennst du ja schon und diese Fellkugel ist Schafgarbenpfote.«

»Selber Fellkugel!«, knurrte die dritte Schülerin.

»Einverstanden, Blattsee.« Tigerherz trat einen Schritt zurück. Erlenpfote hatte den letzten Teil ihres Gesprächs verpasst, war aber erleichtert, dass der SchattenClan-Kater jetzt weniger feindselig klang. »Ihr dürft passieren«, fuhr er fort. »Aber wir begleiten euch bis an die Grenze unseres Territoriums.«

Blattsee neigte zustimmend den Kopf. »Danke.«

Die Patrouillen machten sich gemeinsam auf den Weg, mit Tigerherz und Blattsee an der Spitze. Die Schüler bildeten den Schluss, Nadelpfote lief neben Erlenpfote.

»Kater!«, flüsterte sie. »Machen immer nur Ärger. Stachelfell kann einem ziemlich auf den Schwanz gehen.« Sie hüpfte auf drei Pfoten weiter, während sie mit der vierten das Fell auf ihrem Kopf verwuschelte, und miaute mit Stachelfells tiefer Stimme: »Geh und hol mir noch Moos, nichtsnutzige Schülerin! Und fang mir eine Amsel, wenn du schon unterwegs bist.«

Erlenpfote unterdrückte ein belustigtes Schnauben. »So redet man doch nicht über seinen Mentor.«

»Er ist nicht mein Mentor, SternenClan sei Dank!«, miaute Nadelpfote. »Ich bin Bernsteinpelz' Schülerin, aber sie hilft heute bei der Verstärkung der Wälle, deshalb bin ich mit Stachelfell unterwegs.« Sie rollte mit den Augen. »Was für ein *Glück*! Aber jetzt zu dir«, fuhr sie fort. »Was machst du hier mit Blattsee?«

»Sie ist jetzt meine Mentorin«, antwortete Erlenpfote. »Wir wollen …«

»Du bist ein *Heilerschüler*?« Nadelpfote riss die Augen auf vor Staunen. »Das hast du mir neulich gar nicht gesagt.«

»Da war ich es auch noch nicht«, erklärte Erlenpfote.

»Das ist aber toll!« Nadelpfote schien beeindruckt. »Da lernst du bestimmt total viele Sachen.«

»Oh ja, ziemlich viel. Verschiedene Kräuterarten und wofür sie benutzt werden und wie man Wunden versorgt, damit sie nicht mehr bluten …« Zum ersten Mal ertappte sich Erlenpfote dabei, dass er prahlte, voller Stolz auf seine Position als Heilerschüler. »Heute Nacht nimmt mich Blattsee mit zum Treffen mit dem SternenClan am Mondsee«, fügte er hinzu.

»Das ist ja *Wahnsinn*«, hauchte Nadelpfote. »Hast du Visionen? Weißt du mehr über die Prophezeiung?«

Erlenpfote schüttelte seinen Kopf. »Einen seltsamen Traum hatte ich allerdings schon …«, hob er an.

»Erlenpfote!« Blattsee drehte den Kopf und bedeutete ihm, zu ihr aufzuholen.

Schuldbewusst erkannte Erlenpfote, dass er Nadelpfote in seinem Eifer beinahe Dinge erzählt hätte, die er nicht weitersagen durfte. Für den Rest ihrer Wanderung durch das SchattenClan-Territorium tappte er schweigend neben seiner Mentorin her.

An der Grenze angekommen, verabschiedete Tigerherz Blattsee und Erlenpfote mit einem Schwanzschnippen. »Ich erlaube euch, auf demselben Weg zu eurem Clan zurückzukehren«, miaute er überheblich. »Aber lasst euch nicht zu viel Zeit damit.«

Wozu sollten wir wohl in eurem Territorium herumtrödeln?, dachte Erlenpfote.

»Mach's gut, Erlenpfote.« Nadelpfote wischte ihm freundschaftlich mit ihrem Schwanz übers Ohr. »Bis bald.«

Erlenpfote wusste nicht so genau, ob er sich darauf freuen sollte oder nicht.

Der halbe Mond warf ein helles Licht über den Wald, als Häherfeder, Blattsee und Erlenpfote am Bach entlangwanderten, der den DonnerClan und den WindClan teilte. Erlenpfote spürte, wie jedes Haar in seinem Pelz zu Berge stand, als sie die letzten DonnerClan-Markierungen überquerten. Ihm wurde bewusst, dass sie auf dem Weg in die unerforschten Berge nicht nur ihr eigenes Territorium durchquerten, sondern die Territorien aller Clans.

»Ist es noch weit?«, keuchte er.

»Oh ja, wir müssen noch ein gutes Stück wandern«, erklärte ihm Häherfeder.

Erlenpfote seufzte aufgeregt und ängstlich zugleich. Sie hatten die schützenden Bäume hinter sich gelassen und Moorland erreicht, das sich kahl bis auf Ginsterflecken oder einige Schilfpflanzen an einem Teichrand in alle Richtungen ausdehnte.

»Wie sind die Heilerkatzen darauf gekommen, dass sie hierher zum Mondsee wandern müssen?«, fragte Erlenpfote.

»Ich war die Katze, die ihn gefunden hat.« Blattsee hörte sich etwas verlegen an. »Tüpfelblatt vom SternenClan – die vor vielen Blattwechseln, als Feuerstern in den Wald gekommen ist, DonnerClan-Heilerkatze war – hat mich aufgesucht, um mir den Weg zu weisen.«

»Oh, dann bist du ja wirklich eine ganz besondere Katze!«, miaute Erlenpfote bewundernd.

Blattsee senkte den Kopf. »Keineswegs. Ich war nur die richtige Katze am richtigen Ort. Außerdem haben vor mir schon viele Katzen den Mondsee aufgesucht, lange bevor die Clans zum See kamen.«

»Lernen wir sie kennen?« Erlenpfote blinzelte nervös.

»Du könntest ihnen beim SternenClan begegnen«, antwortete Blattsee. »Aber sie haben diesen Ort vor vielen, vielen Blattwechseln verlassen.«

Erlenpfote erschauderte. »Das ist unheimlich.«

Die Reise zum Mondsee schien kein Ende zu nehmen. Dann, als sie einen steilen Hang hinaufkletterten, hörte Erlenpfote irgendwo weiter oben Wasser rauschen.

»Gleich sind wir da«, erklärte ihm Blattsee.

Blattsee kletterte weiter und Erlenpfote tappte hinter ihr

her, Häherfeder bildete den Schluss. Als Erlenpfote hinter sich blickte, um sicherzugehen, dass der blinde Kater zurechtkam, war er beeindruckt, wie instinktiv richtig Häherfeder seine Pfoten setzte. Es war, als würde er diesen Weg so gut kennen, dass er ihn nicht sehen musste.

Bevor sie ihr Ziel erreichten, hörte Erlenpfote von unten lautes Miauen. Er hielt inne, blickte zurück und sah weit unter ihnen die winzigen Gestalten der übrigen Heilerkatzen den Weg hinaufklettern.

»Warten wir hier auf sie«, miaute Blattsee, die neben Erlenpfote stehen geblieben war.

Die Katzen kamen näher, bis Erlenpfote jede Einzelne erkennen konnte. Falkenflug, der grau gefleckte Kater vom WindClan, führte sie an. Mottenflügel folgte ihm mit ihrer Schülerin Maulbeerglanz an der Seite. Als Letzter kam Kleinwolke, für den der Aufstieg wegen seines Alters sehr anstrengend war. Keuchend blieb er stehen, als er bei Erlenpfote ankam, der mit den anderen wartete.

»Seid gegrüßt«, miaute Mottenflügel und neigte höflich den Kopf, dann beäugte sie Erlenpfote neugierig. »Wer ist das denn, Blattsee?«

»Das ist Erlenpfote«, antwortete Blattsee, »unser neuer Schüler.«

Überraschtes Gemurmel erhob sich unter den fremden Heilerkatzen. »Wirklich?«, antwortete Falkenflug. »Ich hätte nicht gedacht, dass der DonnerClan noch eine Heilerkatze braucht!«

»Wir hinterfragen den Willen des SternenClans nicht«, antwortete Blattsee ruhig, während Häherfeders Schnurrhaare verärgert zuckten.

Erlenpfote versuchte, sich nicht einschüchtern lassen. Es half ihm, dass Maulbeerglanz ihm einen freundlichen Blick zuwarf. »Katzen, die sich um ihren Clan kümmern, kann es nie genug geben.«

Kleinwolke sagte nichts, allerdings hatte Erlenpfote den Eindruck, als würde er ihn etwas neidvoll mustern. *Hoffentlich schickt ihm der SternenClan bald einen Schüler.*

»Haben wir noch was vor oder wollen wir hier die ganze Nacht rumstehen?«, fragte Häherfeder mürrisch. Er übernahm die Führung und sprang auf sicheren Pfoten den letzten Teil des Hangs hinauf.

Oben versperrten dicht beieinanderstehende Büsche den Katzen den Weg. Häherfeder und Blattsee schlüpften ohne zu zögern hindurch. Erlenpfote wartete einen Moment, dann kämpfte auch er sich durch die starren Äste und blieb dahinter stehen, um seinen Pelz auszuschütteln. Erst dann blickte er sich um und riss vor Staunen das Maul und die Augen auf.

Auf der anderen Seite des Gebüschs führte ein Hang abwärts in eine tiefe Senke. Gegenüber sprudelte eine Quelle über die Felsen, plätscherte über Moos und Farn in einen Teich hinab. Mond und Sterne spiegelten sich funkelnd in der Wasserfläche. Erlenpfote glaubte, noch nie etwas so Wunderschönes gesehen zu haben.

»Es ist fantastisch, nicht wahr?«, flüsterte Maulbeerglanz, die neben ihm aus den Büschen getreten war. »Ich werde das Gefühl nie vergessen, als ich den Mondsee zum ersten Mal sah. Und es nimmt mir immer noch den Atem.«

Blattsee und Häherfeder tappten bereits den Schlängelpfad zum See hinab. Erlenpfote folgte ihnen voller Ehrfurcht, als seine Pfoten in die Abdrücke der Urkatzen aus längst vergangenen Zeiten glitten. Sein Pelz kribbelte. Die Urkatzen, die weggegangen waren ... *vor vielen, vielen Blattwechseln ...*

Alle Heilerkatzen folgten dem Pfad und versammelten sich am Rand des Sees. Blattsee winkte Erlenpfote zu sich. »Erlenpfote«, miaute sie, »bist du bereit, das tiefste Wissen des SternenClans als DonnerClan-Heilerkatze zu teilen?«

Jetzt ist es so weit, dachte Erlenpfote. »Ja, das bin ich«, antwortete er mit heiserer Stimme.

Blattsee blickte zu den Sternen auf, ihre Bernsteinaugen leuchteten wie kleine Feuer in der Nacht. »Krieger des SternenClans«, hob sie an. »Ich bringe euch hier diesen Schüler. Er hat den Weg einer Heilerkatze gewählt. Schenkt ihm eure Weisheit und Einsicht, auf dass er eure Wege verstehen und seinem Clan in eurem Sinne dienen möge.«

Erlenpfote stand blinzelnd da, spürte, dass etwas Gewaltiges geschah. Fast glaubte er, die Versammlung von Sternenkriegern um ihn herum an den Hängen des Tals sitzen zu sehen. Dann berührte ihn Blattsee mit dem Schwanz an der Schulter.

»Lass dich am Wasser nieder, leck ein paar Tropfen und dann berührst du die Oberfläche mit deiner Nase«, wies sie ihn an.

Erlenpfote folgte ihren Anweisungen und sah, wie die übrigen Heilerkatzen rund um den See die Nasen zum Wasser senkten. Die Tropfen, die er aufleckte, schmeckten eiskalt, und als er die Wasserfläche mit der Nase berührte, fühlte es sich an, als würde ein Eiszapfen mitten in sein Herz stechen. Er unterdrückte ein Schmerzensjaulen, schloss seine Augen und wartete.

Erlenpfote wusste nicht, wie viel Zeit vergangen war, aber

er fand sich an einem seichten, plätschernden Bach wieder, an dem er entlanglief, ohne zu wissen, wie er dort hingekommen war. Üppige Pflanzen wuchsen an den Ufern und die Luft war erfüllt von aromatischen Düften. Erlenpfote wusste nicht, ob er sich fürchten sollte, aber es war alles so friedlich, sodass er weiterwanderte und die Sonne auf seinem Pelz genoss.

Nach einer kleinen Weile bemerkte er, dass ein großer Kater mit einem flammenfarbenen Pelz an seiner Seite lief. »Sei gegrüßt«, miaute der Kater. »Ich freue mich sehr, endlich eines von Eichhornschweifs Jungen kennenzulernen.«

Erlenpfotes Magen zog sich zusammen, als ihm bewusst wurde, dass dies Feuerstern sein musste, der berühmte Vater seiner Mutter, der im Großen Kampf umgekommen war, als er und seine Schwester noch nicht geboren waren. Normalerweise hätte die Gegenwart einer so Ehrfurcht gebietenden Katze Erlenpfote eingeschüchtert, aber bei Feuerstern fühlte er sich von Anfang an wohl. Etwas an ihm war ihm seltsam vertraut.

Ist das die Katze aus meinem sonderbaren Traum?

»Komm«, miaute Feuerstern und lief mit Erlenpfote am Bach entlang, bis sie eine Stelle erreichten, wo er in einen See mündete. Feuerstern bedeutete Erlenpfote, dicht an den Wasserrand zu treten. »Sieh hinein«, wies er ihn an.

Anfangs sah Erlenpfote nur den steinigen Grund des Sees und ein paar kleine Fische hin und her flitzen. Dann lösten sich Wasser und Kiesel auf, und er blickte in eine tiefe Schlucht mit einem Fluss, der zu beiden Seiten von schroffen Felsen begrenzt wurde. Hier und da bewegten sich Katzen zwischen den Felsen, liefen zu einem unregelmäßigen Kreis zusammen, in dessen Mitte eine einzelne Katze stand.

Ich fühle mich wie ein Vogel, der alles aus der Luft betrachtet.

Der Vogel schien abwärtszugleiten, denn plötzlich war Erlenpfote viel näher gekommen, sodass er die einzelnen Katzen deutlicher erkennen konnte. Die Katze in der Mitte des Kreises war eine braun und cremefarben gestreifte Kätzin von nobler Gestalt, die mit ihrem Schwanz auf irgendeine Katze am Rand des Kreises deutete.

Zwei Katzen traten vor: ein mächtiger, dunkelgoldbrauner Kater und eine kleinere, schwarz-weiße Kätzin. Die gestreifte edle Kätzin und der braune Kater sprachen miteinander. Erlenpfote war enttäuscht: Er konnte die Katzen zwar sehen, aber nicht hören, was sie sagten.

Dann trat der braune Kater zurück. Die ältere Kätzin sagte etwas zu der jüngeren und die Jüngere antwortete. Plötzlich verstand Erlenpfote, was er da sah.

»Das ist eine Kriegerzeremonie!«

Feuerstern tippte ihm leicht mit dem Schwanz an die Schulter. »Schau zu.«

Die Clan-Anführerin – Erlenpfote wusste nicht, was die ältere Kätzin sonst sein sollte – legte die Schnauze auf den Kopf der neuen Kriegerin und die neue Kriegerin leckte ihrer Anführerin respektvoll die Schulter.

Darauf brach Jubel unter den versammelten Katzen aus, sie drängten sich um die neue Kriegerin und streiften ihren Pelz mit ihren Schwänzen und Schnauzen. Die junge Kätzin wirkte überwältigt und dabei sehr glücklich.

Als die Zeremonie zu Ende ging, sah Erlenpfote eine kleine, silberne Tigerkätzin zu der Anführerin tappen und ein paar Worte mit ihr wechseln. Anschließend schaute die silberne

Tigerkätzin nach oben, und Erlenpfote sah grüne Augen aufblitzen, bevor die Vision verblasste und er bis auf den Grund des Sees blickte.

Es war, als hätte sie mich gesehen.

Zitternd wich Erlenpfote vom Rand des Teiches zurück. »Feuerstern, wer war das?«, fragte er eindringlich. »Sie sehen wie Clan-Katzen aus – sie haben eine Kriegerzeremonie abgehalten, genau wie Clan-Katzen –, aber sie gehören zu keinem der Clans beim See. Wer sind sie? Sind es Katzen aus der Vergangenheit oder aus der Zukunft? Was willst du mir damit sagen?«

Feuerstern neigte Erlenpfote den Kopf zu, seine grünen Augen sahen ihn vielsagend an, aber er beantwortete keine einzige seiner Fragen. Er schien Erlenpfote wortlos etwas mitteilen zu wollen, aber Erlenpfote verstand ihn nicht.

Einen Augenblick später wallte um ihn herum weißer Nebel auf, der den See und Feuersterns flammenfarbene Gestalt verschluckte. Erlenpfote fand sich beim Mondsee wieder, wo auch die anderen Heilerkatzen allmählich erwachten.

Freude erfüllte Erlenpfote, wärmte ihn von den Ohren bis zur Schwanzspitze. *Ich hatte eine Vision! Das beweist, dass ich* wirklich *zur Heilerkatze bestimmt bin.* Er wollte den anderen Katzen sofort davon berichten, aber dann stürmten Zweifel auf ihn ein. *Vielleicht war es gar keine echte Vision. Es könnte auch nur ein verrückter Traum sein, wie ich ihn schon einmal hatte.*

Seine Zweifel verdichteten sich, als keine der anderen Katzen erzählte, was sie gesehen hatten. *Ich werde meinen Traum vorerst für mich behalten,* beschloss er. *Wenigstens solange ich nicht genau weiß, was es war.*

7. KAPITEL

ERLENPFOTE WAR ALLEIN im Bau der Heilerkatzen, nur Wurzellicht lag zusammengerollt in ihrem Nest und schlief.

»Sie hatte eine unruhige Nacht mit heftigen Schmerzen«, hatte ihm Blattsee erklärt, als er im Bau erschien, um mit der Arbeit zu beginnen. »Lass sie schlafen, so lange sie kann.«

Häherfeder, der über Wurzellicht gebeugt auf ihre Atmung gelauscht hatte, richtete sich auf. »Es wird ihr jetzt besser gehen, denke ich. Wir machen uns auf in den Wald und sammeln Kräuter«, fügte er an Erlenpfote gewandt hinzu. »Du kannst hierbleiben und das Lager räumen. Wirf alles weg, was so vertrocknet aussieht, dass es nicht mehr zu gebrauchen ist.«

Nachdem die beiden Heilerkatzen gegangen waren, begann Erlenpfote mit seiner eintönigen Arbeit. Aber diesmal störte ihn das nicht. Er konnte dabei über seinen Traum aus der vergangenen Nacht beim Mondsee nachdenken.

Es war bestimmt einfach nur ein Traum, redete er sich ein. *Wenn ich Blattsee und Häherfeder davon erzähle, halten sie mich bloß für verrückt!*

Erlenpfote hatte beschlossen, sich lieber nützlich zu machen. Seit einigen Tagen kam es ihm so vor, als würde er tatsächlich allmählich begreifen, was es hieß, eine Heilerkatze zu sein. Und er wollte eine gute Heilerkatze werden.

Vertieft in die Aufgabe, Katzenminze von Gänsefingerkraut zu trennen und jene verschrumpelten Wacholderbeeren herauszusuchen, in denen keine heilenden Säfte mehr steckten, schrak Erlenpfote zusammen, als er Pfotenschritte einer Katze hörte, die sich dem Bau näherten. Er drehte sich um und sah Kirschfall, die den Brombeervorhang zur Seite schob und hereinhumpelte.

»Hallo«, miaute er, deutete mit dem Schwanz auf Wurzellicht und gab Kirschfall ein Zeichen, leise zu sein. Er freute sich, sie zu sehen, ihr schmerzverzerrtes Gesicht gefiel ihm jedoch nicht. »Ist etwas passiert?«

»Es ist wegen meiner Pfote«, antwortete Kirschfall und hielt sie hoch. »Sie heilt schlecht und tut immer noch weh. Würdest du einen Blick darauf werfen?«

»Selbstverständlich«, antwortete Erlenpfote. »Aber so schnell kann das auch nicht heilen.«

Mit einem Seufzer der Erleichterung legte sich Kirschfall in einem Nest aus Moos und Farn auf die Seite und streckte ihm ihre verletzte Pfote hin. Erlenpfote untersuchte sie, schnupperte gründlich daran und stellte fest, dass die Wunde sauber war und nicht nachgeblutet hatte. Besonders sorgfältig achtete er auf alle Anzeichen einer Infektion, die ihm Häherfeder beschrieben hatte.

Die Wunde ist nicht rot und fühlt sich auch nicht heiß an.

»Entzündet hat sie sich nicht«, berichtete er Kirschfall. »Aber der Schnitt ist tief und braucht Zeit, um zu heilen.« Er zögerte und fügte dann hinzu: »Das ist normal.«

»Dann bin ich froh, dass es nichts Ernstes ist«, miaute Kirschfall, »aber kannst du mir irgendwas gegen die Schmerzen geben? Sie sind zwar auszuhalten, lenken mich aber ab und ich will meine Kriegerpflichten nicht länger vernachlässigen.«

Erlenpfote tappte zum Vorratslager zurück und begann, die Kräuter zu durchsuchen, berührte jede einzelne Heilpflanze und versuchte, sich zu erinnern, wofür sie gut war. Es gab viele verschiedene Sorten, aber er wusste, wonach er suchte. Er war sicher, dass es Beinwellwurzel war, was Kirschfall brauchte. Er erinnerte sich, dass er die Wurzel zu einer Paste zerkaut hatte, nachdem sie Kirschfall ins Lager zurückgebracht hatten, und Häherfeder hatte ihm erklärt, dass Beinwellwurzel gegen Wundschmerz half.

Bald entdeckte er den Haufen mit den schwarzen Wurzeln und biss ein Stück ab, kaute und erkannte den bitteren Geschmack vom letzten Mal. Als sie weich genug war, spuckte er den Klumpen aus und verteilte die Paste auf Kirschfalls Wunde.

Kirschfalls schmerzverzerrter Gesichtsausdruck entspannte sich und ein erleichterter Blick trat in ihre Augen. Erlenpfote beobachtete sie besorgt und dachte daran, wie wichtig es doch für eine Heilerkatze war, zu wissen, wie sich andere Katzen fühlten.

»Ich glaube, es fängt schon an zu wirken«, miaute Kirschfall kurz darauf. »Danke, Erlenpfote. Ich bin so froh, dass ich die Schmerzen los bin.«

»Keine Ursache«, murmelte Erlenpfote verlegen.

Kirschfall stand auf, ohne ihre verletzte Pfote auf den Boden zu setzen, und berührte Erlenpfotes Ohr mit der Nase. »Es freut mich sehr, dass du deinen Platz als Heilerkatze gefunden hast«, sagte sie zu ihm. »Häherfeder und Blattsee sind bestimmt sehr stolz auf dich.«

Erlenpfote sah Kirschfall nach, als sie den Bau verließ, sein Pelz kribbelte vor Stolz über ihre Worte. *Ich hab meine erste Verletzung ganz allein behandelt!*

Stimmen ertönten von draußen vor dem Bau, und Erlenpfote hörte, dass Häherfeder zurückgekehrt war. Er verstand nicht, was sein Mentor und Kirschfall zueinander sagten, konnte es sich aber denken.

Bestimmt erzählt Kirschfall Häherfeder, was ich schon alles kann!

Aber als Häherfeder den Bau mit einem Bündel Schafgarbe im Maul betrat, war sein Nackenfell gesträubt und seine Schwanzspitze zuckte hin und her. »Ist das wahr, was mir Kirschfall gerade erzählt hat?«, wollte er wissen und ließ das Kräuterbündel fallen. »Du hast ein Heilmittel herausgegeben, ohne vorher zu fragen?«

Erlenpfote spürte, wie sein Herz hämmerte und sein Pelz überall vor Scham brannte, als ihm bewusst wurde, dass er schon wieder etwas falsch gemacht hatte. »Ähm ... j-ja«, stammelte er. »Aber Kirschfall hat gesagt, dass ihre Wunde wehtut, und ich hab mich erinnert, dass du gesagt hast, eine Paste aus Beinwellwurzel würde helfen. Ich hab sie wirklich gründlich zerkaut, genau, wie du's mir gezeigt hast.« Als Häherfeder nichts dazu sagte, fügte er noch verzweifelter hinzu: »Ich hätte ihr nichts gegeben, wenn ich mir nicht ganz, *ganz* sicher gewesen wäre, dass es hilft. Aber ich wusste genau, wozu Beinwellwurzel gut ist. Und es hat geholfen! Sie fühlt sich viel besser!«

Häherfeder knurrte aus tiefster Kehle. »Ja, Beinwell hilft gegen Schmerzen. Aber manchmal sind Schmerzen Alarmzeichen, die einer Katze sagen, dass etwas nicht in Ordnung ist.

Und wenn Kirschfall eine Entzündung hätte, deren Schmerz du gedämpft hast? Dann wäre ihre Infektion schlimmer geworden, ohne dass eine Katze davon weiß. Infektionen können sehr gefährlich sein.«

»Aber … aber …« Erlenpfote wollte protestieren, wegen seines schlechten Gewissens brachte er die Worte jedoch kaum heraus. »Das hab ich doch überprüft und Kirschfall zeigte kein Zeichen einer Entzündung.«

Ich wollte nur helfen, dachte er. *Mir war nicht bewusst, dass ich alles hätte schlimmer machen können.*

»Es tut mir wirklich leid«, miaute er bekümmert. »Ich hätte das niemals tun dürfen. Ich werd's auch nie wieder tun!«

Häherfeder entspannte sich ein bisschen, deutete mit den Ohren auf die schlafende Wurzellicht, und Erlenpfote wurde bewusst, dass er die Stimme erhoben hatte.

»Du hattest recht«, gab Häherfeder zu. »Ich habe Kirschfall selbst untersucht und sie hat keine Infektion. Aber manchmal sind die Anzeichen schwer zu erkennen, vor allem für eine Heilerkatze, die noch in der Ausbildung ist … was du noch eine ganze Weile sein wirst. Bis du mehr Übung hast, solltest du lieber nur das tun, was Blattsee und ich dir sagen.«

Erlenpfote senkte den Kopf. »Mach ich, Häherfeder.«

»Und jetzt«, fuhr Häherfeder mit barscher Stimme fort, »nimmst du dir Mäusegalle und kümmerst dich um die Zecken der Ältesten.«

Erlenpfote unterdrückte einen Seufzer. »Ja, Häherfeder.«

Als Erlenpfote mit einem Zweig und einer mit Gallensaft getränkten Mooskugel an der Spitze beim Bau der Ältesten unter den Haselsträuchern eintraf, war nur Sandsturm da.

»Hallo«, miaute sie und sah ihn mit ihren grünen Augen freundlich an. »Wie schön, dass du gekommen bist. Graustreif und Millie sind spazieren gegangen und Charly sonnt sich irgendwo. Ich hab eine riesige Zecke an meiner Schulter, genau da, wo ich nicht drankomme.«

Erlenpfote teilte Sandsturms Fell, um die Zecke zu finden, dann betupfte er sie mit der Mäusegalle. Diesmal konnte er ein Seufzen nicht unterdrücken, weil er daran dachte, dass er sich wieder um Zecken kümmern musste, als wäre er gerade erst zum Heilerkatzen-Schüler ernannt worden.

Sandsturm lockerte dankbar ihre Schultern, als die Zecke abfiel. »Das fühlt sich viel besser an, Erlenpfote. Aber mit dir ist doch irgendwas nicht in Ordnung, oder? Würde es helfen, wenn du mir davon erzählst?«

Erlenpfote schüttelte verlegen den Kopf, weil es ihm nicht gelungen war, seine Gefühle zu verbergen.

Sandsturm strich ihm mit dem Schwanz über die Flanke. »Es ist keine Schande, gelegentlich traurig zu sein«, miaute sie. »Kein Grund, es nicht zu zeigen. Und außerdem«, fügte sie mit einem leisen, belustigten Schnurren hinzu, »kannst du dich nicht besonders gut verstellen!«

Ihr freundlicher Spott besserte Erlenpfotes Stimmung ein wenig. Er suchte in ihrem Fell nach weiteren Zecken, während Sandsturm leise auf ihn einredete.

»Wir sind eine Familie und deshalb darfst du mir ruhig alles erzählen. Vielleicht kann ich ja helfen. Und da die anderen gerade nicht hier sind, kann das unter uns bleiben.«

Erlenpfote entspannte sich. Er tupfte Mäusegalle auf die Zecke, die er gerade entdeckt hatte, dann legte er den Zweig beiseite. »Ich habe Kirschfall mit Beinwellpaste behandelt, als

Blattsee und Häherfeder gerade weg waren«, gestand er. »Häherfeder ist wütend geworden.«

»Ach, herrje!«, rief Sandsturm aus. »Das ist ja entsetzlich! Brombeerstern wird dich gewiss aus dem Clan verbannen.«

Für einen schrecklichen Augenblick dachte Erlenpfote, sie würde es ernst meinen, doch dann merkte er, dass sie sich über ihn lustig machte.

»Du musst kein schlechtes Gewissen haben«, setzte die alte Kätzin jetzt ernsthaft hinzu. »Du hast getan, was du für richtig gehalten hast, und dafür verdienst du Lob. Beim nächsten Mal weißt du es besser. Schüler sein bedeutet lernen und wachsen, und ist es nicht ein Glück, dass dir Blattsee und Häherfeder, zwei so kluge Katzen, dabei zur Seite stehen?«

»Ich ... ich will sie nicht enttäuschen«, stammelte Erlenpfote.

»Hattest du den Eindruck, dass Häherfeder entsetzt war?«, fragte Sandsturm. »Ich meine nicht mürrisch – Häherfeder ist immer mürrisch –, sondern *entsetzt*?«

Erlenpfote dachte einen Moment darüber nach. »Nein«, miaute er schließlich. »Das war er nicht.«

»Er will nämlich nur, dass du etwas lernst«, fuhr die gelbbraune Kätzin fort. »Und das tust du auch. Du kannst nicht davon ausgehen, dass du alles sofort verstehst. Du denkst nach und bist vorsichtig und das wird dir als Heilerkatze sehr nützlich sein.«

Wie gut sie mich kennt, dachte Erlenpfote, der sich allmählich besser fühlte. *Ein Glück, dass es ältere, klügere Katzen gibt, die mir Ratschläge geben.*

»Hast du noch andere Sorgen?«, fragte Sandsturm nach einer Weile.

Erlenpfote schoss die seltsame Vision vom Mondsee wieder durch den Kopf. *Ich bin mir fast sicher, dass es nur ein Traum war ... aber vielleicht war es doch mehr?*

Sandsturms Ratschlag hatte ihn angespornt und der ermutigende Blick in ihren Augen flößte ihm Vertrauen ein. »Gestern ist was am Mondsee passiert«, hob er an und erzählte ihr dann von seiner Begegnung mit Feuerstern und von dem fremden Clan, den er im Wasser des Sees beobachtet hatte.

»Das war so unheimlich ...«, erklärte er Sandsturm. »Diese fremden Katzen leben offensichtlich in einer felsigen Schlucht, durch die ein Fluss fließt. Und es sah so aus, als würde ihre Anführerin einen neuen Krieger ernennen.«

Sandsturm kniff die Augen zusammen, ihr grüner Blick war plötzlich eindringlich. »Beschreib mir diese Katzen«, miaute sie. »Erzähl mir alles, woran du dich erinnerst.«

»Also«, hob Erlenpfote an, »die Kätzin, die wie eine Anführerin aussah, war braun und cremefarben gestreift. Außerdem gab es einen großen, kräftigen, dunkelgoldbraunen Kater und eine kleine, silbern gestreifte Kätzin mit auffallend grünen Augen.« Er zitterte. »Sie hat zu mir aufgeblickt, sie schien irgendwie zu wissen, dass ich da war.«

Sandsturm sprang auf ihre Pfoten, ihr Pelz sträubte sich vor Aufregung. »Ich kenne diese Katzen! Das hört sich nach Blattstern und ihrem Zweiten Anführer Scharfkralle an – und die kleine silbern Gestreifte ist Echoklang, ihre Heilerkatze.«

»Das ist wirklich seltsam«, murmelte Erlenpfote. »Warum sollte ich von echten Katzen träumen, die ich gar nicht kenne – von denen ich auch noch nie gehört habe?«

Sandsturms grüne Augen leuchteten. »Weil das kein Traum war ... *sondern eine Vision.*«

»Wirklich?« Allmählich ließ sich Erlenpfote von der Aufregung der älteren Katze mitreißen. »Und wer sind die Katzen, die ich gesehen habe?«

»Sie gehören zu einem weiteren Clan, dem WolkenClan«, antwortete Sandsturm. »Sie brauchen vielleicht unsere Hilfe.«

Erlenpfote starrte sie an. Es gab einen Clan, von dem er noch nie gehört hatte? Sandsturm musste er glauben, denn sie war klug. Und er war schrecklich aufgeregt, denn er hatte eine Vision gehabt, wie eine richtige Heilerkatze. Aber gleichzeitig fand er, dass ihm die Vision nicht zustand. »Warum ich?«, platzte er heraus.

»Warum nicht?«, antwortete Sandsturm gleichmütig. »Wenn die Vision nicht für dich bestimmt wäre, hättest du sie nicht gehabt. Der SternenClan hat dich erwählt und du solltest seine Wahl würdigen. Und das bedeutet, dass du Blattsee und Häherfeder davon berichten musst.«

Erlenpfotes Bauch grummelte nervös. Er schreckte vor der Vorstellung zurück, seinen Mentoren davon zu erzählen. *Häherfeder denkt doch sowieso, dass ich Dinge tue, für die ich noch nicht reif genug bin ... Was wird er erst denken, wenn ich ihm von meiner Vision erzähle? Wird er das nicht genauso beurteilen?*

»Häherfeder wird mir die Ohren zerfetzen«, flüsterte er.

»Unsinn!«, miaute Sandsturm schroff. »Erlenpfote, hör auf, dir den Schwanz zu verknoten, und sprich endlich mit ihnen.«

Auf schleppenden Pfoten tappte Erlenpfote durch den Felsenkessel zum Bau der Heilerkatzen. Als er dort ankam, war Blattsee zurückgekehrt und beugte sich über die schlafende Wurzellicht.

»Ich … äh … ich muss mit euch über eine wichtige Sache reden«, hob er an.

Häherfeders Schnurrhaare zuckten. »Was gibt's denn nun schon wieder?«

Blattsee schnippte ihm den Schwanz übers Ohr. »Natürlich kannst du mit uns reden, Erlenpfote, aber lass uns dafür nach draußen gehen. Wurzellicht war gerade wach und hat gegessen, aber jetzt schläft sie wieder, und ich will nicht, dass sie gestört wird.«

»Mach's kurz«, miaute Häherfeder.

Draußen vor dem Bau erzählte Erlenpfote mit leiser Stimme von seiner Vision beim Mondsee. »Sandsturm sagt, dass sie die Katzen kennt«, sagte er zum Schluss.

Zu seiner Verwunderung sah ihn Blattsee mit leuchtenden Bernsteinaugen unverwandt an, während Häherfeder aufgeregt mit den Krallen am Boden scharrte. *Sie sind wirklich beide beeindruckt,* dachte Erlenpfote, *nicht nur Blattsee.*

»Glaubt ihr, dass das meine erste Vision sein könnte?«, fragte er.

»Nein«, antwortete Häherfeder, »Es war nicht deine *erste* Vision. Erinnerst du dich, dass die Heilerkatzen die Prophezeiung vom SternenClan empfangen haben? Hab ich dich da nicht gesehen?«

Erlenpfote riss die Augen weit auf vor Staunen. Vielleicht hatte er Feuerstern wirklich schon einmal gesehen! »Das war eine *Vision*?«

Häherfeder verdrehte die Augen. »SternenClan, gib mir Kraft!«

»Ja, das war eine Vision«, bestätigte Blattsee. »Und deshalb war uns klar, dass du Heilerschüler werden musst, Erlenpfote. Der SternenClan hat offensichtlich große Pläne mit dir!«

Erlenpfote fiel es schwer, das zu begreifen. Sein Körper kribbelte von der Nase bis zur Schwanzspitze vor Aufregung und seine Krallen fuhren aus und ein. *Ich soll also doch nicht Heilerkatze werden, weil ich nicht zum Jäger tauge – ich bin erwählt worden, weil ich besondere Gaben habe!*

»Wir müssen zu Brombeerstern gehen und ihm davon berichten«, verkündete Blattsee.

»Gut«, miaute Erlenpfote und wandte sich dem Bau des Anführers zu.

Blattsee schüttelte den Kopf, und Häherfeder hob eine Pfote, um Erlenpfote aufzuhalten. »Nein, wir gehen allein«, brummte er. »Es war zwar deine Vision, aber für eine Diskussion, was sie bedeutet, bist du zu unerfahren. Wir werden dir sagen, wie es weitergeht.«

Erlenpfotes Gefühl, besonders zu sein, ließ nach.

»Ach so«, murmelte er und fühlte sich wieder jung und dumm. Er wartete vor dem Bau und beobachtete, wie Blattsee und Häherfeder zum Steinfall liefen, der zur Hochnase hinaufführte.

Was auch immer mir meine Vision sagen wollte, darum werden sich Katzen kümmern, die älter sind als ich.

8. KAPITEL

ALLEIN ZURÜCK IM Bau, widmete sich Erlenpfote erneut den Kräutern, sortierte die getrockneten und verstaute die frischen, die Blattsee und Häherfeder mitgebracht hatten. Nachdem seine Erregung abgeklungen war, fühlte er sich, als würde ihm sein Pelz nicht mehr so ganz passen. Er war sich nicht sicher, ob es ihm gefiel, eine Katze mit wichtigen Visionen zu sein, und hätte gern gewusst, wie Brombeerstern auf den Bericht seiner Mentoren reagierte.

Er hatte seine Arbeit fast beendet, als er Pfotenschritte heranhumpeln hörte. *Oh nein, das muss Kirschfall sein!*

Erlenpfote hatte keine Idee, was er zu ihr sagen könnte. Er wusste nicht, ob er sich entschuldigen sollte, weil er ihr etwas gegeben hatte, ohne vorher um Rat zu fragen, oder sich erkundigen, wie es ihr ging, oder ob er die ganze Sache einfach ignorieren sollte.

Aber als Kirschfall den Kopf durch den Brombeervorhang steckte, blieb ihm keine Zeit, irgendetwas zu sagen. »Erlenpfote!«, platzte sie heraus. »Du musst schnell kommen – Funkenpfote ist verletzt!«

Entsetzen riss an Erlenpfote wie eine gewaltige Kralle. Nach seinen jüngsten Erfahrungen mit Kirschfalls Verletzung war sein erster Gedanke, die anderen Heilerkatzen zu holen.

Nein – sie ist meine Schwester! Ich muss ihr sofort *helfen!*

»Bring mich zu ihr«, miaute er zu Kirschfall.

Er stürzte aus dem Bau und rannte hinter der roten Kätzin her Richtung SchattenClan-Grenze. Sie sausten durch den Wald, wichen Brombeergestrüpp aus und sprangen über heruntergefallene Äste. Kurz darauf hörte Erlenpfote das qualvolle Jaulen seiner Schwester. Es wurde lauter, als sie durch einen Farnflecken schossen und in der Nähe des Blattgrüne-Zweibeinerorts auftauchten.

Funkenpfote lag am Boden unter einem Baum. Distelschopf hockte neben ihr und strich ihr sanft über die Schulter, während Efeusee auf sie einredete, sie solle an einem wassergetränkten Moosbündel lecken. Beide Krieger erhoben sich und traten zurück, als Erlenpfote zu seiner Wurfgefährtin sprang.

»Was ist passiert?«, keuchte er.

»Sie ist auf einen dünnen Ast geklettert, um einen Vogel zu fangen«, erklärte Kirschfall. »Sie ist einfach vom Baum gefallen und jetzt ist ihr Vorderbein …« Ihre Stimme versagte.

»Auuuu!«, jammerte Funkenpfote, ihr ganzer Körper krümmte sich voller Qual.

Erlenpfote zitterte beim Anblick seiner Schwester – der fröhlichen, talentierten Funkenpfote. *So habe ich sie noch nie gesehen! Sie ist immer so zuversichtlich und beherrscht.* Aus der Nähe konnte er jetzt sehen, dass ihr Vorderbein in einem äußerst unnatürlichen Winkel vom Körper abstand.

Mit klopfendem Herzen erinnerte er sich an eine Geschichte, die ihm Charly von Rußherz erzählt hatte: Sie war vom Baum gefallen, hatte sich das Bein gebrochen und mondelang im Bau der Heilerkatzen gelegen, bis sie es wieder benutzen konnte.

Bitte, SternenClan, mach, dass Funkenpfote das nicht passiert.

Erlenpfote zwang sich zur Ruhe und kauerte neben seiner Schwester nieder. »Ich muss dein Bein untersuchen«, miaute er. »Das könnte wehtun.«

Funkenpfote nickte. »Tu's einfach«, miaute sie mit zusammengebissenen Zähnen.

Erlenpfote betastete Funkenpfotes Bein und Schulter mit den Pfoten. Sofort atmete er erleichtert auf. *Es ist nicht gebrochen – nur ausgerenkt. Und ich weiß, was man da macht!*

Blattsee hatte es ihm gezeigt, weil Beerennase das Gleiche zugestoßen war, als er bei der Jagd über den Rand eines felsigen Ufers gestürzt war. Plötzlich fühlte sich Erlenpfote viel zuversichtlicher.

»Keine Sorge«, versicherte er Funkenpfote. Er wollte sich Mut zusprechen, obwohl seine Pfoten zitterten. »Du wirst dich sehr schnell viel besser fühlen.«

Während er sprach, sah er, dass Efeusee näher an Distelschopf herangerückt war, und hörte sie flüstern: »Weiß er auch *wirklich,* was er tut?«

Distelschopf hob nur zweifelnd den Kopf.

Erlenpfote zögerte einen Moment. *Weiß ich es?*

Dann jaulte Funkenpfote noch einmal qualvoll auf und er schüttelte sich insgeheim. »Kirschfall«, wies er an, »leg deine Pfote auf ihre andere Schulter, genau da. Efeusee und Distelschopf, ihr haltet ihre Hinterläufe fest. Keine Sorge, Funkenpfote«, fügte er hinzu. »Du hast das so schnell hinter dir, wie du eine Maus fängst.«

Erlenpfote beugte sich über Funkenpfote, setzte eine Pfote auf ihr verletztes Bein und die andere auf ihre Schulter. *Du darfst nicht darüber nachdenken*, hatte Blattsee gesagt. *Und sei schnell, mit einem kräftigen Ruck.*

Genau, wie es ihm seine Mentorin erklärt hatte, renkte Erlenpfote die Schulter seiner Schwester mit einer gezielten Bewegung wieder ein. Funkenpfote krümmte sich unter seinen Pfoten und schrie auf. Aber trotz des Schreis hörte Erlenpfote das Knacken, mit dem ihr Bein ins Gelenk zurücksprang.

Hat es geklappt?, fragte er sich. Er hatte gehört, wie Efeusee und Distelschopf entsetzt nach Luft schnappten, weil sie vermutlich dachten, er hätte alles nur noch schlimmer gemacht.

»Ihr könnt sie jetzt loslassen«, sagte er zu den Kriegerinnen. »Funkenpfote, versuch aufzustehen.«

Funkenpfote blinzelte ihn an, dann rappelte sie sich langsam auf ihre Pfoten und begann, hin und her zulaufen. Erlenpfote beobachtete sie, wagte kaum zu atmen. Sie sah noch etwas wacklig aus und humpelte ein bisschen, konnte das Bein aber belasten.

»Das ist unglaublich!«, rief Funkenpfote ihrem Bruder zu. »Es fühlt sich *so* viel besser an. Vielen lieben Dank, Erlenpfote. Du bist eine hervorragende Heilerkatze.«

»Das kann ich bestätigen«, schloss sich Kirschfall an.

Distelschopf und Efeusee sahen ebenfalls beeindruckt aus. Erlenpfote leckte sich peinlich berührt das Fell an der Brust, als sie ihm gratulierten, dennoch taten ihm ihre anerkennenden Blicke gut.

»Ich geh besser zu meinen Kräutern zurück«, miaute er schüchtern. »Funkenpfote, du musst dich von Blattsee oder Häherfeder untersuchen lassen, wenn du wieder im Lager bist.«

Erlenpfote spürte kaum, dass seine Pfoten den Boden berührten, als er durch den Wald zurücklief. *Ich habe Funkenpfotes verletztes Bein eingerenkt! Und es hat geklappt!*

Dann, als er den alten Zweibeinerweg überquerte, wurde ihm plötzlich bewusst, dass er ohne Erlaubnis das Lager verlassen hatte. Unbehagen kribbelte unter seinem Pelz, doch als er sich dem Lager näherte, versuchte er, seine Besorgnis abzuschütteln.

Vielleicht kann ich mich reinschleichen, ohne dass mich eine Katze bemerkt.

Aber als er einen alten Baumstumpf umrundete und die Dornenbarriere in Sichtweite kam, sah er Brombeerstern beim Eingang des Tunnels auf ihn warten.

Oh nein!, dachte Erlenpfote. *Krieg ich schon wieder Ärger? Ich hätte das Lager nicht verlassen dürfen … dabei hat mir Häherfeder* gerade erst *erklärt, dass ich nichts unternehmen darf, ohne ihn oder Blattsee zu fragen!*

»Tut mir leid! Es tut mir wirklich leid!«, platzte er heraus, während er zu Brombeerstern sprang. Ich mach's …«

»Ich weiß nicht, wofür du dich entschuldigst«, fiel ihm Brombeerstern ins Wort. »Ich bin nicht hier, weil du Ärger hast. Ich muss mit dir reden, weil mir Blattsee und Häherfeder von deiner Vision erzählt haben.«

Verblüfft riss Erlenpfote die Augen weit auf. Bei all der Aufregung, Funkenpfote zu helfen, hatte er vergessen, dass seine Mentoren deswegen gerade zu Brombeerstern gegangen waren.

»Setzen wir uns hierher.« Brombeerstern deutete mit seinem Schwanz auf einen schattigen Platz unter den ausladenden Wedeln eines Farnfleckens. Nachdem sich beide Katzen gemütlich niedergelassen hatten, fuhr Brombeerstern fort. »Wir glauben, deine Vision bedeutet, dass du für eine besondere Aufgabe auserwählt worden bist.«

Unter den anerkennenden Blicken seines Vaters wurde Erlenpfote so warm, dass er anfangs kaum mitbekam, was Brombeerstern sagte.

»Deshalb musst du den DonnerClan verlassen und diese Mission erfüllen«, fügte der Anführer hinzu.

Moment mal … eine Mission?

Jedes Haar in Erlenpfotes Pelz richtete sich vor Entsetzen auf, als er verstand, was das bedeutete. »Aber … aber das kann ich nicht!«, rief er atemlos.

Brombeerstern legte Erlenpfote den Schwanz um die Schultern. »Wenn du nicht dazu bereit wärst, hätte der SternenClan dir diese Vision nicht geschickt«, miaute er. »Wir glauben, dass sie etwas mit der Prophezeiung zu tun hat. Sandsturm hat dir ja schon erklärt, dass die Katzen, die du gesehen hast, zu einem anderen Clan gehören, dem WolkenClan. Weil in der Prophezeiung Wolken erwähnt werden, glauben wir, dass diese Katzen vielleicht in Schwierigkeiten stecken. Häherfeder, Blattsee und ich sind uns einig, dass du dich aufmachen musst, um sie zu finden.«

Erlenpfote wurde bewusst, dass er mit offenem Mund dasaß wie ein Amselküken, das auf Futter wartet. Er gab sich große Mühe, ruhig zu sprechen und vernünftige Fragen zu stellen, damit er alles verstand.

»Sandsturm hat mir erzählt, dass die Katzen, die ich gesehen habe, zum WolkenClan gehören«, hob er an. »Aber ich weiß nicht, warum sie ausgerechnet *meine* Hilfe brauchen sollten. Und wie soll ich sie jemals finden?«

»Das ist eine lange Geschichte.« Brombeerstern saß aufrecht da, hatte den Schwanz über die Pfoten gelegt und sah auf Erlenpfote hinab. »Sie hat vor vielen, vielen Blattwechseln angefangen, im alten Wald. Der WolkenClan hat auch dort gelebt, zusammen mit den vier Clans, die du kennst.«

»Dann gab es also *fünf* Clans?«, flüsterte Erlenpfote.

»Ja, aber der WolkenClan hat sein Territorium verloren, weil Zweibeiner dort ihre Nester bauten. Und die anderen vier Clans weigerten sich, das verbliebene Territorium mit ihnen zu teilen. Sie haben den WolkenClan aus dem Wald vertrieben.«

»Das ist doch unfair!«, rief Erlenpfote entrüstet.

Brombeerstern senkte den Kopf. »Die verbliebenen Clans waren beschämt, weil sie das getan hatten, und haben den WolkenClan später nie wieder erwähnt. Irgendwann sind alle Erinnerungen an ihn in Vergessenheit geraten.«

»Und was ist aus dem WolkenClan geworden?«

»Sie reisten weit und kamen schließlich zu jener Schlucht, in der du sie gesehen hast. Ihr Clan lebte dort für eine Weile, aber schließlich wurden sie wieder verjagt und in alle Winde zerstreut.«

»Dann hat meine Vision also in der Vergangenheit stattgefunden?«, fragte Erlenpfote. Ihm wurde immer heißer unter dem Pelz vor Entrüstung über das, was der WolkenClan erlitten hatte, und er bohrte seine Krallen tief in den Boden.

Brombeerstern schüttelte seinen Kopf. »Damals im alten Wald – es war ungefähr zu der Zeit, als ich zum Krieger ernannt wurde – hat der Geist jenes WolkenClan-Anführers, der seinen Clan aus dem Wald führte, Feuerstern aufgesucht. Er hat Feuerstern mit der Mission betraut, die Hinterbliebenen des WolkenClans zu finden und wieder aufzubauen.«

»Puh! Und das hat Feuerstern wirklich getan?«

»Sandsturm hat ihn begleitet, und sie kann dir erzählen, was alles passiert ist«, antwortete Brombeerstern. »Aber am Ende, ja, da haben sie den WolkenClan wieder vereint, und als sie gingen, lebten die Katzen nach dem Gesetz der Krieger in der Schlucht.«

»Und deshalb hat Sandsturm die Katzen aus meiner Vision erkannt!«, miaute Erlenpfote. »Ihre Anführerin Blattstern und den Zweiten Anführer Scharfkralle und ... wie hieß die Heilerkatze? Ach so – Echoklang!«

»So ist es«, antwortete Brombeerstern. »Ich glaube, dass der WolkenClan vielleicht wieder unsere Hilfe braucht. Aber eins musst du wissen, Erlenpfote: Das Schicksal des WolkenClans ist so geheim, dass nur drei lebende Katzen davon wissen: Sandsturm und ich und jetzt du. Deshalb dürfen wir *keiner* Katze sagen, worum es bei deiner Mission wirklich geht – nicht einmal Blattsee und Häherfeder.«

Erlenpfote starrte ihn an, für einen Moment so verblüfft, dass er kein Wort herausbrachte. »Du ... du meinst«, stammelte er schließlich, »du meinst, dass ein Teil der Geschichte der Krieger so geheim ist, dass selbst die *Heilerkatzen* nichts davon wissen?«

Brombeerstern nickte. »Nur du und ich und Sandsturm kennen die Wahrheit.«

Erlenpfote musste einen Moment darüber nachdenken. »Warum muss es so geheim bleiben?«, fragte er. »Ist es nicht irgendwie unehrenhaft, wegen der Mission zu lügen?«

»Du musst mir einfach vertrauen«, miaute Brombeerstern sanft. »Jetzt die Wahrheit zu sagen, würde mehr schaden als nützen. Ich weiß, dass ich dir eine große Verantwortung aufbürde«, fügte er hinzu. »Aber das würde ich nicht tun, wenn ich nicht wüsste, dass du ihr gewachsen bist.«

Brombeerstern erhob sich auf die Pfoten, legte Erlenpfote kurz die Schnauze auf den Kopf, dann tappte er zum Lager zurück. Erlenpfote blickte ihm nach, eine Flut von Gefühlen stürzte auf ihn ein. Die Heimlichkeit bereitete ihm Sorge, wobei er zugleich ausgesprochen neugierig war, was los war und ob der WolkenClan wirklich die Hilfe des DonnerClans brauchte. Seine Furcht, der Aufgabe möglicherweise nicht gewachsen zu sein, kämpfte mit seinem Stolz, dass Brombeerstern an ihn glaubte.

Vielleicht hat Funkenpfote recht, dachte er. *Sie sagt mir immer, ich würde ständig zu viel nachdenken. Ich muss einfach darauf bauen, dass mein Vater an mich glaubt,* beschloss er schließlich, *und hoffen, dass sich alles andere von selbst ergibt.*

9. KAPITEL

DU KANNST SAGEN, was du willst!«, fauchte Sandsturm. »Ich begleite diese Mission und das ist endgültig!«

»Das kommt nicht infrage!«, blaffte Brombeerstern zurück. »Ich habe dich gebeten, Erlenpfote alles zu erzählen, was du über den WolkenClan weißt. Es war nie meine Absicht, dich mit ihm gehen zu lassen.«

Erlenpfote trippelte nervös auf dem sandigen Boden in Brombeersterns Bau von einer Pfote auf die andere. Es war der Tag, nachdem ihm sein Vater gesagt hatte, dass er ihn auf die Mission schicken würde, aber bislang war noch nicht entschieden worden, welche Katzen ihn begleiten sollten.

Und es sieht nicht so aus, als würde ich in nächster Zeit aufbrechen, nicht, bevor Brombeerstern und Sandsturm aufgehört haben zu streiten. Er hatte stets geglaubt, dass die beiden Katzen gut miteinander auskamen. Jetzt sahen sie so wütend aus, als wollten sie sich gegenseitig die Pelze zerfetzen.

»Du bist zwar der Anführer des Clans, benimmst dich aber wie ein mäusehirniger Schüler.« Sandsturms Nackenfell sträubte sich vor Zorn. »Ich bin die Einzige …«

»Genug!« Brombeerstern peitschte mit dem Schwanz. »Sandsturm, du bist eine Älteste. Du hast deinen Beitrag für den Clan geleistet, und zwar auf großartige Weise. Jetzt verdienst du Ruhe und dass wir anderen für dich sorgen. Ich will dich im Lager in Sicherheit wissen und werde nicht zulassen, dass du in einem unbekannten Territorium umhertappst.«

»Genau darum geht es.« Sandsturms Stimme wurde leiser, sie presste die Worte mit zusammengebissenen Zähnen heraus. Erlenpfote war froh, dass sie Brombeerstern anfunkelte und nicht ihn. »Ich bin die einzige lebende Katze, die eine Ahnung hat, wo das Lager des WolkenClans zu finden sein könnte. Und ich bin die Einzige, der die Katzen vom WolkenClan schon einmal begegnet sind. Mich werden sie bestimmt eher akzeptieren als Katzen, die ihnen noch nie unter die Augen gekommen sind.«

Als sie das sagte, legte sich der Zorn auf Brombeersterns Gesicht, der Anführer wurde nachdenklich. »Ich verstehe«, hob er unsicher an, »aber Älteste sind einfach nicht …«

Er brach ab, als Pfoten den Steinfall heraufkletterten. Erlenpfote drehte den Kopf und sah Eichhornschweif im Eingang des Baus. Brombeerstern und Sandsturm wechselten einen schnellen Blick, und Erlenpfote verstand, dass auch Eichhornschweif nichts vom WolkenClan wusste.

»Alle Jagdpatrouillen sind unterwegs«, berichtete sie. »Ich wollte fragen, welche Krieger du ausgesucht hast, um Erlenpfote zu begleiten. Er wird eine starke Katzengruppe brauchen. Niemand weiß, wohin ihn seine Pfoten tragen, aber es wird gefährlich, da bin ich mir sicher.«

»Ich werde mit ihm gehen«, verkündete Sandsturm, bevor Brombeerstern antworten konnte.

Ihre grünen Augen blitzten triumphierend, als Brombeerstern zögernd mit einem Nicken seine Zustimmung gab, aber Eichhornschweif sah sie entsetzt an.

»Sandsturm, das darfst du nicht!«, rief sie. »Es ist schlimm genug, dass Erlenpfote gehen muss. Glaubst du, ich will mein Junges *und* meine Mutter gemeinsam auf eine gefährliche Mission schicken? Das könnte ich nicht ertragen!«

Gefährlich? Erlenpfote wurde noch nervöser.

»Eichhornschweif, mir wird nichts passieren«, miaute Sandsturm. »Ich bin zwar alt, aber immer noch stark. Und Erlenpfote wird viel sicherer sein, wenn ich mit ihm gehe.«

»Ich gebe es nur ungern zu, aber sie hat recht«, bestätigte Brombeerstern.

Eichhornschweifs wache Augen huschten von ihrer Mutter zu Brombeerstern und dann wieder zurück. »Ihr verschweigt mir doch was!«, protestierte sie.

»Du musst mir vertrauen«, antwortete Brombeerstern.

Einige angespannte Herzschläge vergingen, während Eichhornschweif dem Bernsteinblick von Brombeerstern standhielt. Dann seufzte sie und ließ den Schwanz hängen. »Das muss ich wohl.«

Ohne weitere Streitigkeiten verließen sie mit Brombeerstern an der Spitze den Bau. Auf der Hochnase blieb Eichhornschweif neben Brombeerstern stehen, während Sandsturm und Erlenpfote den Steinfall hinab zum Grund des Lagers kletterten.

»Alle Katzen, die alt genug sind, Beute zu machen, fordere ich auf, sich hier unter der Hochnase zu einem Clan-Treffen zu versammeln!«, jaulte Brombeerstern.

Alle Katzen auf der Lichtung drehten die Köpfe zur Hochnase. Blattsee und Häherfeder traten aus ihrem Bau und setzten sich Seite an Seite vor den Brombeervorhang. Lilienherz und Minka tauchten aus der Kinderstube auf und ließen sich nahe beim Eingang nieder, wo Lilienherz' Junge um ihre Pfoten herumwuselten. Wolkenschweif, Lichtherz und Taubenflug schlüpften aus dem Kriegerbau und nahmen ihre Plätze am Fuß der Felswand ein.

Charly unterbrach eine Geschichte, die er Schneebusch und Bernsteinmond erzählte. »Ich mach später weiter«, versprach er und tappte davon, um bei Graustreif und Millie in der Nähe des Ältestenbaus zu Boden zu plumpsen.

Erlenpfote hielt nach Funkenpfote Ausschau und entdeckte sie beim Dornentunnel, wo sie mit Kirschfall und Maulwurfbart das Lager betrat. *Sie hinkt kaum noch*, sagte er sich mit einem Anflug von Stolz. Alle drei Katzen waren mit Beute beladen, sprangen durch das Lager, ließen sie beim Frischbeutehaufen fallen und gesellten sich dann zu ihren Clan-Gefährten, um zu hören, was Brombeerstern zu sagen hatte.

»Katzen des DonnerClans«, hob ihr Anführer an, »ich habe wichtige Neuigkeiten. Erlenpfote hatte eine Vision vom SternenClan wegen der Prophezeiung. Wir glauben, dass wir mithilfe dieser Vision entdecken werden, was wir aufnehmen müssen, damit die Wolken nicht für immer verloren sind. Und deshalb muss er sich aufmachen, um den Ort zu finden, den er in seiner Vision gesehen hat. Sandsturm kennt einen Teil seiner Vision, deshalb wird sie ihn begleiten.«

Erstauntes Gemurmel erhob sich im Anschluss an Brombeersterns Rede unter den versammelten Katzen, und sie wechselten neugierige Blicke. Erlenpfote hatte den Eindruck, dass Graustreif und Millie besonders entsetzt aussahen, als sie hörten, dass Sandsturm an der Mission teilnehmen würde.

»Warum Erlenpfote und keine Heilerkatze?«, fragte Dornenkralle und hörte sich dabei etwas aggressiv an.

Blattsee erhob sich von ihrem Platz vor dem Heilerbau. »Erlenpfote *ist* eine Heilerkatze, Dornenkralle, und das weißt du so gut wie ich. Warum der SternenClan ihn erwählt hat …« Sie hielt kurz inne. »Sie haben sicher gewusst, was sie tun.«

»Viel wichtiger ist die Frage, warum Sandsturm?«, wollte Lichtherz mit einem liebevollen Blick auf die gelbbraune Kätzin wissen. »Sie ist im verdienten Ruhestand.«

»Weil ich Angst hatte, dass sie mir die Ohren zerfetzt, wenn ich ihr verbiete, mitzugehen«, antwortete Brombeerstern trocken.

»Und das hätte ich auch getan«, murmelte Sandsturm.

»Es gibt Gründe, warum ich glaube, dass Sandsturm für die Mission unverzichtbar ist«, fuhr Brombeerstern fort. »Jetzt gilt es nur noch, Krieger zu wählen, die sich der Gruppe anschließen.«

Mehrere begeisterte Rufe meldeten sich sofort.

»Ich gehe mit!«

»Nimm mich!«

Funkenpfote hoppelte zu Erlenpfote und presste sich an seine Seite, ihre Augen leuchteten. »Ich komme mit und helfe dir!«, miaute sie.

»Oh ja, danke!«, antwortete Erlenpfote. Der Gedanke, seine Schwester bei sich zu haben, erleichterte ihn sehr.

Dann bemerkte er, dass Brombeerstern und Eichhornschweif oben auf der Hochnase seltsame Blicke wechselten. Kirschfall, die ihrer Schülerin gefolgt war, schüttelte streng den Kopf. »Brombeerstern wird entscheiden, wer mitkommt«, miaute sie zu Funkenpfote. »Und er wird vermutlich keine Schülerin für eine Mission wie diese auswählen.«

Erlenpfote spähte bestürzt zu Brombeerstern hinauf.

»Bitte«, flehte er verzweifelt, »darf Funkenpfote mitkommen?«

Brombeerstern zögerte, offensichtlich hin- und hergerissen, während sich Eichhornschweif mit entsetztem Gesichtsausdruck zu ihm beugte und ihm etwas ins Ohr flüsterte. Sicherlich graute ihr vor dem Gedanken, welche Risiken ihre beiden Jungen bei dieser Mission eingingen.

Der Anführer und seine Zweite Anführerin sprachen ein paar Herzschläge lang leise miteinander. Dann wandte sich Brombeerstern wieder an die Katzen auf der Lichtung. »Nun gut«, miaute er. »Funkenpfote darf dich begleiten. Und daher«, fügte er mit lauter Stimme hinzu, um sich über Funkenpfotes triumphierendes Jaulen Gehör zu verschaffen, »werden Kirschfall und Maulwurfbart ebenfalls zu der Gruppe stoßen.«

Die beiden Katzen sahen sich hocherfreut an.

»Morgen bei Sonnenaufgang brecht ihr auf«, erklärte Brombeerstern zum Schluss. »Und möge der SternenClan euren Weg erhellen.«

»Erlenpfote! Mach schon! Wach auf!«

Funkenpfotes Stimme schien aus weiter Ferne zu kommen. Erlenpfote öffnete die Augen, blinzelte verschlafen und entdeckte ihr Gesicht dicht neben seinem, ihre grünen Augen schimmerten im Schatten ihres Baus.

»Wach auf!«, wiederholte sie und stieß ihn in die Seite. »Es ist Zeit zum Aufbruch. Das hier ist *deine Mission*, Mäusehirn, und du schläfst noch.«

Erlenpfote gähnte ausgiebig und rappelte sich auf die Pfoten. Er hatte in der vergangenen Nacht so lange wach gelegen und über die Mission nachgedacht, dass er sich fühlte, als hätte er nur einen Herzschlag lang geschlafen.

Er stolperte hinter Funkenpfote durch die Farnwedel, die dem Schülerbau Schatten spendeten, und trabte dann mit erhobenem Kopf und steil aufgerichtetem Schwanz auf die Lichtung hinaus, um sich nicht anmerken zu lassen, wie nervös er war.

Die Morgenluft war feucht und kühl, kroch tief unter Erlenpfotes Fell. Über seinem Kopf wölbte sich der Himmel im wässrigen Licht der Dämmerung und eine leichte Brise rauschte in den Bäumen über dem Felsenkessel.

Erlenpfote hatte den Eindruck, dass der gesamte DonnerClan draußen auf der Lichtung war, die meisten drängten sich um den Bau der Heilerkatzen. Ihr aufgeregtes Gemurmel hörte sich wie das Summen eines ganzen Bienenvolks an.

Erlenpfote und Funkenpfote drängten sich durch die Menge zu Häherfeder und Blattsee vor dem Heilerbau. Kirschfall, Maulwurfbart und Sandsturm warteten dort bereits auf sie und nahmen kleine Blätterbündel von Blattsee entgegen.

»Da seid ihr ja!«, miaute Häherfeder den beiden Schülern zu. Erlenpfote hatte mit Vorwürfen gerechnet, weil er so spät kam, aber diesmal hörte sich Häherfeder freundlich an. »Kommt her und esst die Reisekräuter.«

Blattsee legte zwei weitere Blattbündel vor Erlenpfote und Funkenpfote auf den Boden. Erlenpfote schob die Kräuter vorsichtig mit der Pfote auseinander und musterte sie sorgsam.

»Das ist Ampfer gegen den Durst.« Häherfeder benannte die Kräuter, die er jeweils einzeln am Geruch identifizierte. »Gänseblume, damit eure Gelenke geschmeidig bleiben, und …« Er brach ab, dann fügte er hinzu: »Aber das weißt du ja wahrscheinlich alles. Du hast dir deine Kräuter wirklich gut eingeprägt.«

»Kamille gegen Müdigkeit und Pimpernelle zur Kräftigung.« Erlenpfote benannte die restlichen beiden Kräuter der Mischung. Er freute sich über Häherfeders Lob. *Er und Blattsee gehen anders mit mir um, seit sie mit Brombeerstern über meine Vision gesprochen haben,* dachte er. *Als würden sie vermuten, dass die Mission mehr bedeutet, als sie wissen. Und sie glauben, dass ich die Wahrheit kenne.* Er unterdrückte ein Schaudern. *Und das stimmt ja auch.*

Häherfeder bestätigte Erlenpfotes genaue Beschreibung mit einem Nicken. »Gut! Wir geben diese Kräuter jeder Katze, die eine Reise antreten muss. Sie halten euch fit, auch wenn ihr keine Gelegenheit zum Jagen bekommt.«

»Sie schmecken komisch«, kommentierte Funkenpfote, als sie ihren Anteil aufleckte.

Häherfeder verdrehte die Augen, sagte aber nichts.

Während Erlenpfote seine Kräuter verzehrte, bemerkte er, dass Brombeerstern gekommen war und Sandsturm von den übrigen Katzen der Mission beiseitezog. Die beiden sprachen leise miteinander, ihre Gesichter waren ernst. Erlenpfote schnappte ein paar Worte auf.

»Wenn dieses Geheimnis rauskommt, könnte das verheerende Folgen für die Clans haben«, miaute Brombeerstern.

»Aber der SternenClan hat Erlenpfote diese Vision geschickt …«, hob Sandsturm an. Erlenpfote bekam den Rest ihres Satzes nicht mit, da sich die Katzen entfernten.

Unbehagen rumorte in Erlenpfotes Bauch. Das hier war seine eigene Mission und doch verstand er so viele Zusammenhänge nicht. *Was, wenn ich das Geheimnis um den WolkenClan preisgebe? Ich würde es nicht absichtlich tun, aber … was geschieht dann?* Er seufzte schwer. *Wenigstens kommt Sandsturm mit und sie kann mir Ratschläge geben.*

Dann trat Brombeerstern mit Sandsturms zustimmendem Nicken zurück und sprang durch das Lager, um zur Hochnase hinaufzuklettern.

Sandsturm tappte zu Erlenpfote und rieb ihre Wange an seiner, ihre Augen leuchteten voller Stolz auf ihn. »Du siehst besorgt aus«, flüsterte sie.

»Ich habe euer Gespräch teilweise mitbekommen«, gestand Erlenpfote. »Es hat sich so angehört, als würde er mir nicht vertrauen.«

»Unsinn!«, antwortete Sandsturm. »Brombeerstern geht es nicht darum, dass *du* nichts vom WolkenClan wissen sollst. *Keine* Katze soll davon erfahren. Es hat nichts mit seinen Gefühlen für dich zu tun. Es geht um seine Schuldgefühle, weil die vier Clans zugelassen haben, was dem WolkenClan zugestoßen ist.«

Aber das war doch vor zahllosen Blattwechseln, bevor Brombeerstern überhaupt geboren wurde, dachte Erlenpfote. *Warum fühlt er sich dann schuldig? Er kann nichts dafür.*

»So ganz verstehe ich das nicht«, miaute er.

»Mit der Zeit wirst du es vielleicht«, antwortete Sandsturm.

Erlenpfote neigte respektvoll den Kopf. »Danke, Sandsturm. Ich bin froh, dass du mitkommst.«

»Katzen des DonnerClans!«, rief Brombeerstern von der Hochnase herab. »Erlenpfote hatte eine wichtige Vision, und diese Vision schickt ihn fort mit einer Mission, die für unseren

Clan so wichtig ist – das kann ich jetzt schon sagen –, wie die Reise, die Taubenflug als Schülerin während der Großen Dürre unternommen hat, um unseren See zu retten.« Taubenflug reckte stolz den Schwanz in die Luft.

Erlenpfote wurde bewusst, dass ihn jede Katze anstarrte. Verblüfft sah er Respekt und Bewunderung in aller Augen. Er senkte verlegen den Kopf und betrachtete seine Pfoten. *Das steht mir wirklich nicht zu.*

»Die Prophezeiung der Heilerkatzen hat uns aufgetragen, etwas aufzunehmen, das wir in den Schatten finden, damit die Wolken nicht für immer verloren sind. Erlenpfotes Vision lässt uns hoffen, dass es die Katzen des DonnerClans sein werden, die herausfinden, was sich in den Schatten verbirgt, und wenn das so ist, wird es unserem Clan dienlich sein.«

Der ganze DonnerClan brach in Jubelschreie aus. »Erlenpfote! Erlenpfote!«

Erlenpfote erstarrte und hätte sich gewünscht, dass eine große Eule vom Himmel herabschweben und ihn davontragen würde. Dann stieß ihn Funkenpfote an. »Komm schon, lahmer Maulwurf!«, miaute sie mit einem liebevollen Blick. »Zeit zum Aufbruch.«

Erlenpfote richtete sich auf und hob den Kopf. »Ich bin so froh, dass du mit mir kommst, Funkenpfote«, flüsterte er.

Zu seiner Erleichterung übernahm Sandsturm die Führung, als er sich mit den übrigen Katzen der Mission Richtung Dornentunnel in Bewegung setzte. Der restliche DonnerClan begleitete sie und rief ihnen gute Wünsche zu.

»Viel Glück, Erlenpfote!«

»Passt auf euch auf!«

»Möge der SternenClan euren Weg erhellen!«

Im letzten Moment, bevor Erlenpfote und Funkenpfote den Tunnel betraten, kam Eichhornschweif angesprungen. Erlenpfote sah Furcht in ihren Augen, aber ihre Stimme war schroff. »Wagt bloß nicht, euch umbringen zu lassen!«, miaute sie. »Ich will alles wissen, wenn ihr wieder da seid.«

»Wir werden vorsichtig sein«, versicherte Erlenpfote.

»Ich passe schon auf ihn auf«, fügte Funkenpfote mit einem frechen Seitenblick auf ihren Wurfgefährten hinzu.

Eichhornschweif verabschiedete sich von ihren beiden Jungen mit einem Nasengruß, dann trat sie einen Schritt zurück. Erlenpfote spürte ihren Blick, bis er im Tunnel verschwand.

Das war's! Jetzt hat die Mission richtig angefangen!

Die Sonne ging auf, als Erlenpfotes Gruppe durch den Wald Richtung See wanderte, Sonnenstrahlen sickerten durch die Bäume und malten Muster auf den Waldboden. Erlenpfote erinnerte sich, wie weit und beängstigend ihm das Territorium bei seinem ersten Ausflug aus dem Lager vorgekommen war. Jetzt war es ihm vertraut und er fühlte sich sicher.

»Wie lange wird diese Mission dauern?«, fragte Funkenpfote, die neben ihm hersprang. »Wo ist dieser Ort, den du gesehen hast? Ich will mehr über deinen Traum wissen – nein, warte, über deine *Vision.*«

»Ich hab keine Ahnung, wo der Ort ist und wie weit es ist«, antwortete Erlenpfote mit kribbelndem Pelz wegen der Fragen seiner Wurfgefährtin. »Und ich darf auch nicht darüber reden. Heilerkatzen-Ding.«

»Ach, komm schon, *mir* kannst du's doch sagen. Gab es Katzen in deiner Vision? Wie sahen sie aus? Was haben sie gesagt?«, bedrängte sie ihn und ihre Augen funkelten neugierig.

Erlenpfote wurde unter der Flut von Fragen immer nervöser, bis er sich fühlte, als würden in seinem Bauch Ratten nagen. Er hätte ihr oder den anderen Katzen so gern die Wahrheit gesagt. Ausweichen zu müssen fühlte sich wirklich schrecklich an. *Vor allem bei Funkenpfote. Ich hatte noch nie Geheimnisse vor ihr.*

Er stolperte, als Funkenpfote ihn heftig in die Flanke stieß. »Was ist nur los mit dir?«, fragte sie gekränkt. »Ich will doch bloß helfen. Ich will finden, was in den Schatten verborgen liegt, und dem DonnerClan helfen. Also, woher weißt du, dass deine Vision etwas mit der Prophezeiung zu tun hat? Sag schon?«

»Funkenpfote, hör auf, deinem Bruder auf die Nerven zu gehen«, miaute Sandsturm missbilligend und blieb stehen, damit die jüngeren Katzen zu ihr aufholten. »Du hast ihn gehört. Das ist Sache der Heilerkatzen.«

Funkenpfote stierte eine Weile vor sich hin, dann gab sie nach. »Gut. Ich find's sowieso irgendwann raus.« Sie sprang zu Kirschfall, die inzwischen die Führung übernommen hatte. »Was glaubst du?«, fragte sie. »Was hat Erlenpfotes Vision zu bedeuten?«

Erlenpfote seufzte erleichtert auf. Insgeheim freute es ihn, dass sich Funkenpfote von der Zurückweisung nicht beeindrucken ließ. Er fühlte sich schon schlecht genug, weil er Geheimnisse vor ihr hatte, da musste er sie nicht auch noch in Schwierigkeiten bringen.

»Das könnte ich dir eher beantworten, wenn ich wüsste, was für eine Vision es war«, antwortete Kirschfall geduldig.

»Wer nicht!«, antwortete Funkenpfote mit einem Blick auf ihren Bruder. »Aber irgendwas musst du doch vermuten,

Kirschfall. Was, glaubst du, werden wir am Ende der Mission finden?«

»Vermutlich das, was wir brauchen«, miaute Kirschfall.

»Etwas, das hilft, damit die Wolken nicht verloren sind«, fügte Maulwurfbart hinzu. »Was immer das auch sein soll«, murmelte er dann.

»*Ich* glaube, dass wir vielleicht neue Jagdgründe finden«, verkündete Funkenpfote. »Das hoffe ich jedenfalls. Dann werden wir …«

Sie brach ab, als sie den Rand einer Lichtung erreichten, auf der ein Eichhörnchen aufrecht im Gras saß und an etwas knabberte, das es zwischen den Vorderpfoten hielt. Funkenpfote schoss los, ihr Schwanz wehte hinter ihr her. Aber das Eichhörnchen war sogar für sie zu schnell. Es hatte sie sofort entdeckt, raste zum nächsten Baum, kletterte flink den Stamm hinauf und verschwand in den Zweigen. Ein paar Blätter schwebten auf Funkenpfote hinab, die mit enttäuschtem Gesicht nach oben blickte.

»Wie schnell du lernst, wissen wir alle«, miaute Kirschfall spöttisch, als Funkenpfote mit hängendem Schwanz zur Gruppe zurückkehrte. »Aber brauchst du wirklich schon ein *neues* Jagdgebiet? Mir scheint, dass du auf unserem jetzigen noch genug lernen kannst.« Sie unterdrückte ein belustigtes Schnurren.

Funkenpfote antwortete nicht, sie leckte sich nur kurz die Brust, um ihre Verlegenheit zu überspielen.

Für einen Moment tat sie Erlenpfote leid. Er wusste genau, wie es sich anfühlte, wenn einem Beute entwischte.

»Ich finde, wir sollten anhalten und ein bisschen jagen«, miaute Funkenpfote. »Hier gibt es reichlich Beute, und wer weiß, was wir noch finden werden, wenn wir unser Territorium erst verlassen haben?«

»Nein, lasst uns lieber weitergehen und später jagen«, widersprach Erlenpfote. Er vermutete, dass Funkenpfote nur darauf aus war, bei einem zweiten Versuch zu beweisen, was für eine fantastische Jägerin sie war. »Wir haben noch einen weiten Weg vor uns.«

»Und müssen über den Donnerweg«, fügte Sandsturm hinzu. »Graustreif hat mit mir eine Route ausgearbeitet, auf der wir nicht durch die Berge müssen, was aber bedeutet, dass wir Gefahren von Monstern und Zweibeinern ausgesetzt sind.«

»Pah, Donnerwege!«, schnaubte Funkenpfote verächtlich. »Charly hat mir alles über sie erzählt. Die sind keine große Sache.«

»Keine große Sache?« Sandsturms Nackenfell sträubte sich. »Bist du mäusehirnig? Auf Donnerwegen sind schon Katzen umgekommen!«

»Ich finde immer noch, dass wir jetzt jagen sollten«, fauchte Funkenpfote zurück. »Soweit ich das überblicke, werden wir von Kräutern und weich gekauten Rindenfetzen nicht satt!«

Erlenpfote peitschte frustriert mit dem Schwanz. *Eigentlich habe ich hier das Sagen, aber Funkenpfote glaubt immer noch, sie könnte mich herumkommandieren. Und dann streitet sie noch mit einer Ältesten!*

Er zog die Lippen zurück und wollte schon seine Schwester anfauchen, aber Sandsturm kam ihm zuvor, legte ihr Nackenfell wieder an und mäßigte ihre Stimme.

»Funkenpfote, auch wenn ihr beide junge Katzen in der Ausbildung seid, ist das hier doch *Erlenpfotes* Mission und *seine* Vision. Du musst tun, was er sagt. Er hat recht. Wir sollten weitergehen und erst jagen, wenn wir unser Territorium hinter uns gelassen haben.«

Funkenpfote senkte den Kopf und ließ den Schwanz hängen. »Gut«, murmelte sie. »Entschuldigung.«

Erlenpfote reckte die Brust, freute sich, dass sich Sandsturm hinter ihn gestellt und bestätigt hatte, dass er der Anführer war. Dennoch sah er seine Schwester nur ungern bekümmert. Als sie sich wieder in Bewegung setzten, strich er ihr mit dem Schwanz über die Seite. »Macht doch nichts«, flüsterte er.

Nicht weit vom Bach bei der WindClan-Grenze traten sie am Seeufer aus dem Wald. Erlenpfote war auf dem Weg zur Großen Versammlung schon hier entlanggekommen und so platschte er recht selbstbewusst durchs flache Wasser voraus und führte sie am See entlang.

Umringt von seinen Clan-Gefährten, hielt Erlenpfote nach den langbeinigen WindClan-Kriegern Ausschau, auf dem kahlen Hügel bewegte sich jedoch nichts.

»Gut«, murmelte Maulwurfbart. »Ich wäre hier gern schnellstens wieder weg, bevor der WindClan mitbekommt, dass wir reisen. SternenClan weiß, was für Gerüchte aufkommen, wenn uns irgendeine Katze sieht.«

Sandsturm nickte. »Vielleicht kommen sie sogar auf die Idee, uns zu folgen. Erlenpfote, lauf etwas schneller.«

Erlenpfote sauste im vollen Galopp über den Kiesstrand am See und seine Clan-Gefährten folgten ihm bis zur WindClan-Grenze beim Pferdeort. Ab und zu warf er schnelle Blicke aufs Moor und glaubte einmal zwischen den Ginsterbüschen eine Bewegung zu entdecken, es tauchte aber keine Katze auf, um sie zur Rede zu stellen.

Als sie die Grenze überquert hatten und beim Pferdeort stehen blieben, zögerte Erlenpfote. Ihm war etwas flau im Magen. »Übernimm du jetzt lieber die Führung, Sandsturm«, miaute er. »Du bist als Einzige von uns schon einmal hier gewesen.«

Sandsturm nickte. »Wir müssen dort hinauf«, antwortete sie und deutete mit dem Schwanz auf einen steilen Hang mit vereinzelten, struppigen Bäumen, der viele Fuchslängen über ihren Köpfen zu einem kahlen Bergkamm führte. »Ich werde die Nacht nie vergessen, in der wir hier ankamen«, miaute sie leise und Erinnerungen umwölkten ihren grünen Blick. »Wir waren von der anderen Seite auf diesen Kamm geklettert, ohne zu wissen, wohin der SternenClan uns führen würde. Oben angekommen, blickten wir auf den See und sahen die Spiegelbilder unserer Kriegerahnen auf dem Wasser funkeln.« Sie seufzte. »Diese Nacht zählt zu den schönsten meines Lebens.«

Sie hielt einen Moment inne, dann schüttelte sie ihren gelbbraunen Pelz.

»Wir müssen weiter.«

Erlenpfote und die anderen folgten Sandsturm auf der schwierigen Klettertour. Sie führte sie an den dicht gedrängten Bauen des Pferdeorts vorbei, dann einem Zaun aus glänzendem Zweibeinerzeug entlang.

»Sieh mal!«, flüsterte Funkenpfote Erlenpfote aufgeregt zu. »Pferde!«

Erlenpfote erkannte die großen Tiere, die ihnen Minka in der Kinderstube beschrieben hatte. Es waren zwei – ein dunkelbraunes und ein grau geschecktes –, die im Schatten eines Baumes beieinanderstanden und lässig mit den Schweifen wedelten.

»Sie sind nicht gefährlich, wenn man sie nicht stört«, miaute Sandsturm. »Und kommen auch nicht über den Zaun.«

Trotzdem war Erlenpfote erleichtert, als sie die Pferde hinter sich gelassen hatten und die letzten Schwanzlängen zum Kamm hinaufkletterten. Oben angekommen, blieb er wie angewurzelt stehen.

»Unglaublich!«, staunte Funkenpfote neben ihm. »Ich wusste gar nicht, dass die Welt so groß ist!«

Vor sich sah Erlenpfote das Gelände steil abfallen und in ein weites Tal mit bewaldeten Flecken münden, durch das sich etwas Schwarzes wand, das wie eine erstarrte Schlange aussah. Dahinter erhoben sich unzählige Bäume und die geduckten Baue eines riesigen Zweibeinerorts – weit größer als jener beim See, wo sie die Katzenminze gesammelt hatten. Um ihn herum erstreckten sich in alle Richtungen Felder und Hügel, die sich schließlich in der Ferne verloren.

Erlenpfote erschauderte, als würden zahllose Eiszapfen gleichzeitig auf seinen Rücken einstechen. Er drehte den Kopf, wo er den See und die ihn umgebenden Clan-Territorien noch sehen konnte, das Einzige, was er bisher gekannt hatte. Alles, was vor ihm lag, kannte er nicht. Dies hier war weit beängstigender als seine Reise zum Mondsee, denn damals war er einem Pfad gefolgt, den andere Heilerkatzen vor ihm betreten hatten. Jetzt führte er seine Clan-Gefährten in eine Gegend, in der es keine vertrauten Pfade gab.

»Kannst du den Ort aus deiner Vision von hier aus sehen?«, fragte ihn Funkenpfote. Ihre Augen leuchteten vor Aufregung, während sie die weite Landschaft in sich aufnahm.

Erlenpfote spähte um sich, suchte nach den Felsen der Schlucht, aber es war Sandsturm, die für ihn antwortete.

»Natürlich nicht. Der Ort ist zu weit weg.«

»Großer SternenClan!«, rief Funkenpfote. »Soll das heißen, dass das *noch weiter* geht?«

»Viel weiter«, versicherte ihr Sandsturm. »Und je eher wir weiterziehen, desto schneller werden wir ankommen. Also los! Ich würde den Donnerweg gern vor Einbruch der Nacht überqueren.«

Erlenpfote erkannte, dass sie das schwarze Schlangending meinte. Es sah ganz anders aus als der kleine Donnerweg, der auf der Grenze zwischen dem SchattenClan- und dem FlussClan-Territorium bis zum See führte. Leuchtende Objekte, die auf diese Entfernung wie winzige Käfer aussahen, sausten darauf hin und her.

»Wenn wir dort angekommen sind«, fuhr Sandsturm fort, »läuft niemand rüber, bevor ich es sage. Habe ich mich deutlich genug ausgedrückt?«, fügte sie mit einem strengen Blick auf Funkenpfote hinzu.

Funkenpfote nickte, fröhlich wie immer, trotz der vorangegangenen Rüge. »Natürlich, Sandsturm.«

Mit Sandsturm an der Spitze gingen die fünf Katzen den Hang hinab und kamen bald an ein ausgedehntes Waldstück. Obwohl der Wald nicht so dicht war wie in ihrem Territorium, genoss Erlenpfote dankbar den Schatten der Bäume, die lauen Düfte und das hohe Gras unter seinen Pfoten.

Er vernahm von irgendwo weiter vorn leise Stimmen, die immer lauter wurden, jedoch weder zu Katzen noch zu irgendeinem anderen ihm bekannten Tier gehörten. Sein Pelz sträubte sich.

Sandsturm blieb stehen, hob den Schwanz, das Signal für die anderen, auch anzuhalten. »Zweibeiner!«, fauchte sie.

»Wirklich?« Funkenpfotes Augen leuchteten neugierig auf. »Dürfen wir hingehen und sie uns ansehen?«

Sandsturm zögerte. »Es kann nicht schaden, wenn ihr euch einen Eindruck verschafft, wie sie aussehen«, antwortete sie schließlich. »Aber denk daran, dass wir nicht hier sind, um Zweibeiner zu begaffen.«

Etwas vorsichtiger lief sie weiter.

Erlenpfote musste zugeben, dass er genauso neugierig war wie seine Schwester. Bisher hatte er nur ab und zu einen Blick auf Zweibeiner werfen können, meistens am Blattgrüne-Zweibeinerort und immer nur aus der Ferne. Ihre rauen Stimmen hatte er noch nie gehört, und er war auch nicht nah genug herangekommen, um herauszufinden, wie sie wirklich aussahen.

Sandsturm umrundete ein Brombeerdickicht, blieb im Schutz eines Farnfleckens stehen und winkte mit dem Schwanz. »So, kommt her und seht sie euch an, aber passt auf, dass sie euch nicht entdecken.«

Erlenpfote schlich mit Funkenpfote an seiner Seite voran und spähte durch die Farnwedel. Eine Gruppe von fünf Zweibeinern unterschiedlicher Größe saß auf einer Lichtung. Direkt hinter ihnen war ein Teil des Bodens mit dem schwarzen Donnerwegzeug bedeckt und darauf hockte so ein leuchtendes Ding – diesmal ein knallrotes – unter einem Baum.

»Was ist das?«, flüsterte er Sandsturm zu.

»Ein Monster«, flüsterte Sandsturm zurück. »Wenn sie dich mit diesen dicken, schwarzen Pfoten erwischen, bist du tot. Aber das da sieht aus, als würde es schlafen, daher besteht im Moment wahrscheinlich keine Gefahr.«

»Und auf was sitzen die Zweibeiner da?«, fragte Funkenpfote. »Sieht aus wie Baumstümpfe, nur irgendwie platt.«

Erlenpfote fand, dass das eine gute Beschreibung war. Es gab auch einen größeren platten Baumstumpf, auf dem große Blattpakete verteilt waren. Da musste Beute drin sein, weil sich die Zweibeiner irgendwas in die Mäuler stopften.

Funkenpfote fuhr sich mit der Zunge ums Maul. »Ich hab Hunger«, klagte sie. »Ich weiß zwar nicht, was das ist, aber es riecht *gut*!«

Erlenpfotes Pelz kribbelte vor Angst, als er die Zweibeiner aus direkter Nähe sah, ihre rauen Stimmen hörte und ihr seltsamer Geruch ihm entgegenwehte. Und dennoch faszinierten sie ihn.

»Die haben ja kaum Fell«, flüsterte er. »Sind sie krank? Blattsee hat mir mal von einer Krankheit erzählt, bei der Katzen das Fell verlieren. Aber anscheinend haben *alle* Zweibeiner diese Krankheit.« An Sandsturm gewandt, fragte er: »Können die Heiler der Zweibeiner ihren Gefährten nicht helfen?«

Sandsturms grüne Augen schimmerten belustigt. »Sie sind nicht krank«, erklärte sie. »So sehen Zweibeiner nun mal aus.«

Sie sehen ziemlich blöd aus, dachte Erlenpfote. Sein Pelz glättete sich wieder, während er sich fragte, wieso er sich eigentlich gefürchtet hatte.

Plötzlich sprang das kleinste Zweibeinerjunge laut jaulend auf. Zu Erlenpfotes Entsetzen rannte es auf wackligen Beinen auf die Katzen zu und wedelte mit den Vorderpfoten durch die Luft. Sein rundes Gesicht war rot und aus seinem Mund kamen verrückte Laute.

»Es hat uns gesehen!«, keuchte Kirschfall.

»Nicht wegrennen! Wir würden uns verlieren. Versteckt euch!«, befahl Sandsturm im selben Augenblick.

Erlenpfote flitzte zum Brombeerdickicht zurück und schoss mitten in die Dornen, die bis unter seinen Pelz stachen. Funkenpfote hörte er neben sich im Gestrüpp. »SternenClan-verfluchte Dornen!«, brummelte sie.

Maulwurfbarts Stimme kam von weiter weg. »Wir hätten es wissen müssen! Zweibeiner bedeuten immer Ärger.«

Erlenpfote hörte das Zweibeinerjunge schrill aufkreischen. Dann näherten sich die tieferen Stimmen der ausgewachsenen Zweibeiner und der Boden bebte unter ihren riesigen, tollpatschigen Pfoten. Erlenpfote duckte sich so tief er konnte und hoffte, dass all seine Clan-Gefährten gut versteckt waren.

Endlich verstummten die Geräusche und die Schritte zogen sich zurück. Erlenpfote arbeitete sich rückwärts aus dem Dickicht und schüttelte seinen Pelz. Er fühlte sich, als würden sämtliche Dornen des Waldes in seinem Pelz stecken.

Dann sah er, dass Funkenpfote aufgetaucht und zum Rand der Lichtung zurückgekehrt war, um noch einmal durch den Farn zu spähen.

»Was machst du denn da?«, fauchte er und schlich an ihre Seite. »Willst du von den Zweibeinern erwischt werden?«

»Lass nur, sie reisen ab«, antwortete Funkenpfote. »Sieh dir das an. Ist wirklich interessant.«

Erlenpfotes Neugier siegte. Er teilte die Farnwedel, damit er auch etwas sehen konnte. Die drei Zweibeinerjungen kletterten in das Monster. Die beiden erwachsenen Zweibeiner sammelten die Blattpakete von dem flachen Baumstamm, überquerten dann die Lichtung und ließen sie in ein Zweibeinerding fallen, das wie ein Stein aussah, der oben hohl war.

»Das ist Essen!«, flüsterte Funkenpfote. »Ich kann's riechen. Aber warum tun sie es da rein?«

»Vielleicht heben die Zweibeiner da ihr Essen auf«, schlug Erlenpfote vor. »Wenn sie Hunger haben, kommen sie zurück und holen es.«

»Nein.« Erlenpfote fuhr zusammen, als Sandsturm unbemerkt neben ihm auftauchte. »Zweibeiner lassen ihr Essen da drin zurück, wenn sie es nicht mehr haben wollen.«

»Wie kann man das nicht mehr wollen?«, fragte Funkenpfote. »Es riecht wunderbar!«

Erlenpfote prüfte die Luft, und ihm lief das Wasser im Mund zusammen, als ein köstlicher Duft zu ihm herüberwehte. Jetzt wurde ihm bewusst, wie hungrig er war.

»Zweibeiner sind sehr seltsam«, miaute Maulwurfbart, der mit Kirschfall angetappt kam.

Erlenpfote sah die beiden erwachsenen Zweibeiner zu ihren Jungen in das Monster steigen. Er erschrak, als das Monster mit schrecklichem Gebrüll erwachte, beißenden Gestank in die Luft blies, dann wendete und sich wegbewegte, wobei sich seine schwarzen Pfoten schneller und schneller auf dem schwarzen Donnerweg drehten, bis es zwischen den Bäumen verschwunden war.

»Haben sie sich gerade von dem Monster *fressen lassen?*«, fragte Funkenpfote mit weit aufgerissenen, entsetzten Augen.

Sandsturm schüttelte den Kopf. »Nein, die Monster lassen Zweibeiner rein und nehmen sie mit. Ich spar mir die Mühe, das zu verstehen.«

»Wie gesagt, Zweibeiner sind seltsam«, miaute Maulwurfbart. »Und das gilt für ihre Monster genauso. Allerdings«, fügte er kurz darauf hinzu, »mögen sie noch so seltsam sein, aber ihr Essen ist manchmal wirklich schmackhaft. Ich bin nicht besonders scharf auf Zweibeiner, aber da drüben ihr

Essen verkommen zu lassen, wäre mäusehirnig.« Er deutete mit der Schwanzspitze auf den ausgehöhlten Stein.

Die Katzen sahen einander an.

»Also, ich weiß nicht …«, murmelte Sandsturm. »Krieger essen doch eigentlich keinen Hauskätzchenfraß.«

»Das ist kein Hauskätzchenfraß«, widersprach Kirschfall. »Es ist Zweibeineressen.«

»Also … einverstanden«, stimmte Sandsturm zögernd zu. »Ihr versucht, es da rauszuholen. Ich halte Wache.«

Sie blieb beim Farn am Rand der Lichtung, während Funkenpfote mit den anderen eifrig zum Stein hinüberlief. Erlenpfote sah hinauf. Oben am Rand der Höhle war schwarzes, glänzendes Zeug zu sehen und an den Seiten ein silbern glänzendes Material, das keinen Pfoten Halt bot.

»Wie sollen wir da drankommen?«, fragte Maulwurfbart. Sein Ton ließ vermuten, dass er eigentlich nicht mit einer Antwort rechnete.

Kirschfall versuchte hinaufzuklettern, kam aber gar nicht in die Nähe des Loch, weil ihre Pfoten an der glatten Seitenwand abrutschten. »Mäusedung!«, rief sie aus.

»Ich hab eine Idee!« Funkenpfote sträubte vor Aufregung das Fell und plusterte den Schwanz auf. »Macht mal Platz!«

Sie trabte ein paar Fuchslängen zurück, nahm dann Anlauf und war mit einem Satz oben auf dem Stein, wo sie unsicher auf dem Muldenrand balancierte.

»Komm runter!«, jaulte Kirschfall. »Du wirst reinfallen und wie sollen wir dich da wieder rauskriegen?«

»Mir passiert schon nichts!«, rief Funkenpfote.

Sie klammerte sich mit den Pfoten am Rand fest und schwang hin und her. Der Stein kippte unter ihrem Gewicht zur Seite und fiel dann um. Als er am Boden aufschlug, brachte sich Funkenpfote mit einem Satz in Sicherheit. Massenhaft Zweibeinerzeug quoll aus der Öffnung.

»Bitte sehr«, keuchte Funkenpfote mit einem selbstgefälligen Gesicht. »Ganz einfach.«

Maulwurfbart steckte den Kopf in die Höhle. Zweibeiner-Blattpakete raschelten unter seinen Pfoten und er tauchte mit einem undefinierbaren Klumpen zwischen den Zähnen wieder auf. Erneut wehte Erlenpfote ein verführerischer Duft entgegen.

»Was ist das?«, fragte er.

»Weiß nich«, nuschelte Maulwurfbart mit der Beute im Maul. »Schmeckt wie Vogel, würd ich sagen. Hol dir auch was. Gibt reichlich.«

Funkenpfote ließ sich das nicht zwei Mal sagen und zerrte ein riesiges Beutestück heraus. »Bei der Größe muss das ein Adler gewesen sein«, miaute sie. »Ich teile mein Stück mit Sandsturm.«

Erlenpfote wagte sich nun auch hinein und anschließend Kirschfall, beide fanden noch genug Beute. »Danke, Funkenpfote«, nuschelte Erlenpfote, als er zu der Gruppe beim Farn stieß. »Im Jagen von Zweibeinerbeute bist du auch ziemlich gut!«

Erlenpfote biss in sein Frischbeutestück und fand, dass es sogar noch besser schmeckte, als es roch. Aber als er es hinunterschlang, begann sein Fell zu kribbeln. Irgendwie fühlte er sich beobachtet. Er versuchte sich einzureden, dass er albern war, wurde das Gefühl aber nicht los.

In den Bäumen raschelte es. Erlenpfote zuckte zusammen und blickte über seine Schulter.

Vielleicht ist das verrückte Zweibeinerjunge zurückgekommen? Oder die Zweibeiner waren mit ihrem Essen doch noch nicht fertig?

Dann hörte es auf zu rascheln und es zeigte sich auch nichts. Erlenpfote suchte nach einem verdächtigen Geruch, aber der Duft der Zweibeinerbeute überdeckte alles andere. Er widmete sich wieder seiner Mahlzeit, redete sich gut zu, dass alles nur Einbildung gewesen wäre.

Wie seltsam ... ich hab trotzdem das Gefühl, dass uns jemand beobachtet.

10. KAPITEL

DIE SONNE GING UNTER, der Himmel loderte rot wie Feuer, als die Katzen weiter durch den Wald tappten. Erlenpfotes Magen knurrte vor Hunger. Seit Sonnenhoch hatte er sich angespannt gefühlt, während sie sich weiter und weiter von zu Hause entfernten, aber er war gar nicht auf die Idee gekommen, dass sein Bauch wehtun könnte, weil er nichts gegessen hatte. Eine Ewigkeit schien vergangen, seit sie das Zweibeineressen gefunden hatten.

»Lasst uns anhalten und jagen«, miaute Maulwurfbart. »Bald wird es dunkel sein.«

Sandsturm schien unschlüssig. »Wir müssen doch noch über den Donnerweg«, antwortete sie. »Ich dachte, wir könnten ihn hinter uns bringen und anschließend jagen.«

Erst jetzt bemerkte Erlenpfote den beißenden Gestank in der Luft und das Rumpeln in der Ferne, das er für Donner gehalten hätte, wenn der Himmel nicht klar gewesen wäre. Der Geruch erinnerte ihn an das Monster, das die Zweibeiner aufgenommen hatte, und so schloss er daraus, dass sie sich dem Donnerweg nähern mussten.

»Ich bin aber so hungrig!«, beklagte sich Funkenpfote.

Sandsturms Schnurrhaare zuckten. »Also gut«, gab sie schließlich nach. »Ich geb ja zu, dass es mir genauso geht.«

Kaum hatte sie den Satz beendet, da sprang Funkenpfote auch schon ins Unterholz und tauchte wenige Momente später mit einer schlaffen Wühlmaus zwischen den Zähnen wieder auf.

»Gute Arbeit«, lobte Sandsturm mit einem anerkennenden Nicken.

»Keine Ahnung, wie sie das macht«, brummelte Maulwurfbart.

Erlenpfote bewunderte Funkenpfote wegen ihres Talents und versuchte, ein leises Gefühl von Eifersucht zu unterdrücken. Das wurde nur noch schlimmer, als sich Maulwurfbart an ihn wandte und miaute: »Wollen wir gemeinsam jagen, Erlenpfote?«

»Ja … klar.« Erlenpfote nahm an, dass Maulwurfbart seine Hilfe anbot, weil er davon ausging, dass sein ehemaliger Schüler sonst keine Beute fing. *Es hat sich nichts geändert,* dachte er, als er dem braunen Krieger in ein Dickicht aus Haselsträuchern folgte.

»Versuch es so, wie ich es dir gezeigt habe«, schlug Maulwurfbart vor. »Konzentriere dich immer nur auf einen kleinen Ausschnitt. Ich hatte den Eindruck, dass du damit gut zurechtkommst.«

Nicht gut genug, erinnerte sich Erlenpfote, ging in Lauerstellung und konzentrierte sich auf die Blätter und Zweige am Boden unter dem nächsten Haselstrauch. Er prüfte gründlich die Luft, entdeckte Mausgeruch und sah seine Beute kurz darauf fast verborgen unter einem Laubhaufen.

Eifrig bemüht, sich an alles zu erinnern, was Maulwurfbart ihn gelehrt hatte, schlich Erlenpfote voran. Die Maus wuselte zwischen den Blättern umher und schien ihn nicht zu bemerken. Dann hielt Erlenpfote inne, sein Blick fiel auf einen Ast über seinem Kopf. *Reicht der Platz zum Springen? Werde ich an den Ast stoßen und die Maus aufschrecken?*

Während er zögerte, hielt die Maus plötzlich inne, dann flitzte sie davon. Sie wäre entkommen, wenn Maulwurfbart ihr nicht nachgejagt wäre und sie mit einer Pfote erwischt hätte.

»Versuch's mal allein«, schlug Maulwurfbart vor, dem offensichtlich die Lust vergangen war, mit Erlenpfote zu jagen. »Ich seh mich nach einem Eichhörnchen um.«

Er trabte davon, die Maus überließ er Erlenpfote, der sie später mitnehmen sollte.

Erlenpfote wagte einen neuen Versuch. Im Gras am Rand des Haseldickichts hatte er eine Amsel entdeckt. Tief geduckt schlich er sich langsam an, wild entschlossen, diesmal nicht zu versagen. Er stellte sich vor, wie er mit dem Vogel zwischen den Zähnen zu seinen Clan-Gefährten zurückkehren würde. Vor Aufregung begannen seine Pfoten zu zittern, während er sich näherte.

Aber dann rutschte er mit einer Vorderpfote aus und verlor das Gleichgewicht. Die Amsel flog mit einem wilden Alarmschrei weg. »Fuchsdung!«, fauchte Erlenpfote, als er sich aufrichtete und sah, dass er in ein kleines Loch gestolpert war, das unter dem Gras verborgen war.

Das hätte jeder Katze passieren können, dachte er in dem Versuch, sich vor sich selbst zu rechtfertigen. *Aber mir ist es passiert*, ergänzte er dann zerknirscht.

Er hielt nach neuer Beute Ausschau, stieß aber nur auf Maulwurfbart, der ein Eichhörnchen zwischen den Vorderpfoten über den Boden zerrte.

»Kein Glück?«, fragte sein früherer Mentor mitfühlend. »Macht nichts. Du kannst hier mitessen. Vergiss nicht, die Maus mitzubringen.«

Als er zu der Stelle zurückkehrte, wo er seine Clan-Gefährten zurückgelassen hatte, sah Erlenpfote, dass Sandsturm eine fette Taube gefangen hatte und Kirschfall zwei Mäuse.

»He!«, rief Funkenpfote, als Maulwurfbart und Erlenpfote erschienen. »Du hast eine Maus gefangen!«

»Nein, das war ich nicht«, antwortete Erlenpfote und ließ die Beute fallen. »Maulwurfbart hat sie geschnappt.«

Während er mit seinen Clan-Gefährten die Beute verzehrte, fühlte er sich nutzloser denn je.

Bis sie ihre Mahlzeit beendet hatten, war die Sonne untergegangen und unter den Bäumen sammelten sich die Schatten. »Es wird spät«, miaute Sandsturm. »Wenn wir den Donnerweg noch überqueren wollen, sollten wir lieber weiterziehen.«

Beim Aufbruch fing Erlenpfotes Pelz wieder an zu kribbeln, weil er zu spüren glaubte, dass ihnen jemand folgte. Als er im Vorbeigehen in dichtes Unterholz spähte, war er sich ziemlich sicher, dass tief drinnen jemand hockte, der sie beobachtete. Er fragte sich, ob er Sandsturm von seinem Verdacht berichten sollte, aber dann prüfte er die Luft, und die Gerüche seiner Gefährten strömten so intensiv auf ihn ein, dass sie alles Übrige im Wald überdeckten. Wenige Fuchslängen später hatten die Katzen den Waldrand erreicht und betraten einen Grasstreifen, der den Donnerweg begrenzte.

Erlenpfote starrte auf das schwarze Band, sein Herz klopfte so heftig, dass er fürchtete, seine Brust würde zerspringen. Er hatte noch nie etwas so Beängstigendes gesehen. Monster rasten aus beiden Richtungen so dicht an ihnen vorbei, dass der

Fahrtwind die Pelze der Katzen zerzauste. Beim Rennen stießen sie seltsam schrille Laute aus und schienen miteinander zu reden. Fast alle schossen Licht aus zwei lodernden Augen vor sich in die Dunkelheit.

Dann sah Erlenpfote ein Monster mit nur einem Auge. Es sah noch gefährlicher aus als die anderen.

»Ein einäugiges Monster!«, staunte Funkenpfote, dicht an Erlenpfote gedrängt, und hörte sich ausnahmsweise ebenso verängstigt an wie er.

»Nur Mut«, miaute Sandsturm mit ruhiger Stimme. »Wir müssen zur anderen Seite, bevor es ganz dunkel ist. Bleibt bei mir und denkt daran, was ich euch gesagt habe. Keine Katze geht hinüber, bevor ich das Zeichen gebe.«

Erlenpfote holte tief Luft und versammelte seine letzten Kräfte. Mit geschlossenen Augen rief er sich die Katzen aus seiner Vision ins Gedächtnis zurück. *Ich tue das für euch.* So gestärkt, öffnete er seine Augen wieder. *Es muss sein!*

Er folgte Sandsturm und stellte sich mit seinen Clan-Gefährten in einer Reihe direkt an den Rand des Donnerwegs. Es war unglaublich, wie nah sie den vorbeisausenden Monstern waren. Lärm und Wind und beißender Gestank stürmten so sehr auf ihn ein, dass er kaum wusste, wo er war. Die Monster bewegten sich so schnell, dass er ihre Pfoten nicht sehen konnte, sondern nur unscharfe, schwarze Flecken, die vorbeisausten. Ihr Gebrüll war so laut, dass es in seinen Ohren schmerzte, und ihre Augen waren so hell, dass es unerträglich war, hineinzusehen.

»Keine Angst«, miaute Sandsturm neben ihm. »Wir müssen nur den richtigen Moment abpassen, dann kriegen uns die Monster nicht.«

Erlenpfote hätte ihr gern geglaubt, aber die Furcht in ihrer Stimme und ihrem Geruch war ihm nicht entgangen.

Es gab keinen Abstand zwischen den Monstern, der für die Katzen groß genug war, um unversehrt auf die andere Seite zu gelangen. Erlenpfote sah sich schon zerquetscht unter diesen massigen, schwarzen Pfoten, platt gedrückt auf dem schwarzen Donnerweg.

Dann flog etwas aus einem Monster heraus. Es glänzte im Licht seiner Augen und flog direkt auf Maulwurfbart zu. Sandsturm sah es auch.

»Nein!«, jaulte sie, sprang zu Maulwurfbart und stieß ihn zur Seite.

Beide Katzen verloren die Balance und überschlugen sich in einem Gewirr aus Beinen und Schwänzen, während das Ding am Rand des Donnerwegs aufschlug und zerschellte.

»Danke!«, keuchte Maulwurfbart und rappelte sich auf die Pfoten. »Sandsturm, du hast mir wahrscheinlich das …«

Er brach ab, als schon wieder etwas aus einem anderen Monster flog, ein dunkles Etwas wirbelte durch die Luft.

»Lauft!«, jaulte Sandsturm. »Zurück unter die Bäume!«

Keine Katze wartete, um herauszufinden, was da geflogen kam. Erlenpfote hörte es hinter sich am Boden aufschlagen, während er mit Funkenpfote an seiner Seite zurück in den Wald floh. Anfangs fürchtete er, sie könnten sich in der einbrechenden Dunkelheit verlieren, aber sie fanden wenig später alle wieder zueinander und duckten sich bebend in den Schutz einiger Farnwedel.

»Das reicht!« Sandsturms Stimme zitterte. »Solange es dunkel ist, werde ich keinen Versuch mehr wagen, den Donnerweg zu überqueren, nicht, wenn die Monster mit Sachen nach uns werfen. Wir werden hier unser Lager aufschlagen und ziehen morgen weiter.«

Erlenpfote spürte eine Woge der Erleichterung, weil er nicht zu den Monstern mit ihren glühenden Augen zurückkehren musste.

Er versuchte, die nagende Furcht zu unterdrücken, die ihn bei dem Gedanken an die bevorstehende Überquerung am folgenden Tag überkam.

Jede Katze war zu erschöpft, um ein ordentliches Nest zu bauen. Gemeinsam krochen sie tiefer in den Farn und rollten sich dicht beieinander zusammen. Dankbar spürte Erlenpfote den vertrauten Pelz seiner Schwester an der einen Seite und den von Maulwurfbart an der anderen.

Aber noch beim Einschlafen ließ ihn die kribbelnde Gewissheit nicht los, dass die Augen ihres geheimnisvollen Verfolgers auf ihm ruhten.

Sonnenlicht sickerte am folgenden Morgen durch den Farn und weckte Erlenpfote. Er stand auf, kroch ins Freie und sah Sandsturm, die sich am Fuß einer Buche putzte. Von seinen restlichen Clan-Gefährten war nichts zu entdecken.

»So spät ist es schon!«, miaute er erschrocken. »Warum habt ihr mich schlafen lassen? Wo sind die anderen?«

»Leg dein Fell an«, miaute Sandsturm zurück, leckte an einer Pfote und zog sie über ein Ohr. »Die Sonne ist gerade erst aufgegangen. Die anderen sind bei der Jagd.«

Während sie das sagte, teilten sich die Farnwedel und Kirschfall trat mit einem Eichhörnchen im Maul heraus. Maulwurfbart und Funkenpfote folgte ihr mit je einer Wühlmaus.

»Großartiger Fang«, lobte Sandsturm. »Lasst uns essen und dann brechen wir auf.«

Es war tröstlich, einen gefüllten Bauch zu haben, als er seinen Clan-Gefährten zum Waldrand folgte und erneut an den Donnerweg trat. Als er am Rand des harten, schwarzen Weges hockte, wo der Wind eines vorbeiröhrenden Monsters sein Fell zerzauste, hatte er zwar immer noch Angst, aber ganz so entsetzlich wie in der vergangenen Nacht war es nicht.

Wenigstens können wir jetzt die Monster sehen und nicht nur ihre lodernden Augen!

Sandsturm stand in der Mitte ihrer Reihe, drehte den Kopf hin und her und wartete auf eine Lücke zwischen den Monstern. »Wenn ich ›Lauft‹ sage, rennt ihr los, als wäre der ganze SchattenClan hinter euch her. Und bleibt erst stehen, wenn ihr auf der anderen Seite seid.«

Erlenpfote kam es so vor, als würde es ewig dauern, bis das Gebrüll der Monster nachließ und das letzte in der Ferne verschwand.

»Jetzt!«, rief Sandsturm. »Lauft!«

Erlenpfote setzte in gewaltigen Sprüngen über den Donnerweg und seine Pfoten schienen die harte Oberfläche kaum zu berühren. Funkenpfote wich nicht von seiner Seite. Dann röhrte erneutes Gebrüll in Erlenpfotes Ohren, und er hörte Sandsturm jaulen: »Schneller!«

Aus dem Augenwinkel sah Erlenpfote das größte aller Monster herandonnern, es raste mit offenem Maul direkt auf ihn zu. Alle seine panischen Instinkte rieten ihm zu verharren, aber Funkenpfote stieß ihn vorwärts. Hinter ihnen sauste das Monster in einer Windbö vorbei und Erlenpfote brach keuchend auf der anderen Seite des Donnerwegs im Gras zusammen.

»Beim SternenClan, war das aufregend!«, rief Funkenpfote.

Erlenpfote setzte sich auf und rang nach Luft. »Danke, Funkenpfote. Du hast mir …«

Seine Schwester versetzte ihm einen kräftigen Stoß. »Sei still, dumme Fellkugel.«

»Wir sollten in Deckung gehen«, schlug Maulwurfbart vor. »Bevor die Monster wieder mit Sachen werfen.«

»Gute Idee«, bestätigte Sandsturm.

Bis zum Ende des Tages wanderten sie zwischen den Bäumen weiter, Wolken zogen auf und tauchten den Wald in ein dämmriges Licht. Wind raschelte in den oberen Ästen und ein paar Regentropfen fielen auf den Boden. Gegen Abend riss der Himmel wieder auf, aber es blieb kühl. Erlenpfote plusterte sein Fell auf und sehnte sich nach seinem gemütlichen Nest im Schülerbau. *Wenigstens bin ich das Gefühl los, dass wir beobachtet werden. Vielleicht haben wir unseren Verfolger, wer immer es auch war, am Donnerweg zurückgelassen.*

Schließlich erreichten sie eine von dichten Stechpalmen umringte Mulde. Unten in der Senke lag ein kleiner Teich und alle Katzen humpelten mit ihren inzwischen wunden Pfoten den Hang hinab und leckten dankbar das Wasser.

»Das ist ein guter Platz für die Nacht«, miaute Sandsturm. »Erlenpfote, du sammelst Nestpolster, während die anderen jagen.«

Erlenpfote bedauerte insgeheim, dass er nie zur Gruppe der Jäger zählen würde, machte sich aber schnell daran, Blätter, Moos und Farnwedel zu suchen, um im Schatten eines Busches für sich und seine Clan-Gefährten ein Nest zu bauen. Bis der Mond aufgegangen war und die anderen mit mehreren Drosseln und Spitzmäusen zurückkehrten, war es bereit, weich und gemütlich.

»Schlaft gut«, gähnte Funkenpfote, nachdem sie ihren Anteil der Beute verschlungen hatte. »Vielleicht finden wir morgen dieses Schattending.«

»Oh nein«, antwortete Sandsturm müde. »Bis dahin liegt noch ein weiter Weg vor uns.«

Erlenpfote rollte sich im Nest neben Funkenpfote zusammen.

Er war fast eingeschlafen, als er irgendwo im Gebüsch Blätter rascheln hörte. Sofort wieder hellwach, setzte er sich auf und sah, dass Sandsturm es auch gehört hatte. Die anderen rappelten sich ebenfalls auf die Pfoten. Es raschelte weiter und Erlenpfote glaubte, Pfotenschritte zu erkennen.

Sandsturm gab ein Zeichen, dass sich niemand von der Stelle bewegen sollte. »Ich gehe nachsehen«, flüsterte sie.

So vorsichtig wie beim Anschleichen an eine Maus kroch Sandsturm aus dem Nest und auf die Stechpalmen zu. Sie hatte sie fast erreicht, als ein wütendes Knurren die Nachtluft zerriss.

Beißender Gestank wehte zu Erlenpfote herüber, und er jaulte angstvoll auf, als eine Gestalt aus dem Gebüsch schoss und sich auf Sandsturm stürzte. Erlenpfote sah Zähne und Krallen aufblitzen, dann leuchteten boshafte Augen.

»Beim SternenClan, nein!«, heulte Funkenpfote. »Ich glaube, das ist ein Fuchs!«

11. KAPITEL

ERLENPFOTE KONNTE kaum glauben, wie schnell der Fuchs war. Wie gelähmt sah er die sehnige Gestalt durch die Luft schnellen und auf Sandsturms Rücken landen, wo er seine spitze Schnauze in ihr Fell stieß und die Zähne knirschend in ihre Schulter grub. Sandsturm schrie schrill auf vor Schmerz.

Erlenpfote schüttelte seinen lähmenden Schrecken ab, rannte los und stürzte sich auf den Fuchs, der sich knurrend aufbäumte und Erlenpfote von seinem Rücken schleuderte. Von seinen Zähnen befreit, rollte Sandsturm völlig benommen weg. Blut strömte aus der Wunde an ihrer Schulter.

»Bring dich in Sicherheit!«, rief ihr Erlenpfote zu. »Das ist zu gefährlich – du bist verletzt!«

Sandsturm zögerte, ließ die Krallen ausfahren, schleppte sich dann aber beiseite.

Erlenpfote sauste wieder auf den Fuchs zu, riss ihm die Krallen über eine Flanke, sprang zurück außer Reichweite, als sein Gegner nach ihm schnappte. *Wo sind die anderen?*, dachte er. Er blickte sich um, und sein Herz klopfte noch heftiger, als er sah, wie ein zweiter Fuchs seine übrigen Clan-Gefährten angriff, die sich verzweifelt wehrten. *Sie werden mir nicht helfen können.* Sein Entsetzen wuchs. Die Nacht war erfüllt von Knurren und Fauchen und Blutgestank.

Erlenpfotes Fuchs holte mit der Tatze nach seinem Gesicht aus, doch er konnte dem Schlag gerade noch ausweichen. Der Fuchs schlug wieder nach ihm, Erlenpfote sprang zurück, prallte gegen ein Hindernis und bemerkte, dass er vor einem Baumstamm in der Falle saß.

Der Fuchs knurrte, scharrte mit den Krallen vor sich am Boden. Erlenpfote versuchte zu fauchen, um ihm Angst einzujagen, aber der Ton kam schwach und jämmerlich heraus. *Davor würde sich noch nicht mal ein Junges fürchten!*

Erlenpfote wappnete sich, als der Fuchs zum Sprung ansetzte. Aber da ertönte ein hoher, spitzer Schrei. Im Mondlicht sah Erlenpfote eine wirbelnde Fellkugel, die aus dem Gebüsch geflogen kam und auf dem Rücken des Fuchses landete.

Der Fuchs jaulte auf und schlug nach allen Seiten aus, um die Fellkugel auf seinem Rücken loszuwerden. Die hatte sich jedoch mit ihren Krallen fest verankert und ließ nicht los.

Es ist eine Kätzin, stellte Erlenpfote fest. *Beim SternenClan, wie mutig sie ist! Aber gegen einen Fuchs kommt sie nicht an.*

Es blieb keine Zeit, sich zu fragen, wer die fremde Katze war. Erlenpfote warf sich erneut in den Kampf, ging dem Fuchs mit den Krallen an die Kehle, bekam ihn aber nicht richtig zu packen, weil die Bestie wütend den Kopf schüttelte. Dann war plötzlich Funkenpfote neben ihm, kämpfte erbittert an seiner Seite, schlug auf die Schulter des Fuchses ein und sprang dann außer Reichweite.

»Zielt auf seine Augen!«, rief die Katze auf dem Rücken des Fuchses. »Und schnappt ein Hinterbein!«

Die Stimme der fremden Katze kam Erlenpfote seltsam bekannt vor, er hatte aber keine Zeit, darüber nachzudenken, und im unbeständigen Mondlicht konnte er sie nicht deutlich sehen.

»Lass bloß nicht los!«, keuchte Funkenpfote ihr zu.

»Hab ich nicht vor!« Die fremde Katze zerkratzte dem Fuchs den Rücken, während Erlenpfote und Funkenpfote von der Seite angriffen, um ihn aus dem Gleichgewicht zu bringen.

Laut kreischend schüttelte der Fuchs endlich unter größten Anstrengungen die fremde Katze ab, die in einem Farnflecken landete. Erlenpfote sprang zwischen sie und den Fuchs, bereit, sie zu verteidigen, aber der Fuchs hatte offensichtlich genug. Er wirbelte herum und rannte davon, worauf Kirschfall und Maulwurfbart den zweiten Fuchs hinter ihm herjagten.

Einige Herzschläge lang standen alle Katzen reglos da, keuchten und rangen nach Atem. Sandsturm ergriff als Erste das Wort. »Ist eine Katze verletzt?«

»Ich nicht«, antwortete Erlenpfote.

»Ich hab mir die Schulter am Boden geprellt«, miaute Maulwurfbart. »Ist aber nicht so schlimm.«

»Ich hab nur ein paar Fellfetzen eingebüßt«, fügte Kirschfall hinzu.

Erlenpfote beschnupperte Funkenpfote von oben bis unten, um sicherzugehen, dass sie unverletzt war, doch sie entzog sich seiner prüfenden Nase. »Ehrlich, Erlenpfote, mir ist nichts passiert.«

»Mir auch nicht«, meldete sich die Stimme der fremden Katze von hinten. Erlenpfote drehte sich zu ihr um und sah sie aus dem Farn klettern, in dem sie gelandet war.

»Danke für deine Hilfe«, miaute er und die übrigen Katzen schlossen sich an. »Der Fuchs hätte mich wahrscheinlich erwischt, wenn du nicht …«

In diesem Moment kam der Mond hinter einer Wolke hervor und Erlenpfote konnte die fremde Katze zum ersten Mal richtig sehen. »Nadelpfote!«, rief er aus. »Was machst du denn hier?«

Nadelpfote schlenderte mitten in die Katzengruppe hinein und musterte sie gelassen. »Euch vor Füchsen retten«, antwortete sie.

»Aber … bist du nicht SchattenClan-Schülerin?«, fragte Kirschfall. »Wer ist dein Mentor? Was machst du so weit weg von zu Hause?«

Unverkennbar verärgert, weil sie ausgefragt wurde, schnippte Nadelpfote abwehrend mit dem Schwanz. »Ich war auf einem Erkundungsgang im WindClan-Territorium, als ich euch alle fortgehen sah«, antwortete sie. »Ich dachte mir, dass es was mit der Prophezeiung zu tun haben müsste, und deshalb bin ich euch gefolgt.«

»Wie kommst du dazu, ohne deinen Mentor rumzustreunen?«, rügte Sandsturm die SchattenClan-Schülerin. Ihre Stimme klang gepresst wegen ihrer schmerzhaften Wunde, und Erlenpfote wusste, dass sie jetzt eigentlich kein Streitgespräch mit dieser SchattenClan-Katze brauchte, sondern Ruhe und Heilkräuter. »Und das WindClan-Territorium erkunden darfst du auch nicht.«

»Ich hab doch nicht gejagt!«, warf Nadelpfote ein. »Und ich …«

Ihre Stimme verstummte unter Sandsturms grünem Blick. »Du bist ganz sicher nicht befugt, das Clan-Territorium ohne Einverständnis deines Anführers zu verlassen«, fuhr Sandsturm fort. »Bei deiner Rückkehr wirst du mit Eschenstern großen Ärger bekommen.«

Nadelpfote hielt ihrem Blick mit fest zusammengebissenen Zähnen trotzig stand.

»Bist du uns wirklich über den Donnerweg gefolgt?«, fragte Maulwurfbart neugierig. »Das ist sehr gefährlich.«

»Na klar«, bestätigte Nadelpfote verächtlich. »Donnerwege sind keine große Sache. Ich hab keine Angst vor Monstern!«

Erlenpfote fragte sich, ob sie das wirklich so meinte oder ob sie es nur so sagte, um mutig auszusehen. *Donnerwege sind grauenhaft!*

»Dann bist du ein Mäusehirn«, erklärte ihr Maulwurfbart ungerührt.

»Ich kann selbst auf mich aufpassen«, widersprach Nadelpfote. »Was man von euch nicht unbedingt behaupten kann. Ihr braucht ganz offensichtlich meine Hilfe. Schließlich hab ich euch gerade gerettet!«

»Du hast vielleicht dabei *geholfen*, uns zu retten«, hob Funkenpfote hervor, während ihre Schwanzspitze missbilligend zuckte. »Aber eben nur *geholfen.*«

Nadelpfote ignorierte sie. »Ich komme jetzt mit euch«, verkündete sie.

Kirschfall und Maulwurfbart wechselten ungläubige Blicke, »Auf keinen Fall!«, rief Kirschfall aus.

»So ist es«, bestätigte Sandsturm streng. »Du gehst jetzt in dein Territorium zurück.«

»Ich bleibe und ihr könnt mich nicht davon abhalten«, miaute Nadelpfote völlig unbeirrt. »Ich weiß, dass ihr nach dem Ding in den Schatten suchen wollt, von dem in der Prophezeiung die Rede ist. Und ich werde ganz bestimmt nicht zulassen, dass ihr es nur für den DonnerClan sucht. Wer sagt denn, dass der SchattenClan bei dieser Bestimmung nicht mitmachen darf?« Ihr Blick schweifte von einer Katze der Gruppe zur anderen, und ihre Stimme wurde dringlicher, weshalb Erlenpfote vermutete, dass es ihr nicht nur um die Suche in den Schatten ging, sondern um noch etwas ganz anderes. »Wenn ich irgendwas für meinen Clan tun kann, damit die Wolken nicht für immer verloren sind, dann muss ich es tun.«

Erlenpfote konnte Nadelpfote verstehen. *Wenn ich an ihrer Stelle wäre, würde ich auch dafür sorgen wollen, dass die Wolken nicht verloren sind.* Aber dann stutzte er, als Nadelpfote herumwirbelte und sich direkt an ihn wandte.

»Erlenpfote, du bist eine Heilerkatze. Du kennst dich mit solchen Sachen aus. Was glaubst du?« Mit einem Schnurren in der Stimme versuchte sie ihn zu überreden. »*Bitte*, lass mich mitkommen.«

Erlenpfote fühlte sich geschmeichelt, weil seine Meinung gefragt war und weil ihn diese Katze respektierte. Er wusste, dass er Nadelpfote mehr mochte, als ihm zustand. *Sie gehört zu einem fremden Clan und sie bricht ständig Regeln und sie ist unhöflich gegenüber älteren Kriegern … aber sie ist lustig und anders und sie kann wirklich gut jagen und kämpfen. Und sie sagt immer genau das, was sie denkt.*

»Ich … äh … ich weiß nicht«, stammelte er. »Ich bin mir nicht sicher, ob ich …«

»Dies *ist* Erlenpfotes Mission«, warf Sandsturm zu Erlenpfotes Erleichterung ein. »Und doch kann er diese Entscheidung nicht allein treffen. Wir müssen das diskutieren … unter uns«, setzte sie mit einem strengen Blick auf Nadelpfote hinzu.

»Klar«, miaute Nadelpfote und leckte dann lässig an einer Pfote.

Die Sache ist ihr eigentlich nicht *egal*, sagte sich Erlenpfote. *Sie wird es nie zugeben, aber sie fürchtet, wir könnten uns gegen sie entscheiden.*

Die DonnerClan-Katzen tappten in den Schutz einer Baumgruppe am Rand der Senke. Erlenpfote bemerkte, dass Sandsturm hinkte und die Wunde an ihrer Schulter weiter blutete.

»Alles in Ordnung mit dir, Sandsturm?«, fragte er. »Ich sollte mir deine Wunde einmal ansehen.«

»Ich schaff das schon«, antwortete Sandsturm mit einem wegwerfenden Zucken ihrer Schnurrhaare.

Erlenpfote ließ jedoch nicht locker. »Du musst die Wunde gründlich lecken, damit sie sauber bleibt«, wies er Sandsturm an, sobald sie sich unter den Bäumen niedergelassen hatten. »Funkenpfote, bring mir Spinnweben.«

»Aha, Befehl von der Heilerkatze!«, rief Funkenpfote. »Hast du bei Häherfeder schlechtes Benehmen trainiert?« Trotzdem lief sie schnuppernd durchs Unterholz und kehrte bald mit Spinnweben an einer Pfote zurück.

Sandsturm hatte ihre Wunde inzwischen gesäubert. Erlenpfote untersuchte sie gründlich und war erleichtert, dass die Blutung inzwischen erheblich nachgelassen hatte.

»Das ist alles schön und gut«, miaute Sandsturm, während Erlenpfote die Spinnweben auftrug, »aber was machen wir mit Nadelpfote? Mir gefällt der Gedanke nicht, dass sie mit uns kommt, aber sie ist zu jung, um allein unterwegs zu sein. Und wir können sie nicht einfach ohne Begleitung in ihr Territorium zurückschicken, das ist zu gefährlich!«

»Da gebe ich dir recht«, stimmte Kirschfall zu.

Maulwurfbart peitschte verärgert mit dem Schwanz. »Die neugierige kleine Katze hat sich selbst in diese missliche Lage gebracht«, knurrte er, »und sollte auch selbst zusehen, wie sie da wieder rauskommt! Vorwitzige SchattenClan-Schüler sind nicht unser Problem!«

»Zugegeben«, hob Erlenpfote an, der einem so erfahrenen Krieger nicht gern widersprach, »aber als uns die Füchse angegriffen haben, konnten wir ihre Neugier gut gebrauchen.«

Maulwurfbart schnaubte. »Stimmt allerdings auch.«

»Irgendwann hätten wir die Füchse auch allein besiegt«, miaute Funkenpfote. »Wir brauchen Nadelpfote nicht.«

»So kommen wir nicht weiter«, seufzte Sandsturm. »Erlenpfote, in einem Punkt hat Nadelpfote recht: Es ist deine Mission. Was meinst du?«

»Ich kann Maulwurfbart und Funkenpfote nicht zustimmen«, gestand Erlenpfote, obwohl es ihm nicht leichtfiel, gegen seinen ehemaligen Mentor und seine Schwester Stellung zu beziehen. »Ich denke, Nadelpfote sollte mit uns kommen. Wenn wir versuchen, sie zurückzuschicken«, fügte er hinzu, »wird sie sich ohnehin nicht daran halten und uns weiter folgen.«

»Kann schon sein«, schnaubte Maulwurfbart, »aber das ist noch lange kein Grund, sie *willkommen* zu heißen.«

»Gut«, miaute Sandsturm, »da wir uns nicht einigen können, werde ich die letzte Entscheidung treffen. Nadelpfote kommt mit uns.«

»Na dann!«, miaute Funkenpfote spitz. »Aber wir werden ihr auf keinen Fall verraten, worum es bei dieser Mission *wirklich* geht, stimmt's?«

Erlenpfote konnte seiner Wurfgefährtin nicht in die Augen sehen. *Nicht einmal meine Clan-Gefährten wissen, worum es bei dieser Mission* wirklich *geht!*

Sandsturm fing seinen Blick auf. »Nein, das werden wir ihr nicht sagen«, miaute sie leise.

Die DonnerClan-Katzen standen auf und tappten in die Senke zurück, um Nadelpfote ihre Entscheidung mitzuteilen. Unterwegs hörte Erlenpfote Kirschfall und Maulwurfbart direkt hinter ihm leise flüstern.

»Diese Katze wird eine Menge Ärger bekommen, wenn sie erst wieder in ihrem eigenen Territorium ist«, brummte Maulwurfbart.

»Das ist aber nicht unser Problem«, antwortete Kirschfall. »Damit muss sie selbst fertigwerden!«

Nadelpfote hatte die Zeit ihrer Abwesenheit offensichtlich genutzt, um sich zu putzen, und ihr glatter, silberner Pelz glänzte im frühen Morgenlicht. Erlenpfote, der vom Fuchskampf immer noch mit Staub und Pflanzenfetzen übersät war, fühlte sich neben ihr sehr ungepflegt.

»Wir haben entschieden, dass du mit uns kommen darfst«, verkündete Sandsturm.

Nadelpfote hob eine Pfote und musterte ihre Krallen. »Na, das war doch klar«, miaute sie ungerührt. »Ihr hättet mich sowieso nicht davon abhalten können.«

Nadelpfotes Unhöflichkeit verärgerte Erlenpfote, obwohl er spürte, dass sie im Grunde froh war, es aber nicht zugeben wollte. *Sie wirkt irgendwie … einsam,* dachte er.

Als der Himmel bei Sonnenaufgang rot aufleuchtete, konnte Erlenpfote Nadelpfotes Gesicht besser erkennen. Und er glaubte ihren Augen anzusehen, wie dankbar sie war, dass sie nicht weggeschickt wurde.

12. KAPITEL

SANDSTURM«, MIAUTE Erlenpfote, »jetzt, wo die Sonne aufgegangen ist, will ich mir deine Schulter noch einmal genauer ansehen.«

Die alte Kätzin seufzte. »Ich dachte mir schon, dass du das sagen würdest.«

Sie hielt still, während Erlenpfote die Spinnweben entfernte, die er in der vergangenen Nacht aufgetragen hatte. Die Wunde blutete immer noch ein bisschen.

»Was können wir dagegen tun?«, fragte Funkenpfote mit einem ängstlichen Blick über seine Schulter.

Erlenpfote war dankbar und erleichtert, dass er genau wusste, was gebraucht wurde. *Blattsee und Häherfeder wären stolz auf mich.*

»Beinwellwurzel«, antwortete er. »Kirschfall, Maulwurfbart, würdet ihr welche suchen? Die Pflanze hat große, lange Blätter. Die Wurzel ist schwarz und riecht intensiv.«

»Das Zeug, das du auf meinen Ballen getan hast, nicht wahr?«, fragte Kirschfall. »Ich weiß genau, wonach ich suchen muss. Komm mit, Maulwurfbart.«

»So schlimm ist es wirklich nicht«, protestierte Sandsturm, als die beiden Krieger im Unterholz verschwanden. »Ich schaff das schon.«

»Du musst die Wunde trotzdem von mir versorgen lassen«, antwortete Erlenpfote. »Das ist wichtig.«

Es fühlte sich seltsam an, einer Ältesten zu sagen, was zu tun war, und er atmete erleichtert auf, als Sandsturm zögernd nickte. »Leck sie inzwischen noch einmal gründlich aus«, fuhr Erlenpfote fort. »Danach kann ich die Paste auftragen.«

Die Sonne stand noch nicht viel höher am Himmel, als Kirschfall und Maulwurfbart mit reichlich Beinwell zurückkehrten. Erlenpfote machte sich sofort an die Arbeit, zerkaute die Wurzel und trug die fertige Paste auf. Sandsturm stieß einen langen Seufzer aus, als der Saft einsickerte.

»Das fühlt sich viel besser an«, flüsterte sie.

»Und jetzt seid ihr dran«, miaute Erlenpfote.

»Uns fehlt nichts, wirklich nicht«, protestierte Funkenpfote.

»Dir fehlt nichts, wenn ich sage, dass dir nichts fehlt«, widersprach Erlenpfote, denn das war es, was Häherfeder zu Katzen sagte, die sich nicht untersuchen lassen wollten.

Funkenpfote zuckte mit den Schnurrhaaren, hielt aber still. Im hellen Morgenlicht entdeckte er einen Kratzer an ihrem Vorderbein, den er in der vergangenen Nacht übersehen hatte, und tupfte etwas Beinwellpaste darauf.

»Danke, das ist toll«, miaute Funkenpfote. »He, weißt du eigentlich, dass dein Ohr blutet?«

Wegen des hektischen Kampfes, der anschließenden Diskussion über Nadelpfote und der Aufgabe, seine Clan-Gefährten zu versorgen, hatte Erlenpfote den brennenden Schmerz an seinem Ohr gar nicht bemerkt.

»Dumme Fellkugel!« Funkenpfote stupste ihn. »Halt still, ich lecke es sauber.« Ihre Zunge schrappte zügig über sein

Ohr. »Jetzt tupfe ich noch ein bisschen von dieser Wurzelpaste drauf«, fuhr sie fort. »So! Schon fertig. Meinst du, ich würde eine gute Heilerkatze abgeben?«

»Ganz bestimmt nicht!« Erlenpfote schnurrte belustigt. »Aber als Kriegerin wirst du sensationell sein!«

Als er seine restlichen Clan-Gefährten untersuchte, stellte Erlenpfote erfreut fest, dass der Fuchs Kirschfall zwar ein Büschel Fell ausgerissen hatte, sie aber sonst unverletzt war.

»Meine Schulter tut noch ein bisschen weh«, berichtete Maulwurfbart, »schlimm ist es aber nicht. Ich glaube, wenn wir erst in Bewegung sind, wird's schon gehen.«

»Du hast da einen Kratzer auf dem Rücken«, miaute Erlenpfote an Nadelpfote gewandt. Er genierte sich ein bisschen, der Katze von einem fremden Clan Hilfe anzubieten. »Soll ich mir das mal ansehen?«

»Bitte«, antwortete Nadelpfote und wand sich unbehaglich. »Dieser räudige Fuchs hat mich in einen Ginsterbusch geschleudert und das tut weh.«

Bei näherem Hinsehen sah Erlenpfote, dass in Nadelpfotes Rücken etliche Dornen steckten, außerdem hatte sie einen hässlichen Kratzer, auf dem das geronnene Blut verkrustet war.

»Du hast ein paar Dornen abgekriegt«, miaute Erlenpfote. »Duck dich, dann kann ich sie rausziehen.«

Nadelpfote machte sich klein, Erlenpfote packte die Dornenenden und zog sie heraus, dann spuckte er sie auf den Boden. Blutstropfen quollen aus den Stellen, wo sie gesteckt hatten.

»Jetzt Beinwellwurzel«, fuhr Erlenpfote fort. »Das nimmt die Schmerzen.«

Sie rekelte und entspannte sich, als der Beinwellsaft in ihren Rücken sickerte. »Danke, Erlenpfote. Du musst wirklich eine gute Heilerkatze sein, ich fühle mich jetzt schon besser. Und Hunger hab ich auch!«

Erlenpfote wurde bei Nadelpfotes Lob heiß unter seinem Pelz vor Verlegenheit, und er blieb gern zurück, als Kirschfall eine Jagdpatrouille aufstellte. Sie und Maulwurfbart, Funkenpfote und Nadelpfote verschwanden zwischen den Bäumen, während Erlenpfote sich neben Sandsturm niederließ.

»Du machst deine Sache gut, Erlenpfote«, miaute Sandsturm leise, als die anderen gegangen waren.

Erlenpfote neigte den Kopf. »Danke, Sandsturm.« Er wusste nicht, ob er das Kompliment wirklich verdient hatte, fühlte sich aber von Glück erfüllt.

Die Jagdpatrouille kehrte noch vor Sonnenhoch zurück. Maulwurfbart und Funkenpfote brachten Mäuse, Kirschfall eine Wühlmaus. Erlenpfotes Augen wurden groß vor Staunen, als er sah, was Nadelpfote erbeutet hatte. Sie schleppte eine Taube und ein Eichhörnchen mit sich, die beide so groß waren, dass sie kaum mit ihnen fertigwurde. Sie strengte sich an, um vor allen anderen beim Teich in der Mitte der Senke einzutreffen, wo Erlenpfote und Sandsturm in der Sonne lagen, um ihre Beute vor deren Pfoten abzulegen.

Erlenpfote bemühte sich sehr, seine Bewunderung zu verbergen, wusste aber genau, dass es ihm nicht gelang.

»Nicht schlecht, was?«, miaute sie. »Jetzt tut's euch doch nicht leid, dass ich bei euch bin, stimmt's? Ich hab sogar noch mehr!« Funkenpfote und die anderen hatten aufgeholt und legten ihre Beute ebenfalls ab. Erlenpfote sah, dass seine Schwester etwas verärgert war und immer wieder zu Nadelpfote hinüberspähte, weil die SchattenClan-Schülerin erfolgreicher gewesen war als sie.

»So ist es«, miaute sie zu Sandsturm. »Nadelpfote hat außer dem Eichhörnchen und der Taube auch noch eine dicke, fette Ratte erwischt.«

»Und wo ist die?«, fragte Sandsturm.

»Nadelpfote hat sie schon gegessen!«, miaute Funkenpfote entrüstet. »Sie hat sie selbst gegessen. Das verstößt gegen das Gesetz der Krieger.«

Erlenpfote war der Meinung, dass sie kein Recht hatten, Nadelpfote über das Gesetz der Krieger zu belehren, hätte das aber nie laut ausgesprochen. *Obwohl sie nicht zu unserem Clan gehört, bringt sie mehr Beute mit zurück als die anderen drei zusammen, selbst wenn sie die Ratte gegessen hat!*

»Lasst uns jetzt essen und ein bisschen ausruhen«, miaute Sandsturm zu Funkenpfote und ihre Stimme klang erschöpft. »Wir haben einige Anstrengungen hinter uns und können alle ein reiches Mahl und eine Pause gebrauchen.«

Funkenpfote plusterte empört das Fell auf, schwieg und funkelte Nadelpfote an, der ihre Anschuldigungen wenig auszumachen schien.

»Also dann«, miaute Nadelpfote. »Komm her, Erlenpfote, ich gebe dir was von meinem Eichhörnchen ab.«

Hungrige Krallen zwickten in Erlenpfotes Bauch, und mit jedem Bissen schmeckte ihm das Eichhörnchen besser als jede Beute, die er bisher gegessen hatte. Aber als er sich wieder aufsetzte und mit einer Pfote seine Schnurrhaare putzte, sah er, dass seine Schwester verschwunden war.

»Wo ist Funkenpfote?«, fragte er mit einem unbehaglichen Kribbeln in den Pfoten. *Vielleicht sind die Füchse zurückge-*

kommen ... aber dann hätte es einen Kampf gegeben. Sie würde nicht einfach verschwinden!

Die DonnerClan-Katzen schwärmten in der Senke aus, suchten nach Funkenpfote, riefen ihren Namen. Es kam keine Antwort. Aber dann meldete sich Sandsturm aus dem Busch, unter dem sie und Erlenpfote in der vergangenen Nacht das Nest eingerichtet hatten.

»Sie ist hier!«

Erlenpfote sprang hin und fand seine Schwester gemütlich zusammengerollt und leise schnarchend im Farnkraut, den Schwanz über die Nase gelegt.

»Sollen wir sie wecken?«, fragte Kirschfall, als seine Clan-Gefährten um sie herumstanden.

»Ihre Idee war genau richtig, würde ich sagen«, bemerkte Maulwurfbart und gähnte ausgiebig.

»Ja, lassen wir sie schlafen«, stimmte Sandsturm zu. »Ich denke, wir sollten alle eine Weile ruhen.«

Erlenpfote fiel auf, dass Sandsturm ganz besonders erschöpft aussah. Er sagte zwar nichts, aber allmählich wurde ihm bewusst, dass sie diese Reise, vor allem seit ihrer Verletzung, mehr belastete, als sie zugeben wollte.

»Wer übernimmt die Wache?«, fragte er, als sich die anderen im Nest niederließen. »Wir wissen, dass Füchse in der Gegend sind.«

Das wäre meine Aufgabe, dachte er und versuchte zu ignorieren, wie schwer sich seine Glieder anfühlten. *Schließlich ist das meine Mission. Wir wären nicht losgezogen, wenn ich die Vision nicht gehabt hätte, und auch wenn ich nicht darum gebeten habe, bin ich trotzdem für sie alle verantwortlich.*

»Ich übernehme das.« Nadelpfote, die sich nicht an der Suche beteiligt hatte, kam vom Teich angeschlendert und schüttelte Wassertropfen von ihren Schnurrhaaren. »Ich brauche sowieso nicht viel Schlaf, und nachdem mein Bauch jetzt voll ist, kann ich noch tagelang durchhalten.«

Erlenpfote dankte Nadelpfote, rollte sich im Nest zusammen, seufzte erleichtert und schloss die Augen.

Aber statt in einen erfrischenden Schlaf zu sinken, fand er sich auf einem kahlen Moorhügel wieder, Nebelschwaden waberten um ihn herum. Am Himmel funkelten Sterne und irgendwo in der Ferne zerrissen qualvolle Schreie die Luft.

Mit angstvoll kribbelndem Pelz tappte Erlenpfote in die Richtung, aus der die Schreie kamen. Allmählich tauchten düstere Gestalten im Nebel auf, und als er näher kam, sah er, dass es Katzen waren, die im Kreis standen und ihre Qual hinauf zu den Sternen jaulten.

»Hilf uns! So hilf uns doch!«

Erlenpfotes Brust hob sich, und sein Atem wurde schneller. Er spürte das Leid der Katzen, als wäre es sein eigenes. *Ich kenne diese Katzen!* Er sah Blattstern, die Anführerin des WolkenClans aus seiner vorherigen Vision, und den großen goldbraunen Kater, den Zweiten Anführer Scharfkralle. Etwas weiter entfernt war die kleine silbern gestreifte Kätzin Echoklang, die Heilerkatze des Clans, und neben ihr die junge Schwarz-weiße, deren Kriegerernennung er gesehen hatte. Und da waren noch viele, viele andere, die alle ihre Stimmen in Angst und Schmerz erhoben.

»Hilf uns! Hilf uns!«

»Ich bin hier!«, rief Erlenpfote aus, sprang vor, bis er ganz dicht bei der Katzengruppe stand. »Ich werde euch helfen! Sagt mir, was zu tun ist.«

Aber die Katzen schienen ihn nicht zu hören. Nicht einmal Echoklang wandte sich ihm zu. Ihr schreckliches Jaulen riss nicht ab, als würden sie seine Anwesenheit nicht einmal ahnen.

»Ich tue, was ich kann!« Erlenpfote wollte noch näher an sie heran, aber irgendetwas hinderte ihn daran, eine Katze zu berühren oder zu ihnen in den Kreis zu treten. »Seht her, ich bin da! Ich werde alles für euch tun, was nötig ist.«

Die Katzen konnten ihn immer noch nicht hören. Ihre Schreie wurden immer panischer, dann schreckte Erlenpfote aus dem Schlaf auf.

Ein paar Herzschläge lang lag er zitternd zwischen Moos und Farn. *Noch eine Vision … was hatte sie zu bedeuten?*, fragte er sich. *Diese Katzen müssen wirklich in Not sein!*

Als er sich aufsetzte, bemerkte Erlenpfote, dass seine Clan-Gefährten nicht mehr da waren. Er kletterte aus dem Nest und entdeckte sie beim Teich, wo sie an den Resten der Frischbeute nagten. Die Sonne stand tief über den Bäumen und erfüllte die Senke mit goldenem Licht.

Erlenpfote sauste zu ihnen. »Wir müssen so schnell wie möglich weiter!«, rief er.

Kirschfall blinzelte ihn träge an. »Wozu die Eile?«, fragte sie. »Der Ort, den du gesehen hast, verschwindet doch nicht.«

Erlenpfote konnte sein Gefühl von Dringlichkeit nicht erklären. *Nur Sandsturm wird mich verstehen. Ich muss mit ihr sprechen.* »Sandsturm«, miaute er, »komm her, damit ich mir deine Wunde noch einmal ansehen kann, bevor wir aufbrechen.«

Mit unwillig zuckenden Ohren stand Sandsturm auf und tappte zu Erlenpfote, der bei den Resten der Beinwellwurzeln wartete. Er blickte sich schnell nach den anderen Katzen um, ob sie auch außer Hörweite waren.

»Was gibt es?«, fragte sie nun gar nicht mehr verärgert. »Es geht dir doch nicht nur um meine Verletzung.«

»Ich hatte noch eine Vision«, erklärte ihr Erlenpfote. »Ich sah die WolkenClan-Katzen in einem Kreis stehen. Sie jaulten und jaulten, als würden sie entsetzliche Qualen erleiden. Sie hörten sich so verängstigt an! Doch als ich mit ihnen sprach und Hilfe anbot, konnten sie mich nicht hören.«

Sandsturm nickte verständnisvoll. »Jetzt sehe ich ein, warum du so dringend aufbrechen willst«, miaute sie. »Wir können nicht mehr tun, Erlenpfote, als so schnell wie möglich nach ihnen und dem Ort, den du gesehen hast, zu suchen.«

SternenClan sei Dank, wenigstens eine Katze versteht mich!, dachte Erlenpfote. Aber trotz seiner Ungeduld hinderte er Sandsturm mit einer ausgestreckten Pfote daran, zu den anderen zurückzukehren. »Ich wollte mir deine Wunde aber wirklich ansehen.«

Missmutig schnaubend setzte sich Sandsturm. »Wenn es sein muss.«

Erlenpfotes Magen verkrampfte sich, als er die Beinwellpaste von Sandsturms verletzter Schulter entfernte. Die Wunde war leicht gerötet und geschwollen, und als er seine Pfote vorsichtig auflegte, spürte er, dass sie heiß war.

»Das könnte eine beginnende Infektion sein«, sagte er zu Sandsturm und bemühte sich, das Zittern in seiner Stimme zu unterdrücken. »Du solltest eigentlich nicht reisen, bevor es verheilt ist. Oder aber«, fuhr er fort, als Sandsturm den Mund öffnete, um zu protestieren, »dich wenigstens noch ein bisschen ausruhen, während ich mich aufmache und Schachtelhalm oder Ringelblume gegen die Infektion suche. Honig würde auch helfen.«

»Du hast wirklich viel gelernt«, miaute Sandsturm, und ihr anerkennender Blick zeigte, wie beeindruckt sie war. »Wir können aber nicht hier herumhängen, bis du das alles gefunden hast. Wir können ja unterwegs nach Kräutern Ausschau halten, die du dann mitnehmen kannst.«

»Aber …«, hob Erlenpfote an.

»Bis dahin musst du mir vertrauen«, fiel ihm Sandsturm ins Wort. »Es geht mir *gut*. Du bist zwar eine Heilerkatze, aber ich hab schon sehr viel mehr erlebt. Ich hatte in früheren Zeiten zahlreiche Wunden, und diese hier ist nicht so schlimm.« Sie berührte Erlenpfote kurz mit der Schwanzspitze an der Schulter. »Du darfst deine Mission wegen mir nicht aufschieben, vor allem, nachdem du gerade diese schreckliche Vision gehabt hast.«

Erlenpfote wollte noch einmal protestieren. »Aber deine Wunde …«

»Vertrau mir«, wiederholte Sandsturm. »Dies ist deine Mission, aber ich bin die Älteste.«

Trotz seines Unbehagens wagte Erlenpfote nicht, Sandsturm weiter zu widersprechen. Er neigte zustimmend den Kopf, dann stand Sandsturm auf und die beiden Katzen tappten Seite an Seite zu ihren Clan-Gefährten zurück.

Aber bevor sie dort ankamen, entdeckte Erlenpfote einen glatten, silbernen Pelz mitten in einem hohen Grasbüschel. Nadelpfote hatte dort gekauert, nur ein paar Schwanzlängen von der Stelle entfernt, wo er mit Sandsturm gesprochen hatte. Ihre Augen trafen sich, aber Erlenpfote konnte ihren Blick nicht deuten.

Wie viel hatte sie mitgehört?

13. KAPITEL

DIE KATZEN WANDERTEN weiter durch den Wald, während die Sonne am Himmel tiefer sank. Sandsturm hatte wieder die Führung übernommen, Erlenpfote folgte ihr. Nadelpfote lief mit etwas Abstand hinter den beiden her und der restliche DonnerClan bildete den Schluss.

Erlenpfote war immer noch müde, und er nahm an, dass es den anderen ebenso erging. Mit schleppenden Pfoten zogen sie voran, und obwohl keine Katze viel sprach, schnappte er doch die eine oder andere Beschwerde hinter sich auf.

»Ich verstehe nicht, warum wir so plötzlich aufbrechen mussten«, brummelte Maulwurfbart. »Wozu die Eile?«

»Stimmt, wir hätten da übernachten können«, schloss sich Funkenpfote an.

Erlenpfote drehte den Kopf, er hätte ihnen gern die Wahrheit gesagt. »Ich will nur nicht trödeln«, erklärte er.

Funkenpfote schnaubte, sagte aber nichts.

Wenig später lichtete sich der Wald und Erlenpfote sah offenes Gelände vor sich. In der Ferne entdeckte er ein riesiges Zweibeinergebilde aus einer Art gelbem Stein. *Was das wohl ist?*

Als sie den Wald verlassen hatten, holte Nadelpfote zu Erlenpfote auf und tappte dicht neben ihm weiter. Erlenpfote fühlte sich mit einer Katze eines fremden Clans in seiner unmittelbaren Nähe unwohl, obwohl ihr strenger SchattenClan-Geruch allmählich etwas nachließ.

»Als du vorhin mit Sandsturm gesprochen hast«, flüsterte sie Erlenpfote ins Ohr, »hab ich *alles* mitgehört!«

Erlenpfote erschrak, vor Angst und Verzweiflung sträubte sich sein Nackenfell. *Oh nein! Jetzt kennt sie den* wahren *Grund dieser Mission. Dabei hat mir Brombeerstern doch ans Herz gelegt, dass keine Katze davon erfahren darf. Und sie ist nicht einmal eine DonnerClan-Katze.* Doch dann erwiderte er Nadelpfotes Blick und stellte fest, dass sie gar nicht so sicher wirkte. Spielte sie ihm vielleicht nur etwas vor? *Nun, da kann ich mithalten.*

»Ach, wirklich?«, antwortete er mit bemüht ruhiger Stimme und bezwang sein widerspenstiges Nackenfell. »Da ich nicht annehme, dass du dich besonders für Beinwellwurzel interessierst, kann dir das ja nicht viel gebracht haben.«

»Beinwellwurzel!« Nadelpfote schnurrte belustigt. »Na klar, und alles andere auch!«

»Was denn noch?«, fragte Erlenpfote. »Wir haben schließlich nichts Wichtiges besprochen.«

Nadelpfote blickte schnell um sich, ob die anderen Katzen sie auch nicht hören konnten. »Mit deiner *Vision* hatte es ja nichts zu tun, oder?«

»Was miaust du denn da?« Erlenpfote wurde allmählich nervös. Er fragte sich, wie viel sich Nadelpfote selbst zusammenreimte und was sie nur wissen konnte, wenn sie das vollständige Gespräch mit Sandsturm tatsächlich gehört hatte. »Wenn du's unbedingt wissen willst: Wir haben über Katzen gesprochen, die unsere Hilfe brauchen könnten.«

»Wie edel von euch«, schnurrte Nadelpfote. »Welche Katzen das wohl sein mögen?«

»Na ja ... irgendwelche Katzen. Ich bin Heilerkatze. Helfen ist meine Aufgabe.«

»Hmm ...« Nadelpfote zuckte nachdenklich mit den Schnurrhaaren. »Katzen, die Hilfe brauchen ... und deine Vision ... und diese Mission, dass du die Wolken retten sollst. So langsam ergibt alles einen Sinn, nicht wahr?«

Erlenpfote fröstelte von den Ohren bis zur Schwanzspitze. Schuldbewusst erkannte er, dass er zu viel preisgegeben hatte, falls Nadelpfote doch nicht alles mitbekommen hatte.

Egal, wie viel sie weiß, dachte er, *es reicht, dass es zum Problem werden könnte. Und es gibt ihr Macht. Sie wird jetzt bei uns bleiben müssen, ob wir wollen oder nicht.*

»He, seht euch das an!« Kirschfalls Miauen riss Erlenpfote aus seinen Gedanken. Er blickte auf und sah, dass sie inzwischen dem großen, gelben Zweibeinerbau, den er aus der Ferne gesehen hatte, ein gutes Stück näher gekommen waren.

»Das müssen wir erkunden!«, schlug Funkenpfote mit einem aufgeregten Hüpfer vor.

Maulwurfbart schüttelte den Kopf. »Das ist ein Zweibeinerding und deshalb sollten wir lieber Abstand halten.«

»Vermutlich ist das eine Scheune wie die beim Pferdeort«, erklärte ihnen Sandsturm. »Das muss eine Farm sein – seht ihr, dahinter sind noch mehr Zweibeinerbaue. Ich würde euch empfehlen, lieber Abstand zu halten.«

Erlenpfote stimmte ihr zu, aber die Katzen kamen nicht weit, denn bald versperrte ein hoher Zaun ihren Weg. Er bestand aus verschlungenen Ranken aus festem, glänzendem Zeug und hatte obendrauf beängstigende Dornen.

»Und was machen wir *jetzt*?«, fragte Kirschfall bestürzt.

Zu beiden Seiten war kein Ende des Zauns zu sehen, und Erlenpfote wurde klar, dass es viel zu lange dauern würde, ihn zu umgehen. Während er zögerte, trat Funkenpfote vor und beschnupperte den Boden des Zauns.

»Wir könnten versuchen, drunter durchzukriechen«, schlug sie vor.

»Sind wir Kaninchen?«, brummelte Nadelpfote, während Funkenpfote versuchsweise unten scharrte, wo der Zaun im Gras verschwand.

»Nein«, berichtete sie und schüttelte entmutigt den Kopf. »Anscheinend endet das Zeug erst tief unten in der Erde.«

»Dann gibt es vielleicht irgendwo ein Loch, das groß genug für uns ist«, miaute Maulwurfbart.

Erlenpfote führte sie ein paar Fuchslängen weiter am Zaun entlang, aber der war überall fest und unbeschädigt. Nur eine Maus hätte durch die Lücken zwischen den Ranken schlüpfen können.

»Dann gibt es nur noch einen Weg für uns«, verkündete Nadelpfote schließlich. »Wir müssen drüberklettern.«

»Und du kannst auch noch fliegen, nicht wahr?«, murmelte Sandsturm ironisch.

Nadelpfote ignorierte sie. »Ich mache den Anfang«, miaute sie. »So schlimm sieht das gar nicht aus. Schaut her.«

Die Katzen beobachteten nervös, wie sie loskletterte, ihre Pfoten in die engen Lücken zwischen den glänzenden Ranken setzte. Der Zaun federte und schwankte beängstigend, aber Nadelpfote kletterte unbeirrt weiter bis ganz nach oben, wo sie mit ihren Pfoten zwischen den Dornen balancierte.

»Sei vorsichtig!«, rief Sandsturm.

Für einen Moment war Erlenpfote sicher, dass sich Nadelpfote mit den spitzen Dornen selbst aufspießen würde. Aber dann straffte und streckte sie ihre Muskeln, sprang vom schwankenden Zaun und landete geschickt auf der anderen Seite.

»Ganz einfach!«, rief sie und leckte sich selbstgefällig die Schulter.

»Wenn sie das kann, schaffe ich es auch«, miaute Funkenpfote, flitzte genau wie Nadelpfote am Zaun hinauf und sprang dann elegant auf der anderen Seite zu Boden.

Kirschfall folgte ihr, langsamer, aber unfallfrei, und dann Maulwurfbart.

»Du bist dran, Erlenpfote«, miaute Sandsturm. »Ich gehe zuletzt.«

Mit einem Krampf im Bauch näherte sich Erlenpfote dem Zaun. Er versuchte, nicht daran zu denken, wie ihn die Dornen aufspießten und wie idiotisch er für seine Clan-Gefährten – oder Nadelpfote – aussehen musste.

Anfangs kletterte er langsam, dachte aber konzentriert an die Katzen aus seiner Vision, die viel verängstigter und entsetzter waren als er jetzt und die nach ihm gerufen hatten. *Ich muss das schaffen. Sie brauchen mich.*

Das half ihm, schneller und entschlossener zu klettern. Dabei stellte er fest, dass es leichter war, als es ausgesehen hatte, sich mit den Pfoten in den kleinen Lücken aufwärts zu hangeln. Nur ganz oben, wo er auf dem schwankenden Zaun balancieren musste, bekam er es mit der Angst zu tun und ihm wurde für einen Moment übel. Doch dann warf er sich in die Luft und plumpste neben seiner Schwester auf den Boden.

Ich hab's geschafft!

Sandsturm war bereits hinter ihm hergeklettert. Sie kam schnell bis nach oben, zögerte aber dann und klammerte sich zwischen den Dornen fest. Ihre Pfoten rutschten ab und sie fiel, schlug schwer unten auf und rollte über den Boden.

»Sandsturm!«, jaulte Maulwurfbart voller Panik, machte einen Satz und duckte sich, um sie aufzuhalten.

Die Älteste prallte gegen ihn und blieb keuchend liegen. Dicht gefolgt von seinen Clan-Gefährten, eilte Erlenpfote zu ihr. »Bist du verletzt?«, fragte er ängstlich.

Sandsturm setzte sich auf. »Nichts passiert«, krächzte sie, als hätte sie Schwierigkeiten, Luft zu holen. »Ich kam mir nur wie ein Vogel vor.«

»Versuch's lieber nicht noch einmal«, antwortete Erlenpfote.

Sandsturm ruhte sich kurz aus, dann brachen die Katzen wieder auf, immer noch auf den großen Zweibeinerbau zu. Erlenpfote, der neben Sandsturm lief, sah, dass ihre Wunde größer geworden war und wieder angefangen hatte zu bluten.

»Bist du mit deiner Schulter an einen Dorn gekommen?«, fragte er sie.

»Kann sein, dass ich einen gestreift habe«, antwortete sie beiläufig. »Lass nur, Erlenpfote, ist nicht schlimm. Wenn du dich unbedingt um irgendwas kümmern willst«, fügte sie hinzu, »dann empfehle ich dir dieses riesige Biest da vorn!«

Erlenpfote war wegen Sandsturm so besorgt gewesen, dass er gar nicht auf seine Umgebung geachtet hatte. Jetzt blickte er auf und sah, warum die anderen Katzen stehen geblieben waren. Misstrauisch beäugten sie ein großes Wesen, das ein paar Fuchslängen entfernt vor ihnen stand. Sogar Nadelpfote wirkte verängstigt.

Es war kleiner als die Pferde, die Erlenpfote hinter der Grenze der Territorien gesehen hatte, aber immer noch groß genug, um sich vor ihm zu fürchten. Sein plumper Körper steckte in einem schwarz-weißen Pelz, die Beine waren spindeldürr und hatten harte, feste Pfoten. Der Schwanz endete in einem Haarbüschel und schwang hin und her. Riesige Augen in einem kantigen Gesicht starrten die Katzen ausdruckslos an.

»Was ist das?«, flüsterte Funkenpfote.

»Nichts, wovor man sich fürchten muss«, miaute Sandsturm ruhig. »Ich hab so welche schon mal gesehen und sie sind nicht unfreundlich. Meistens kümmern sie sich nicht um Katzen.«

»Meistens?«, fragte Erlenpfote nervös.

»Sie tun nichts, solange sie sich nicht erschrecken und losrennen. Dann sind sie groß genug, um uns niederzutrampeln. Deshalb sollten wir aufpassen, dass wir diesem hier keine Angst einjagen.«

»Das beruhigt mich ungemein«, brummte Maulwurfbart.

Erlenpfote befahl seinen Pfoten, sich in Bewegung zu setzen, schlug einen großen Bogen um das merkwürdige Tier, ohne den Blick von ihm abzuwenden. Seine Freunde folgten ihm. Das Geschöpf schwenkte den Kopf herum und verfolgte ihren Weg mit seinen gleichgültigen, riesigen Augen. Dann öffnete es ohne jede Vorwarnung das Maul und brüllte tief aus der Kehle.

Bis ins Mark erschrocken, jaulte Erlenpfote auf und raste auf den großen Zweibeinerbau zu. Er hörte die anderen kreischend hinter ihm herflitzen.

Haben wir ihm einen Schrecken eingejagt? Ob es losrennt?

Aber dann blieb er stehen und blickte keuchend hinter sich, wo sich das monströse Tier nicht von der Stelle gerührt hatte. Es stand bloß da und starrte sie an. Seine Kiefer bewegten sich rhythmisch, es kaute.

»Heiliger SternenClan!«, rief Kirschfall aus. »Was ist das bloß?«

Nach einer kurzen Weile fing Sandsturm belustigt an zu schnurren, und die anderen, die sich allmählich beruhigten, fielen ein. Erlenpfote schämte sich plötzlich, weil er so nervös gewesen war, und sah auf den Gesichtern seiner Freunde, dass es ihnen ebenso erging.

»Ziehen wir weiter«, miaute er.

Die Katzen umrundeten den großen gelben Bau und die Gruppe kleinerer Bauten in schnellem Lauf. Erlenpfote hoffte, dass die Zweibeinerbehausungen hinter ihnen lagen, bis er einen kleinen Holzbau erblickte, vor dem Vögel am Boden pickten und ihnen vor die Pfoten liefen.

»Wer sind denn die?«, fragte er neugierig.

Die Vögel waren größer als Tauben mit rötlichbraunem Gefieder und schuppigen gelben Beinen. Sie beachteten die sich nähernden Katzen kaum.

»Es sind Vögel, Mäusehirn«, antwortete Funkenpfote auf Erlenpfotes Frage. »Und damit sind sie Beute.«

Sie duckte sich und schlich auf den nächsten Vogel zu. Es gab aber keine Deckung und der Vogel sah sie angreifen. Er wirbelte zu ihr herum, flatterte mit den Flügeln und stieß kurz hintereinander heisere Schreie aus.

Die übrigen Vögel flatterten ebenfalls auf, rannten im Gras umher und schienen nicht zu wissen, wie man fliegt. Nur der Vogel, den Funkenpfote jagen wollte, reckte den Hals und wollte sich auf sie stürzen. Wütend hackte er mit dem Schnabel nach ihr. Funkenpfote wich mit einem Satz zurück und fauchte.

»Sieht aus, als wärst du diesmal die Beute«, miaute Nadelpfote mit spöttischer Stimme und blitzenden Augen.

»Lass die Vögel«, befahl Sandsturm und winkte mit ihrer Schwanzspitze Funkenpfote zur Gruppe zurück. »Es lohnt sich nicht, eine Verletzung zu riskieren. Wir jagen, wenn wir an diesem Ort vorbei sind.«

»Ja, wir müssen weiter«, fügte Erlenpfote mit ungeduldig kribbelnden Pfoten hinzu, während er an die verzweifelten Schreie der WolkenClan-Katzen dachte.

Funkenpfote gehorchte mit trotzigem Blick. Sie funkelte Nadelpfote an, als die SchattenClan-Katze die krächzenden Schreie der seltsamen Vögel nachahmte. »Lass den Quatsch, du verrückte Fellkugel«, brummte sie.

Aber Nadelpfote schien nicht einzusehen, warum sie so schnell weiterziehen sollten. Erlenpfote wurde zunehmend gereizter, weil sie ihre Nase in jedes Loch und jedes hohe Grasbüschel steckte. Als sie wieder auf ein seltsames Wesen stießen, diesmal ein noch kleineres als die Pferde, aber ebenfalls mit harten, spitzen Pfoten, blieb sie stehen. Es hatte gebogene Hörner und unter seinem Kinn baumelte ein langer Haarschopf. Erlenpfote erschauderte beim Anblick seiner gespenstischen Augen.

Es gab einen hohen, lang gezogenen Laut von sich, den Nadelpfote sofort nachzuahmen versuchte und dabei vor Freude über ihr eigenes verrücktes Miauen schnurrte.

»Wenn du dann mal fertig bist …«, fauchte Erlenpfote und stieß sie heftig in die Seite.

»Halt deinen Pelz flach!«, fauchte Nadelpfote zurück.

Sie hüpfte immer noch umher wie ein Junges, das zum ersten Mal die Kinderstube verlassen darf, als sich die Katzen einer Hecke näherten. Dahinter erstreckte sich bis in die Ferne ein Feld mit hohen, gelbbraunen Pflanzen in langen Reihen. Erlenpfote hörte ein leises Brummen und sah, dass ein Dunstschleier über den Pflanzen hing.

»Vielleicht ist hinter diesem Feld wieder ein Donnerweg«, miaute er.

Sandsturm nickte. »Trotzdem denke ich, dass wir hier weitergehen sollten.«

Ohne zu zögern, schlug sich Erlenpfote durch die Hecke, glücklicherweise waren die Büsche nicht sehr dicht. »Sandsturm, pass auf deine Schulter auf«, warnte er sie.

Sandsturm schlüpfte unbeschadet hindurch, Kirschfall und Maulwurfbart folgten. Funkenpfote schob Nadelpfote vor sich her und bildete den Schluss. »Ich schwöre beim SternenClan«, fauchte Funkenpfote, als sie auf der anderen Seite auftauchte, »wenn du dich noch länger so aufführst, zerfetze ich dir die Ohren.«

Nadelpfote holte spielerisch nach ihr aus. »Du kannst es ja mal versuchen.«

»Weitergehen«, miaute Erlenpfote barsch.

Er lief voraus und tauchte in die gelbbraunen Pflanzen hinein. Ihre Stängel waren fest und behaart und unten am Boden gab es nur kahle, nackte Erde. Nadelpfote hatte sich anscheinend endlich beruhigt und glitt zwischen den Pflanzen hindurch.

Das Brummen wurde lauter, und Erlenpfote vermutete, dass sie den Donnerweg bald erreicht haben mussten. Doch dann bemerkte er, dass auf einer Seite nicht mehr so viele Pflanzen standen. Diese Richtung schlug er ein und steckte den Kopf aus der Deckung. Seine Gefährten drängten sich um ihn und spähten über seine Schulter.

Da war kein Donnerweg. Stattdessen sah Erlenpfote eine Fläche, auf der die Pflanzen bis auf kurze Stoppeln abgeschnitten waren. Er wusste jetzt auch, woher das Brummen kam: Ein riesiges Monster mit wirbelnden Kiefern bewegte sich direkt auf sie zu, schnitt auf dem nächsten Streifen Pflanzen ab und warf sie in seinen Bauch! Staubwolken hingen über allem in der Luft.

Erlenpfote fühlte sich, als wäre er plötzlich mit eiskaltem Wasser überschüttet worden. »Es frisst das Feld!«, rief er.

»Und uns alle mit!«, miaute Sandsturm. »Es könnte uns alle sechs gleichzeitig verschlingen. Lauft!«

Erlenpfote wirbelte herum und rannte zwischen den Pflanzen hindurch, sprang und schlängelte sich durch jede Lücke, die sich vor ihm auftat. »Bleibt zusammen!«, hörte er Kirschfall hinter sich jaulen.

Erlenpfote blickte über seine Schulter und sah, dass alle Katzen mit ihm rannten. Die hohen Pflanzen versperrten seinen Blick auf das Monster, aber er wusste, dass es nah war – es war so laut, dass die Luft von seinem Lärm erzitterte. *Wir müssen weiter!*

Während er floh bemerkte Erlenpfote, dass der Boden unter seinen Pfoten nicht mehr hart war, sondern weich und schlammig wurde, an seinen Pfoten klebte und entsetzlich stank. Voller Panik, verschwendete er keinen Gedanken daran, was das sein könnte, und wusste auch nicht, was er tun sollte, außer zu fliehen.

Als Erlenpfote erneut hinter sich spähte, prallte er plötzlich gegen ein Hindernis, von dem er abfederte und um eine Schwanzlänge in die Pflanzen zurückgeschleudert wurde. Er rappelte sich auf die Pfoten, blickte auf und stöhnte.

»Nein! Das glaub ich nicht!«

Vor ihm war wieder ein Zaun aus glänzenden Ranken mit Dornen obendrauf. Seine Gefährten versammelten sich um ihn.

»Da müssen wir drüber«, miaute Maulwurfbart, »sonst erwischt uns das Monster.«

»Stimmt.« Funkenpfote übernahm die Führung, kletterte schnell den Zaun hinauf und warf sich auf der anderen Seite ins weiche Gras. »Macht schnell!«, bedrängte sie die anderen.

Nadelpfote folgte ihr. Während Erlenpfote wartete, bis er an der Reihe war, sah er, dass der faulig riechende Schlamm in Sandsturms Wunde gedrungen war, die jetzt rot und geschwollen aussah. Die Wunde war zweifellos infiziert. Und Sandsturm stand mit gesenktem Kopf und bebender Brust da. Sie war so erschöpft, dass es dafür neben ihrem Alter und der Jagd durch die Pflanzen noch einen anderen Grund geben musste.

Es ist ihre Wunde. Erlenpfote war sich sicher. *Das spüre ich.* Ein wenig überrascht stellte Erlenpfote fest, dass dieses Wissen auch zu den Talenten einer guten Heilerkatze gehören musste. *Sie braucht eine Pause, das sehe ich nicht nur, ich weiß es.*

»Du musst dich ausruhen«, miaute er Sandsturm zu.

Sandsturm hob den Kopf und sah ihn zornig an. »Ich bin viel älter als du«, protestierte sie, »und schon sehr lange auf der Welt. Ich *weiß,* dass mir nichts fehlt.«

Erlenpfote hörte das Argument nicht zum ersten Mal und diesmal würde er es nicht akzeptieren. »Nein!«, miaute er energisch.

Sandsturm riss entrüstet die Augen auf. »Was meinst du mit ›nein‹?«

»Tut mir leid«, antwortete Erlenpfote. »Ich weiß nun mal, dass du nicht mehr weiter kannst. Ich bin deine Heilerkatze und ordne an, dass du dich ausruhst.«

Die gelbbraune Kätzin zögerte einen Moment. »Vielleicht hast du recht. Aber erst müssen wir über diesen SternenClan-verdammten Zaun.«

Sie kletterte los, ohne eine Antwort abzuwarten. Erlenpfote sah, wie mühsam sie sich aufwärtshangelte. Oben angekommen, kippte sie mehr oder weniger über den Rand und stürzte mit einem Schmerzensschrei auf der anderen Seite zu Boden.

Erlenpfote kletterte nun auch über den Zaun und rannte zu Sandsturm. Er riss entsetzt die Augen auf, als er das Blut aus ihrer Wunde strömen sah. *Sie muss sie sich an einem Dorn wieder aufgerissen haben!*

»Das war's«, knurrte er. »Wir rasten *jetzt.*« An die anderen gewandt, fügte er hinzu: »Bringt mir Spinnweben.«

Die Katzen schwärmten aus, um in den Büschen zu suchen, die hier und da auf dem Grasland wuchsen. Während er auf ihre Rückkehr wartete, leckte Erlenpfote den klebrigen Schlamm aus Sandsturms Wunde. Die alte Katze blieb einfach auf der Seite liegen und atmete schwer.

Nach der Rückkehr seiner Gefährten bedeckte Erlenpfote die Wunde mit Spinnweben, aber das Blut sickerte hindurch. Er blickte auf Sandsturm hinab und bemühte sich, seine aufkommende Panik zu unterdrücken.

Ihre Verletzung ist schlimmer geworden und hat sie geschwächt. Wie soll sie gegen die Infektion ankämpfen?

Kirschfall berührte ihn an der Schulter. »Es wird spät«, miaute sie. »Sollen wir jagen?«

Erlenpfote blickte erschrocken auf. In seiner Sorge hatte er gar nicht bemerkt, dass die Sonne untergegangen war und die Nacht ihre Schatten warf.

»Ja, bitte«, antwortete er. »Ich bleibe bei Sandsturm und richte einige Nester her.«

Er fand eine seichte Kuhle im Schutz von Holundersträuchern, die er mit Laub bedeckte, bevor er Sandsturm hineinhalf. Die alte Katze, die bis vor Kurzem behauptet hatte, ihr würde nichts fehlen, stützte sich schwer auf seine Schulter und taumelte zu ihrem Nest.

Kirschfall kehrte mit einer Maus zurück, als Erlenpfote Sandsturm in ihr Nest bettete. »Danke«, miaute Erlenpfote. »Sandsturm, du musst essen. Und dann darfst du schlafen.«

»Starrköpfiger Fellball«, brummelte Sandsturm, aber sie aß die Maus und rollte sich ohne Widerworte zusammen.

Erlenpfote beobachtete sie und sah erleichtert, dass ihre Schulter kaum noch blutete. Erst dann wurde ihm bewusst, wie unendlich müde auch er war. Er schaffte es kaum, wach zu bleiben, bis alle Jäger zurückkehrten, nahm einige Bissen Drossel zu sich und sank in tiefen Schlaf.

Regentropfen pladderten über seinem Kopf auf die Sträucher und weckten Erlenpfote im Licht eines frostigen Morgens. Glücklicherweise war das Gebüsch so dicht, dass nur sehr wenig Regen in sein Nest tropfte.

Erlenpfote hob den Kopf und sah, dass Sandsturm neben

ihm noch schlief. Die übrigen Katzen waren fort, nur Kirschfall saß am Rand der Mulde, wandte ihm den Rücken zu und spähte nach draußen. Das Laub unter seinen Pfoten raschelte, als er sich aufsetzte, und Kirschfall drehte sich zu ihm um.

»Die anderen sind jagen gegangen«, miaute sie. »Ich bin geblieben, um Wache zu halten. Wie geht es Sandsturm?«

Erlenpfote untersuchte die alte Kätzin. Sie murmelte im Schlaf, rumorte unruhig in ihrem Nest. Ihre Wunde blutete zwar nicht mehr, aber die größer gewordene Schwellung war stark gerötet und fühlte sich heiß an.

Sandsturm öffnete blinzelnd die Augen, als sich Erlenpfote über sie beugte. »Hallo«, flüsterte sie. »Willst du mich von den Zecken befreien?«

Erlenpfote wurde klar, dass sich Sandsturm wieder im DonnerClan-Lager wähnte. »Nein, wir sind unterwegs wegen meiner Mission, erinnerst du dich?«, antwortete er. »Kann ich irgendwas für dich tun? Wie fühlst du dich?«

»Mir geht's recht gut«, erklärte Sandsturm, ihre Stimme klang etwas kräftiger. Sie wollte sich aufsetzen, zuckte aber zusammen, rang vor Schmerz nach Luft und ließ sich wieder in ihr Nest sinken. »Um mich musst du dir keine Sorgen machen.«

Aber Erlenpfote war sehr besorgt. Sandsturms grüne Augen sahen glasig aus, und er vermutete, dass sie keine Schwäche zeigen wollte. Als er ihr über den Pelz strich, fühlte sich ihr ganzer Körper warm an und sie schlief auch schon wieder ein.

Wenige Augenblicke später erwachte sie, als die Jäger mit einem Kaninchen und mehreren Amseln in den Schutz der Sträucher zurückkehrten.

»Da draußen ist es scheußlich«, schimpfte Nadelpfote und

schüttelte ihren Pelz, dass die Tropfen zu Erlenpfote hinüberflogen. »Die Beute hat sich fast überall verkrochen.«

»Du warst trotzdem nicht schlecht«, lobte Erlenpfote die junge Kätzin. »Sandsturm, schau her. Willst du eine Amsel?«

Seine Sorge wuchs, als Sandsturm zwar wach blieb, ein paar Bissen nahm, aber dann den Kopf wegdrehte. »Ich bin satt«, miaute sie. »Der Rest ist für dich, Erlenpfote.«

Als sich die übrigen Katzen am Rand der Mulde niederließen, um zu essen, stand Erlenpfote auf, um mit ihnen zu reden. »Sandsturm ist krank«, verkündete er. »Wir können nicht weiterreisen, bis es ihr besser geht.«

»Es geht mir schon besser«, protestierte Sandsturm, obwohl jede Katze sehen konnte, dass sie log. »Hört nicht auf diese dumme Fellkugel.«

Alle Katzen sahen sofort den Ernst der Lage und schauten mit besorgten Blicken schweigend auf Sandsturm hinab. Sogar die übermütige Nadelpfote war still geworden.

»Was können wir tun?«, fragte Kirschfall.

»Wir werden alle helfen, so gut wir können«, fügte Maulwurfbart hinzu und Funkenpfote nickte eifrig.

»Ich brauche Ringelblume, Schachtelhalm oder Honig«, sagte Erlenpfote zu ihnen. »Das hilft gegen Sandsturms Infektion. Ich weiß nicht, welche Kräuter hier in der Gegend wachsen, aber ihr findet hoffentlich wenigstens eins von den dreien.«

Als seine Gefährten gegangen waren, setzte sich Erlenpfote zu Sandsturm und leckte ihr sacht die Ohren, während die Älteste vor sich hin döste. Er merkte kaum, wie der Regen nachließ, bis einige schwache Sonnenstrahlen durch die Büsche sickerten und Erlenpfote einen Hoffnungsschimmer brachten.

Die erste Katze, die zurückkehrte, war Funkenpfote, und Erlenpfote sah zu seiner Erleichterung, dass sie einige Stängel Ringelblume mitbrachte. »Gut gemacht!«, sagte er zu ihr. »Jetzt kann ich eine Paste zubereiten. Würdest du die Spinnweben von Sandsturms Wunde entfernen? Bitte ganz vorsichtig.«

Funkenpfote setzte sich neben Sandsturm und begann, den Spinnwebenbausch abzuheben. Sandsturm zuckte und stöhnte im Schlaf, als hätte sie Schmerzen, aber als Funkenpfote zögerte, nickte Erlenpfote nur, sie solle weitermachen.

Während er die Ringelblumen zerkaute, tauchte Nadelpfote zwischen den Zweigen mit einem tropfenden Moosbündel zwischen den Zähnen auf. »Kräuter konnte ich nicht finden«, miaute sie und legte das Moos neben Sandsturm ab, »aber dafür hab ich das hier mitgebracht. Ich dachte, vielleicht hat sie Durst.«

»Das ist wirklich eine gute Idee«, lobte Erlenpfote und fühlte sich der SchattenClan-Katze mehr denn je zugetan. Nadelpfote senkte den Kopf und leckte sich verlegen die Brust.

»Sandsturm«, Erlenpfote strich der alten Kätzin zart über den Kopf, »wach auf und trink etwas.«

Sandsturm öffnete blinzelnd die grünen Augen. »Oh, das tut gut«, hauchte sie und leckte an dem Moos.

Während sie trank, tupfte Erlenpfote die Ringelblumenpaste auf ihre Wunde. *Hoffentlich reicht das auch,* dachte er. *Ich würde mir wegen der Infektion weniger Sorgen machen, wenn sie nicht so viel Blut verloren hätte.* Er seufzte schwer. *Ach, wenn doch Blattsee oder Häherfeder hier wären, um mir zu helfen!*

Sandsturm reckte ihren Schwanz und berührte ihn kurz an

der Schulter. »Sei unbesorgt, Erlenpfote«, krächzte sie. »Ich werde bald gesund und dann müssen wir wieder aufbrechen. Die …« Sie zögerte einen Herzschlag lang. »Die *anderen* brauchen uns«, fuhr sie fort.

»Welche anderen?«, fragte Funkenpfote neugierig.

Erlenpfotes Bauch verkrampfte sich. »Ach, das kommt vom Fieber«, miaute er schnell. »Sie weiß nicht, was sie redet.« Aber insgeheim fühlte er sich schlechter denn je. *Wenn Sandsturm das Geheimnis erwähnt, ist sie nicht mehr bei Sinnen.*

»Ruh dich jetzt aus«, miaute er. »Damit du gesund wirst. Ohne dich können wir diese Mission nicht erfüllen!«

Ob Sandsturm ihn gehört hatte, bezweifelte er jedoch. Er blickte auf sie hinab und sah, dass sie wieder in den Fieberschlaf gesunken war.

14. KAPITEL

ERLENPFOTE STAND im Gras vor den schützenden Holundersträuchern. Über seinem Kopf funkelten die Sterne am Himmel. Obwohl die Nacht gar nicht kalt war, zitterte er, als wäre er gerade aus eisigem Wasser gestiegen.

Nicht weit vor ihm lief eine Katze zu dem Zaun zurück, über den sie am vergangenen Tag geklettert waren. Sie trug Kopf und Schwanz stolz erhoben und schritt kraftvoll aus. Sternenlicht schimmerte an ihren Pfoten und um die Ohren.

»Aber das ist …« Erlenpfote brach erschrocken ab und wirbelte zu den Holunderbüschen mit dem Nest herum.

Doch da waren keine Holunderbüsche mehr. Als Erlenpfote den Kopf wieder zurückdrehte, war auch der Zaun verschwunden. Er stand mitten auf einer üppigen Wiese, umringt von wispernden Waldhainen. Die Sternenkatze sah ihn jetzt an, und er konnte deutlich erkennen, dass es Sandsturm war.

»Oh nein, nein …«, flüsterte er. Die gelbbraune Kätzin sah größer und kräftiger aus denn je und ihre infizierte Wunde war nicht mehr da. Ihr Pelz war dicht und glänzend und ihre grünen Augen leuchteten voller Zuneigung für ihn.

»Für mich ist es Zeit, dich zu verlassen«, miaute sie ohne Schmerz oder Verwirrung in der Stimme. »Aber sorge dich nicht, Erlenpfote. Ich gehöre jetzt zum SternenClan.«

»Nein!«, protestierte Erlenpfote mit aller Kraft, die er aufbringen konnte. »Du darfst uns jetzt nicht verlassen. Wir brauchen dich doch!«

»Das ist mein Schicksal«, antwortete Sandsturm. »Und du brauchst mich nicht mehr. Du bist stärker, als du denkst. Hör mir zu.« Sie ging einen Schritt auf ihn zu. »Du musst die anderen jetzt anführen. Lauft weiter der aufgehenden Sonne entgegen. Es ist eine Reise von mehreren Tagen und ihr werdet einen sehr großen und belebten Donnerweg überqueren müssen. Anschließend kommt ihr an einen Fluss. Folgt ihm flussaufwärts, dann findet ihr die Schlucht, in der das Lager des WolkenClans liegt.«

Erlenpfote versuchte, sich alles einzuprägen, was ihm Sandsturm erklärte. *Die aufgehende Sonne ... ein großer Donnerweg ... dann der Fluss.* Und gleichzeitig war ihm heiß vor Scham, weil sie durch seine Schuld nicht mehr da sein würde, um ihn zu führen. Er wandte den Blick ab.

»Ich habe dich im Stich gelassen«, flüsterte er.

»Nein«, flüsterte Sandsturm sanft zurück. »Keine Katze hätte mehr tun können, um mir zu helfen. Häherfeder oder Blattsee hätten mich bestimmt nicht so lange am Leben halten können. Ich kannte die Risiken, als ich beschloss, diese Mission zu begleiten«, erinnerte sie ihn.

»Du hättest aber noch viele Blattwechsel beim DonnerClan leben können«, miaute Erlenpfote verzagt.

»Und jetzt werde ich noch viel länger beim SternenClan leben«, erklärte Sandsturm. »Ich werde Feuerstern wiedersehen und all die Katzen, die ich geliebt und verloren habe. Erlenpfote, so soll es sein. Du hast keinen Grund, dich zu schämen oder schuldig zu fühlen.«

Erlenpfote drehte sich furchtsam im Kreis, konnte nicht glauben, was ihm Sandsturm sagte. *Was soll ich ohne sie tun? Wie soll ich die Mission anführen?*

»Das ist keine Vision«, miaute er beharrlich, von Angst überwältigt. »Es ist nur ein Traum. Ich werde aufwachen, und du wirst neben mir schlafen, so wie immer. Du wirst wieder gesund.«

Eine Mischung aus Mitgefühl und Zuneigung leuchtete in Sandsturms Augen. »Ich lag im Sterben«, erinnerte sie Erlenpfote. »Und das wusstest du, nicht wahr?«

»Nein – du wirst wieder gesund!«, widersprach Erlenpfote, obwohl tief in seinem Inneren die kalte Gewissheit saß, dass sie recht hatte. »Ich werde dafür sorgen!«

Sandsturm schüttelte traurig den Kopf. »Du hättest nichts tun können, um mich zu retten. Für mich war es Zeit zu sterben. Keine Katze lebt ewig. Dies ist eine der wichtigsten Lektionen für dich – oder jede Heilerkatze.«

Bei den letzten Worten wurde ihre Stimme allmählich schwächer und das Sternenlicht heller und heller, bis Erlenpfote den Blick von der blendenden Pracht abwenden musste. Einen Moment später wachte er in seinem Nest unter den Holunderbüschen auf.

SternenClan sei Dank! Das war nur ein Traum. Sandsturm liegt hier neben mir.

Erlenpfote rappelte sich auf die Pfoten und wollte Sandsturm antippen, um sie zu wecken. Aber als er ihr Fell berührte, wusste er sofort, dass er nicht geträumt hatte. Sandsturms Pelz war schlaff, der Körper darunter kalt und ihre Rippen hoben und senkten sich nicht mit ihrem Atem.

Es war eine Vision. Sandsturm ist tot.

Erlenpfote wich entsetzt zurück, sein Fell kribbelte und sein Bauch verkrampfte sich. Er konnte den qualvollen Aufschrei nicht unterdrücken. »Nein! *Nein!* Ihre Zeit war noch nicht gekommen!«

Kirschfall fuhr aus ihrem Nest hoch. »Erlenpfote? Was ist los?«

Die übrigen Katzen wachten ebenfalls auf, verwirrt und fragend. Entsetzte Stille trat ein, als Erlenpfote mit dem Schwanz auf Sandsturms Leichnam deutete. Langsam tappten alle zu Sandsturm und blieben mit gesenkten Köpfen mit einer Schwanzlänge Abstand vor ihrem zusammengerollten, kalten Pelz stehen.

Funkenpfote brach als Erste das Schweigen. »Sie ... sie ist tot, nicht wahr? Was machen wir jetzt?«

»Sandsturm war die Einzige, die den Weg kannte«, bemerkte Maulwurfbart düster. »Wir waren auf ihre Hilfe angewiesen, um diese Reise zu beenden. Soll ihr Tod uns sagen, dass diese Mission scheitern wird?«

Aufgeregtes Gemurmel, in das sich ein ängstlicher Unterton mischte, erhob sich unter den Katzen.

Trotz seiner Trauer spürte Erlenpfote, wie eine Woge der Entschlossenheit von den Ohren bis zur Schwanzspitze durch seinen Körper strömte. »Sandsturm würde nicht wollen, dass wir herumstehen und nicht wissen, was zu tun ist«, erklärte er den traurigen und verwirrten Katzen vor ihm. »Sie würde wollen, dass wir für sie die Totenwache abhalten und sie dann begraben, bevor wir entscheiden, was wir als Nächstes tun.«

»Du hast recht«, miaute Kirschfall. »So machen wir es.«

Gemeinsam schleppten die DonnerClan-Katzen Sandsturm aus dem Nest und legte sie ins Gras, strichen ihr sanft über das Fell und bauschten ihren Schwanz auf. Es war dunkel und der Himmel mit Sternen übersät, als würden alle Geister ihrer Kriegerahnen auf Sandsturm warten, um sie willkommen zu heißen und zu ehren.

Als sie sich nacheinander um sie herum niederließen, tappte Nadelpfote zu Erlenpfote. »Ich weiß, dass Sandsturm nicht meine Clan-Gefährtin war«, flüsterte sie und hörte sich dabei zu Erlenpfotes Überraschung fast schüchtern an. »Aber ich bin lang genug mit ihr gereist, um zu wissen, was für eine großartige Katze sie war. Darf ich mit euch Wache halten?«

»Natürlich«, antwortete Erlenpfote und empfand wieder einmal Zuneigung für die silberfarbene Kätzin. »Setz dich zu mir.«

Funkenpfote kauerte neben Sandsturms Kopf nieder und leckte ihre Ohren. »Wir sind so weit gekommen«, miaute sie bekümmert. »Wir wären fast von Monstern oder Füchsen getötet worden, wir haben so hart gekämpft, um zu überleben … dass Sandsturm dennoch gestorben ist, erscheint so ungerecht.«

»Ich weiß«, seufzte Kirschfall. »Das hat sie wirklich nicht verdient.«

»Was meinst du, Erlenpfote?«, fragte Maulwurfbart an ihn gewandt. »Willst du trotzdem weiterziehen?«

Erlenpfote unterdrückte eine bissige Bemerkung. *Ich hab ihnen gerade gesagt, dass sie sich erst darüber den Kopf zerbrechen sollen,* nachdem *wir Sandsturm zur Ruhe gebettet haben.* »Ich denke darüber nach, während wir Wache halten«, antwortete er.

»Vielleicht wird dir der SternenClan ein Zeichen senden«, überlegte Kirschfall.

Die Katzen blieben die ganze Nacht bei Sandsturms Leichnam. Gestärkt nach dem Tag, den er dösend im Bau verbracht hatte, fiel es Erlenpfote nicht schwer, wach zu bleiben. Er wollte sich auf die Zukunft konzentrieren, konnte aber nicht verhindern, dass er sich immer wieder fragte, ob er etwas versäumt hatte, um Sandsturms Leben zu retten.

Sie hat mir in meiner Vision gesagt, es sei ihr Schicksal gewesen, jetzt zu sterben, dachte er. *Weshalb ist mein Herz dann trotzdem so schwer? Und wenn doch jede Katze irgendwann stirbt, wozu dann all die Mühe, Leben zu erhalten?*

Irgendwann döste er ein und wachte erst auf, als er die Stimmen der anderen Katzen hörte. Blinzelnd öffnete er die Augen und fand sich im grauen Licht der Morgendämmerung wieder.

»Zu Hause im Lager«, miaute Kirschfall, »bestatten die Ältesten unsere toten Clan-Gefährten. Maulwurfbart und ich sind hier die Ältesten, deshalb sollten wir das übernehmen.«

»Ich will aber helfen«, protestierte Funkenpfote mit tief betrübter Stimme. »Sie war die Mutter meiner Mutter.«

»Das darfst du auch«, tröstete Maulwurfbart.

Erlenpfote stand unbeholfen auf, seine Beine waren steif von der Totenwache in der Nacht. »Ich will sie verabschieden, wie es sich gehört.« Er holte tief Luft, blickte zum Himmel auf, wo noch vereinzelte Sternenkrieger ausharrten. »Möge der SternenClan deinen Pfad erleuchten, Sandsturm«, miaute er die Worte, die Heilerkatzen seit zahllosen Blattwechseln sprachen. »Mögest du reichlich Beute finden, auf flinken Pfoten, und Schutz, wenn du müde bist.«

Alle Katzen neigten für einen Moment die Köpfe.

»Wir brauchen einen guten Platz für ihr Grab«, miaute

Maulwurfbart nach einer kurzen Pause. »Wie wäre es mit den Büschen, unter denen sie gestorben ist?«

Kirschfall schüttelte den Kopf. »Dort können die Sterne sie nicht erreichen. Gleich neben den Büschen wäre besser.«

Maulwurfbart nickte zustimmend. Während er mit Kirschfall Sandsturms Leichnam zum Transport vorbereitete, sagte er leise: »Ich bin der Meinung, dass es am besten ist, wenn wir umkehren und nach Hause gehen. Diese Mission ist möglicherweise zum Scheitern verurteilt.«

»Was?« Nadelpfotes Nackenfell sträubte sich, als sie das sagte. »Sandsturm ist gestorben, weil sie helfen wollte, diese Mission zu Ende zu bringen. Wenn wir jetzt umkehren, wäre sie dann nicht umsonst gestorben?«

Maulwurfbart wirbelte zu ihr herum. »Das hast du nicht zu entscheiden«, fauchte er und seine Stimme war scharf wie eine Kralle. »Falls es dir entgangen sein sollte: Du bist keine DonnerClan-Katze.«

Erlenpfote spürte, wie bei diesem Streit sein Pelz erzitterte. Ohne auf Nadelpfotes Antwort zu warten, drehte er ihnen den Rücken zu und tappte davon, an jenem Zaun entlang, über den sie vor zwei Tagen geklettert waren. Er wollte nicht länger zuhören müssen, wollte ein bisschen Frieden und Ruhe finden, um nachzudenken.

Unter seinem Fell brannte die Trauer um Sandsturm in seiner Brust und ihm schwirrte der Kopf vor Unentschlossenheit. *Sollen wir wirklich weitergehen? Sandsturm wollte den WolkenClan so gern wiedersehen, daher dachte ich, dass wir dazu bestimmt waren, diese Aufgabe zu erfüllen. Aber jetzt, wo sie fort ist, glaube ich da immer noch, dass es diese fremden Katzen sein könnten, denen wir helfen müssen, damit sie nicht verloren sind, wie der SternenClan sagt? Nicht einmal Brombeerstern schien sich da sicher zu sein.* Seufzend erinnerte er sich an seine letzte Vision der um Hilfe flehenden WolkenClan-Katzen. *Wozu brauchen sie mich?*, fragte er sich. *Was kann ich schon für sie tun?*

Er blickte auf und sah, dass die letzten Sternenkrieger verschwunden waren und der heller werdende Himmel den Sonnenaufgang ankündigte. *Ob Sandsturm mich wohl jetzt sehen kann? Kann sie hören, was ich denke? Wenn ich sie doch nur um Rat fragen könnte!*

Noch einmal seufzte er schwer. »Was soll ich bloß tun?«, miaute er laut.

»Sag ihnen die Wahrheit«, antwortete eine Stimme.

Erlenpfote erschrak, wirbelte herum und krümmte den Buckel, obwohl er Nadelpfotes Stimme bereits erkannt hatte. Die SchattenClan-Schülerin näherte sich ihm ganz ohne ihren üblichen Spott.

»Wir sind gemeinsam so weit gekommen«, hob sie an, »dass sich jetzt keine Katze von dir abwenden wird. Du musst weiter. Aber zuerst musst du den anderen den wahren Grund dieser Reise nennen.«

»Kennst *du* ihn denn?«, fragte Erlenpfote säuerlich.

»Nein. Ich habe nur einen kleinen Teil deines Gesprächs mit Sandsturm mitbekommen«, gab Nadelpfote ehrlich zu. »Aber ich weiß, dass mehr dahintersteckt, als du uns sagst, und dass es an der Zeit ist, dass jede Katze die Wahrheit erfährt. Wenn du es ihnen nicht sagst, dann werde ich es tun.« Als Erlenpfote den Mund öffnete, um zu protestieren, fügte sie hinzu: »Das heißt, ich werde ihnen sagen, was ich weiß, und dich damit zwingen, den Rest zu erzählen.«

Erlenpfote starrte sie wütend an. »Ich hätte nie gedacht, dass du mich so verraten würdest!«

Nadelpfote zuckte zusammen, als hätte er ihr einen Schlag versetzt. »Das ist kein Verrat«, entgegnete sie. »Ich habe gesehen, wie deine Gedanken hin und her gewandert sind – hin und her und her und hin. Ich weiß, dass du den anderen niemals freiwillig sagen würdest, worum es geht, aber ich glaube, es ist wichtig, dass sie es erfahren.«

»Warum?«, wollte Erlenpfote wissen.

»Es wird ihnen helfen, zusammenzuhalten, nachdem sie Sandsturm verloren haben«, erklärte Nadelpfote, und Erlenpfote erkannte, dass sie lange und intensiv darüber nachgedacht haben musste. »Und außerdem wird dann jede Katze erkennen, wie wichtig diese Mission ist. Ich habe euch beobachtet, Sandsturm und dich, wie ihr euch während eures Gesprächs angesehen habt. Ich weiß, dass diese Sache sehr ernst ist.«

Erlenpfote dachte darüber nach, dann nickte er, während er seine Überraschung zu verbergen versuchte. *Wer hätte gedacht, dass ausgerechnet Nadelpfote mir so einen klugen Rat gibt?* »Ich werde deinen Rat befolgen«, miaute er.

Das Leuchten in Nadelpfotes Augen kehrte zurück. »Erst gehen wir jagen«, schlug sie vor. »Mit vollem Bauch lässt sich die Wahrheit leichter verdauen!«

Erlenpfote wollte widersprechen, da spürte er, wie es in seinem Bauch nagte, und er erinnerte sich, dass seit dem vergangenen Morgen keine Katze gejagt hatte. »Du hast recht«, antwortete er. »Ich gehe mit dir jagen.« *Auch wenn ich keine große Hilfe sein werde,* fügte er insgeheim hinzu.

Erlenpfote schlich über die Wiese, suchte nach Beutegeruch unter dem Gestank der Farmtiere, der mit dem Wind auf sie zu wehte. Dicht vor ihm tappte Nadelpfote, langsam, aber zielsicher.

Sie muss einen Geruch entdeckt haben, auch wenn ich nichts außer diesen seltsamen Wesen da hinten rieche.

Plötzlich hielt Nadelpfote inne, hob den Schwanz zum Zeichen, dass sie etwas gesehen hatte. Sie drehte sich vorsichtig zu Erlenpfote um und bedeutete ihm mit einer kurzen Kopfbewegung, in welche Richtung er gehen sollte.

Erlenpfote gehorchte und schlich rasch durch das hohe Gras. *Hoffentlich mache ich nicht wieder alles falsch!* Schließlich entdeckte er den Geruch, den Nadelpfote schon längst gerochen haben musste: *Kaninchen!* Im selben Moment sah er es ein paar Fuchslängen vor ihm an einer niedrigen Pflanze knabbern. Seine Ohren schossen in die Höhe, als Erlenpfote lautlos einen Bogen schlagen wollte, und das Kaninchen ergriff die Flucht. Sein weißer Schwanz hüpfte auf und ab, als es davonrannte. Mit wachsender Erregung jagte Erlenpfote hinterher.

Wie aus den Nichts tauchte Nadelpfote auf, mitten im Weg des Kaninchens. Sie schlug mit einer Pfote zu, und der Schrei des Kaninchens brach ab, als es schlaff zu Boden fiel. »Danke, SternenClan, für diese Beute«, miaute sie.

Nadelpfote blickte auf, in ihren Augen leuchtete der Triumph einer erfolgreichen Jagd. »Du warst schnell!«, rief sie aus. »Und hast es direkt auf mich zugejagt. Das war ziemlich beeindruckend.«

Erlenpfote wandte sich verlegen ab, große Freude regte sich in seiner Brust. *Ich habe bei einer Jagd geholfen! Schade, dass Funkenpfote nicht hier war, um das zu sehen!*

Er tappte zu Nadelpfote und berührte ihren Kopf mit der Nase. »Danke für deine Unterstützung«, miaute er. »Auch wenn wir verschiedenen Clans angehören, bin ich froh, dass du bei uns geblieben bist.«

Als er mit Nadelpfote und dem Kaninchen zu den Holunderbüschen zurückkehrte, streiften seine Gefährten gerade Erde von ihren Pfoten. Sie begrüßten ihn nicht mehr ganz so traurig und ließen sich nieder, um das Kaninchen zu verzehren.

Als sie ihre Mahlzeit beendet hatten, stand Erlenpfote auf und räusperte sich nervös. »Ich muss euch etwas mitteilen«, hob er an.

Er hielt inne, suchte nach den richtigen Worten und Maulwurfbart zuckte ungeduldig mit einem Ohr. »Dann raus damit«, miaute er.

»Es geht um die Vision, die zu unserer Reise geführt hat«, antwortete Erlenpfote. »Die Sache ist komplizierter, als ihr bis jetzt wisst. Ich sah eine Katzengruppe – die Katzen des WolkenClans –, und ich glaube, dass sie Hilfe brauchen.«

»WolkenClan? Wer ist das?«, fragte Funkenpfote.

»Ich hab noch nie von ihnen gehört«, miaute Kirschfall.

»Viel weiß ich nicht über sie«, erklärte Erlenpfote. »Nur das, was mir Brombeerstern und Sandsturm erzählt haben. Vor langer Zeit, damals im Alten Wald, gab es nicht nur vier Clans, sondern fünf. Aber dann haben Zweibeiner das Territorium des WolkenClans besetzt und die übrigen vier Clans haben sie verjagt. Sie haben ihr Lager in einer Schlucht bei einem Fluss eingerichtet, aber irgendwann ist ihr Clan verkümmert und ausgestorben.«

»Und das könnte uns auch passieren, wenn wir nicht finden, was sich in den Schatten verbirgt«, warf Funkenpfote ein. »Feuerstern sagte, dass eine Zeit der großen Veränderungen vor uns liegt. Nach einer *positiven* Veränderung hört sich das nicht an.«

»So ist es«, miaute Erlenpfote, erschrocken über den Vergleich. *Ob es tatsächlich der WolkenClan ist, den wir in den Schatten finden sollen*?, überlegte er.

»Wenn der WolkenClan ausgestorben ist, wer sind dann die Katzen, die du gesehen hast?«, fragte Maulwurfbart.

»Feuerstern hat ihren Clan wieder zum Leben erweckt. Er und Sandsturm haben sich vor langer Zeit aufgemacht und die Katzen vereint – Nachkommen des alten WolkenClans – und den Clan damit neu begründet. Als ich Sandsturm von meiner Vision erzählte, hat sie einige Katzen erkannt.«

»Deshalb wusste Sandsturm also, wohin wir gehen müssen!«, rief Kirschfall aus. »Aber wie sollen wir den WolkenClan jetzt finden, nachdem sie gestorben ist?«

»Sie hat mir gesagt, wohin wir uns wenden müssen«, antwortete Erlenpfote. »Wenn wir der aufgehenden Sonne entgegengehen, stoßen wir auf einen Fluss. Den müssen wir dann flussaufwärts wandern, bis wir das Lager des WolkenClans in der Schlucht finden.«

Seine Clan-Gefährten wechselten unsichere Blicke, Erlenpfote war sich nicht sicher, ob sie ihm wirklich glaubten.

»Warum haben unsere Clans den WolkenClan verjagt und untergehen lassen?«, fragte Maulwurfbart schließlich.

»Das ist ein beschämender Teil in der Geschichte der Krieger«, antwortete Erlenpfote. »Keine Katze kennt die ganze Geschichte, und jetzt weiß – außer uns – nur noch eine einzige lebende Katze davon, nämlich Brombeerstern. Ich sollte euch eigentlich nichts erzählen, aber ich glaube, es ist wichtig, dass ihr die Wahrheit kennt.«

Eine Weile herrschte Schweigen, während die Katzen offensichtlich überdachten, was sie gehört hatten. Dann stand Kirschfall auf und rieb ihren Kopf an Erlenpfotes Wange. »Das war mutig von dir«, miaute sie. »Dein erster Schritt als unser Anführer.«

Erlenpfote rührte vor allem ihr Bekenntnis, dass sie ihm von nun an folgen würden.

»Es wird einige Tage dauern, bis wir mit all dem vertraut sind«, fuhr Kirschfall fort, »aber ich bin froh, dass du es uns gesagt hast.«

»Ich auch«, schloss sich Nadelpfote an.

Maulwurfbart stand auf und ließ den Blick über seine Clan-Gefährten schweifen. »Ich denke, ich kann für uns alle sprechen«, miaute er, »wenn ich dir sage, dass wir geloben, alles Nötige zu tun, um den WolkenClan zu finden und die Mission zu erfüllen.«

Als seine Freunde murmelnd ihre Zustimmung gaben, glaubte Erlenpfote, sein Herz müsste vor Stolz platzen.

15. KAPITEL

ERLENPFOTE LIEF vorsichtig voraus, am Klippenrand entlang, wobei das Fell an seinem Bauch den staubigen Boden streifte. Zur einen Seite erstreckte sich struppiges Gras bis in die Ferne, hier und da tupften knorrige Bäume und Büsche die Landschaft. Zur anderen Seite fiel das Gelände steil ab in eine Schlucht mit einem Fluss, der zwischen sandigen Felsen hindurchrauschte.

Wir sind fast da!, frohlockte er trotz seiner Müdigkeit. *Es kann nicht mehr weit sein bis zu der Stelle, wo der WolkenClan sein Lager aufgeschlagen hat.*

Viele Sonnenaufgänge waren vergangen, seit Erlenpfote seinen Freunden die wahren Hintergründe der Mission gestanden hatte. Anschließend waren sie fast ohne Pausen weitergezogen. Sie hatten Donnerwege überquert und waren Zweibeinerorten ausgewichen, bis sie den Fluss erreichten und flussaufwärts weiterwanderten.

Nie hätte ich geglaubt, dass die Welt so groß ist!, dachte Erlenpfote und zuckte zusammen, wenn seine wunden Ballen auf steinigen Boden trafen. *Kaum zu glauben, dass wir so weit gewandert sind!* Mit einem Blick auf die Gefährten hinter ihm sah er, dass sie ebenso erschöpft waren wie er. Mit hängenden Schwänzen hinkten sie voran.

Ein überraschender Windstoß blies Erlenpfote Sand in die Augen und wehte aus der Schlucht Katzenstimmen herauf, zusammen mit einem kräftigen, aber fremden Katzengeruch. Erlenpfote blinzelte heftig den Staub aus den Augen und hob den Schwanz zum Zeichen für die anderen, still zu sein, dann kroch er zum äußersten Rand der Klippe vor.

Als seine Augen wieder etwas sehen konnten, erblickte er Wege und Felsvorsprünge in der Wand und tief unten einen Haufen aus rötlichen Steinen, die den Weg blockierten. Aus einem schwarzen Loch in der Wand sprudelte der Fluss in einen Teich hinab und von dort weiter durch die Schlucht.

»Hier entspringt der Fluss!«, flüsterte Erlenpfote. »Und dort muss das WolkenClan-Lager sein.«

Was für ein seltsamer Ort für ein Lager, dachte Erlenpfote. Nirgendwo waren Baue zu sehen und auch kein Frischbeutehaufen, nur die aufgehäuften roten Felsbrocken, zwischen denen sich der Fluss seinen Weg gesucht hatte. *Hier leben Katzen?*, fragte er sich verwundert. Doch bei näherem Hinsehen konnte er die Katzen erkennen, wie sie zwischen den Felsbrocken umhertappten, stehen blieben, um sich zu unterhalten, oder in der Sonne badeten, ganz wie seine Clan-Gefährten im DonnerClan-Lager.

»Sind das die Katzen aus deinen Träumen?«

Erlenpfote bemerkte erst jetzt, dass Nadelpfote neben ihm aufgetaucht war und über seine Schulter spähte. »Sie sind zu weit weg, als dass ich wirklich sicher sein könnte«, antwortete er. »Aber der rote Fels kommt mir bekannt vor.«

»Hm …« Nadelpfote rutschte ein Stück vor, um die Szene genauer zu betrachten. »Von hier oben«, miaute sie dann, »sehen sie für mich nicht wie Katzen aus, die Hilfe brauchen.«

Erlenpfote musste zugeben, dass sie recht hatte, und seufzte. »Vielleicht habe ich meine Vision falsch verstanden.«

»Was?« Funkenpfote, die den Hals reckte, um nach unten zu schauen, sträubte den Pelz vor Zorn. »Du hast uns umsonst den ganzen weiten Weg bis hierher geführt?«, fauchte sie.

»Noch wissen wir nicht, ob Erlenpfote falschliegt«, warf Nadelpfote ein. »Nicht aus dieser Entfernung. Dazu müssen wir näher heran.«

Erlenpfote war für ihren Beistand dankbar, für ihren Mut, auch Rückschläge hinzunehmen, gleichzeitig fürchtete er, dass Funkenpfote nicht ganz unrecht haben mochte. *Und wenn diese Reise umsonst war?*

»Gut, worauf warten wir?«, fragte Nadelpfote und sprang auf. »Suchen wir einen Weg nach unten.«

Maulwurfbart stellte sich ihr sofort in den Weg. »Bist du mäusehirnig?«, schimpfte er. »Wir können nicht einfach in ihrem Lager erscheinen. Keine Katze von uns weiß viel über den WolkenClan und sie wissen genauso wenig über uns. Wir wissen doch gar nicht, ob wir ihnen trauen können.« Er zuckte verärgert mit dem Schwanz. »Sandsturm war die Einzige, die den WolkenClan-Katzen je begegnet ist, und sie ist jetzt tot.«

Nadelpfote wirkte wenig beeindruckt von den Argumenten der älteren Katze. »Wenn wir Antworten haben wollen, müssen wir näher herangehen. Wenn diese Katzen unbedeutend wären, hätte Erlenpfote doch nicht von ihnen geträumt, oder?«

Erlenpfote schluckte nervös. »Du hast recht«, miaute er und bemühte sich, dabei stark und entschlossen aufzutreten. »Geh du voraus, Nadelpfote.«

Nadelpfote hatte den Weg schnell gefunden, der in Schlangenlinien an der Felswand entlang in die Schlucht hinabführte. Erlenpfote hielt sich dicht hinter ihren Pfotenschritten, eng an die Felswand geschmiegt, um so weit wie möglich von der Kante des Steilhangs wegzubleiben. Warm spürte er die Hitze der sonnenbeschienenen Felsen unter seinen Pfoten.

Zu seiner Erleichterung schlossen sich die anderen ihnen an.

»Erlenpfote muss Bienen im Hirn haben«, hörte er Funkenpfote brummeln. »Wie kann er nur dieser blödsinnigen Fellkugel folgen!«

Sie waren erst wenige Fuchslängen zur Schlucht hinabgeklettert, als Erlenpfote hörte, wie unten laut gejault wurde. Er sah nach, wo der Lärm herkam, und erblickte einen grauen Kater, der zu ihm hinaufstarrte. Mit seinem Jaulen hatte er drei weitere WolkenClan-Katzen aufgeschreckt, die angerannt kamen, dann kletterten alle vier mit dem grauen Kater an der Spitze den gewundenen Weg herauf.

»Oh weh!«, murmelte Nadelpfote.

»Was soll's, wir wollten sie ja schließlich kennenlernen«, antwortete Erlenpfote. Er schlüpfte an Nadelpfote vorbei, um die Führung zu übernehmen, und tappte einige Schwanzlängen bis zu einem breiten Felsvorsprung weiter. »Wir warten hier auf sie – und beim SternenClan, denkt dran, dass wir hier sind, um zu helfen. Wir wollen keinen Streit.«

Kaum hatte er zu Ende gesprochen, da kamen die WolkenClan-Katzen auch schon in Sicht, sprangen auf sicheren Pfoten den schmalen Pfad herauf und blieben vor den DonnerClan-Katzen auf dem Sims stehen.

Der graue Kater trat noch einen Schritt vor, dann stand er Nase an Nase mit Erlenpfote, der vor dem grünen, herausfordernden Blick der WolkenClan-Katze fast zurückgewichen wäre. Die mächtige Katze sträubte das Fell auf den Schultern und plusterte den Schwanz auf.

»Falls ihr gekommen seid, um das Territorium an euch zu reißen«, fauchte er, »könnt ihr das gleich wieder vergessen. Wir sind weit in der Überzahl.«

Erlenpfote zögerte mit einer Antwort. Dies war zwar seine Mission, aber nach Sandsturms Tod waren Maulwurfbart und Kirschfall jetzt die Ältesten. *Vielleicht wäre es besser, wenn sie das Wort ergreifen.*

Erlenpfote drehte sich zu Maulwurfbart und Kirschfall um, die sich jedoch nicht von der Stelle rührten. *Dann also ich*, dachte er und wandte sich wieder dem feindseligen Kater mit dem langen Fell zu.

»Wir wollen euer Territorium nicht«, erklärte er ruhig und besonnen. »Aber wir sind weit gereist, um euch kennenzulernen – die Katzen des WolkenClans, die in dieser Schlucht leben.«

Der graue Kater legte den Kopf schief, seine Augen blitzten. »Was wissen Katzen von so weit her über den WolkenClan?«, fragte er.

»Nicht viel«, gab Erlenpfote zu, »aber wir sind gekommen, um mehr zu erfahren.«

Der Kater schnaubte verächtlich. »Das solltet ihr lieber mit unserem Anführer besprechen.« Mit einer Kopfbewegung bedeutete er ihnen, ihm zu folgen, kehrte um und tappte den Weg hinab.

Erlenpfote war ihm erst einen einzigen Schritt gefolgt, als Funkenpfote zu ihm nach vorn drängelte. »Bist du sicher, dass das eine gute Idee ist?«, flüsterte sie.

Zweifelst du vielleicht nur, weil ich und keine andere Katze hier die Führung übernommen habe? Erlenpfote hätte seiner Schwester die Worte gern ins Gesicht gefaucht, beherrschte sich aber und biss die Zähne zusammen. »Es war Brombeerstern, der uns auf diese Reise geschickt hat«, flüsterte er. »Wohin sie uns auch führt, es kann nicht falsch sein.«

Die drei Katzen in der Begleitung des grauen Katers hielten sich zurück, um die reisenden Katzen vorbeizulassen, dann schlossen sie auf. Aus der Nähe sah Erlenpfote jetzt, dass es ein schwarzer Kater und zwei Kätzinnen waren, eine getigerte und eine weiße mit Staub und Schmutz im Pelz. Streng genommen sahen alle vier so aus, als könnte eine gründliche Wäsche nicht schaden.

Putzen sich WolkenClan-Katzen nicht?, fragte sich Erlenpfote. Er konnte sich gut vorstellen, was jeder DonnerClan-Mentor zu seinem Schüler sagen würde, wenn er so herumliefe.

Dann erinnerte er sich, dass der WolkenClan aus seinem ursprünglichen Territorium vertrieben worden war und in dieser Schlucht im Exil lebte. Vielleicht war es kein Wunder, wenn sie etwas andere Regeln angenommen hatten, nachdem sie schon so viele Monde getrennt von den übrigen Clans lebten.

Während sie auf dem Pfad nach unten tappten, überholte Nadelpfote Erlenpfote und lief zu dem grauen Kater an der Spitze. »Wie heißt du eigentlich?«, fragte sie.

Der graue Kater schnippte überrascht mit dem Ohr – wegen des selbstbewussten Tons der Schülerin, wie Erlenpfote vermutete. »Man nennt mich Regen«, antwortete er.

Einfach nur Regen? Erlenpfote hätte erwartet, dass Nadelpfote diese Frage stellen würde. *Wahrscheinlich ist vieles nicht so wie bei uns,* sagte er sich noch einmal. *Namen auch.* Dabei erinnerte er sich gut an die Namen der WolkenClan-Katzen, die Sandsturm erwähnt hatte: Blattstern, Scharfkralle und Echoklang. *Das sind ordentliche Kriegernamen. Aber Sandsturm war schließlich auch schon vor so vielen Monden hier gewesen …*

Inzwischen lief Nadelpfote furchtlos plaudernd an Regens Seite. Erlenpfote erkannte, dass ihre Idee vielleicht genau richtig war, und wandte sich an die getigerte Kätzin, die Katze der Eskorte, die ihm am nächsten war.

»Hallo, ich heiße Erlenpfote«, hob er an.

Bis auf einen misstrauischen Seitenblick aus ihren gelben Augen ignorierte sie ihn.

Auch gut, dann lassen wir das, dachte Erlenpfote. Er war enttäuscht, dass sie von den WolkenClan-Katzen nicht freudiger empfangen wurden, hoffte jedoch, dass sich die Stimmung vielleicht bessern würde, wenn sie ihn und seine Gefährten erst ein wenig kannten und erfuhren, warum sie gekommen waren.

Der Kater mit dem langen Fell führte Erlenpfote und seine Gefährten zu dem Felshaufen, aus dem der Fluss herausfloss. Unten vor den Steinen saß ein kräftiger, muskulöser Kater mit schwarz geränderten Augen und einem langen, schwarzen Schwanz, ansonsten war sein Fell weiß. Sonnenlicht schimmerte auf seinem glänzenden Pelz und er musterte die Neuankömmlinge mit glänzenden, blauen Augen.

Erlenpfote stellte sich vor, wie diese Katze auf dem Felshaufen stand und den Clan zu einer Versammlung rief. *Oh nein!* Plötzlich spürte er einen Krampf im Bauch. *Das ist nicht die Anführerin, die ich in meiner Vision bei einer Kriegerzeremonie gesehen habe.* Um sich blickend, kämpfte er gegen seine wachsende Furcht an, als er immer mehr WolkenClan-Katzen aus den Schatten oder aus Felsspalten schlüpfen sah, die allmählich einen Ring um seine kleine Gruppe bildeten. Er musterte jede einzelne genau, in der Hoffnung, wenigstens eine der Katzen aus seiner Vision zu erkennen, aber sie kamen ihm alle unbekannt vor. *Wie kann das sein?*

Der weiße Kater erhob sich auf die Pfoten und setzte einen verächtlichen Blick auf. »Wen haben wir denn da?«, fragte er Regen. »Kätzchen, die sich verlaufen haben?«

Erlenpfote sah, wie seine Gefährten gekränkt die Pelze sträubten. »Bleibt ruhig«, flüsterte er. »Provoziert sie nicht. Wir müssen erst mehr wissen.«

»Sei gegrüßt, Dunkelschweif.« Regen neigte den Kopf. »Es sind Fremde von weit her, die nach dem WolkenClan suchen.«

*Dann nennen sie ihren Anführer also Dunkel*schweif, dachte Erlenpfote mit wachsender Verwirrung. *Warum nicht Dunkel*stern*? Oder ist das noch so seine komische Sache, mit der es diese Katzen anders halten als wir?*

Dunkelschweif richtete seinen starren Blick auf Erlenpfote. »Was wollt ihr vom WolkenClan?«

Erlenpfote hielt den gespenstischen blauen Augen des Anführers stand, während sein Fell unheilvoll kribbelte. Er wünschte sich, Maulwurfbart oder Kirschfall würden das Wort ergreifen, statt ihm die Führung ganz allein zu überlassen.

»Ich komme vom DonnerClan«, antwortete er und kämpfte gegen seine Beklommenheit an. »Ich bin ausgesandt worden, um die Katzen des WolkenClans zu suchen.«

»Wozu?«, fragte Dunkelschweif.

Erlenpfote wusste nicht, was er darauf antworten sollte. *Ich dachte, wir würden mehr erfahren, wenn wir erst einmal da sind.* »Die Zukunft aller Clans hängt davon ab, dass wir uns verbünden«, miaute er zögernd und war erleichtert, als er sah, dass Kirschfall und Maulwurfbart zustimmend nickten.

Dunkelschweif kniff die Augen zusammen. »Du forderst mich also auf, euch mit meinen Katzen zu diesem … Donner-Clan zu begleiten?«

Erlenpfote fühlte sich wie ein Junges, das mit seinen geschlossenen Augen in der Dunkelheit umhertappt, und nickte. Und dennoch war er sich nicht sicher, ob der SternenClan mit dem, was sie »aufnehmen« sollten, wirklich den WolkenClan meinte. *Was wird Brombeerstern dazu sagen, wenn ich sie zum See bringe, falls ich sie überhaupt dazu überreden kann? Wie sollen wir mit all den zusätzlichen Katzen fertigwerden?*

»Ihr braucht unsere *Hilfe*?«, wollte Dunkelschweif wissen.

»Nein!«, platzte Erlenpfote heraus. »Wir bitten euch nicht um Hilfe bei einem Kampf oder was auch immer. Alle Clans haben sich in ihren Territorien eingerichtet, und es gibt auch kaum Unstimmigkeiten, weil für jede Katze reichlich Beute da ist.« *Wir wollten* euch *helfen,* fügte er insgeheim hinzu. *Oder habe ich meine Vision vollkommen falsch verstanden? Ach, Sandsturm, wenn du doch hier sein könntest, um das mit mir herauszufinden!*

Dunkelschweif schien eine Weile nachzudenken, dann neigte er höflich den Kopf vor Erlenpfote. »Ich bin beeindruckt«, schnurrte er. »Ich weiß es zu schätzen, dass ihr so weit gereist seid, um den WolkenClan zu finden. Aber ihr versteht hoffentlich, dass wir unser Territorium nicht so einfach zurücklassen können, nur weil uns Fremde dazu drängen.«

Erlenpfote spürte, wie seine Anspannung ein wenig nachließ. *Dunkelschweif hört sich zumindest vernünftig an.* Allerdings hatte er sich die Begegnung mit dem WolkenClan ganz anders vorgestellt, und eigentlich wäre er am liebsten gegangen und hätte so getan, als wäre all das nie passiert. Diese Katzen schienen keinerlei Hilfe zu brauchen.

Dann erinnerte er sich an seine Vision, vor allem an den Traum mit den verängstigt jaulenden Katzen auf dem kahlen Moor. *Ich darf nicht einfach umkehren und nach Hause gehen,* dachte er und sehnte sich erneut nach Sandsturm.

»Wie wär's, wenn wir eine Weile hier in der Nähe bleiben?«, meldete sich Nadelpfote zu Wort. Mit hoch erhobenem Kopf, den Schwanz nach oben gereckt, sprach sie Dunkelschweif furchtlos an. »Wir könnten uns an der Jagd und den Patrouillen beteiligen. Dann würden die WolkenClan-Katzen schnell merken, dass wir vertrauenswürdig sind.«

Erlenpfote war unschlüssig, ob ihm der Vorschlag gefiel oder nicht. Aber da ihm auch nichts Besseres einfiel, musste er sich ihr wohl anschließen.

Dunkelschweif schwieg einen Moment, sein blauer Blick ruhte einen Herzschlag lang auf jeder einzelnen Katze und kehrte dann zu Erlenpfote zurück. »Meinetwegen«, miaute er schließlich. »Regen, zeig unseren Gästen, wo sie schlafen können. Und ja«, fügte er an Erlenpfote gewandt hinzu, »vermutlich können wir wirklich das eine oder andere voneinander lernen.«

Erlenpfote nickte zögernd, obwohl sein Pelz immer noch kribbelte und es ihm von den Ohren bis zur Schwanzspitze eiskalt über den Rücken lief. *Warum fühlt sich das bloß so falsch an?*

Die Sonne schien warm auf Erlenpfotes Pelz, als er den Kopf senkte, um aus dem Bach zu trinken. Er blickte ins Wasser hinab und hätte sich gern die Pfoten gewaschen, wusste aber, dass Staub und Schmutz anschließend nur noch stärker daran haften würden.

Wie können die WolkenClan-Katzen ein Leben an so einem schmutzigen Ort bloß ertragen?, fragte er sich. *Sie sollten wirklich mit uns in den Wald zurückkehren, dann würden sich die Gepflogenheiten der anderen Clans vielleicht auf sie übertragen.*

Nachdem Regen ihn und seine Freunde am vergangenen Abend zu einem Bau gebracht hatten – einer kahlen Höhle mit nacktem Sandboden am Rand der Schlucht –, hatte sich Erlenpfote zum Schlafen zusammengerollt und gehofft, dass ihm der SternenClan noch eine Vision schicken würde, um ihm den Weg zu weisen. Doch nun konnte er sich gar nicht erinnern, ob er überhaupt etwas geträumt hatte.

Spitz wie ein Dorn plagte ihn Heimweh und er sehnte sich nach dem kühlen Gras unter seinen Ballen und dem sanften Rascheln der Blätter in den schwankenden Zweigen über seinem Kopf. *Hoffentlich entscheidet der WolkenClan bald, ob sie sich uns anschließen wollen, damit wir für die Heimreise aufbrechen können. Mein Clan muss doch erfahren, dass Sandsturm gestorben ist.*

Trauer breitete sich in seinem Bauch aus, als Erlenpfote an die kluge, alte Kätzin dachte. Sie hätte gewusst, was zu tun war, und mit ihr hätte er herausgefunden, warum er hier keine Katze fand, die so aussah wie in seiner Vision. Sie würde in Erfahrung bringen, warum hier anscheinend niemand Hilfe brauchte.

Passen die Zeiten nicht zusammen? Habe ich von Wolken-Clan-Katzen aus der Vergangenheit geträumt?

Etwas weiter flussaufwärts jaulte eine Katze und riss Erlenpfote aus seinen Gedanken. Er drehte sich um und sah Nadelpfote ein paar Schwanzlängen entfernt auf einem Felsbrocken hocken.

»Die Jäger sind zurück!«, verkündete sie. »Und sie bringen Beute.«

Erlenpfote verließ den Wasserrand und sprang zur Mitte des Lagers, um die Jagdpatrouillen zu begrüßen. Sein Magen knurrte beim Anblick der reichen Beute, die vor Dunkelschweif ausgebreitet lag, als wäre sie ihm dargeboten, um seine Anerkennung zu erlangen. Die Jäger hatten einen großen Halbkreis um die Beute gebildet, Regen stand seinem Anführer am nächsten.

Alle Katzen der Mission hatten sich dicht um Erlenpfote gedrängt und sahen zu, wie Dunkelschweif eine fette Taube wählte und Fleischfetzen von ihr abriss. Dann gab der WolkenClan-Anführer Zeichen, worauf Regen vortrat und ein Eichhörnchen an sich nahm.

»Das ist aber seltsam«, flüsterte Funkenpfote Erlenpfote ins Ohr. »Wo ist ihr Frischbeutehaufen? Wer bringt den Ältesten und den Königinnen Beute?«

Bevor Erlenpfote auch nur zu einer Frage ansetzen konnte, trat Regen mit dem Eichhörnchen zwischen den Zähnen zurück. Wie auf ein Signal schossen daraufhin die Jäger los, stießen sich gegenseitig mit den Köpfen aus dem Weg und schnappten fauchend nach den saftigsten Stücken der Frischbeute.

An den Rändern des Kreises sah Erlenpfote, wie hier und

da abgemagerte Älteste versuchten, auch ein Beutestück zu ergattern, worauf sie augenblicklich von kräftigeren Katzen weggestoßen wurden, die dann über ihrer Beute hockten und drohende Blicke um sich warfen, während sie das Fleisch von den Knochen rissen. Eine Kätzin mit drei maunzenden Jungen kam angesaust und packte eine Wühlmaus, die ihr ein mächtiger Tigerkater sofort aus dem Maul riss, um die Kätzin anschließend mit einem kräftigen Tritt seiner Hinterläufe wegzustoßen.

Entsetzt und wie benommen sahen die reisenden Katzen einander an. »Was machen die denn da?«, flüsterte Kirschfall.

Neben Erlenpfote schüttelte Nadelpfote den Kopf. »Vielleicht hat ihnen niemand das Gesetz der Krieger erklärt.«

»Von dem sogar *du* schon mal gehört hast«, flüsterte Funkenpfote zurück.

Nadelpfote warf ihr einen frechen Seitenblick zu. »Nur weil ich nicht immer alle idiotischen Regeln befolge, weiß ich doch, dass es sie gibt«, warf sie ein.

Dann flitzte sie ohne zu zögern mitten in das Chaos aus rempelnden Köpfen und wirbelnden Krallen. Mühelos stieß sie zwei oder drei jüngere Katzen aus dem Weg und tauchte wenige Herzschläge später mit einer Maus wieder auf. Sie hockte sich in den Schatten eines Felsbrockens und verschlang ihre Beute.

Erlenpfote sah, wie Dunkelschweif mit einem gleichgültigen Blick über die Schulter auf die kämpfenden Katzen zu seinem Steinhügel zurückschlenderte. Er rollte sich unter einem Überhang zusammen und beobachtete die Szene aus schmalen Augenschlitzen.

Trotz seines knurrenden Magens brachte es Erlenpfote

nicht fertig, sich am allgemeinen Gerangel zu beteiligen. *Ältesten und Jungen nimmt eine Katze doch kein Essen weg!*

Er hörte Funkenpfote an seiner Seite leise knurren. »Das ist nicht fair«, flüsterte sie. »Einige dieser WolkenClan-Katzen müssen Tag für Tag Hunger leiden. Deshalb sehen so viele von ihnen auch so abgemagert und verwahrlost aus.«

Dann lief sie los, umrundete das Getümmel und schritt direkt zu Dunkelschweif.

»Funkenpfote, nein!«, rief Erlenpfote und eilte ihr nach. Zu seiner Erleichterung sah er, dass auch Maulwurfbart und Kirschfall folgten.

»Wie könnt ihr nur so essen?«, miaute Funkenpfote vorwurfsvoll und baute sich vor Dunkelschweif auf.

Erlenpfote wusste nicht, ob er von ihrem Mut beeindruckt oder über ihre Manieren entsetzt sein sollte. *Wir sind schließlich beim WolkenClan zu Gast.*

»Was meinst du damit?«, fragte Dunkelschweif und peitschte mit dem Schwanz.

»Bei den Clans«, erklärte Funkenpfote, »bringen wir alle Beute ins Lager und errichten einen Frischbeutehaufen. Einige Katzen bringen Beute zu den Ältesten und den Königinnen in der Kinderstube und auch jeder kranken Katze, erst dann dürfen sich Krieger und Schüler bedienen. Wir streiten uns nicht wie ihr«, fügte sie verächtlich hinzu.

Statt einer Antwort verengte Dunkelschweif nur die Augen. Erlenpfote trat neben seine Schwester, um ihr beizustehen, falls ihr der WolkenClan-Anführer etwas antun wollte.

»Das gehört sich so«, setzte Funkenpfote hinzu. »Ihr habt früher sicher auch so gegessen, denn ihr seid Krieger wie wir, und müsst das Gesetz der Krieger befolgen.«

Erlenpfote sah Dunkelschweifs Augen bei den Worten *Gesetz der Krieger* belustigt aufblitzen.

»Wir haben unser eigenes Gesetz geschaffen«, erklärte der Anführer. »Nach der Trennung von den übrigen Clans hat der WolkenClan erkannt, dass unsere Mitglieder schwächer wurden, und daher beschlossen, ein paar neue Regeln einzuführen. *WolkenClan*-Regeln belohnen die starken und aggressiven Katzen – die besten Kämpfer, die den Clan verteidigen.«

Funkenpfote sah verwirrt aus. »Und was ist dann mit kranken Katzen oder Ältesten?«

»Sie lernen, selbst für sich zu sorgen«, antwortete Dunkelschweif ungerührt.

Erlenpfote erschrak, als er sah, dass Funkenpfote allmählich vor Wut das Nackenfell sträubte. »Warum lebt ihr dann überhaupt in einem Clan? Nur Streuner sorgen für niemanden außer sich selbst!«

Ein drohendes, zorniges Knurren stieg tief in Dunkelschweifs Kehle auf und er ließ die Krallen ausfahren. Maulwurfbart trat eilig vor und stellte sich zwischen Dunkelschweif und Funkenpfote.

»Sie ist jung und neugierig, weiter nichts«, miaute er. »Aber das reicht jetzt. Komm mit!« Er versetzte Funkenpfote einen Schubs in die Richtung ihres Baus.

Funkenpfote ärgerte sich ganz offensichtlich, kam aber mit. Inzwischen war der Kampf beendet. Die Jäger ruhten sich in der Sonne aus, wo sich Nadelpfote ebenfalls niedergelassen hatte, wie Erlenpfote sah. Die Ältesten und die Kätzin mit den Jungen nagten jetzt an den Beuteresten, pickten jeden noch so kleinen Fetzen heraus, den die Jäger verschmäht hatten. Die Jungen maunzten vor Hunger.

»Lasst uns nach Hause gehen«, flüsterte Funkenpfote, als sie in ihrem Bau saßen. »Diese komischen Katzen brauchen unsere Hilfe nicht, und außerdem bezweifle ich, dass sie *überhaupt* noch Clan-Katzen sind.«

Erlenpfote musste zugeben, dass er ihre Meinung teilte, wenn er die Manieren des WolkenClans sah. Dunkelschweifs Erklärung in Bezug auf die neuen Regeln des WolkenClans passte irgendwie nicht zu Brombeersterns Geschichte von Feuerstern und Sandsturm, die den Fluss hinaufgewandert waren, um den Clan neu zum Leben zu erwecken. »Das ist alles ziemlich wirr …«, hob er an.

»Worum geht's denn?«, unterbrach Nadelpfote, die in den Bau geschlendert kam.

»Ich hab vorgeschlagen, dass wir nach Hause gehen«, antwortete Funkenpfote. »Diese Katzen brauchen uns nicht.«

»Was?«, miaute Nadelpfote verächtlich. »Wir sind doch hier, um zu finden, was in den Schatten verborgen liegt, oder? Und das haben wir gefunden. Diese Katzen sind *wirklich* … na ja, düster. Wir können jetzt nicht umkehren.«

»Ich denke, Funkenpfote hat recht.« Kirschfall sah Erlenpfote eindringlich an. »Für diese Katzen ist irgendwie … alles zu spät. Ich glaube, wir können ihnen nicht mehr helfen. Ist das hier wirklich so wie in deinem Traum?«

Erlenpfote sah seine Katzen nacheinander an, spürte, dass sie inzwischen wirklich an ihm zweifelten. »Da bin ich mir immer noch nicht ganz sicher«, räumte er ein. »Aber ich kann auch nicht glauben, dass sich Brombeerstern so sehr geirrt haben soll und Sandsturm umsonst gestorben ist. Ich weiß genau, dass wir hier richtig sind, auch wenn ich nicht sagen kann, warum.«

Er wartete gespannt, während die übrigen Katzen fragende Blicke wechselten. Schließlich nickte Kirschfall.

»Nun, also gut«, miaute sie. »Wir bleiben und versuchen es herauszufinden.«

Erlenpfote atmete erleichtert aus. »Danke.«

Hoffentlich schickt mir der SternenClan bald noch eine Vision, fügte er insgeheim hinzu. *Weil ich wirklich nicht weiß, weshalb wir hier sind.*

16. KAPITEL

ALS DIE BEUTE bis auf die letzten Fetzen verzehrt war, entfernten sich die restlichen WolkenClan-Katzen. Nur eine – eine junge orangerote Kätzin – blieb ganz in der Nähe ihres Anführers. Sie hustete so schrecklich, dass sie sich kaum auf den Pfoten halten konnte.

Erlenpfote beobachtete voller Entsetzen, wie Dunkelschweif mit einer riesigen Pfote ausholte und der jungen Kätzin heftig auf den Rücken schlug.

»Hör *sofort* auf mit dem Radau!«, knurrte er.

Die Kätzin sah ihn verängstigt an. Sie hustete nicht mehr, aber Erlenpfote glaubte kaum, dass ihr der Schlag auf den Rücken geholfen hatte. Sie bemühte sich offensichtlich mit aller Kraft, ihre Hustenattacken zu unterdrücken.

Erlenpfote tappte vor und neigte höflich den Kopf vor Dunkelschweif. »Das hört sich wie Weißer Husten an«, miaute er und deutete mit einer Schwanzbewegung auf die Kätzin. »Sie sollte deine Heilerkatze aufsuchen.«

Beide WolkenClan-Katzen sahen ihn verständnislos an. Erlenpfote hatte ein Gefühl, als wäre er ins Leere getreten und würde in dunkles, eisiges Wasser stürzen. *Sie haben keine Heilerkatze?*

Bemüht, sich seinen Schock nicht anmerken zu lassen,

fügte er hinzu: »Weißer Husten ist keine große Sache. Gänsefingerkraut müsste helfen.«

Dunkelschweif schien nach wie vor weder zu begreifen noch zu wissen, was Gänsefingerkraut war. Erlenpfotes Verwirrung wuchs. *Sandsturm hat erwähnt, dass Echoklang Heilerkatze beim WolkenClan war. Aber was ist aus ihr geworden? Und warum kennt ihr Anführer so ein bodenständiges Mittel wie Gänsefingerkraut nicht?*

Inzwischen hatte die junge Kätzin wieder angefangen zu husten und wich vor Dunkelschweif zurück, als fürchte sie, ihn erneut zu verärgern.

»Ich komme gleich zurück«, miaute Erlenpfote. »Sobald ich Gänsefingerkraut gefunden habe.«

Er ging auf den Pfad zu, der ihn zur Klippe hinauf führen würde, um dort im struppigen Gras und den Büschen nach Kräutern zu suchen. Aber dann sah er einen niedrigen Bau ganz unten am Fuß der Klippe. Wegen der steil aufragenden Klippenwand lag der Bau sehr nah am Wasser, davor wuchsen einige welke Pflanzen.

Erlenpfote sprang zu den Pflanzen und schnupperte. Sofort stellte er fest, dass es Gänsefingerkraut war, dazu Ampfer, Schafgarbe und Kerbel. Eine Katze musste sie dort gepflanzt haben, so wie Blattsee und Häherfeder die Kräuter beim alten Zweibeinernest anbauten, aber ganz offensichtlich pflegte sie jetzt niemand mehr.

Hier muss die Heilerkatze gewohnt haben, dachte Erlenpfote. *Aber warum hatten sie so einen perfekten Heilerbau, wenn es doch keine Heilerkatze gab? Vielleicht war Echoklang gestorben, bevor sie einen Schüler ausbilden konnte?*

Die Blätter des Gänsefingerkrauts waren schlapp und rochen auch nicht so stark wie zu Hause im Wald, aber sie waren besser als nichts. Er riss einige Stängel ab und tappte zum Felshaufen zurück.

Die orangerote Kätzin lag dort inzwischen auf der Seite und entblößte einen weißen Bauch. Die übrigen WolkenClan-Katzen hielten Abstand, gingen ihrer Wege, ohne ihre kranke Clan-Gefährtin, die dort keuchte und würgte, auch nur anzusehen. *Sie hustet doch schlimmer, als ich zunächst angenommen habe,* dachte Erlenpfote besorgt.

Erlenpfote ließ das Gänsefingerkraut bei der Kätzin fallen. »Iss das«, miaute er.

Die Kätzin blickte zu ihm auf, ihre grünen Augen weiteten sich vor Staunen und mit einem Anflug von Furcht. »Das wird doch wieder, oder?«, schniefte sie. »Ich will nicht verstoßen werden.«

Entsetzen packte Erlenpfote wie eine frostige Kralle. Sanft legte er der Kätzin eine Vorderpfote auf die Flanke. »Wie heißt du denn?«, fragte er.

»Flamme«, presste sie hervor und wurde vom nächsten Hustenanfall geschüttelt.

»Ich bin Erlenpfote. Ich lerne bei meinem Clan alles, was eine Heilerkatze wissen muss. Das Gänsefingerkraut wird helfen, da kannst du mir vertrauen.«

Während Flamme langsam die Blätter zerkaute, trat Erlenpfote zurück, um ihr etwas Raum zu lassen.

»Und das soll helfen?«, krächzte eine raue Stimme in sein Ohr.

Erschrocken wirbelte Erlenpfote zu Dunkelschweif herum, der ihn finster anstarrte.

»Gänsefingerkraut hilft normalerweise schnell bei Weißem Husten«, antwortete er und bemühte sich, überzeugend zu klingen. »Aber wenn Weißer Husten zu lange verschleppt wird, kann daraus Grüner Husten werden – und damit hätte Flamme echte Probleme.«

Dunkelschweif schien neugierig geworden. Erlenpfote vermutete, dass er die Namen dieser Krankheiten noch nie gehört hatte. *Vielleicht heißen sie beim WolkenClan irgendwie anders.*

»Und was hilft dann gegen Grünen Husten?«, fragte der schwarz-weiße Kater, hörte sich dabei allerdings nicht besonders besorgt um Flamme an.

»Das kann man auch mit Gänsefingerkraut versuchen«, erklärte Erlenpfote, »aber wenn man Katzenminze hat, ist das sehr viel besser.«

»Hmmm ...« Dunkelschweif wischte über seine Schnurrhaare. »Und was ist mit Wunden? Kann man die auch mit Katzenminze heilen?«

»Nein.« *Weiß diese Katze überhaupt irgendwas?* »Für Wunden braucht man Spinnweben, um die Blutung zu stillen, und Beinwellwurzel gegen die Schmerzen, dazu Ringelblume oder Schachtelhalm, falls sich die Wunde infiziert.«

Dunkelschweif nickte. »Und bei Fieber?«

»Äh ...« Erlenpfote musste nachdenken. *Der ist ja schlimmer als Häherfeder und seine Tests. Wenn er doch bloß hier wäre!* »Borretschblätter«, miaute er schließlich. »Und Löwenzahn, damit die Katze trotz Fieber schlafen kann. Aber, Dunkelschweif ...« Er konnte der Versuchung nicht widerstehen, die Frage zu stellen. »Behandelt ihr eure kranken Katzen denn gar nicht?«

Einen Herzschlag lang sah Dunkelschweif verwirrt aus.

»Natürlich tun wir das«, antwortete er mit einem Schwanzschnippen. »Aber wir … gehen mit Krankheiten nun mal anders um. Warum sollten alle Clans dasselbe tun?«

Weil wir alle denselben Ursprung haben, dachte Erlenpfote, konnte es aber nicht über sich bringen, die Worte laut auszusprechen. Er hatte Dunkelschweif gegenüber nichts von der Vertreibung der WolkenClan-Katzen aus dem Wald erwähnt und zögerte, es jetzt zu tun.

Von Brombeerstern weiß ich, wie schrecklich das für den WolkenClan gewesen war. Die übrigen Clans hätten ihr Territorium teilen müssen. Das könnte uns der WolkenClan vorwerfen, auch wenn es schon so lange her ist.

Aber Erlenpfote konnte immer noch nicht verstehen, warum Dunkelschweif so wenig über die Lebensgewohnheiten der Clans wusste.

Dann ganz allmählich verstand Erlenpfote, ein Gedanke begann zu wachsen, wie eine Knospe, die sich langsam entfaltet. Vielleicht war die Prophezeiung anders zu verstehen, als er anfangs gedacht hatte. Vielleicht waren »die Wolken« nicht deshalb verloren, weil sie in der Ferne an einem vergessenen Ort lebten, sondern weil sie ihre Verbindung zum Gesetz der Krieger verloren und alles vergessen hatten, was Clan-Katzen von Streunern unterschied.

Dann ist es meine Aufgabe, sie wieder zurückzuführen.

Erlenpfotes Schnurrhaare zuckten vor Freude. »Wenn du willst«, miaute er zu Dunkelschweif, »kann ich einige deiner Katzen auf einen Erkundungsgang durch euer Territorium mitnehmen. Dann kann ich sehen, welche Kräuter es hier gibt, und ihnen zeigen, wofür man sie braucht. Wobei ich leider«, fügte er bescheiden hinzu, »noch ein Schüler bin.«

Dunkelschweif schien Erlenpfotes Unerfahrenheit nichts auszumachen. Er nickte zustimmend. »He, Regen!«, jaulte er.

Der graue Kater mit dem langen Fell, der am Ufer des Flusses saß und mit Nadelpfote sprach, sprang auf und eilte zu seinem Anführer. »Was kann ich für dich tun, Dunkelschweif?«, fragte er und neigte respektvoll den Kopf.

»Geh mit dieser Katze«, befahl Dunkelschweif mit einem Schwanzschnippen zu Erlenpfote. »Er wird nach Kräutern suchen und dir sagen, was man damit macht. Hör auf ihn – er ist ein Schüler.«

»Na klar«, antwortete Regen und sah dabei genauso verwirrt aus, wie sich Erlenpfote fühlte. Dunkelschweif sagte *Schüler,* als wäre das etwas Besonderes.

»Ich komme auch mit«, erklärte Nadelpfote und schloss sich ihnen an. »Ich würde mir die Schlucht gern ein bisschen genauer ansehen.«

Erlenpfote konnte sich nicht vorstellen, warum Nadelpfote so einen kargen, schmutzigen Ort besser kennenlernen wollte, widersprechen hatte allerdings keinen Sinn. *Nadelpfote ist sowieso verrückt. Niemand versteht, warum sie irgendwas tut!*

Regen übernahm die Führung, ging mit ihnen flussabwärts an jenem Bau vorbei, von dem Erlenpfote annahm, dass Echoklang einst dort gelebt haben musste.

Erlenpfote fühlte sich mit jedem Pfotenschritt zuversichtlicher. Wenn er diesen Katzen zeigen konnte, welche Krankheiten heilbar waren, würden sie vielleicht mehr Mitgefühl füreinander empfinden und kranke Katzen wie Flamme nicht mehr einfach ignorieren. Sie würden sich nach und nach wie ein echter Clan fühlen und benehmen. Und dann konnten sie als echte Verbündete in den Wald zurückkehren.

Dies ist die erste Stufe der Mission – dem WolkenClan zur Rückkehr in ein echtes Clan-Leben zu verhelfen.

Erlenpfote wälzte sich rastlos in seinem Bau, konnte nicht schlafen. Sein Rundgang durch das Territorium mit Nadelpfote und Regen, der noch so viel lernen musste, ging ihm nicht aus dem Kopf. Sie hatten Schachtelhalm gefunden, dazu mehr Gänsefingerkraut, und Regen schien zu glauben, dass diese beiden Kräuter jede Krankheit heilen würden.

»Ihr müsst zu beiden Seiten der Schlucht nach Kräutern suchen«, hatte Erlenpfote erklärt. »Und vielleicht noch weiter wandern als für eure übliche Jagd. Eine Katze kann sich so viele verschiedene Krankheiten einfangen, für die es jeweils andere Kräuter und Behandlungsmethoden gibt.«

Regen hatte ihn gleichgültig angesehen, ihn schien das nicht weiter zu interessieren. »Vielleicht wäre es besser, wenn Dunkelschweif uns bald in ein neues Territorium führen würde«, hatte er erklärt.

Nun rollte sich Erlenpfote fester zusammen und versuchte, den Schlaf zu erzwingen. Er wartete verzweifelt auf eine neue Vision, vielleicht würde ihn Sandsturm besuchen und ihnen versichern, dass alles so lief, wie es sollte. Insgeheim wusste er, dass mit dem WolkenClan irgendetwas nicht stimmte. Auch wenn er sich noch so sehr einzureden versuchte, dass sie einfach zu lange weit weg von den anderen Clans gelebt hatten, wurde er das Gefühl nicht los, dass hier etwas ganz und gar *falsch* war. Gab es einen Grund, warum er seit ihrer Ankunft in der Schlucht keine Visionen mehr gehabt hatte?

Als ihm dann eine Erklärung einfiel, zitterte er am ganzen Körper und hätte sein Entsetzen am liebsten laut hinausmiaut, wie ein Junges, das sich verlaufen hat. *Vielleicht kann mich der SternenClan hier nicht erreichen!*

Erlenpfotes Zittern ließ allmählich nach, als er Stimmen hörte. Ihm war schon aufgefallen, dass die Felswände alle Geräusch einfingen und verstärkten, weshalb jeder Versuch sinnlos war, so leise zu sprechen, dass die WolkenClan-Katzen nicht mithören konnten. Er legte seinen Schwanz über die Ohren, um die Geräusche auszublenden, schreckte aber sofort wieder hoch, als er Dunkelschweifs Stimme hörte.

»Das ist doch nicht schwierig.«

Erlenpfote schlich so leise wie möglich zum Eingang des Baus und spähte in die Dunkelheit hinaus. Im spärlichen Mondlicht sah er Dunkelschweif und Regen ein paar Schwanzlängen entfernt mit Rabe zusammensitzen, einer schwarzen Kätzin mit einem langen Fell.

»Ich weiß nicht …«, miaute Rabe zweifelnd. »Die Reise wird lang und hart. Ich habe gehört, dass es da draußen riesige Donnerwege gibt, die zahllose Katzen schon in den Tod gerissen haben.«

»Von Donnerwegen haben wir nichts zu befürchten«, antwortete Dunkelschweif mit einer wegwerfenden Schwanzgeste.

Hoffnung ließ Erlenpfote gespannt aufhorchen. *Vielleicht haben die WolkenClan-Katzen vor, schon morgen mit uns Richtung See aufzubrechen und sich mit den anderen Clans zusammenzuschließen!*

Er erhob sich auf die Pfoten, wollte zu ihnen tappen und ihnen sagen, wie sehr ihn diese Entscheidung freute, aber bevor er den Bau verlassen konnte, liefen die WolkenClan-Katzen in verschiedene Richtungen auseinander.

In den Schatten weckte eine Bewegung Erlenpfotes Aufmerksamkeit und er sah Nadelpfote den Schutz eines Felsbrockens verlassen und zu Regen tappen. Bis dahin hatte er ihr Fehlen bei den schlafenden Clan-Gefährten im Bau gar nicht bemerkt.

»Wie ich höre, habt ihr euch schon fast entschieden«, schnurrte Nadelpfote.

Der große, graue Kater blickte bedrohlich auf sie hinab. »Lauschen gehört sich nicht«, fauchte er.

»Das ließ sich nicht vermeiden.« Nadelpfote war absolut unbeeindruckt, sie klang sogar etwas spöttisch. »Euer Komplott ist nicht gerade leise abgelaufen.«

Regen murmelte eine Entgegnung, hatte sich aber bereits abgewandt, weshalb Erlenpfote nicht verstand, was er sagte.

Nadelpfote wich nicht von der Seite der WolkenClan-Katze, und Erlenpfote verließ den Bau und folgte ihnen flussaufwärts zu den Felsbrocken, ohne zu wissen, warum er das tat. Er hielt Abstand, konnte aber dennoch hören, was Nadelpfote mit einschmeichelnder Stimme schnurrte.

»Bei unseren Clans ist das Leben anders, Regen. Da gibt es … Regeln. Du wirst dich mit Dunkelschweif und den anderen daran halten müssen, wenn ihr nicht ausgeschlossen werden wollt.«

»Das wird schon werden«, antwortete Regen. »Es kommt, wie es kommen soll.«

Erlenpfote konnte sich nicht entscheiden, ob die Stimme des großen Katers optimistisch oder spöttisch klang, allerdings gefiel ihm weder die eine noch die andere Möglichkeit. *Ich habe genug gehört*, dachte er, kehrte um und wollte zum Bau zurückkehren.

Dabei setzte er jedoch einen Stein in Bewegung, der gegen einen zweiten klackte. Nadelpfote und Regen wirbelten herum und starrten ihn an.

»Wer ist da?«, fragte Regen scharf.

»Ich bin's bloß«, flüsterte Erlenpfote. »Ich ... ich ... ich musste mal.«

Ohne auf einen Kommentar zu warten, eilte er in die Dunkelheit davon, atemlos erreichte er den Bau, wo seine Clan-Gefährten friedlich schliefen. Seine optimistischen Gefühle waren verflogen, das Flattern in seiner Brust war einer Schwere gewichen, die ihn innerlich zu erdrücken und auf den Boden zu zwingen schien.

17. KAPITEL

ALS ERLENPFOTE AM folgenden Morgen aus dem Bau kroch, fühlte er sich so matt, dass er kaum eine Pfote vor die andere setzen konnte. Er hatte die ganze Nacht wach gelegen und gegrübelt, wie er die WolkenClan-Katzen, die offensichtlich nicht einmal ahnten, was es bedeutete, ein Krieger zu sein, ins Clan-Leben zurückführen könnte. Und dann war da noch der seltsame Schmerz in seiner Brust gewesen nach dem Gespräch zwischen Nadelpfote und Regen, das er belauscht hatte.

»Lasst uns jagen gehen«, schlug Maulwurfbart vor, als alle Katzen der Mission den Bau verlassen hatten und für die morgendliche Wäsche am Flussufer saßen. »Mit den WolkenClan-Katzen zu essen, ist zwecklos.«

»Gute Idee«, stimmte Kirschfall zu. »Ich kann's kaum erwarten, hier rauszukommen, aus dieser SternenClan-verlassenen Schlucht.«

»Ach, ich weiß nicht.« Nadelpfote zeigte gähnend ihre spitzen Zähne. »So schlecht ist es gar nicht, wenn man sich mal eingewöhnt hat.«

»Dann bleib doch hier«, blaffte Funkenpfote und brummelte dann leise: »Dich hat sowieso keine Katze gebeten, mitzukommen.«

»Das reicht«, miaute Maulwurfbart und erhob sich gebieterisch auf die Pfoten. »Nadelpfote, was du tust, ist deine Entscheidung. Wir jedenfalls gehen jagen.«

»Auf der anderen Seite des Flusses sieht der Wald dichter aus«, stellte Kirschfall fest. »Lasst uns in diese Richtung gehen.«

Nur wenige WolkenClan-Katzen waren noch da, und keine versuchte, Maulwurfbart mit den DonnerClan-Katzen aufzuhalten, als er sie über die Felsbrocken führte. Erlenpfote stolperte hinter ihnen her, obwohl er sicher war, dass sein Beitrag zur Jagd noch spärlicher ausfallen würde, wenn er kaum die Augen offen halten konnte.

Aber als er sich unter Bäumen wiederfand, lebte Erlenpfote doch ein wenig auf. Feuchte Erde und eine Laubdecke unter den Pfoten fühlten sich gut an, zusammen mit dem Himmel, der sich gelegentlich zwischen den verschlungenen Ästen zeigte. Die Blätter färbten sich allmählich braun und golden, und Erlenpfote bemerkte zum ersten Mal, dass Blattfall nahte.

Kirschfall und Funkenpfote brachen gemeinsam auf, während sich Maulwurfbart an Erlenpfote wandte. »Willst du mit mir jagen?«, fragte er.

Erlenpfote schüttelte den Kopf. »Nein, danke.« Er würde den Anblick nicht ertragen, wenn sein ehemaliger Mentor zusehen musste, wie er versagte. »Ich will es mal allein probieren.«

»Gut. Wir sehen uns später im Lager.« Maulwurfbart tauchte in einem Farnbüschel unter und war verschwunden.

Nachdem Geräusche und Gerüche abgeklungen waren, schlich Erlenpfote tiefer in den Wald, spitzte die Ohren und öffnete das Maul, um keine Beutespur zu verpassen. Bald hörte er über sich Gezwitscher, auch raschelnde Blätter und Flügelschlag. Er blickte auf und entdeckte eine Drossel auf einem Ast im nächsten Baum.

Erlenpfotes Bauch rumorte und erinnerte ihn daran, wie hungrig er war. Seit seiner Ankunft mit den Freunden in der Schlucht vor zwei Tagen hatte er so gut wie nichts gegessen. Er fragte sich, ob es Probleme geben würde, wenn er den Vogel fing und selbst aß, statt ihn ins Lager zurückzubringen, bis ihm einfiel, dass er jetzt ja nicht beim DonnerClan war. *Mit dem WolkenClan, der Junge und Älteste herumstößt, werde ich bestimmt nicht essen.*

Er schlich der Drossel nach, die tiefer in den Wald hineinflatterte, blieb zwei Bäume zurück und kletterte dann am Stamm einer Buche nach oben und auf einen Ast hinaus. Er versuchte, sich zu erinnern, was ihm alles gesagt worden war, bevor er zum Heilerkatzenschüler umbenannt wurde, weil er so ein miserabler Jäger war.

Besser nicht daran denken, sagte er sich. *Das ist nur ein kleiner Vogel. Ich schaffe das.*

Vorsichtig vorwärtskriechend, näherte sich Erlenpfote dem Baum, in dem die Drossel hockte. Sie hatte ihn anscheinend noch nicht bemerkt. Er spannte die Muskeln und setzte zum Sprung an, als eine zweite Katze mit einem gewaltigen Satz vom Boden abhob. Sie hatte die Vorderpfoten nach dem Vogel ausgestreckt, verpasste ihn aber um eine Mauselänge. Die Katze jaulte wütend auf und fiel zurück auf den Waldboden. Die Drossel erschrak und flog davon.

»Fuchsdung!«, fauchte Erlenpfote.

Die fremde Katze, ein struppiger, abgemagerter, grauer Kater, rappelte sich auf die Pfoten und starrte zu Erlenpfote hinauf. »Du bist schuld, dass ich sie nicht erwischt habe!«, fauchte er. »Hast du nicht gesehen, dass ich ihr schon die ganze Zeit hinterhergeschlichen bin? Wegen dir war ich zu eilig.«

Doch Erlenpfote dachte schon längst nicht mehr an die Drossel. Er konnte den Neuankömmling jetzt gut sehen und starrte ihn völlig verblüfft an. *Das ist eine der Katzen aus meiner Vision!* Er erinnerte sich an den grauen Kater im Kreis der Katzen, die Blattstern bei der Ernennung der neuen Kriegerin beigewohnt hatten. Aber damals hatte er einen schimmernden Pelz gehabt und war eine gesunde Katze gewesen. Jetzt sah er wie ein verwahrloster Streuner aus, dessen Rippen unter seinem matten Fell hervortraten.

»Wer bist du?«, fragte er.

»Mein Name ist Nebelfeder«, antwortete die Katze barsch. »Was geht dich das an?«

Vorsichtig kletterte Erlenpfote von seinem Baum, ohne den grauen Kater aus den Augen zu lassen. Er kam ihm nicht zu nahe, um Nebelfeder zu verstehen zu geben, dass er keinen Streit wollte, und neigte höflich den Kopf.

»Sei gegrüßt«, miaute er. »Das mit der Drossel tut mir leid. Ich heiße Erlenpfote und komme vom DonnerClan.«

Die Augen des grauen Katers weiteten sich fassungslos vor Staunen. »Vom DonnerClan!«, rief er aus. »Dann musst du Feuerstern kennen. Ich war noch nicht auf der Welt, als er gekommen ist, um meinen Clan wieder zu vereinen, aber seine Geschichte wurde im WolkenClan immer bei Vollmond erzählt. Wir haben keine Katze mehr verehrt als ihn.«

Erlenpfote war so aufgeregt, dass er spürte, wie sich jedes einzelne Haar in seinem Pelz aufrichtete. Er wollte Nebelfeder berichten, dass Feuerstern gestorben war, entschied aber dann, dass dies nicht der richtige Zeitpunkt dafür war.

»Wer hat dich denn aus deinem Clan verstoßen?«, fragte er stattdessen.

Der graue Kater riss die Augen auf. »Wer *mich* verstoßen hat?«, fragte er mit Bitterkeit in der Stimme. »Nein, nicht mich. Sie haben den ganzen Clan verjagt!«

»Wie meinst du das?«, fragte Erlenpfote, der nicht glauben konnte, was er hörte.

Nebelfeder winkte ihn mit einem Schwanzschnippen zu sich. Erlenpfote nahm zwischen den Wurzeln des Baumes Platz, in dem die Drossel gehockt hatte, und der graue Kater kauerte sich dicht neben ihn.

»Dann hast du die Katzen in der Schlucht also kennengelernt?«, hob Nebelfeder an. »Ich wette, sie haben dich glauben lassen, sie wären der WolkenClan, aber sie sind es nicht. Es sind boshafte Streuner, die den echten WolkenClan angegriffen und das Territorium eingenommen haben.«

Erlenpfotes erste Reaktion war äußerste Erleichterung. *Ich wusste, dass mit diesen Katzen etwas nicht stimmt. Sie sind gar nicht der WolkenClan! Kein Wunder, dass sie sich nicht benehmen können!* Aber er war auch überrascht zu hören, dass der WolkenClan so ein schreckliches Schicksal erlitten hatte. *Ist es das, was mir meine Visionen sagen wollen? Dass der WolkenClan verbannt wurde und meine Hilfe braucht?*

»Wo kamen die Streuner denn her?«, fragte er.

»Ich hab keine Ahnung«, antwortete Nebelfeder. »Und ich hab auch keine Ahnung von den Regeln, nach denen sie leben – falls sie überhaupt welche haben. Diese Katzen sind bösartig!«

Nach seiner ersten Erleichterung schlichen sich jedoch Zweifel in Erlenpfotes Gedanken. »Alle Katzen des Clans wären doch bestimmt stark genug gewesen, um sie zu verjagen?«

Nebelfeder konnte ihm nicht in die Augen sehen, beschämt

ließ er die Schnurrhaare hängen. »Es waren harte Zeiten für uns, und ich muss ehrlicherweise zugeben, dass nur die Hälfte unserer Katzen dauerhaft in der Schlucht lebte, die andere Hälfte waren Tageslichtkrieger.«

»Tageslichtkrieger?«, fragte Erlenpfote verwundert.

»Katzen, die tagsüber mit uns Kriegern jagten und trainierten«, erklärte Nebelfeder, »und nachts zu ihren Zweibeinern zurückkehrten.«

»Soll das heißen, dass sie *Hauskätzchen* waren?« Erlenpfote konnte die Worte vor Entrüstung kaum aussprechen. »Ihr habt *Hauskätzchen* in euren Clan aufgenommen?«

»Für uns hat das funktioniert«, miaute Nebelfeder zu seiner Verteidigung. »Und die Tageslichtkrieger waren mutige und wertvolle Clan-Gefährten, aber die Streuner haben nachts angegriffen, als sie bei ihren Hausleuten waren und wir anderen absolut in der Minderheit.«

»Deshalb haben die Streuner gesiegt.«

Nebelfeder nickte. »Wir wollten uns vor allem gegenseitig schützen, ohne unsere Gegner zu töten, und Katzen, die so etwas tun, sind leicht zu besiegen.«

»Was ist denn aus dem Rest deines Clans geworden?«, fragte Erlenpfote und sah sich um, als müssten noch mehr Katzen aus dem Unterholz auftauchen.

»Ich weiß es nicht«, antwortete Nebelfeder. »Wir sind in alle Winde verstreut. Außer mir ist niemand hiergeblieben, und ich weiß nicht, wie viele außer mir überlebt haben oder wo sie sein könnten.«

»Warum bist du geblieben?«

Tiefe Traurigkeit zeigte sich in Nebelfeders Bernsteinaugen. »Meine Gefährtin wurde im Kampf getötet. Ich wollte bleiben, wo sie gestorben ist, und lieber Einzelläufer werden, als ein neues Territorium zu suchen.«

Erlenpfotes Herz wurde von Mitleid und Wut gepackt. *Jetzt ergibt alles einen Sinn!* Schuldgefühle zerrten an ihm wie die Fänge eines Fuchses, als ihm klar wurde, wie real seine Vision gewesen war. Der WolkenClan hatte Hilfe gebraucht, aber er und seine Freunde waren zu spät gekommen.

»Die Katzen in der Schlucht benehmen sich also nicht wie ein Clan«, murmelte er vor sich hin, »weil sie gar keiner sind. Sie sind Streuner und haben eine Katzengruppe in dem Moment angegriffen, als sie verwundbar war. Und damit sind sie nichts Besseres als Diebe.«

»Was weißt du denn schon?«

Die schroffe Stimme kam von hinten. Erlenpfote sprang auf, wirbelte herum und sah eine Fuchslänge entfernt Dunkelschweif stehen, der ihn höhnisch anblickte. Seine blauen Augen, mit denen er Erlenpfote und Nebelfeder musterte, zeigte so gut wie keine Regung.

»Wie ich sehe, hast du eines der letzten Überbleibsel der Schlucht gefunden«, miaute er an Erlenpfote gewandt. »Erstaunlich, dass er immer noch lebt! Und meine Ohren sagen mir, dass ihr Ränke gegen *meine* Katzen schmiedet.«

Erlenpfote wich zurück, bis er gegen den Baumstamm stieß. Sein Blick huschte hin und her, insgeheim hoffend, dass seine Clan-Gefährten irgendwo in der Nähe wären. Aber nirgendwo war ein Laut von ihnen zu hören oder ihr Geruch aufzuspüren. Dunkelschweif erschien ihm im dunklen Schatten der Bäume doppelt so groß wie er. *Ich muss mir schnell etwas einfallen lassen, wie ich hier rauskomme.*

Aber Nebelfeders Verstand war offensichtlich vor Hunger und Erschöpfung bis auf ein Mäusehirn zusammengeschrumpft. Er stand auf und fauchte Dunkelschweif an. »Du bist ein räudiger Streuner, der Territorien stiehlt!«

»Territorien gehören denen, die stark genug sind, um sie zu verteidigen – oder zu *übernehmen*«, warf Dunkelschweif ungerührt ein. »Wenn der WolkenClan das Land, auf das er Anspruch erhoben hat, mit seinen Krallen nicht halten kann, dann darf er sich nicht beschweren. Und wenn du Ansprüche erheben willst, Nebelfeder, willst du vielleicht gegen mich kämpfen, hier und jetzt?«

Erlenpfote bekam kaum noch Luft vor Zorn. *Sieht Dunkelschweif denn nicht, dass Nebelfeder nicht in der Verfassung ist, auch nur gegen irgendeine Katze zu kämpfen?*

Aber Nebelfeder sträubte den Pelz, ließ die Krallen ausfahren, entblößte die Zähne und fauchte. »Tu, was du nicht lassen kannst, Dunkelschweif!«

Erlenpfote wollte sich zwischen die beiden Katzen stellen, aber Nebelfeder fegte ihn mit einer Schwanzbewegung aus dem Weg.

»Bleib zurück!«, knurrte er. »Ein Kampf ist ein Kampf.«

Nein, das wird ein Gemetzel, dachte Erlenpfote und trat zögernd zurück.

Nebelfeder holte aus, wollte nach Dunkelschweif schlagen, aber der Anführer der Streuner wich mühelos zur Seite aus und zog Nebelfeder die Krallen über den Hinterkopf.

»Da musst du schon schneller sein!«, spottete er.

Unbeirrt wirbelte Nebelfeder herum und stürzte sich noch einmal auf den Streuner-Anführer, aber Dunkelschweif entging dem zweiten Angriff so mühelos wie dem ersten. Nebelfeder keuchte bereits und schnappte nach Luft. Er taumelte und wäre fast gestürzt, als Dunkelschweif verächtlich mit einer Pfote nach ihm schlug.

Erlenpfote konnte Nebelfeders Mut nur bewundern. Er beobachtete den ungleichen Kampf, erkannte einige geschickte Kampftechniken und stellte fest, dass der WolkenClan-Kater mit etwas mehr Muskelfleisch auf den Rippen ein hervorragender Gegner gewesen wäre.

Nebelfeder gab nicht auf und stürzte sich immer wieder auf Dunkelschweif, aber der Streuner wich seinen kraftlosen Schlägen stets aus und landete anschließend selbst einen Treffer. Bald lief Blut an Nebelfeders Flanken hinab und der Waldboden war mit Fellbüscheln aus seinem Pelz übersät.

Schließlich war Nebelfeder völlig erschöpft und schnappte nach Luft. Dunkelschweif tappte gemächlich zu ihm und blieb vor ihm stehen. Nebelfeder hob eine Vorderpfote, um nach ihm zu schlagen, aber die Bewegung war langsam und kraftlos. Dunkelschweif wehrte ihn mühelos mit einer Pfote ab. Erlenpfotes Muskeln verkrampften sich voll böser Ahnung, als er die echte WolkenClan-Katze zu Boden sinken sah, erschöpft und widerstandslos.

»Dämlicher Läusepelz«, knurrte Dunkelschweif. »Wieso hast du dich nicht verkrochen?«

»Halt!«, rief Erlenpfote und wollte der geschlagenen Katze zu Hilfe kommen, aber er war nicht schnell genug. Dunkelschweif stieg auf die Hinterläufe und holte mit einer Vorderpfote energisch aus, riss mit den Krallen Nebelfeders Kehle auf, bis das Blut in hohem Bogen herausschoss. Nebelfeder zuckte einmal, dann wurde sein Körper schlaff.

Voller Entsetzen starrte Erlenpfote auf den toten WolkenClan-Krieger hinab.

18. KAPITEL

ERLENPFOTE ZUCKTE bei jedem Hieb zusammen, den Dunkelschweif mit ausgefahrenen Krallen seinen Flanken versetzte. Nur wenige Augenblicke waren vergangen, seit Nebelfeder so brutal den Tod gefunden hatte, und nun trieb der Mörder Erlenpfote zum Lager zurück.

»Beweg dich«, befahl der Streuner-Anführer mit rauer Stimme.

Erlenpfote stolperte voran, immer mit dem Bild von Nebelfeders Leichnam vor Augen und dem Blutstrom aus der Wunde, die Dunkelschweif in seine Kehle gerissen hatte. »Du hättest Nebelfeder nicht töten müssen«, miaute er, krampfhaft bemüht, seine Angst vor dem Streuner im Zaum zu halten. »Er war ohnehin schwach und wehrlos. Wie hätte er euch schaden können? Und dann hast du ihn nicht einmal begraben!«, fügte er hinzu.

Dunkelschweif bohrte seine Krallen noch einmal in Erlenpfotes Flanken. »Eine hinterhältige Katze wie ihn begrabe ich nicht!«, fauchte er. »Deine Leiche und die deiner Gefährten werde ich genauso verrotten lassen.«

Verzweifelt versuchte Erlenpfote, sich umzudrehen, um Dunkelschweif zu stellen, aber der verpasste ihm nur einen festen Tritt und trieb ihn weiter vor sich her. *Ist* dies *das Ende meiner Mission?*, fragte er sich verzweifelt. *Vielleicht hätte ich auf die anderen hören und gehen sollen!*

»Wir haben dir und deinen Katzen nichts getan und deshalb den Tod auch nicht verdient!«, protestierte er.

»Hör auf zu lügen, Flohpelz!«, fauchte Dunkelschweif. »Es ist nicht zu übersehen, dass ihr Verbündete des WolkenClans seid. Ihr seid gekommen, um meine Gruppe auszuspionieren und Unruhe zu stiften, bis sie so schwach ist, dass der Clan mit seinen Tageslichtkriegern zurückkehren kann. Aber meine Katzen und ich haben dieses Territorium ehrenhaft erkämpft und werden es deshalb auch behalten. Dein Plan hat versagt!«

Erlenpfote fiel nichts ein, was er auf diese falschen Anschuldigungen antworten sollte, denn er wusste, dass Dunkelschweif seine Meinung nicht ändern würde, ganz gleich, was er sagte.

Jede Katze erhob sich und starrte Dunkelschweif an, als er bei ihrer Rückkehr ins Lager Erlenpfote vor sich her über die Felsbrocken stieß. Erlenpfote sah erleichtert, dass seine Clan-Gefährten bereits eingetroffen waren. Als er von Dunkelschweif in den Kreis der Streuner geschubst wurde, tappten sie an seine Seite.

»Was ist los?«, fragte Maulwurfbart.

Dunkelschweif stand am Fuß der Felsbrocken, sein Blick schweifte über die Gruppe seiner Anhänger, bevor er zu ihnen sprach.

Aha!, dachte Erlenpfote. *Er sitzt also immer* neben *den Felsbrocken. Ein echter Anführer würde von oben zu seinen Katzen sprechen. Wie konnten wir nur glauben, dass Dunkelschweif eine Clan-Katze ist? Er hat sich nie wie eine benommen.*

»Ich habe dieses erbärmliche Etwas von einer Katze im Wald erwischt« – Dunkelschweif stieß Erlenpfote verächtlich in die Seite –, »als er mit einer WolkenClan-Katze gesprochen hat. Diese Katzen haben uns ganz offensichtlich belogen. Sie sind keine freundlichen Besucher. Sie haben sich mit dem WolkenClan zusammengetan, um uns dieses Territorium wieder wegzunehmen, nachdem wir es uns so tapfer erkämpft haben! Das Ganze war von Anfang an eine Verschwörung.«

Wütendes Gemurmel erhob sich unter den Streunern. Erlenpfote sah, wie sie die Nackenfelle sträubten, mit den Schwänzen peitschten und den Kreis um die Katzen der Mission enger zogen. Seine fassungslosen Freunde leisteten kaum Widerstand.

»Das ist *nicht* der WolkenClan?«, miaute Kirschfall.

»Wir hätten es wissen müssen!«, fauchte Maulwurfbart. »Jetzt ergibt so manches einen Sinn.«

»Stimmt das?«, wollte Regen von Nadelpfote wissen und stieß ihr dabei die Schnauze vors Gesicht, bis sich ihre Nasen fast berührten. »Ihr habt euch mit dem WolkenClan verschworen?« Erlenpfote sah, dass Regen wütend war, denn er ließ die Krallen spielen, aber da war noch etwas anderes. *Ob er gekränkt ist?*, fragte sich Erlenpfote, während der seltsame Schmerz in seiner Brust sich wieder meldete.

Nadelpfote hielt Regens funkelnden, grünen Augen stand. »Das stimmt natürlich nicht«, antwortete sie. »Wir leben weit weg von hier, und als wir ausgezogen sind, konnten wir gar nicht sicher sein, ob es den WolkenClan überhaupt gibt. Wie hätten wir uns da mit ihnen verschwören sollen?«

Bei diesen Worten jaulte Dunkelschweif entrüstet auf. »Willst du mich einen Lügner nennen?«

»Ganz sicher nicht.« Nadelpfotes Stimme war noch immer gelassen, und sie hob eine Pfote, um sich über die Schnurrhaare zu streichen. Erlenpfote bewunderte sie, weil sie gar keine Spur von Angst zeigte. »Ich nenne keine Katze einen Lügner.« Sie wandte sich mit einem missbilligenden Blick an Erlenpfote, der ihn an Maulwurfbart erinnerte, wenn er ihn als Mentor gelegentlich so angesehen hatte. »Mein Heilerkatzenfreund hat seine Zeit vielleicht mit der falschen Katze verbracht, aber ich bin sicher, dass er sich nichts dabei gedacht hat.«

Dunkelschweif schien über ihre Worte nachzudenken. In der kurzen Stille trat Rabe, die schwarze Kätzin, an seine Seite.

»Vorsicht ist besser als Nachsicht«, miaute sie. »Wir können nicht sicher sein, ob diesen Katzen zu trauen ist. Sie sind schließlich einfach so aus dem Nichts aufgetaucht. Und gibt es eigentlich irgendeine Katze, die wirklich glaubt, was sie uns da erzählen?«

Erlenpfote hatte ein Gefühl, als würde seine Luftröhre allmählich zuschwellen und ihm die Luft abschnüren. *Sind alle Katzen hier so skrupellos und böse?*

Dunkelschweif sah noch eine Weile nachdenklich aus, dann fixierte er Nadelpfote mit seinem starren, blauen Blick. »Ihr wisst, dass ich euch nicht einfach gehen lassen kann. Nicht nach allem, was passiert ist.«

Sofort traten Maulwurfbart und Kirschfall vor, sträubten das Nackenfell und machten einen Buckel. »Wenn wir nicht bleiben wollen, dann könnt ihr uns auch nicht festhalten«, fauchte Maulwurfbart.

»So ist es«, fügte Kirschfall hinzu. »Wenn wir sagen, dass wir gehen wollen, dann gehen wir auch.«

Erlenpfote realisierte verzweifelt, dass Dunkelschweif darauf gar nicht antworten musste. Ohne ein weiteres Wort von ihm zogen die Streuner den Kreis um die fremden Katzen noch enger, reckten die Schwänze steil in die Höhe und ließen die Krallen ausfahren, bereit zum Kampf.

Sie sind in der Überzahl, dachte Erlenpfote. *Sie können uns sehr wohl hier festhalten. Sie können mit uns machen, was sie wollen.*

»Das hat nichts mit euch persönlich zu tun«, miaute Dunkelschweif von oben herab. »Ein Feind ist bereits in den Wald eingedrungen. Ich will nur sichergehen, dass hier in der Schlucht keine weiteren Gefahren drohen. Wenn ich mich davon überzeugt habe, dass es keine Gefahr mehr gibt, lasse ich euch gehen.« Er leckte an einer Pfote und zog sie über sein Ohr. »Das verspreche ich …«

Aber wie sollen wir deinem Versprechen glauben?, dachte Erlenpfote verzweifelt.

Die Sonne war untergegangen und die Schlucht lag in tiefen Schatten. Im Anschluss an die Konfrontation waren Erlenpfote und seine Gefährten von den Streunern zu einem anderen Bau oder vielmehr zu einem Spalt im schroffen Felsen geführt worden, wo sie dicht aneinandergedrängt kauerten. Die rauen Wände waren bis unter ihre Pelze zu spüren, und es war unmöglich, sich dort einzurichten.

Direkt vor dem Felsspalt saß Rabe mit dem Rücken zum Bau und hielt Wache. Der Anblick ihrer gespitzten Ohren nahm den gefangenen Katzen jeden Mut, Pläne zu besprechen, die ihnen weiterhelfen könnten.

»Was ist denn nun mit dem echten WolkenClan passiert?«,

erkundigte sich Kirschfall schließlich leise bei Erlenpfote. »Hast du das herausgefunden?«

Erlenpfote nickte. »Nebelfeder – der Kater, dem ich im Wald begegnet bin – hat mir erzählt, dass die Streuner den WolkenClan angegriffen und aus der Schlucht vertrieben haben. Danach hat sich der WolkenClan in alle Winde zerstreut. Nebelfeder wusste nicht, wohin seine Gefährten gezogen sind. Dunkelschweif hat ihn heute getötet.«

Funkenpfote schnappte entsetzt nach Luft und bohrte ihre Krallen tief in den Sandboden.

»Dunkelschweif ist bösartig«, miaute Maulwurfbart. An Nadelpfote gewandt, fügte er hinzu: »Was sollte das heute Morgen bloß? Wir hätten nicht versuchen sollen, ihm etwas zu erklären. Wir hätten einfach gehen sollen.«

»Und du glaubst, die Streuner wären uns nicht gefolgt?«, gab Nadelpfote zurück. »Wir hätten sie auf direktem Weg zu unseren Clans geführt.«

Ihre Stimme war beim Sprechen lauter geworden. Erlenpfote drehte sich mit allen anderen nach Rabe um, aber falls die schwarze Kätzin etwas gehört hatte, ließ sie es sich nicht anmerken.

Die Clan-Katzen verfielen erneut in unbehagliches Schweigen und versuchten, in ihrem unbequemen Bau zur Ruhe zu kommen. Erlenpfote juckte der Pelz vom Staub, er spürte die spitzen Steine und Kiesel bis unters Fell, und allmählich fragte er sich, an welcher Stelle diese Mission so schiefgelaufen war.

Wir haben gefunden, was vom WolkenClan noch übrig ist … aber steht uns nun dasselbe Schicksal bevor?

19. KAPITEL

ERLENPFOTE WAR in einen unruhigen Halbschlaf gesunken, bis ihn ein sanfter Pfotentritt in die Schulter weckte und er die Augen öffnete. Es war gerade hell genug, um Funkenpfote zu erkennen, die auf ihn herabstarrte.

»Psst!«, flüsterte sie. »Wir müssen gehen – jetzt sofort.«

Erlenpfote blinzelte sie an. »Was redest du da?«

»Die Streuner schlafen«, flüsterte Funkenpfote eindringlich, »aber wer weiß, wie lange noch. Bald geht die Sonne auf. Das ist unsere Chance.«

Erlenpfote rappelte sich auf die Pfoten und gähnte ausgiebig. Als er den Rücken krümmte und seinen verspannten Körper dehnte, sah er, dass Maulwurfbart und Kirschfall dicht hinter seiner Schwester standen. Nadelpfote, die ausnahmsweise zu zögern schien, wartete in der Nähe des Eingangs zum Bau.

»Die Idee gefällt mir nicht«, miaute sie leise. »Wenn sie uns erwischen …«

Maulwurfbart strich ihr mit dem Schwanz über die Schulter. »Wir werden einfach dafür sorgen müssen, dass das nicht passiert«, sagte er.

Nadelpfote senkte wenig überzeugt den Kopf, während sich Maulwurfbart zu den anderen umdrehte und ihnen mit einer Kopfbewegung das Zeichen zum Aufbruch gab. Er führte sie aus dem Felsspalt. Wenige Schwanzlängen entfernt hatte Rabe den Schwanz über die Nase gelegt und schlief. Erlenpfote ging davon aus, dass sie mit Schwierigkeiten rechnen musste, sobald Dunkelschweif erwachte.

Leise schlüpften die Katzen zwischen den Felsen hindurch zum Wasserrand. Erlenpfotes Pelz kribbelte bei dem Gedanken, die Streuner könnten sie von ihren Bauen in der Klippenwand aus erblicken und sie bei ihrer heimlichen Flucht entdecken. Aber kein warnendes Jaulen störte die morgendliche Stille.

Endlich hatten sie den Fluss erreicht und liefen flussabwärts weiter. Maulwurfbart legte ein schnelleres Tempo vor, bis sie flink über die Felsen sprangen. Erlenpfote zitterte in der feuchten, kühlen Luft, Wolken bedeckten den Himmel, und es war nicht zu erkennen, wo die Sonne aufgehen würde.

Weit waren sie noch nicht gekommen, als sie an eine Stelle kamen, wo ein Felsbrocken aus der Klippenwand ragte. Um den Felsbrocken herum sprudelte der Fluss schnell und tief.

»Mäusedung!«, brummelte Maulwurfbart, der auf den Felsen geklettert war. »Kommen wir denn gar nicht weg von diesem widerlichen Ort?«

Erlenpfote kletterte mühsam hinter ihm her, bohrte die Krallen in winzige Risse und spürte spitze Steinchen, die sich in seine Ballen bohrten. Zu seiner Erleichterung war der Felsen auf der anderen Seite weniger steil, sodass er einfach zu Maulwurfbart nach unten rutschen konnte.

»Wenigstens sind wir jetzt vom Lager aus nicht mehr zu sehen«, miaute Kirschfall, als die anderen zu ihnen stießen.

»Trotzdem müssen wir schleunigst weiter«, erklärte Maulwurfbart. »Die Streuner können jederzeit unserem Geruch folgen.«

»Dann sollten wir vielleicht den Fluss überqueren«, schlug Erlenpfote vor. »Dadurch bricht unsere Geruchsspur ab. Es würde unsere Chancen erhöhen, ihnen zu entwischen.«

»Gute Idee«, antwortete Kirschfall. »Suchen wir nach einer Stelle, wo wir zum anderen Ufer kommen.«

Aber als Maulwurfbart weitergehen wollte, zögerte Funkenpfote.

»Was ist denn?«, fragte Maulwurfbart leicht verwundert.

»Ich frage mich, ob wir *wirklich* gehen sollten«, antwortete Funkenpfote zögernd. »Obwohl uns der SternenClan hierhergeschickt hat, haben wir den WolkenClan nicht gefunden. Vielleicht sollten wir in der Nähe bleiben und nach ihnen Ausschau halten.«

»Wir können dem WolkenClan nicht mehr helfen«, antwortete Erlenpfote finster, obwohl er seine Wurfgefährtin für den Mut bewunderte, den sie mit ihrem Vorschlag bewies. »Wir haben keine Ahnung, wohin sie gegangen sind. Und wenn wir versuchen, in den Wäldern zu bleiben, werden Dunkelschweif und seine Streuner uns bestimmt finden. Zu Hause hat Brombeerstern vielleicht eine Idee, wie wir dem WolkenClan doch noch helfen können, aber diese Mission …« Er hielt inne, weil seine Stimme zu zittern begann. »Diese Mission ist *gescheitert*. Nach Hause gehen und heil ankommen ist das Beste, was wir tun können.«

»Er hat recht«, miaute Kirschfall und berührte ihre Schülerin mitfühlend an der Schulter. »Wir haben getan, was uns möglich war, aber im Moment können wir den WolkenClan nicht retten.«

Funkenpfote nickte seufzend. »So wird es wohl sein.«

Maulwurfbart übernahm wieder die Führung und lief am Flussufer weiter. Erlenpfote hielt nach einer Stelle Ausschau, wo sie den Fluss sicher überqueren könnten, aber es war noch zu dunkel, um zu erkennen, wie tief der Fluss war, und die Strömung des schnell fließenden Wassers war so stark, dass sie eine Katze mit Leichtigkeit mitreißen könnte.

FlussClan-Katzen schwimmen, dachte er erschaudernd. *Aber wir sind keine FlussClan-Katzen und ich will es auch gar nicht ausprobieren.*

»Flussabwärts wachsen Bäume«, miaute Funkenpfote, die vermutlich dasselbe dachte wie ihr Bruder. »Vielleicht gibt es da eine Möglichkeit, ans andere Ufer zu kommen.«

Kirschfall nickte kurz. »Gute Idee. Beeilen wir uns. Die Sonne geht bald auf und dann werden die Streuner wach.«

Sie lief in großen Sprüngen zu den Bäumen und die anderen folgten ihr. Die ersten, die sie erreichten, waren klein und dürr und wuchsen zu weit vom Fluss entfernt, um für eine Überquerung von Nutzen zu sein. Erlenpfote hatte auf einen umgestürzten Stamm gehofft, über den sie wie die Clans zu den Großen Versammlungen klettern könnten, entdeckte aber nur einen Ast, der vom Ufer in den Fluss hinausragte und weit draußen über dem reißenden Wasser endete.

Etwas später gab es auch größere Bäume und Sträucher. »Hier lässt es sich bestimmt gut jagen«, keuchte Funkenpfote, die neben ihrem Bruder hereilte.

»Keine Zeit«, keuchte Erlenpfote zurück.

»Mein Bauch fühlt sich ganz hohl an!«, klagte Funkenpfote. »Ich würde so gern …«

»Seht nur! Da drüben!« Kirschfall unterbrach Funkenpfote. Sie rannte zu einem Baum, der sich über den Fluss neigte und mit seinen langen Ästen fast bis ans andere Ufer reichte. »Der ist perfekt!«

Bei näherem Hinsehen kam Erlenpfote zu dem Schluss, dass die Äste gar nicht so sicher aussahen, sagte es aber nicht. Eine bessere Chance als diese, um den Streunern zu entkommen, würde sich ihnen vermutlich nicht bieten. »Hmm …«, brummelte Maulwurfbart und inspizierte den Baum genau. »Die Äste könnten lang genug sein. Und wenn unser Geruch hier verschwindet, denkt Dunkelschweif vielleicht, dass wir in den Fluss gefallen und davongespült worden sind.«

»Es ist einen Versuch wert«, stimmte Erlenpfote trotz seines unheilvollen Bauchgrimmens zu.

»Ich mache den Anfang«, schlug Funkenpfote vor, kletterte flink über den geneigten Stamm auf den längsten Ast hinaus. »Kommt schon – es geht ganz einfach!«

Während sich Funkenpfote weiter und weiter auf den Fluss hinauswagte, folgte ihr Maulwurfbart den Stamm hinauf, dicht hinter ihm Kirschfall. Erlenpfote hatte Mühe, die Augen von seiner Schwester abzuwenden, um flussaufwärts nach den Streunern Ausschau zu halten, die sie möglicherweise verfolgten. Obwohl das Morgenlicht stetig kräftiger wurde, war nirgendwo eine Bewegung zu entdecken.

Aber wahrscheinlich besteht wenig Hoffnung, dass sie gar nicht kommen …

»Jetzt du!« Nadelpfotes Stimme lenkte Erlenpfotes Aufmerksamkeit wieder auf den Baum.

Inzwischen war Funkenpfote fast an dem Punkt angekommen, von dem aus sie ans andere Ufer springen konnte. Maulwurfbart und Kirschfall waren dicht hinter ihr. Erlenpfote wagte kaum zuzusehen, wie sie vorsichtig auf dem schmalen Ast balancierend vorwärtskrochen.

»Nein, du zuerst«, miaute er. »Ich passe auf.«

Nadelpfote schien zu zögern, sagte aber dann: »Wenn du meinst.« Mit einem Schwanzschnippen kletterte sie am Stamm nach oben und von da aus auf den Ast.

Für Erlenpfote gab es jetzt keinen Grund mehr, länger zu warten, also folgte er ihr. Der schräg gewachsene Stamm war leicht zu erklimmen, und der Ast fühlte sich auch recht stabil unter seinen Pfoten an, doch neigte er sich unter dem Gewicht der Katzen vor ihm tief übers Wasser.

Einzeln über den Ast zu klettern wäre klüger gewesen, dachte Erlenpfote und bohrte die Krallen kräftig in die Rinde, *aber dafür hatten wir keine Zeit.*

Sein Bauch verkrampfte sich, als er sah, wie sich Funkenpfote duckte und zum Sprung ans Ufer ansetzte. Der Ast federte heftig, als sie abhob, und Erlenpfote, der beinahe den Halt verlor, schrie erschrocken auf. Doch dann atmete er erleichtert auf, als er seine Wurfgefährtin sicher am anderen Ufer aufkommen sah. Wenige Herzschläge später landeten Maulwurfbart und Kirschfall neben ihr.

Dicht vor Erlenpfote kroch Nadelpfote jeweils eine Mauselänge voran, um dann innezuhalten und sich mit den Krallen verbissen an der Rinde festzuklammern. Der Ast wankte und bog sich gefährlich unter ihrem Gewicht.

»Beeil dich!«, drängte Erlenpfote.

Nadelpfote blickte über ihre Schulter zurück. »Ich will nicht ins Wasser zu fallen«, fauchte sie. »Kapierst du das?«

»Wird schon nicht passieren«, miaute Erlenpfote. »Immer noch besser, als von den Streuner geschnappt zu werden!«

Aber sobald sich Nadelpfote wieder in Bewegung setzte, knackte und ächzte der Ast bedenklich. Erlenpfote war so benommen vor Angst, dass er sich kaum bewegen konnte. Langsam zog er sich zurück. Aber zu spät! Er hörte, wie der Ast ächzend nachgab und Nadelpfote entsetzt aufjaulte, bevor beide Katzen in den eiskalten Fluss stürzten.

Erlenpfote strampelte panisch mit den Beinen im sprudelnden Wasser, als er von dem kalten, ihm unbekannten Element umfangen wurde. Die starke Strömung trug ihn davon, er wusste nicht, wo oben und wo unten war. Er spürte den Druck des wild rauschenden Wassers auf seinen Ohren, und als er die Augen öffnete, konnte er im dunklen Wasser nichts erkennen. Er strampelte verzweifelt weiter, spürte einen Schmerz in der Brust, der immer heftiger wurde, bis er das Bewusstsein zu verlieren glaubte.

Dann tauchte sein Kopf an der Oberfläche auf. Dankbar schnappte er nach Luft und ruderte mit den Beinen durch die Strömung, um nicht wieder unterzugehen. Er hielt über dem Wasser nach Nadelpfote Ausschau, konnte sie aber nirgends entdecken.

Es ist noch nicht hell genug, um viel zu sehen, dachte er und hoffte, dass sie im turbulenten Wasser irgendwo in seiner Nähe war.

Angestrengt lauschte er auf ihre Schreie oder die Rufe seiner Clan-Gefährten am Ufer, aber der Fluss rauschte so laut in seinen Ohren, dass er alle anderen Geräusche übertönte.

Die Strömung schien immer schneller zu werden. Erlenpfote blickte nach vorn und sah, dass die wirbelnde Oberfläche abrupt abbrach, dahinter nur der verhangenen Himmel. Das Rauschen in seinen Ohren wurde noch lauter.

Ein Wasserfall!

Erlenpfote wusste, dass er ans Ufer musste. Er ruderte gegen die Strömung an, kämpfte, um sich in Sicherheit zu bringen, aber das Wasser war stärker als er.

Ich schaffe es nicht. Ich werde hier sterben.

Plötzlich spürte Erlenpfote, wie seine Vorderpfote an einem aus dem Wasser ragenden Gegenstand hängen blieb. Irgendwie wurde er davon Richtung Ufer geschleppt, und als er von den Wellen kurz hochgehoben wurde, erkannte er, dass es Nadelpfote war.

Der Anblick des näher rückenden Ufers ließ Erlenpfote erneut hoffen. »Gib nicht auf!«, keuchte er Nadelpfote zu. »Wir schaffen das!«

Aber sosehr sich die beiden Katzen auch anstrengten, der Fluss war stärker. Erlenpfote sah, wo das Wasser eine Kurve beschrieb, und schrie voller Angst auf, als sie die Kante erreichten und darübergespült wurden.

Im freien Fall wurde er von Nadelpfote weggerissen und vom tosenden Wasser hin und her geschleudert. Sein panisches Jaulen brach ab, als er unten so heftig auf der Wasserfläche aufschlug, dass es ihm den Atem nahm.

Alles wurde schwarz, als Erlenpfote tief ins Wasser eintauchte. Dann schoss sein Körper wieder aufwärts an die Oberfläche, sengendes Licht blendete ihn, und er bewegte schwach seine Beine, überrascht, dass er noch am Leben war. Etwas rammte ihn heftig von hinten und schob ihn energisch zum Ufer. Bald ertasteten seine Pfoten Schlamm, er stemmte sich nach oben und kletterte mühsam aus dem Wasser. Er drehte den Kopf und sah, dass sich die tropfnasse Nadelpfote hinter ihm herschleppte.

Erlenpfote brach mit bebenden Flanken zusammen, zitternd vor Kälte, aber auch vor Erleichterung, dass er überlebt hatte. Nadelpfote ließ sich neben ihm fallen.

Als er endlich wieder zu Atem gekommen war, suchte Erlenpfote angestrengt nach Zeichen oder Geräuschen seiner Clan-Gefährten. »Ich kann die anderen nicht hören«, miaute er. »Du vielleicht?«

Nadelpfote schüttelte ihren nassen Pelz. »Nein!«, jaulte sie. »Ich auch nicht – ich höre gar nichts, nur das Wasser! Ich hab dir doch gesagt, dass ich es nicht mag!«

Erlenpfote blickte ängstlich in alle Richtungen, sah aber nichts außer Bäumen und Himmel, hörte nichts außer rauschendem Wasser, roch nichts außer der nassen Erde unter ihm und dem Angstgeruch, der ihn und Nadelpfote umgab.

Was sollen wir jetzt tun?, fragte er sich.

20. KAPITEL

FÜR EINE WEILE BLIEB Erlenpfote erschöpft und wie betäubt neben Nadelpfote liegen, aber der Gedanke an seine Clan-Gefährten weckte ihn bald aus seiner Benommenheit. »Wir müssen aufstehen«, keuchte er. »Uns etwas einfallen lassen, wie wir die anderen wiederfinden.«

Nadelpfote leckte sich schwach die Schulter. »Wie es dir geht, weiß ich nicht«, miaute sie, »aber ich muss mich erst ausruhen.«

»Wir wissen aber nicht, was aus ihnen geworden ist!«, rief Erlenpfote mit einem ängstlichen Blick flussaufwärts. »Wir müssen sie finden!«

Und wie sollen wir jetzt den WolkenClan finden?

Nadelpfote schnaubte. »Du musst aufhören, dir ständig um andere Sorgen zu machen, und dich lieber um dich selbst kümmern. Lass *sie* nach *uns* suchen. Wir ruhen uns inzwischen aus.«

Erlenpfote sah ein, dass Nadelpfote recht hatte. Er stand unbeholfen auf, blickte sich um und sah ein paar Fuchslängen entfernt Monster auf einem Donnerweg hin und her sausen, dahinter standen Zweibeinerbaue in einer Reihe. Der Gestank der Monster und Zweibeiner erfüllte die Luft.

»Das glaub ich nicht!«, stöhnte er. »Überall Zweibeiner!«

»Macht doch nichts«, antwortete Nadelpfote und deutete mit einer Schwanzbewegung auf ein Dickicht aus Holundersträuchern zwischen Flussufer und Donnerweg. »Da können wir uns ein Nest einrichten. Die Zweibeiner werden uns nicht finden.«

Erlenpfote hoffte, dass sie recht behalten würde, und folgte ihr tief ins Gebüsch, wo er ihr half, einige hohe Grasbüschel zu einem provisorischen Nest niederzutreten. Dann rollte er sich mit schmerzenden Beinen erschöpft neben ihr zusammen.

Bald wehten Nadelpfotes Schnarchlaute durch den Bau, aber Erlenpfote fand trotz seiner Erschöpfung keinen Schlaf. In seinem Kopf drehten sich die Ereignisse ihrer verzweifelten Flucht vor den Streunern. Dicht an Nadelpfote gekuschelt, atmete Erlenpfote ihren Geruch tief ein und versuchte sich vorzustellen, er wäre wieder im Lager, wo er mit Funkenpfote zusammen im Schülerbau schlummerte. Und schlief endlich ein.

Als Erlenpfote erwachte, sickerte heller Sonnenschein durch die Zweige des Holunderstrauchs. Angst versetzte ihm einen Stich, als er sah, dass Nadelpfote verschwunden war. Dann drangen die Stimmen von Zweibeinern an seine Ohren, und Erlenpfote kroch vorsichtig aus dem Gebüsch, wo er einige Zweibeinerjunge vor ihren Nestern spielen sah, die sich etwas bunt Leuchtendes zuwarfen.

Heimweh nach dem See und dem Wald rollte wie eine Welle über Erlenpfote hinweg. *Wie laut diese Jungen sind! Gönnt uns irgendwann mal jemand ein bisschen Ruhe?*

Dann teilte sich das Gras und Nadelpfote kam mit einem fetten Sperling im Maul angetrabt. »Frischbeute!«, verkündete sie und ließ den Vogel vor Erlenpfotes Pfoten fallen.

»SternenClan sei Dank, du bist wieder da!«, rief Erlenpfote. »Ich hab mir Sorgen gemacht.«

Nadelpfote schnippte mit dem Schwanz. »Nicht nötig. Komm und iss.«

»Was sollen wir deiner Meinung nach als Nächstes tun?«, fragte Erlenpfote, der genüsslich den warmen Sperling verschlang. Es tat ihm wohl, im Schutz der Sträucher zu sitzen und die warme Sonne auf dem feuchten Fell zu spüren, aber er wusste, dass sie nicht noch länger hierbleiben sollten.

»Nach den anderen suchen, würde ich sagen«, antwortete Nadelpfote mit vollem Mund.

Erlenpfote war froh, dass er nicht mit ihr streiten musste. Er konnte sich nicht vorstellen, den Rückweg anzutreten, bevor sie nicht wenigstens versucht hatten, seine Clan-Gefährten zu finden.

Als sie ihre Mahlzeit beendet hatten, lief er mit Nadelpfote flussaufwärts bis zum Wasserfall. »Einen anderen Weg als diesen hier gibt es wohl nicht«, murmelte er und spähte die moosbewachsenen Felsnasen hinauf, die neben den Wasserkaskaden aus der Felswand ragten.

»Sieht gar nicht so schlimm aus«, miaute Nadelpfote und sprang auf die untersten Felsen.

Erlenpfote war sich da nicht so sicher, folgte ihr aber. Neben ihm donnerte der Fluss abwärts, und seine Beine zitterten schon wieder, als er daran denken musste, wie er in die Tiefe gerissen worden war und beinahe ertrunken wäre. Die Felsen waren durch die Feuchtigkeit schlüpfrig, und wenn er sich mit den Krallen im Moos festklammern wollte, riss er es aus und fand kaum Halt. Nadelpfote kletterte zielstrebig vor ihm her und ließ Gesteinskrümel und Wassertropfen auf ihn rieseln.

Oben angekommen, atmete Erlenpfote schwer. Er hätte sich gern erst ausgeruht, aber der Gedanke an seine Clan-Gefährten zwang ihn zur Eile und gab seinen Pfoten Kraft.

Er und Nadelpfote trotteten neben dem Fluss weiter, riefen ab und zu nach ihren Freunden, blickten vor und zurück und versuchten, ihre Gerüche aufzuspüren. Während sie der Schlucht immer näher kamen, verließ Erlenpfote allmählich der Mut. *Vielleicht sind sie wieder von den Streuner eingefangen worden. Sie könnten inzwischen alle tot sein!*

»He!«, rief Nadelpfote schließlich, blieb stehen und prüfte die Luft unter einer Ulme in Ufernähe. »Hier ist was!«

Erlenpfote tappte zu ihr und schnupperte im Laub zwischen den Wurzeln. Er entdeckte die Gerüche aller drei Clan-Gefährten.

»Hier müssen sie gerastet haben«, miaute er, und seine Stimme bebte vor Erleichterung. »Funkenpfote! Maulwurfbart! Kirschfall!«, rief er und hoffte, dass sie vielleicht noch in Hörweite waren. Aber keine Katze antwortete.

»Ich sag dir was«, flüsterte Nadelpfote, während sie der Spur äußerst konzentriert vom Baum weg folgte. »Sie sind flussabwärts weitergegangen. Ich wette mit dir um einen ganzen Mond Morgenpatrouillen, dass sie nach uns gesucht haben.«

Erlenpfotes Herz begann aufgeregt zu klopfen. »Dann haben wir sie unterwegs verpasst?«

»Keine Ahnung, wie das passiert sein soll.« Für einen Moment schien Nadelpfote verwirrt.

»Wie auch immer«, fuhr Erlenpfote mit neuer Energie in den Pfoten fort, »wir müssen nur ihrem Geruch folgen. Komm schon!«

»Und wieder neben diesem SternenClan-verdammten Wasserfall nach unten klettern!« Nadelpfote folgte ihm stöhnend.

Die Geruchsspur führte flussabwärts, manchmal dicht neben dem Wasser und manchmal etwas weiter entfernt. Ab und zu trennten sich einzelne Gerüche von der Hauptspur, kehrten aber immer wieder zu ihr zurück.

»Sie suchen nach uns«, miaute Nadelpfote. »Ich versteh nicht, wie wir sie verpassen konnten.«

Als sie dann das Dickicht bei den Zweibeinerbauen erreichten, unter dem sie geschlafen hatten, um sich zu erholen, stellten sie fest, dass die Spur weiterführte, im Gras zwischen Fluss und Donnerweg an ihrem Bau vorbei.

»Das glaub ich nicht!«, fauchte Nadelpfote und peitschte mit dem Schwanz. »*Sie* haben *uns* übersehen! Sie müssen einfach vorbeigegangen sein, während wir geschlafen haben.«

Erlenpfote unterdrückte ein frustriertes Knurren. »Wir waren so nass, dass unser Geruch mit dem Wasser weggespült worden ist«, miaute er. »Und die vielen Zweibeinergerüche machen es auch nicht besser. Aber so schlimm ist das gar nicht. Wenigstens wissen wir, dass sie am Leben sind und Dunkelschweif sie nicht wieder eingefangen hat. Wir müssen ihnen nur folgen.«

Aber als er und Nadelpfote flussabwärts weiterliefen, stellten sie fest, dass es doch nicht so einfach war. Es gab so viele störende Gerüche von Zweibeinern und Monstern, die ihre Geruchsspur überdeckten. Schließlich kamen sie an eine Stelle, wo ein Monster angehalten und dunkle, übel riechende Flecken im Gras hinterlassen hatte. Der Katzengeruch war komplett verschwunden und sie fanden ihn später auch nicht mehr wieder.

»Wir haben sie verloren«, miaute Erlenpfote.

»Wahrscheinlich glauben sie, dass wir ertrunken sind«, antwortete Nadelpfote mit leiser Stimme. »Wer weiß, wohin sie von hier aus gegangen sind.«

»Sie müssen auf dieser Seite des Flusses weitergezogen sein«, erklärte Erlenpfote. »Wo hätten sie sonst hingehen sollen? Man kann ihn hier nirgends überqueren.«

»Vielleicht.« Nadelpfote wirkte ungewöhnlich niedergeschlagen. »Und wenn wir uns irren? Wenn wir sie nie wiederfinden?«

Erlenpfote schluckte. »Dann müssen wir von hier aus allein zum Lager zurückfinden«, stellte er fest und bemühte sich um einen überzeugenden Tonfall. »Wenn sie die Suche nach uns aufgegeben haben, dann werden sie genau das tun.«

Erlenpfote blickte sich um und stellte fest, dass er keine Ahnung hatte, wo sie waren. Sie hatten sich der Schlucht vom anderen Ufer aus genähert und von hier aus sah alles ganz anders aus. Er hätte auch nicht mit Bestimmtheit sagen können, ob sie die Stelle, an der sie zum Fluss gestoßen waren, bereits verpasst hatten.

»Wir müssen ans andere Ufer«, miaute er, »und dann immer dem Sonnenuntergang entgegen.«

»Das ist ein bisschen vage«, antwortete Nadelpfote und schniefte. »Vielleicht finden wir den See und die Clan-Territorien nie mehr wieder. Und denk gar nicht erst daran, durch den Fluss zu schwimmen, weil du mich dazu nicht überreden kannst.«

»Das hat auch keine Katze verlangt«, miaute Erlenpfote mitfühlend. »Wir ziehen erst einmal auf dieser Seite flussabwärts weiter und finden vielleicht einen umgestürzten Baum oder einen anderen Weg hinüber. Wenn wir Glück haben, holen wir die anderen vielleicht sogar ein.«

Nadelpfote schnaubte. »Ein bisschen Glück könnten wir wirklich gebrauchen!«

Inzwischen ging die Sonne langsam unter und warf rotes Licht auf den Fluss. Erlenpfote wusste, dass sie bald nach einem Unterschlupf für die Nacht Ausschau halten mussten. *Wenigstens sind wir die Zweibeinerbaue los,* dachte er.

Wenig später entfernte sich der Donnerweg vom Fluss und gab eine Wiese frei, auf der vereinzelte Sträucher wuchsen.

»Hier können wir gut übernachten«, miaute Erlenpfote und gähnte ausgiebig. »Wie wär's mit Beute?«

Bei dem Gedanken zu jagen lebte Nadelpfote auf. »Wirst du gleich sehen!«

Sie verschwand im nächsten Gebüsch und tauchte wenige Momente später mit einer schlaffen Amsel zwischen den Zähnen wieder auf. In der Zwischenzeit hatte Erlenpfote eine geschützte Kuhle unter den Zweigen eines Haselstrauchs gefunden und scharrte Laub zusammen, um ein Nest herzurichten. Als er seinen Anteil an der Amsel verzehrte, spürte er, wie erschöpft er war. Diesmal konnte ihn selbst die Sorge, wie sie den Rückweg finden sollten, nicht daran hindern, in tiefen Schlaf zu sinken. Der SternenClan suchte ihn jedoch noch immer nicht in seinen Träumen auf.

Erlenpfote und Nadelpfote wanderten drei weitere Sonnenaufgänge am Fluss entlang. Ab und zu schöpften sie wieder Hoffnung, die Gerüche ihrer Freunde doch noch aufzuspüren, doch sie fanden keine Spur. Der Fluss strömte jetzt wilder und kraftvoller dahin, nirgendwo gab es eine sichere Stelle für die Katzen, um ihn zu überqueren.

Im Lauf des dritten Tages stieg Erlenpfote neuer Gestank von Monstern in die Nase und die Luft war diesig. Kurz nach Sonnenhoch ragten viele Zweibeinerbaue am Horizont auf.

»Was für ein riesiger Zweibeinerort«, miaute Erlenpfote leise seufzend. »An dem sind wir auf dem Hinweg zur Schlucht nicht vorbeigekommen, das weiß ich. Wir sind zu weit flussabwärts gewandert.«

»Was hätten wir sonst tun sollen?«, antwortete Nadelpfote gleichmütig.

»Und jetzt bleibt uns auch nichts anderes übrig.« Erlenpfote warf einen Blick auf den rauschenden Fluss, das gegenüberliegende Ufer schien unerreichbar weit entfernt. »Diesen schmutzigen Ort werden wir wohl hinter uns bringen müssen.«

»Vielleicht nützt uns das sogar«, überlegte Nadelpfote, während die beiden Katzen Seite an Seite immer näher an die ersten Zweibeinerbaue herantappten.

Erlenpfote war ohnehin durch den Gestank und den Lärm um ihn herum gereizt. »Find ich nicht witzig, Nadelpfote«, miaute er schroff.

»Ich mach keine Witze.« Nadelpfote blieb stehen und sah ihn an. Ihre grünen Augen leuchteten belustigt, aber ihre Stimme war ernst, als sie fortfuhr: »Wir müssen ein Hauskätzchen finden.«

»Ein *Hauskätzchen*?« Erlenpfote war entsetzt. »Geht's dir nicht gut? Ich kenne kein Kraut, das einer Katze gegen Bienen im Hirn hilft.«

»Nein, hör mir zu, Dummkopf.« Nadelpfote schnippte ungeduldig mit den Ohren. »Vielleicht kann uns ein Hauskätzchen sagen, wo wir den Fluss überqueren können.«

Erlenpfote schnaubte. »Wie kommst du denn auf die Idee?«

»Ein Hauskätzchen kennt sich in dieser Gegend gut aus«, antwortete Nadelpfote, »wir aber nicht. Und vielleicht geben sie uns sogar etwas von ihrem Hauskätzchenfraß ab.«

Erlenpfote rümpfte angewidert die Nase. »Jetzt machst du aber Witze, oder?«

»Nein. Wir haben immer noch eine lange Reise vor uns«, miaute Nadelpfote. »Wir sollten uns satt essen, wann immer wir können.«

»Dieses Zeug esse ich nicht«, brummelte Erlenpfote, als sie wieder aufbrachen. »Hauskätzchenfraß zu essen, verstößt gegen das Gesetz der Krieger. Außerdem hab ich gehört, dass es wie Mäuseköttel aussieht!«

Erlenpfote wusste, dass jeder weitere Protest überflüssig war, während er Nadelpfote zum Zweibeinerort folgte. Sie trabte zielstrebig voran bis zu einem Donnerweg, der an den nächsten Zweibeinerbauen entlangführte. Nadelpfote blieb stehen, hielt zu beiden Seiten nach Monstern Ausschau, dann streckte sie eine Pfote aus und legte sie sacht auf die harte Oberfläche des Donnerwegs.

»Was machst du da?«, fragte Erlenpfote.

»Ich taste nach Vibrationen«, antwortete sie. »Monster sind so riesig, dass du sie spüren kannst, bevor du sie siehst.«

»Sehr praktisch«, murmelte Erlenpfote. Er hatte noch nie beobachtet, dass Nadelpfote das tat, aber schließlich waren auf der Hinreise zunächst Sandsturm und später Maulwurfbart mit Kirschfall bei der Überquerung von Donnerwegen an der Spitze gewesen.

Wie oft Nadelpfote vor dieser Reise wohl schon unterwegs war?

Nadelpfote versetzte Erlenpfote einen Stoß in die Seite und riss ihn aus seinen Gedanken. »Auf geht's! Wir können jetzt rüber.«

Mit einem mulmigen Gefühl im Bauch sprang Erlenpfote hinter Nadelpfote über den Donnerweg und folgte ihr tief ins Gewirr der Zweibeinerbaue. *Sie scheint sich hier wie zu Hause zu fühlen,* dachte er. *Wie schafft sie es nur, sich so nah an Zweibeiner heranzuwagen? Womöglich erwischen sie uns noch und fassen uns an!*

Sein ganzer Körper erstarrte vor Entsetzen, als Nadelpfote zu einem Zweibeiner trabte, der vor seinem Bau ein leuchtend blaues Monster wusch. Ohne jede Angst rieb sie sich an den Beinen des Zweibeiners und schnurrte freundlich.

Bevor der Zweibeiner nach ihr greifen konnte, sauste Erlenpfote zu ihr und stieß sie von ihm weg. »Was *machst* du denn da? Willst du, dass er dich an sein Monster verfüttert?«

»Sei nicht albern!«, protestierte Nadelpfote. »Weißt du nicht, dass man von Zweibeinern oft ein Stück Fleisch oder irgendeine andere Leckerei bekommt, wenn man sich bei ihnen einschmeichelt? Ich mach das immer beim Blattgrüne-Zweibeinerort im SchattenClan-Territorium. Bei dir würde das allerdings nicht funktionieren, das gilt nur für *hübsche* Katzen.«

»Du hast wirklich Bienen im Hirn«, knurrte Erlenpfote. »Lauf jetzt weiter.«

Unbekümmert setzte sich Nadelpfote wieder in Bewegung, ihr hoch erhobener Schwanz wedelte durch die Luft.

Hinter der nächsten Ecke trafen sie zu Erlenpfotes Erleichterung auf ein Hauskätzchen. Ein großer, roter Kater lag faul ausgestreckt auf einer Mauer in der Sonne.

»Hallo! Hallo, du da oben!«, jaulte Nadelpfote und sprang zu ihm hinauf.

»Hallo«, antwortete das Hauskätzchen und schreckte aus seinem Nickerchen hoch. »Was kann ich für euch tun?«

»Wir sind Clan-Katzen und haben uns verlaufen«, erklärte Nadelpfote. »Wir müssen zu unseren Territorien zurück, und das geht nur, wenn wir den Fluss überqueren. Kennst du einen Weg?«

Erlenpfote war überrascht und ein bisschen beunruhigt, weil Nadelpfote dem Hauskätzchen so viel verriet. *Wir kennen diese Katze doch nicht. Andererseits,* sagte er sich, *hat er wahrscheinlich keine Ahnung, was sie da miaut.*

Der rote Kater gähnte ausgiebig. »Habt ihr irgendwas mit den drei Katzen zu tun, die bei Sonnenaufgang hier waren?«, fragte er.

»Drei Katzen?« Erlenpfote preschte eilig vor. »Ein braun- und sandfarbener Kater, eine rote Kätzin und eine jüngere, rot getigerte?«

Das Hauskätzchen nickte. »Das sind sie. Sie waren ziemlich aufgeregt. Sie sagten, sie hätten zwei junge Katzen verloren.«

Wunderbare Erleichterung durchströmte Erlenpfote. »Haben sie gesagt, wohin sie wollten?«

»Ihr seid die Katzen, die sie verloren haben, stimmt's?« Interesse und freundliches Mitgefühl stand in den Augen des Hauskätzchens. »Sie haben auch nach einer Möglichkeit gesucht, den Fluss zu überqueren.«

»Und hast du sie ihnen gezeigt?«, fragte Nadelpfote.

»Gleich da hinten.« Der rote Kater deutete mit dem Schwanz auf eine schmale Gasse zwischen zwei Reihen Zweibeinerbauen. »Der Weg führt zum Fluss zurück. Und dann kommt etwas weiter flussabwärts eine Brücke.«

»Eine Zweibeinerbrücke?«, fragte Erlenpfote misstrauisch.

»Was denn sonst, Mäusehirn!« Nadelpfote stieß Erlenpfote verärgert in die Seite. »Mit denen hatten wir schon früher zu tun. Danke«, fügte sie an das Hauskätzchen gewandt hinzu.

»Keine Ursache«, antwortete das Hauskätzchen und gähnte wieder.

Erlenpfote wollte sich gerade abwenden, als ihm doch noch etwas einfiel. »Weißt du vielleicht, ob eine andere Katzengruppe auch hier vorbeigekommen ist, eine größere?«, fragte er das Hauskätzchen. »Es muss schon eine ganze Weile her sein.«

Das Hauskätzchen schüttelte seinen Kopf. »Nein, tut mir leid.«

Der WolkenClan ist hier also nicht vorbeigekommen. »Trotzdem danke«, miaute Erlenpfote, während seine letzte Hoffnung, den verlorenen Clan zu finden, versiegte.

Er wandte sich wieder zum Gehen, aber Nadelpfote schien noch nicht bereit, ihm zu folgen. »Bevor wir aufbrechen«, hob sie an, »könntest du uns vielleicht mit etwas Essen aushelfen? Wir sind ziemlich hungrig.«

»Aber sicher.« Der rote Kater stand auf und dehnte sich. »Lauft an dieser Wand entlang weiter bis zu einem Durchgang. Dort warte ich auf euch.« Mit diesen Worten sprang er von seinem Hochsitz und verschwand.

Nadelpfote eilte voraus und Erlenpfote folgte ihr zögernd. Das Hauskätzchen wartete neben einem Stück Zaun aus glänzendem, festem Material mit breiten Zwischenräumen. Nadelpfote und Erlenpfote schlüpften hindurch.

Vor ihnen lag eine raue, steinige Fläche und ein Streifen Gras, an dessen Rändern Büsche und bunte Zweibeinerblumen wuchsen. Dahinter ragten die Wände des Zweibeinerbaus auf. Erlenpfotes Fell begann zu kribbeln, als ihm bewusst wurde, dass er mitten im Territorium eines Zweibeiners stand.

»Das Essen ist da drin«, miaute das Hauskätzchen und deutete mit dem Schwanz.

Erlenpfote drehte sich um und sträubte entsetzt den Pelz. Das Hauskätzchen deutete auf das Ende des steinigen Wegs, wo ein Monster in einem kleinen Bau hockte.

»Geh da nicht rein!«, fauchte er hinter Nadelpfote her, die aber bereits mit dem Hauskätzchen losgesprungen war.

»Das Monster schläft doch«, antwortete Nadelpfote leichthin. »Und wenn ich ehrlich sein soll – aber sag's im Lager nicht weiter –, bin ich ziemlich neugierig, wie Hauskätzchenessen schmeckt.«

»Aber wenn ...« Erlenpfote brach ab, als Nadelpfote ohne ihn zu beachten mit dem Hauskätzchen im Bau des Monsters verschwand.

Er wagte nicht, ihnen zu folgen. *Mich wird keine Katze dabei erwischen, dass ich Hauskätzchenfraß esse!* Er zog es vor, Wache zu halten, falls Zweibeiner aus dem Bau auftauchen sollten oder das Monster irgendwie erkennen ließ, dass es aufwachte. Ungeduldig ließ er die vorderen Krallen aus- und einfahren und rupfte Grasbüschel aus. Mit jedem Herzschlag, den sie hier vertrödelten, wurde der Abstand zu seinen Clan-Gefährten größer und größer.

Endlich trat Nadelpfote mit dem Hauskätzchen wieder aus dem Monsterbau und leckte sich zufrieden die Schnauze. »Das war ausgezeichnet!«, miaute sie. »Danke, Bob.«

Bob?, dachte Erlenpfote. *Das Hauskätzchen heißt Bob? Idiotisch!*

»Ja, danke, Bob«, schloss er sich an. »Du hast uns wirklich geholfen.«

»Gern geschehen«, antwortete Bob und verabschiedete sich Nase an Nase von Nadelpfote. »Viel Glück für eure Weiterreise.«

Erlenpfote lief zu der Gasse, die Bob ihnen gezeigt hatte, und Nadelpfote tappte neben ihm her. »Du kannst dich später bei mir bedanken«, miaute sie. »Meine Idee hat einwandfrei funktioniert! Wir wissen jetzt, wo wir über den Fluss überqueren und nach Hause finden können.« Sie hielt einen Moment inne. »Was hast du denn? Warum freust du dich nicht?«

Erlenpfote hatte gehofft, dass ihm nicht anzumerken wäre, wie sehr ihn belastete, dass Bob den WolkenClan nicht gesehen hatte. Aber vor Nadelpfote konnte man ganz offensichtlich nichts verbergen.

Er blieb stehen und sah sie an. »Verstehst du das nicht?«, fragte er bitter. »Ich habe *versagt*. Was bin ich bloß für eine Heilerkatze?«

21. KAPITEL

NADELPFOTE SAH IHN verwundert an. »Wie meinst du das?«, fragte sie.

»Du weißt doch, was ich meine!« Erlenpfote versuchte, seinen Ärger über Nadelpfotes Begriffsstutzigkeit runterzuschlucken. »Der WolkenClan hat die Schlucht nach dem Angriff der Streuner verlassen, und anscheinend weiß keine Katze, wo sie hingegangen sind. Wir hätten sie retten müssen! Aber wir sind viel zu spät gekommen!«

»Wie kannst du dir da so sicher sein?«, fragte Nadelpfote und legte den Kopf auf die Seite.

»Weil die anderen Clans – unsere Clans – den WolkenClan aus dem Wald vertrieben haben. Das war so schändlich, dass sie es seitdem streng geheim gehalten haben. Meine Visionen haben mir befohlen, zum WolkenClan zu gehen und sie zum See zurückzubringen, damit wir das Territorium mit ihnen teilen – wie in der Prophezeiung.« Erlenpfotes Stimme begann zu zittern, als ihm das Ausmaß seines Versagens bewusst wurde. »Ich hab's verpatzt! Ich hab die erste Vision nicht gleich verstanden, und dann ist Sandsturm gestorben … Wir haben die Schlucht zu spät erreicht. Wir haben nicht gefunden, was in den Schatten lag, weil der WolkenClan schon weg war. Jetzt kann ich sie nie mehr zum See zurückbringen. Wer weiß, was nun aus den Clans werden soll. Und alles, weil ich eine miserable Heilerkatze bin!«

Er sank auf den harten Zweibeinerweg, legte die Schnauze auf die Pfoten und wimmerte tief verzweifelt. Es schien, als läge nichts als Finsternis auf seinem Weg.

Nadelpfote sagte nichts, und als Erlenpfote endlich wieder aufblickte, saß sie mit dem Schwanz ordentlich über die Pfoten gelegt da und musterte ihn skeptisch. »Bist du fertig?«, fragte sie.

Erlenpfote schnickte mit einem Ohr, verärgert über Nadelpfote und über sich selbst, weil er vor ihr zusammengebrochen war. »Glaub schon.«

»Du bist dumm und versinkst in Selbstmitleid«, miaute sie schroff. »Die Streuner haben bestimmt eine Weile gebraucht, um das alte Lager des WolkenClans wieder bewohnbar zu machen. Und nach deiner Beschreibung von Nebelfeder, der völlig verwahrlost und abgemagert aussah, kannst du davon ausgehen, dass der Angriff nicht erst gestern passiert ist. Wenn du bedenkst, wann du die Visionen hattest, wären wir *niemals* rechtzeitig in der Schlucht eingetroffen, um den WolkenClan zu retten.«

Erlenpfote begriff allmählich, was Nadelpfote gesagt hatte, und fühlte sich ein kleines bisschen besser. »Und jetzt?«, miaute er schließlich.

»Und jetzt«, antwortete Nadelpfote, erhob sich auf die Pfoten und lief die Gasse hinab, »müssen deine Visionen etwas anderes bedeuten.«

Erlenpfote schwieg eine Weile und dachte über all das nach. Am Ende der Gasse konnten sie die Brücke, von der ihnen Bob erzählt hatte, etwas weiter flussabwärts sehen. Zu seiner Erleichterung war sie nicht groß, kein breiter Donnerweg, der Monster über den Fluss brachte, sondern ein schmales Gebilde aus Holz, das an die Halbbrücken erinnerte, die in den See hineinragten. Es waren keine Zweibeiner in Sicht und so waren Erlenpfote und Nadelpfote innerhalb von wenigen Herzschlägen darübergesaust.

Am anderen Ufer plätscherte ein kleiner Bach aus einem Wäldchen durch hohes Gras und mündete in den Fluss. Als sie sich den Bäumen näherten, besserte sich Erlenpfotes Stimmung, auch wenn er nicht aufhören konnte zu grübeln, was seine Mission bedeuten könnte.

Er musste zugeben, dass Nadelpfotes Erklärung vernünftig klang. *Aber wenn mich meine Visionen nicht zum WolkenClan führen sollten, um ihn zu retten, was meinten sie dann?* Es fiel ihm schwer zu glauben, dass auf der Reise alles vollbracht worden war. *Wir haben keine Katzen gerettet. Wir haben in den Schatten nichts gefunden, was wir aufnehmen könnten. Wir sind nur knapp mit dem Leben davongekommen. Und Sandsturm haben wir verloren. Hätte ich sonst noch was tun sollen?*

Ohne Anweisung vom SternenClan fühlte sich Erlenpfote hilflos wie ein Junges.

Gemeinsam wanderten Erlenpfote und Nadelpfote mehrere Sonnenaufgänge lang über offenes Land, immer dem Sonnenuntergang entgegen. Sie überquerten Donnerwege, wichen Zweibeinerorten aus und ließen sich von seltsamen Tieren nicht beirren, die auf Wiesen das Gras mähten und sie neugierig beobachteten. Am Ende eines weiteren anstrengenden Tages war Erlenpfote müde, er fror und mochte nicht mehr unter Büschen oder in zugigen Kuhlen am Boden schlafen. Er sehnte sich nach seinem gemütlichen Nest im Felsenkessel.

Meine Jagdtechniken sind zumindest besser geworden, dachte er verbittert. *Ich musste offensichtlich nur genug Hunger leiden, um mich so auf die Beute zu konzentrieren, wie es Maulwurfbart von mir erwartet hat.*

Von Zeit zu Zeit hatten Nadelpfote und er die Gerüche ihrer früheren Reisegefährten aufgespürt und daraus geschlossen, dass sie in die richtige Richtung liefen. Aber die Spuren wurden jedes Mal schwächer und blasser, als würden die anderen schneller vorankommen und dadurch den Abstand vergrößern.

Das Tageslicht wurde schwächer und über ihnen türmten sich graue Wolken auf. Ein frostiger Wind wehte über das Gras und zauste ihnen das Fell. Hin und wieder spürte Erlenpfote Regentropfen wie Nadelstiche, und er fürchtete, dass ein Unwetter im Anzug war.

Das hat uns gerade noch gefehlt!, stöhnte er lautlos.

Nadelpfote, die mit etwas Abstand vorauslief, stieß plötzlich einen aufgeregten Schrei aus und rannte los.

»Warte! Was ist denn los?«, rief Erlenpfote hinter ihr her.

»Da ist die Farm!«, rief Nadelpfote. »An der wir auf dem Hinweg schon vorbeigekommen sind!«

Erlenpfote sprang hinter Nadelpfote her und sah jetzt auch den glänzenden Zaun, dazu das Feld, auf dem die hohen, gelbbraunen Pflanzen abgeschnitten worden waren. Jetzt gab es dort nur noch spitze Stoppeln und das Monster mit den wirbelnden Kiefern war nirgends zu sehen.

Nadelpfote hatte den Zaun erreicht und kletterte mühelos darüber, dann sauste sie auf die Zweibeinerbaue zu.

»Warte! Komm zurück!«, jaulte Erlenpfote, aber Nadelpfote hörte nicht auf ihn.

Genau in diesem Moment tat sich der Himmel auf und ließ Regen herniederprasseln. Binnen Herzschlägen war Erlenpfote tropfnass. Durch den Regenvorhang konnte er Nadelpfote kaum noch erkennen. Als er den Zaun erreichte, waren die glänzenden Ranken bereits so nass und glatt, dass er sie nur mit äußerster Konzentration bewältigen konnte.

Erlenpfote verspürte einen stechenden Schmerz, als er an Sandsturm denken musste. *Ab hier ist alles schiefgegangen. Dieser entsetzlich spitze Zaun und dann der klebrige Schlamm, der ihre Wunde schlimmer gemacht hatte. Wir müssen an ihrem Grab vorbeigekommen sein, ohne es auch nur zu bemerken. Ach, Sandsturm, es tut mir so leid …*

Nach einer ungeschickten Landung schob Erlenpfote seine Erinnerungen beiseite und sah Nadelpfote noch immer direkt auf die Farm zusausen. »Halt! Komm zurück!«, rief er noch einmal, aber falls sie ihn hörte, beachtete sie ihn nicht.

»Fuchsdung!«, fauchte Erlenpfote. Er wusste, dass es vernünftiger wäre, nicht auf der Farm, sondern unter Bäumen Schutz zu suchen, bis das Unwetter vorüber war, und dann zu überlegen, welchen Weg sie einschlagen sollten. Aber ihm blieb nichts anderes übrig, als Nadelpfote zu folgen.

Sie rannte an den Zweibeinerbauen vorbei über das Feld mit der großen, gelben Scheune. Breite Holzlatten versperrten den Eingang, aber unten am Boden gab es eine Lücke und Nadelpfote quetschte sich hindurch. Erlenpfote knurrte verärgert, presste sich auf die schlammige Erde und schob sich hinter ihr her, wobei die unteren Kanten der Holzlatten über seinen Rücken schrappten.

Erlenpfote rappelte sich auf die Pfoten und sah sich um. Die riesige Scheune war mit Holzbarrieren unterteilt, und er erstarrte, als er sah, dass zwei Pferde in je einem abgetrennten Bereich standen.

»Nadelpfote, pass auf!«, rief er, sah dann aber, dass sich die Pferde an ihren langen Ranken kaum von der Stelle bewegen konnten. *SternenClan sei Dank! Die kriegen uns jedenfalls nicht!*

Nadelpfote rannte in eine freie Abteilung, steckte dann den Kopf hinaus und schnippte mit den Ohren. »Komm schon, Mäusehirn!«

Erlenpfote folgte ihr. Trockene Pflanzenstängel, die an die gelbbraunen Pflanzen auf dem Feld erinnerten, bedeckten den Boden. Ein warmer Geruch nach Lebewesen erfüllte die Luft, es roch kräftig nach Pferd, Mausduft war aber auch dabei.

»Wieso bist du hier reingerannt?«, fragte er Nadelpfote wutentbrannt. »Hast du denn gar nichts gelernt? Zweibeiner sind gefährlich!«

Nadelpfote ließ sich in dem stachligen Stängelpolster nieder und begann sich zu putzen. »Auf Dauer würde ich niemals bei Zweibeinern leben wollen«, miaute sie zwischen zwei Zungenstrichen, »aber ihre Baue sind warm und gemütlich und es gibt massenhaft zu essen. Würdest du jetzt im Moment wirklich lieber draußen im Regen sein?«

Erlenpfote hörte den Regen aufs Dach prasseln und musste zugeben, dass die starrköpfige Kätzin nicht ganz unrecht hatte. Seufzend ließ er sich neben ihr in der Streu nieder.

»Wir gehen, sobald es aufhört zu regnen«, schlug Nadelpfote vor. »Vorerst haben wir einen sicheren Ort zum Ausruhen und reichlich Mäuse zu essen.«

Sie ließ von ihrer Wäsche ab, sprang auf die Pfoten und verschwand in den aufgehäuften Pflanzenstängeln. Herzschläge später tauchte sie mit dem Pelz voller Pflanzenfetzchen und einer fetten Maus zwischen den Zähnen wieder auf.

»Die ist für dich«, miaute sie und ließ die Beute vor Erlenpfote fallen. »Um mich zu entschuldigen, weil ich draußen im Regen nicht auf dich gehört habe.«

Hat Nadelpfote jemals auf irgendeine Katze gehört?, überlegte Erlenpfote kopfschüttelnd. »Danke«, brummelte er und biss in die warme Beute.

Nadelpfote fing noch eine Maus und ließ sich neben Erlenpfote nieder, um sie zu verspeisen. Allmählich ließ Erlenpfotes Anspannung nach. Die Wärme, sein voller Bauch und der rhythmisch prasselnde Regen von draußen lullten ihn in den Schlaf.

»Wie schön, dich zu sehen.«

Erlenpfote öffnete die Augen und sah zunächst nur einen Teich, dessen Oberfläche im Sternenlicht funkelte, Wasser schwappte leise. Er sprang auf die Pfoten, und sein Herz begann wild zu klopfen, als ihm klar wurde, dass er am Mondsee war. Neben ihm stand Sandsturm, ihr gelbbrauner Pelz schimmerte im kühlen Licht und um ihre Pfoten funkelten Sterne. Sie schnurrte und sah Erlenpfote mit ihren grünen, leuchtenden Augen liebevoll an.

»Sandsturm!«, flüsterte Erlenpfote. »Ich bin so froh, dich zu sehen.«

Als Sandsturm den Kopf neigte, um mit ihrer Nase sein Ohr zu berühren, musste sich Erlenpfote abwenden.

»Es ist nicht deine Schuld«, erklärte ihm Sandsturm behutsam, als hätte sie gehört, was er dachte. »Für mich war es Zeit zu gehen. Ich spürte schon, dass ich die Reise vielleicht nicht überleben würde, als ich entschied, dich bei deiner Suche nach dem WolkenClan zu begleiten. Du sollst wissen«, setzte sie mit leiser Stimme hinzu, »dass ich meine letzten Tage nie als Älteste im Lager verbringen und herumsitzen wollte. Mein Wunsch war es, bei der Erfüllung einer wichtigen Aufgabe zu sterben … und deine Mission gab mir außerdem die Chance, ein besonderes Erlebnis mit Feuerstern noch einmal zum Leben zu erwecken.«

»Bist du jetzt mit Feuerstern vereint, beim SternenClan?«, fragte Erlenpfote.

»Ja, so ist es«, schnurrte Sandsturm. Sie ließ sich am Ufer des Mondsees nieder und bedeutete Erlenpfote mit einer Schwanzgeste, sich neben sie zu setzen. »Nun«, fuhr sie fort, »berichte mir, wie es euch auf der Reise ergangen ist. Was habt ihr erfahren?«

»Es war schrecklich!«, rief Erlenpfote voller Enttäuschung aus. »Ich glaube, ich habe gar nichts erfahren.«

Als Sandsturm nur geduldig zuhörte, ohne ihren grünen Blick von ihm abzuwenden, sprudelte alles, was seit ihrem Tod geschehen war, aus ihm heraus: dass sie Dunkelschweif und seine Katzen in der Schlucht fanden und später entdeckten, dass sie nicht der echte WolkenClan waren, sondern Streuner, die den WolkenClan verjagt hatten, worauf sie entscheiden mussten, was zu tun war, und aus dem Lager flohen und er später mit Nadelpfote den Wasserfall hinabgespült worden war. »Bitte, sag mir, was ich jetzt tun soll!«, flehte er schließlich.

Aber Sandsturm antwortete nicht und Erlenpfote ließ tieftraurig den Kopf hängen. »Ich weiß, dass ich alles total verpatzt habe.«

»Wie meinst du das?«, fragte Sandsturm.

Das ist doch offensichtlich, dachte Erlenpfote. »Ich bin zu spät gekommen! Wenn es unsere Aufgabe war, den Wolken-Clan zu retten, dann kann das jetzt keine Katze mehr tun. Ich habe jede Katze auf dieser Mission in große Gefahr gebracht und was haben wir erreicht? Nichts! Ich habe versagt.«

Unfähig, Sandsturm länger anzusehen, wimmerte er voller Verzweiflung. Einen Moment später spürte er ihre Schnauze in seinem Nacken und ein Gefühl von Wärme durchströmte seinen ganzen Körper und tröstete ihn. Jetzt konnte er aufblicken.

»Kennst du den entscheidenden Unterschied zwischen dir und Funkenpfote?«, fragte Sandsturm.

Erlenpfote verstand den Sinn der Frage nicht. »Wieso?«

»Funkenpfote glaubt, dass sie alle Probleme lösen kann«, antwortete Sandsturm und eine tiefe Zuneigung schimmerte in ihren Augen. »Und du glaubst, dass du an allen Problemen schuld bist. Ihr seid die zwei Seiten eines Blattes. Aber du hast dieses Problem nicht gemacht«, fuhr sie fort. »Du hast auch nicht versagt. Und es ist nicht zu spät, diese Mission zu erfüllen. Dazu bedarf es nur eines anderen Weges.«

»Was meinst du damit?«, fragte Erlenpfote, aber während er das sagte, spürte er bereits, dass jemand an seiner Schulter rüttelte. Die schimmernden Sterne auf dem Mondsee wurden blasser und mit ihm Sandsturms Gestalt. »Warte!«, rief Erlenpfote erschrocken. »Welchen anderen Weg?«

Aber da war er schon wach, und es war Nadelpfote, die ihn geweckt hatte. »Es hat aufgehört zu regnen«, miaute sie.

»Ich dachte, das würde dich interessieren, da du ja so unbedingt nach Hause willst.«

Schlaftrunken setzte sich Erlenpfote auf. »Ja, lass uns nach Hause gehen«, murmelte er. *Aber*, fügte er insgeheim hinzu, *wir müssen einen anderen Weg einschlagen …*

22. KAPITEL

ERLENPFOTE UND NADELPFOTE näherten sich dem Donnerweg hinter den Grenzen ihrer Territorien, den sie vor so vielen Tagen überquert hatten. Erlenpfote mit gemischten Gefühlen, wenn er daran dachte, dass sie bald zu Hause sein würden.

»Ich kann's kaum erwarten, ins SchattenClan-Territorium zurückzukehren«, miaute Nadelpfote, die neben ihm hertrabte. »Ich vermisse meinen Bau entsetzlich und …«

»Glaubst du nicht, dass du Ärger mit deinem Clan bekommst?«, fragte Erlenpfote. »Was wird dein Mentor sagen? Als Schülerin darfst du doch nicht ohne Erlaubnis weg.«

»Hast du vergessen, dass ich gegangen bin, um meinem Clan *zu dienen*?«, antwortete Nadelpfote. »Ich wusste doch, dass ihr hinterhältigen DonnerClan-Katzen unterwegs seid, um *in den Schatten zu suchen.* Außerdem«, fügte sie unbekümmert hinzu, »kriegt eine Katze beim SchattenClan nie *wirklich* Ärger. Sicher, die älteren Katzen werden jaulen und sich ein bisschen aufregen, aber was können sie schon …«

Ihre Stimme verstummte allmählich, als sie den Donnerweg erreichten und beim Anblick der funkelnden Monster, die aus beiden Richtungen vorbeisausten, stehen blieben.

Erlenpfote hörte ihr sowieso schon nicht mehr zu. Er starrte reglos und nachdenklich in die Ferne.

Nadelpfote stieß ihn in die Seite. »Was tust du?«

»Nachdenken.«

Nadelpfote schnaubte verächtlich. »Und über was?«

»Ich freu mich nicht auf zu Hause«, antwortete Erlenpfote seufzend. »Weil das bedeutet, dass die Mission zu Ende ist. Und ich weiß immer noch nicht, worum es ging.«

»Es geht doch darum, aufzunehmen, was du in den Schatten findest, oder? Und wir haben es nicht gefunden, aber eine Menge darüber erfahren, was es ist. Du musst hier nicht herumstehen und Trübsal blasen. Warum können wir nicht einfach weitergehen?«

»Weil ich spüre, dass ich noch mehr tun sollte.« Zögernd sah Erlenpfote ein, dass er Nadelpfote erzählen musste, dass Sandsturm ihn im Schlaf aufgesucht hatte. Er hatte sich wirklich bemüht, herauszufinden, was die Sternenkriegerin mit dem »anderen Weg« meinte, aber jetzt lagen die letzten Pfotenschritte ihrer Mission vor ihm und er wusste immer noch keine Lösung. »Ich hatte einen Traum ...«, hob er an.

Nadelpfotes Augen wurden größer, als er ihr erzählte, was Sandsturm gesagt hatte. »Warum sagst du das jetzt erst?«, fragte sie.

Erlenpfote trat von einer Pfote auf die andere. »Es war *meine* Vision. Ich wollte es selbst herausfinden.«

»Nach allem, was wir durchgestanden haben«, erwiderte Nadelpfote mit einem übertriebenen Seufzer, »sollte dir klar sein, dass du mich brauchst! Hmm ...«, sinnierte sie und blickte sich um, »ein anderer Weg ...«

»Ich glaube nicht, dass Sandsturm einen *realen* anderen Weg gemeint hat«, miaute Erlenpfote. »Sondern einfach nur einen anderen Weg zu denken. Wie zum Beispiel ...«

Aber Nadelpfote hörte nicht zu. »Sieh nur!«, rief sie und wandte sich plötzlich vom Donnerweg ab.

Erlenpfote sah, wie sie im Gras in einen Graben neben der schwarzen Fläche sprang. Er führte zu einem Tunneleingang, der mit Stäben aus hartem Zweibeinerzeug versperrt war, aber die Stäbe standen weit auseinander, sodass eine Katze hindurchschlüpfen konnte. Ein modriger, feuchter Geruch wehte aus der Öffnung.

»Was hast du vor?«, rief Erlenpfote, während er Nadelpfote folgte. »Das sieht gefährlich aus.«

Nadelpfote drehte sich zu ihm um und rollte mit den Augen. »Hast du Bienen im Hirn, oder was? Das ist doch einfach: Auf dem Hinweg sind wir *über* den Donnerweg gekommen, und jetzt gibt es hier einen anderen Weg, der führt *unter* ihm durch. Außerdem gibt's hier nur Schatten! Hier müssen wir weiter!«

»Du bist es, die Bienen im Hirn hat!«, protestierte Erlenpfote. »Ich glaub kaum, dass der SternenClan nur einen Tunnel meinte, durch den wir laufen müssen! Da drin ist es dunkel. Und unten ist überall Wasser.«

Aber sämtliche Argumente waren zwecklos. Nadelpfote quetschte sich bereits durch die Stäbe. »Du hörst mir *nie* zu!«, knurrte Erlenpfote, aber die Kätzin beachtete ihn nicht.

Erlenpfote seufzte, blickte vom Donnerweg zum Tunnel und wieder zurück. Auf dem Donnerweg waren weniger Monster als bei ihrer ersten Überquerung. Er könnte Nadelpfote einfach nicht beachten, über den Donnerweg laufen und sie sich selbst überlassen. *Schließlich gehört sie nicht zu meinem Clan. Sie war bei dieser Mission auch gar nicht vorgesehen.* Aber während ihm die Argumente durch den Kopf gingen, wusste er schon, dass ihm das alles nichts nützen würde. Er folgte Nadelpfote in den Tunnel.

Als er sich zwischen den Stäben hindurchzwängte, musste er würgen und hätte sich beinahe übergeben, so durchdringend war der Gestank. Erlenpfote tappte vorsichtig durch das Wasser, stellte dann fest, dass es auf einer Seite einen erhöhten Streifen gab, kletterte hinauf und lief weiter, ohne sich die Pfoten nass zu machen.

Der Tunnel lag tief im Schatten, aber nachdem sich Erlenpfotes Augen an die Dunkelheit gewöhnt hatten, sah er, dass hinter ihm Licht durch den Eingang hereinströmte und vor ihm am anderen Ende der Ausgang schimmerte. Er sah die Silhouette von Nadelpfote, die voransprang und sich dunkel vor dem Ausgang abzeichnete.

»Ich frag mich, wo Sandsturm uns wohl demnächst noch hinschickt«, miaute sie und ihre Stimme hallte gespenstisch durch den Tunnel. »Was wäre ganz besonders *anders*? Vielleicht sollten wir gar nicht auf dem Weg zurückkehren, auf dem wir gekommen sind. Wie wär's, wenn wir in eine ganz andere Richtung gehen?«, fuhr sie fort, blieb stehen und sah sich nach Erlenpfote um. »Wir könnten außen um die Clan-Territorien herumlaufen und als Erstes das SchattenClan-Territorium betreten. Oder vielleicht einmal herum um den See bis zum FlussClan. Im FlussClan-Territorium bin ich erst ein Mal gewesen«, fügte sie nachdenklich hinzu, »dabei haben sie mich erwischt und mit einer Rüge nach Hause geschickt.«

Erlenpfote schüttelte den Kopf. »Du bist wirklich mäusehirnig!«, antwortete er.

Nadelpfote drehte sich um und wollte weiterlaufen, Erlenpfote war direkt hinter ihr, als von der Tunnelwand aus tiefster Dunkelheit leise Rufe zu hören waren. Er blieb reglos stehen, spitzte die Ohren, und als erneut ein Ruf ertönte, tappte er vorsichtig darauf zu.

Im schwachen Licht konnte Erlenpfote das Nest aus Moos und trockenem Laub kaum erkennen, in dem sich etwas bewegte. Er schreckte zunächst zurück, beugte sich dann aber vor und schnappte entsetzt nach Luft, als ihm der vertraute Milchgeruch junger Katzen in die Nase stieg. Ein winziges, schwarz-weißes Junges lag in dem Nest und neben ihm ein ebenso winziges graues, das in der Dunkelheit kaum auszumachen war.

Die Jungen schienen Erlenpfotes Anwesenheit zu spüren, denn sie reckten ihm mit noch immer fest geschlossenen Augen die Hälse entgegen, und die rosa, weit aufgerissenen Mäuler maunzten kläglich.

»Was gibt's denn?« Nadelpfote sprang durch den Tunnel zu Erlenpfote zurück. »Warum bist du ...« Dann entdeckte sie das Nest und blieb stehen.

»Das sind ...«, hob Erlenpfote an.

»Das sind *Junge*!« Nadelpfote schüttelte ungläubig den Kopf. »Wo ist ihre Mutter?«, fragte sie und sah sich um. »Sie haben noch nicht mal die Augen geöffnet. Sie können erst ein paar Tage alt sein.«

»Und sie sind so dünn«, fügte Erlenpfote hinzu. »Sie haben sicher eine Weile nichts zu essen bekommen.«

»Ich gehe ihre Mutter suchen.« Nadelpfote sprang zum anderen Ende des Tunnels und schlüpfte geschmeidig zwischen den Stangen hindurch. Erlenpfote konnte sie draußen rufen hören.

Erlenpfote beugte sich über das Nest und betrachtete die

Jungen genauer. Es waren zwei Kätzinnen, die unter ihrem Fell offensichtlich nur aus Haut und Knochen bestanden.

»He, Nadelpfote!«, jaulte er. »Vergiss erst mal ihre Mutter. Diese Jungen müssen essen. Du musst sofort etwas fangen!«

»Wird gemacht!«, jaulte Nadelpfote zurück. Wenige Herzschläge später schlüpfte sie wieder durch die Stäbe und sprang durch den Tunnel zu Erlenpfote. Sie trug eine fette Wühlmaus zwischen den Zähen.

»Das ging aber schnell!«, miaute Erlenpfote bewundernd. »Jetzt zerkauen wir das Fleisch und füttern es den Jungen.«

Nachdem sie ein Stück Frischbeute zu einem Brei zerkaut hatten, öffnete Erlenpfote vorsichtig das Maul des grauen Jungen und ließ etwas davon hineinfallen. Das Junge würgte und spuckte das Fleisch wieder aus.

»Ach, Mäusedung!«, seufzte Nadelpfote. »So was kennen sie noch gar nicht. Sie brauchen Milch.«

»Schon klar, aber falls du keine Milch hast, müssen wir es weiter mit der Wühlmaus versuchen«, miaute Erlenpfote entschlossen.

Er ließ noch einmal Wühlmausbrei in den Mund des Jungen fallen, dann massierte er ihm die Kehle, damit es schluckte. Das Junge fing wieder an zu würgen, aber kurz darauf war die zerkaute Wühlmaus verschwunden, und es bettelte um mehr.

»SternenClan sei Dank!«, rief Erlenpfote.

Nadelpfote fütterte jetzt das schwarz-weiße Junge und bald verschlangen die beiden kleinen Wesen gierig den Mausbrei und füllten ihre Bäuche.

»Ohne uns wären sie verhungert«, flüsterte Nadelpfote ungewöhnlich sanft und betrachtete liebevoll ihr Junges.

Völlig unerwartet spürte Erlenpfote, wie sich eine wohltuende Wärme in seinem Körper ausbreitete. *Ich habe meine Mission zwar nicht erfüllt, aber diese beiden Jungen haben wir wenigstens gerettet.*

»Jetzt müssen wir dafür sorgen, dass ihnen warm wird«, miaute er, als die Jungen mit runden Bäuchen endlich nichts mehr essen wollten. Angezogen von der Wärme ihrer Körper, streckten sich die Kleinen ihnen bereits entgegen. »Autsch!«, schimpfte Erlenpfote, als das graue Junge nach seiner Nase schlug. »Du hast aber spitze Krallen!«

Er leckte das Junge vom Schwanz aus gegen den Strich, um die Durchblutung anzuregen. Nadelpfote tat dasselbe mit dem schwarz-weißen Jungen. Bald schliefen beide schnurrend ein.

»Wie gut, dass wir sie noch gefunden haben«, miaute Erlenpfote. »Viel länger hätten sie hier bestimmt nicht überlebt.«

Nadelpfote brummelte zustimmend. »Ich frag mich, was aus ihrer Mutter geworden ist. Glaubst du, dass ein Monster auf dem Donnerweg sie erwischt hat?«

Erlenpfote erschauderte bei dem Gedanken. »Ich weiß es nicht. Ich denke aber, dass wir die Jungen ins Lager mitnehmen sollten, wo für sie gesorgt werden kann.«

»Großartige Idee«, miaute Nadelpfote. »Sie brauchen aber auch Namen. Wie wäre es mit Veilchenjunges für dieses hier?«, setzte sie hinzu und strich dem schwarz-weißen mit ihrem Schwanz über den Kopf. »Es riecht hier nach Veilchen, ihre Mutter muss wohl das Nest auch mit Veilchenblättern ausgepolstert haben.«

»Das ist ein guter Name«, schnurrte Erlenpfote. »Und ich würde dieses hier … Zweigjunges nennen. Sie ist dünn wie ein Zweig!«

Nadelpfote schnurrte fröhlich. »Dann heißt sie Zweigjunges!«

Als sie aufstanden, um die schlafenden Jungen beim Nackenfell zu packen, wandte sich Nadelpfote mit einem schelmischen Blick an Erlenpfote. »Wann willst du mir eigentlich dafür danken, dass ich dich in den Tunnel geführt habe?«, fragte sie.

Erlenpfote, der sich immer noch auf die Jungen konzentrierte, sah sie verwundert an. »Wie meinst du das?«

»Ist das nicht offensichtlich?« Nadelpfote sah noch verschmitzter aus. »Wir haben diese Jungen *in den Schatten gefunden*!«

23. KAPITEL

EINE KRÄFTIGE BRISE zerzauste Erlenpfotes Fell, als er auf dem Kamm stand und über den Hang ins Tal hinabblickte, wo der See in der Morgensonne funkelte. Er trug Zweigjunges am Nackenfell im Maul, doch das winzige Junge strampelte mit seinen Pfoten und maunzte kläglich. Erlenpfote setzte die kleine Kätzin vorsichtig im harten Gras ab.

»Jetzt sind wir fast zu Hause!«, flüsterte er leise.

Nachdem sie den Tunnel verlassen hatten, waren sie bis zum Einbruch der Nacht weitergewandert und hatten in der Nähe des Platzes, wo sie auf dem Hinweg das zurückgelassene Essen der Zweibeiner verzehrt hatten, ein Nachtlager eingerichtet. Nadelpfote hatte mehrere Mäuse erbeutet, mit denen sie die Jungen noch einmal fütterten. Jetzt lag der See inmitten von Wäldern und Moorland vor ihnen und sie würden ihr jeweiliges Lager noch vor Sonnenhoch erreichen.

Nadelpfote schleppte sich mit ihrer Last den Berg hinauf und blieb neben ihm stehen, Veilchenjunges setzte sie neben ihre Schwester ins Gras. »Geschafft!«, keuchte sie.

»Hier müssen wir uns wohl verabschieden«, hob Erlenpfote leicht verlegen an. »Du willst bestimmt durch FlussClan-Territorium zum SchattenClan zurück – das geht am schnellsten.«

»Ja, kann schon sein«, stimmte Nadelpfote zu.

»Äh … Nadelpfote …« Erlenpfote sah sie an und fühlte sich noch unbehaglicher. »Vielleicht könntest du für dich behalten, was in der Schlucht passiert ist, wenigstens bis ich Gelegenheit hatte, mit Brombeerstern zu sprechen. Ich hab dir ja gesagt, dass die ganze WolkenClan-Sache irgendwie geheim bleiben sollte.«

Insgeheim wand er sich innerlich, als er das sagte, denn er wusste nur zu gut, wie unwahrscheinlich es war, dass Nadelpfote ein Geheimnis für sich behielt, nur um einer DonnerClan-Katze einen Gefallen zu tun. Er war darauf gefasst, dass sie ihn wütend anfauchen würde, aber sie starrte ihn nur an.

»Also dann.« Erlenpfote sah, dass er bestenfalls auf einen schnellen Abgang hoffen konnte. »Würdest du mir nur noch kurz helfen und Veilchenjunges auf meinen Rücken setzen?«

Bei diesen Worten blieb Nadelpfote der Mund offen stehen. »Was soll das denn jetzt?«, protestierte sie. »Ich werde dir die Schatten-Jungen doch nicht überlassen. Ohne mich hättest du sie schließlich gar nicht gefunden! Und welche Katze sagt eigentlich, dass sie zum DonnerClan sollen?«

Erlenpfote konnte kaum glauben, was er hörte. *Sie hat Bienen im Hirn!* »Ohne meinen Traum und ohne Sandsturm, die mir den entscheidenden Hinweis gegeben hat, hätten wir die Jungen erst recht nicht gefunden!«

Nadelpfotes Nackenfell sträubte sich und sie legte die Ohren an. »Ohne mich«, hob sie an, »und meine Idee, durch den Tunnel zu gehen, würdest du immer noch am Rand dieses dämlichen Donnerwegs stehen und überlegen, welche *andere Art zu denken* Sandsturm mit ihrem Miauen gemeint haben könnte. Du machst wohl Witze!«

Erlenpfote spürte, wie sich auch sein eigener Pelz sträubte, während Wut in ihm hochkochte. »Du bist es, die hier Witze macht!«, fauchte er. Insgeheim wusste er, dass es falsch war, seinen Zorn an Nadelpfote auszulassen, aber er war so hilflos, dass er nicht anders konnte. »Das hier war von Anfang an meine Mission! Außerdem glaubst du doch wohl nicht, ich würde zulassen, dass du die Jungen zum SchattenClan bringst, wo es keine Regeln gibt und die Schüler in der Gegend umherwandern und sich neue Methoden ausdenken, wie sie das Gesetz der Krieger brechen können? Da könnte ich sie genauso gut zu den Streunern in der Schlucht bringen.«

»Feigling!«, fauchte Nadelpfote mit angewidertem Gesicht. »Wir hätten nie hierher zurückgefunden, wenn ich nicht das eine oder andere Mal das Gesetz der Krieger gebrochen hätte. Erlenpfote, deine Regeln machen dich so blind, dass du nicht mehr weiter als bis zu deiner eigenen Nasenspitze sehen kannst!«

Darauf wusste Erlenpfote keine Antwort, nur das Maunzen der Jungen unterbrach die Stille. Er und Nadelpfote blickten auf die sich windenden Fellbündel hinab, und Erlenpfote spürte, wie die Sorge um sie seinem Zorn auf Nadelpfote ein Ende machte. Genau dieses Gefühl sah er auch in Nadelpfotes grünen Augen.

»Eine gerechte Lösung für dieses Problem gibt es nicht«, miaute sie nach einer kurzen Pause. »Wir müssen die Jungen trennen und jeder eins zu unseren Clans mitnehmen.«

Erlenpfote betrachtete die Jungen, die aneinandergekuschelt maunzten. Der Schmerz zerriss ihm das Herz. »Das dürfen wir nicht tun«, antwortete er. »Es wäre falsch. Siehst du das nicht, Nadelpfote? Diese Jungen haben jetzt niemanden außer sich. Das ist wie bei mir und Funkenpfote. Wir sind nicht immer einer Meinung, aber ein Leben ohne sie kann ich mir nicht vorstellen.«

Nadelpfote schwieg und blickte auf die Jungen hinab. *Ob es wohl eine Katze gibt, die so viel für Nadelpfote empfindet wie Funkenpfote und ich füreinander?*, dachte Erlenpfote.

Er beobachtete Nadelpfote und die Jungen, als eine jaulende Katze unten am Hang seine Aufmerksamkeit weckte. Instinktiv stellten er und Nadelpfote sich schützend vor die Jungen. Aber als Erlenpfote hinabsah und die Katze erkannte, miaute er begeistert auf.

»Maulwurfbart!«

Sein ehemaliger Mentor kam den Hang heraufgesprungen, drei weitere DonnerClan-Katzen folgten ihm dicht auf den Pfoten: Birkenfall, Mohnfrost und Beerennase. Erlenpfote sprang ihnen bis zum Zaun beim Pferdeort entgegen.

Maulwurfbarts Augen waren weit vor Überraschung und Freude. »SternenClan sei Dank! Du lebst!«, rief er aus.

»Und du auch!« Erlenpfote fühlte sich so erleichtert und schwerelos, dass er beinahe zu schweben glaubte. »Geht es Kirschfall und Funkenpfote gut?«

»Ja, alle sind gesund«, versicherte Maulwurfbart. »Wir sind gestern im Lager angekommen und haben den anderen erzählt, was geschehen ist. Jede Katze war entsetzt über die Vorstellung, ihr könntet ertrunken sein. Wir haben damals beim Fluss nach dir und Nadelpfote gesucht, konnten euch aber nirgends finden.«

»Deshalb hat Brombeerstern«, miaute Birkenfall, »heute Morgen eine Suchpatrouille losgeschickt. Maulwurfbart sollte uns zu der Stelle zurückführen, wo sie euch verloren haben.«

»Wie ist es euch nur gelungen, den Wasserfall zu überleben?«, fragte Mohnfrost und sah Erlenpfote dabei an, als könnte sie nicht glauben, dass er es wirklich war.

»Ohne Nadelpfote hätte ich es nicht aus dem Fluss geschafft«, antwortete Erlenpfote. »Sie ist auch hier, weiter oben auf dem Hügel.«

Er kehrte um und führte die anderen Katzen den Hang hinauf zum Kamm, wo er Nadelpfote zurückgelassen hatte.

»Hallo«, miaute die SchattenClan-Kätzin, als die DonnerClan-Patrouille sie erreichten. »Wir haben noch jemanden mitgebracht, wie ihr seht.« Mit einer Pfote teilte sie das Gras, in dem die beiden Jungen wie ein kleiner Fellhügel aneinandergekuschelt dösten.

Überrascht umringten Maulwurfbart und die anderen Katzen die Jungen und blickten auf sie hinab.

»Sind die süß!«, rief Mohnfrost.

»Woher kommen sie?«, fragte Beerennase misstrauisch und beschnupperte sie. »Wo habt ihr sie gefunden?«

»Das kann ich euch alles später erzählen«, antwortete Erlenpfote, »aber die Jungen müssen zuerst versorgt werden. Es geht ihnen nicht gut, deshalb wollten wir sie zum DonnerClan-Lager bringen, wo sie gesund gepflegt werden können.«

Nadelpfote funkelte ihn an »Eigentlich ...«

»Das ist eine gute Idee.« Birkenfalls Worte duldeten keinen Widerspruch. Offensichtlich führte er die Suchpatrouille an. »Erlenpfote, du bist selbst Heilerkatze und kannst uns dabei unterstützen.«

»Ich hab die Jungen aber auch gefunden«, protestierte Nadelpfote und sträubte wieder das Nackenfell. »Wir haben sie sozusagen gemeinsam gefunden. Wir glauben, dass die Jungen vielleicht … na ja … das sind, was wir in den Schatten finden sollten, wie es der SternenClan prophezeit hat.«

Die Katzen der DonnerClan-Patrouille wechselten überraschte Blicke. »Glaubst du das auch?«, wollte Birkenfall von Erlenpfote wissen.

»Es *könnte* sein, würde ich sagen«, antwortete Erlenpfote, »aber sicher bin ich mir noch nicht.«

»Dann bin ich es, der entscheidet, was geschieht«, hob Birkenfall an. »Wir bringen die Jungen jetzt zum DonnerClan, damit sie versorgt werden können, und dann …«

»Beim SchattenClan können sie genauso gut versorgt werden«, fiel ihm Nadelpfote ins Wort.

Ob das so stimmt?, überlegte Erlenpfote. *Der DonnerClan hat zwei Heilerkatzen, mit mir sogar drei, während es beim SchattenClan nur Kleinwolke gibt, und der ist ziemlich alt.*

Birkenfall warf Nadelpfote einen strengen Blick zu, mit dem er ihr wohl sagen wollte, dass Schüler in seiner Gegenwart nicht dazwischenredeten. »Ich bin noch nicht fertig«, miaute er. »In wenigen Sonnenaufgängen findet die nächste Große Versammlung statt, wo wir die Jungen hinbringen können, um zu entscheiden, was anschließend mit ihnen geschehen soll. Ist das so in Ordnung, Nadelpfote? Schließlich sind wir uns doch alle einig, dass die Gesundheit der Jungen an erster Stelle steht.«

Nadelpfote senkte den Kopf. »Einverstanden«, murmelte sie.

Erlenpfote fiel auf, dass sie bei Birkenfalls entschlossenem Ton beinahe schüchtern wirkte. *Na,* das *hab ich ja noch nie gesehen!*

»Findest du allein zum SchattenClan-Lager zurück?«, fuhr

Birkenfall an Nadelpfote gewandt fort. »Wieso bist du eigentlich allein unterwegs?«

»Ich schaff das schon, danke«, antwortete Nadelpfote und rollte mit den Augen. Offensichtlich wollte sie weiteren Fragen dieser Art aus dem Weg gehen und hatte ihre respektvolle Haltung schnell wieder abgelegt. An Erlenpfote gewandt, miaute sie: »Dann also bis später irgendwann.«

Erlenpfote starrte sie an und fragte sich, ob sie seine Bitte wegen des WolkenClan-Geheimnisses nicht längst vergessen hatte. »Wir sehen uns bei der Großen Versammlung«, miaute er heiser.

Nadelpfote wandte sich ab, und Erlenpfote spürte, wie eine schmerzhafte Kralle sich in sein Herz schlug. *Wir haben so viel zusammen durchgestanden, sollte da nicht … na ja, mehr sein …*

Ihm kam es vor, als würde auch Nadelpfote ihm einen letzten traurigen Blick zuwerfen, bevor sie den Hang Richtung FlussClan hinabsprang.

Er sah ihr nach, bis Mohnfrost ihren Pelz an seinem rieb und ihn mit leuchtenden Augen voller Bewunderung ansah. »Das hast du wirklich gut gemacht, Erlenpfote!«

»Ja, der DonnerClan wird stolz auf dich sein«, fügte Maulwurfbart hinzu. »Und ich kann's kaum erwarten, was Kirschfall sagt, wenn sie die Jungen sieht!«

Als ihm Birkenfall und Beerennase ebenfalls gratulierten, schwoll Erlenpfotes Brust vor Stolz. *Ich fühle mich wie ein Held! Ach, SternenClan, es ist so gut, wieder zu Hause zu sein!*

24. KAPITEL

ERLENPFOTE STECKTE seinen Kopf durch den Eingang zur Kinderstube. »Darf ich reinkommen?«, rief er leise.

»Natürlich!«, miaute Lilienherz zurück. »Aber pass auf, wohin du deine Pfoten setzt.«

Nachdem sich Erlenpfote an das Dämmerlicht in der Kinderstube gewöhnt hatte, verstand er auch, warum ihn Lilienherz zur Vorsicht ermahnt hatte. Ihre eigenen drei Jungen, Blattjunges, Lerchenjunges und Honigjunges, tollten herum, kämpften verspielt im dicken Moos und Farn, womit der Boden der Kinderstube ausgelegt war. Veilchenjunges und Zweigjunges, die inzwischen die Augen geöffnet hatten, saßen dabei und sahen zu.

»So lernt ihr kämpfen, wenn ihr Schüler seid«, erklärte Blattjunges ihren jüngsten Baugefährten, während sie sich aufsetzte und Moosfetzen aus ihrem schildpattfarbenen Pelz schüttelte.

»Was ist ein Schüler?«, fragte Zweigjunges.

»Dazu werdet ihr ernannt, wenn ihr sechs Monde alt seid. Ihr kriegt einen Mentor und lernt, wie man Krieger wird«, antwortete Lerchenjunges.

»Und dann müsst ihr Füchse und Dachse und feindliche Katzen verjagen«, fügte Honigjunges hinzu. Sie stürzte sich auf ihren Bruder und knurrte wütend: »Raus aus unserem Lager, stinkender Dachs!«

»Bin kein Stinker!«, gab Lerchenjunges zurück und trat mit den Hinterpfoten nach seiner Schwester.

Erlenpfote wich den wuselnden Jungen aus und setzte sich zu Lilienherz ins Moos. »Du hast hier ja alle Pfoten voll zu tun«, miaute er.

»Ich weiß, aber es gefällt mir«, schnurrte Lilienherz. »Außerdem ist Minka auch noch da und hilft. Jetzt ist sie draußen und jagt Frischbeute für uns.«

»Das ist schön«, miaute Erlenpfote. »Und wie geht es euch beiden?«, fragte er, reckte den Hals und berührte Veilchenjunges und Zweigjunges Nase an Nase.

»Uns geht's gut, danke«, antwortete Veilchenjunges.

Erlenpfote konnte sehen, dass es stimmte. Um diese beiden Jungen musste er sich keine Sorgen machen. In den wenigen Tagen, die sie im Lager verbracht hatten, waren ihre kleinen Bäuche rund geworden und ihre Pelze glänzten. Die weit offenen Augen leuchteten.

»Es ist so schön hier bei unserer Mutter«, fügte Zweigjunges hinzu und schmiegte sich enger an Lilienherz.

»Das ist nicht eure Mutter!«, protestierte Blattjunges, bevor Erlenpfote oder Lilienherz antworten konnten. »Sie ist *unsere* Mutter. Ihr kommt ganz woandersher – und nicht einmal vom See.«

Die beiden kleinen Jungen sahen einander an, verwirrt und ein wenig gekränkt.

»Keine Sorge, meine Kleinen«, miaute Lilienherz, senkte den Kopf und leckte den beiden die Ohren. »Ich liebe euch wie eure richtige Mutter.«

»Das stimmt«, bestätigte Erlenpfote und beschnupperte die Jungen liebevoll. »Mehr müsst ihr jetzt nicht wissen, nur dass ihr ganz besonders seid.«

Die Jungen waren beruhigt und schnurrten zufrieden. Für einen Moment gab sich Erlenpfote dem befriedigenden Gefühl hin, dass er sie gerettet hatte, was immer das auch bedeuten mochte.

»Sie sind wunderbar«, miaute Lilienherz. »Ich würde sie sehr gern ganz in meine Familie aufnehmen. Und meine Jungen lieben sie auch!«

Erlenpfote nickte, obwohl er wusste, dass erst in dieser Nacht auf der Großen Versammlung über die Zukunft der Jungen entschieden würde. *Hoffentlich dürfen sie hierbleiben,* dachte er, als ihm bewusst wurde, wie sehr er sie ins Herz geschlossen hatte. *Aber darüber habe ich nicht zu befinden.*

Erlenpfote verließ die Kinderstube und wäre fast mit Häherfeder zusammengestoßen.

»Da bist du also!«, rief Häherfeder verärgert. »Ich habe schon überall nach dir gesucht.«

»Ich habe nach den Jungen gesehen«, erklärte Erlenpfote.

Häherfeder schnaubte. »Hätte ich mir ja denken können. Jetzt musst du aber mit mir kommen. Brombeerstern und Blattsee wollen mit dir sprechen.«

Es hatte eine Zeit gegeben, in der Erlenpfote besorgt gewesen wäre, wenn sein Anführer nach ihm rief. Jetzt wurde er zwar immer noch ein wenig nervös, war aber auch erwartungsvoll gespannt.

Während er Häherfeder folgte, erinnerte sich Erlenpfote an seine Rückkehr ins Lager vor wenigen Tagen. Der ganze

Clan hatte ihn aufgeregt willkommen geheißen und Funkenpfote war ihm seither kaum von der Seite gewichen. An jenem Morgen war sie zum ersten Mal ohne ihn weggegangen und begleitete, zusammen mir Kirschfall, Farnpelz und Ampferstreif, die erste Jagdpatrouille.

Brombeerstern hatte diese Gelegenheit genutzt, um Erlenpfote beiseitezunehmen und ihn nach seiner Einschätzung der Geschehnisse in der Schlucht zu fragen.

»Ich bin furchtbar enttäuscht!«, gestand Erlenpfote. »Wenn wir rechtzeitig gekommen wären, hätten wir den WolkenClan vor den Streunern schützen können. Ich fühle mich, als hätte ich versagt.«

Brombeerstern legte Erlenpfote kurz die Schwanzspitze auf die Schulter. »Ich finde das auch etwas verwirrend«, gab er zu. »Warum sollte dir der SternenClan eine Vision schicken, wenn es schon zu spät war, um etwas zu unternehmen? Du hast also nicht versagt«, fügte er eilig hinzu.

Erlenpfote schüttelte unbehaglich den Kopf. »Ich werde das Gefühl nicht los, dass ich etwas ganz Wichtiges übersehen habe … und daran schuld bin, dass Sandsturm umsonst gestorben ist.«

»Dich trifft keine Schuld an Sandsturms Tod«, versicherte Brombeerstern mit Bestimmtheit. »Ich trauere um sie, genau wie alle Katzen unseres Clans. Aber es war Sandsturms Wunsch, diese Mission zu begleiten. Erinnerst du dich nicht, dass ich versucht habe, es ihr zu verbieten? Sie hatte sich entschieden und das hätte niemand ändern können.«

»Das stimmt wahrscheinlich …«, miaute Erlenpfote, wurde seine Schuldgefühle aber trotzdem nicht los.

»Aber eigentlich wollte ich dir sagen«, miaute Brombeerstern, um das Thema zu wechseln, »dass ich Maulwurfbart, Kirschfall und Funkenpfote angewiesen habe, die Sache mit dem WolkenClan geheim zu halten, vorläufig jedenfalls.«

»Es war hoffentlich in Ordnung, dass ich sie eingeweiht habe …«, hob Erlenpfote entschuldigend an, was ihn wieder daran erinnerte, dass auch Nadelpfote Bescheid wusste.

»Kein Problem. Du hattest keine andere Wahl.«

»Und was unternehmen wir jetzt für den WolkenClan oder die Katzen, die noch am Leben sind?«, fragte Erlenpfote, erleichtert über das Verständnis seines Vaters. »Und was machen wir mit diesen schrecklichen Streunern in der Schlucht?«

»Ich habe darüber nachgedacht«, antwortete Brombeerstern und sah Erlenpfote fest in die Augen, »und bin zu dem Entschluss gekommen, dass der DonnerClan jetzt nichts für den WolkenClan tun kann.«

»Aber …« Erlenpfote wollte widersprechen.

Brombeerstern ließ ihn nicht weiterreden. »Der WolkenClan ist in alle Winde verstreut, und keine Katze weiß, wohin die Katzen gegangen sind. Erst wenn es neue Informationen für den DonnerClan gibt …«

Erlenpfote spürte die Bedeutung im Blick seines Anführers. *Er meint eine neue Vision.* Wie eine Gewitterwolke braute sich dunkle Sorge in seinem Inneren zusammen. *Wird mir der SternenClan wieder einen Traum schicken? Und wenn nicht?*

»Ich habe dem Clan mitgeteilt, dass du den Ort deiner Vision erreicht, aber dort nichts gefunden hast«, setzte Brombeerstern hinzu. »Das sollte ausreichen, um den WolkenClan zu verschweigen, bis uns der SternenClan einen besseren Hinweis schickt. Zumindest …« Er hielt inne. »Was ist mit Nadelpfote?«

»Ich habe sie gebeten, nichts zu verraten«, antwortete Erlenpfote, »weiß aber nicht, ob sie sich daran halten wird.«

Brombeerstern nickte nachdenklich. »Nun, mehr können wir vorerst nicht tun«, miaute er schließlich. »Über die Jungen sprechen wir später, zusammen mit Blattsee und Häherfeder.« Damit hatte er das Gespräch beendet.

Erlenpfote dachte an diese Unterredung zurück und nahm an, dass er jetzt gerufen wurde, um zu beraten, wie es mit Zweigjunges und Veilchenjunges weitergehen sollte. *Hoffentlich können sie bei uns bleiben*, dachte er.

Häherfeder kletterte den Steinfall hinauf, auf sicheren Pfoten und so zielstrebig, als könnte er sehen. Erlenpfote folgte ihm zur Hochnase, wo Blattsee und Eichhornschweif bereits mit Brombeerstern im Bau des Anführers warteten.

»Ich bin froh, dass du wieder da bist«, miaute Brombeerstern und strich Erlenpfote liebevoll mit dem Schwanz über den Rücken, als würde er sich immer noch wundern, dass sein Sohn all dies überlebt hatte. »Hast du dich schon von der Reise erholt?«

»Ja, es geht mir gut«, antwortete Erlenpfote.

»Dann müssen wir über die Zukunft sprechen«, verkündete Brombeerstern. »Vor allem über Zweigjunges und Veilchenjunges.« Mit einer Schwanzgeste forderte er alle Katzen auf, sich zu setzen. »Erlenpfote, sag uns, was du weißt.«

Erlenpfote blieb stehen und beschrieb, wie ihn Sandsturm im Traum aufgesucht und ihm jenen Rat gegeben hatte, der dazu führte, dass er und Nadelpfote die Jungen im Tunnel fanden.

»Nadelpfote hat also wirklich geholfen?«, fragte Eichhornschweif überrascht.

»Oh ja. Es war ihre Idee, den Tunnel zu betreten. Und dann hat sie mir geholfen, die Jungen bis zum See zu bringen, und beim Füttern und bei der Pflege auch. Sie war sehr fürsorglich mit ihnen.«

»Das führt uns zu der Frage, was jetzt aus ihnen werden soll«, fuhr Brombeerstern fort. »Blattsee, Häherfeder, glaubt ihr, sie könnten es sein, was wir *in den Schatten finden* sollten, wie es in der Prophezeiung heißt?«

Häherfeder zog die Schultern hoch und schien sich in seinem Pelz nicht wohlzufühlen. »Ich habe da meine Zweifel. Es kommt mir zu einfach vor. Vielleicht sind es nur zwei verwaiste Junge. Ihre Mutter könnte auf dem Donnerweg umgekommen oder von einem Fuchs erwischt worden sein.«

»Sandsturm hat Erlenpfote aber doch erklärt, es sei immer noch Zeit, seine Mission zu erfüllen«, hob Blattsee hervor, wobei sich bei der Erwähnung ihrer Mutter ihr Blick für einen Moment überschattete. »Und hat ihm dann den Hinweis gegeben, worauf die Jungen gefunden wurden. Ich glaube, sie könnten es sein, was wir *in den Schatten finden* sollten. Und wenn wir sie aufnehmen, dann ist die Prophezeiung erfüllt.«

»Erlenpfote, was meinst du?«, fragte Eichhornschweif.

Erlenpfote blinzelte nervös über so viel Aufmerksamkeit. »*Vielleicht* sind sie es«, antwortete er, »Aber ich denke, es ist zu früh, um sicher zu sein. Wenn die Jungen älter geworden sind, werden wir mehr wissen.«

»Gut gesagt«, miaute Brombeerstern anerkennend. »Und das bedeutet, dass wir die Jungen bei uns behalten sollten.«

Häherfeder schnaubte. »Ich kann mir kaum vorstellen, dass der SchattenClan damit einverstanden ist! Und ich geb's ja wirklich ungern zu, aber sie haben nicht ganz unrecht. Nach allem, was Erlenpfote sagt, war Nadelpfote bei der Rettung mindestens zur Hälfte beteiligt, und deshalb hat der SchattenClan ebenfalls ein Anrecht auf sie.«

»Das kann schon sein«, stimmte Brombeerstern seufzend zu, »aber wir werden abwarten und sehen, was auf der Großen Versammlung gesagt wird.«

»Wir wissen doch, was der SchattenClan sagen wird.« Häherfeders Schnurrhaare zuckten. »Obwohl Eschenstern wirklich nichts weniger braucht als noch mehr Junge, denen man Regeln beibringen muss.«

Ein belustigtes Schnurren stieg tief aus Brombeersterns Brust auf. Erlenpfote konnte das nicht lustig finden. Bei der Erwähnung des SchattenClans hatte er an Nadelpfote denken müssen …

Ein frostiger Wind kräuselte die Wasseroberfläche des Sees und zerstörte das Spiegelbild des vollen Mondes, der ungestört oben am Himmel schwebte. Zweige knackten und raschelten bei jedem Windstoß, der totes Laub durch die Luft wirbelte.

Erlenpfote plusterte das Fell gegen die Kälte auf, während er mit seinen Clan-Gefährten am Seeufer entlangtrabte. Veilchenjunges ritt auf seinem Rücken, die winzigen Krallen fest in seinen Pelz gegraben. Neben ihm kauerte Zweigjunges auf Funkenpfote.

»FlussClan und WindClan wissen bestimmt noch gar nicht, dass wir unterwegs waren, um den WolkenClan zu suchen«, miaute sie Erlenpfote zu. »Die werden sich wundern! Dass wir gefunden haben, was sich in den Schatten verbirgt, meine ich natürlich. Wenn sie erfahren, dass es eine DonnerClan-

Katze war, die es entdeckt hat, werden sie sich vor Wut die eigenen Ohren zerfetzen.«

»Brombeerstern hat aber noch Zweifel, ob mit der Prophezeiung wirklich die Jungen gemeint sind«, gab Erlenpfote vorsichtig zu bedenken.

»Er will es nur nicht wahrhaben«, antwortete Funkenpfote. Sie hopste vor Aufregung und hätte Zweigjunges dabei beinahe abgeworfen. »Hoppla, entschuldige, Zweigjunges. Jedenfalls«, fuhr Funkenpfote fort, »sind die Jungen doch so eindeutig in den Schatten gefunden worden, dass es sogar die dümmste Fellkugel im Wald merken müsste!«

Erlenpfote blinzelte belustigt und ließ sie weiterplappern, während sie durch den Bach platschten und Brombeerstern und den älteren Kriegern am See entlang durch das WindClan-Territorium folgten. Funkenpfotes Nähe tat ihm gut, und er ließ sich gern von ihrer unbekümmerten Fröhlichkeit einlullen, nachdem sie so viele Gefahren durchgestanden hatten.

Sie näherten sich dem Rand des WindClan-Territoriums, als Erlenpfote Kurzstern mit seinen Katzen den Hügel hinabeilen sah, um vor ihnen am Pferdeort vorbei den See zu umrunden.

»Wer sind all die vielen Katzen?«, fragte Veilchenjunges mit nervöser Stimme.

»Ach, das ist der WindClan«, antwortete Erlenpfote.

»Hat euch denn keine Katzen von den Clans erzählt?«, fragte Funkenpfote. »Das hätten sie aber tun sollen! Herrje … also«, fuhr sie fort, offensichtlich hocherfreut über die Gelegenheit, die Jungen mit ihrem Wissen zu beeindrucken, »es gibt vier Clans rund um den See. Wir sind der DonnerClan – wir sind die Besten! Diese mageren Kaninchenjäger da vorn sind der WindClan und dann gibt's noch den FlussClan und den SchattenClan. Heute Nacht werdet ihr Katzen aus allen Clans kennenlernen.«

»Ja, die Clans treffen sich jeden Vollmond. Wir nennen das die Große Versammlung«, fügte Erlenpfote hinzu. »Auf der Insel da drüben im See – seht ihr sie?« Er deutete mit der Schwanzspitze auf die dunkel aufragende Insel.

»Ich hab Angst!«, miaute Zweigjunges. »So viele Katzen will ich nicht kennenlernen.«

»Du musst keine Angst haben«, versicherte ihr Funkenpfote schnell. »Katzen kämpfen nie auf einer Großen Versammlung. Genau genommen habt ihr beide sehr viel Glück. Junge dürfen normalerweise gar nicht mit zu so einer Versammlung. Ihr seid eine Ausnahme, weil ihr was Besonderes seid.«

»Denk mal, was du Blattjunges, Lerchenjunges und Honigjunges alles erzählen kannst, wenn du wieder zu Hause bist!«, miaute Erlenpfote. *Falls du nach Hause kommst,* fügte Erlenpfote im Stillen hinzu.

Zweigjunges und Veilchenjunges klammerten sich mit aller Kraft an den Pelzen der beiden DonnerClan-Schüler fest, als sie von ihnen über die Baumbrücke zur Insel getragen wurden. Erlenpfote rannte durchs Gestrüpp auf die Lichtung mit der Großen Eiche, wo es auf der freien Fläche von Katzen wimmelte. Die Gerüche der anderen drei Clans hingen schwer in der Luft, und er sah, dass der DonnerClan als letzter Clan eingetroffen war.

Er und Funkenpfote ließen sich mit den Jungen im Schutz eines Busches am Rand der Lichtung nieder, während die Jungen mit riesigen Augen um sich blickten.

»Ich hätte nie gedacht, dass es auf der Welt so viele Katzen gibt!«, miaute Veilchenjunges.

Erlenpfote hatte Nadelpfote sofort am anderen Ende der Lichtung hinter der Großen Eiche entdeckt. Ihre Augen weiteten sich, als sie Erlenpfote mit den Jungen sah.

Erlenpfote rechnete damit, dass sie zu ihm rennen und ihn begrüßen würde, aber sie blieb reglos stehen, bis ein weißer SchattenClan-Kater zu ihr tappte. Nadelpfote wechselte ein paar Worte mit ihm, dann kehrte sie Erlenpfote den Rücken zu und ging an der Seite des Katers weg. Erlenpfote verlor ihre Gestalt in der Menge.

Eine seltsame Leere breitete sich in Erlenpfotes Bauch aus. Er war froh, zu seinem eigenen Clan zurückgekehrt zu sein, vor allem, weil ihn seine Clan-Gefährten so sehr bewunderten, aber die Art und Weise, wie Nadelpfote allein nach Hause gegangen war, ohne sich richtig zu verabschieden, nagte immer noch an ihm. Außerdem war er nervös, weil er nicht wusste, was sie ihren Clan-Gefährten vom WolkenClan erzählt hatte. Eigentlich wäre er gern über die Lichtung gesprungen, um sie zu suchen, er wusste aber, dass sein Platz vorerst bei den Jungen war. Und die Entscheidung, was mit den Jungen geschehen sollte, machte ihn und Nadelpfote zu Rivalen.

Jetzt bemerkte Erlenpfote, dass die Anführer ihre Plätze oben in den Ästen der Großen Eiche eingenommen hatten, während ihm all das durch den Kopf gegangen war. Die Zweiten Anführer hatten sich auf den Wurzeln verteilt, die Heilerkatzen setzten sich in ihre Nähe. Allmählich war es still geworden unter den Katzen auf der Lichtung.

»Wenn niemand was dagegen hat, berichte ich zuerst«, hob Nebelstern an, nachdem sie die Clans begrüßt hatte.

»Beim FlussClan war die Beute zahlreich und …« Mit einem wütenden Blick auf Eschenstern, der aufgestanden war und zum Ende seines Astes tappte, brach sie ab.

»Warum tun wir so, als wäre dies eine ganz gewöhnliche Große Versammlung?«, wollte der SchattenClan-Anführer wissen. »Jeder weiß doch, dass Brombeerstern Neuigkeiten mitzuteilen hat, oder?«, setzte er hinzu, wandte dem DonnerClan-Anführer das Gesicht zu und sah ihn böse an.

Im ersten Moment erstarrte Brombeerstern. Erlenpfote konnte sich denken, was er dachte, und verspürte den gleichen Anflug von Panik. *Hat Nadelpfote Eschenstern vom WolkenClan erzählt?*

»Neuigkeiten, die mit der Prophezeiung zu tun haben könnten? Über einige junge Katzen vielleicht?«, setzte Eschenstern in äußerst spöttischem Ton hinzu. »Du willst uns doch *ganz bestimmt* alles über sie erzählen.«

Erlenpfote atmete erleichtert auf. *Dann hat sie das Geheimnis nicht verraten.*

Brombeerstern räusperte sich und stand auf. »Ja, es gibt Neuigkeiten«, miaute er mit lauter Stimme, damit ihn jede Katze auf der Lichtung hören konnte. »Aber ich bin nicht sicher, ob sie mit der Prophezeiung zu tun haben. Unser Heilerschüler Erlenpfote hatte den Auftrag, danach zu suchen, was sich in den Schatten verbirgt. Unglücklicherweise ist unsere kluge Älteste Sandsturm bei der Mission ums Leben gekommen und ihr ganzer Clan trauert um sie. Aber auf dem Heimweg hat Erlenpfote diese beiden Jungen gefunden« – Brombeerstern deutete mit dem Schwanz in seine Richtung –, »gleich hinter unseren Territorien.«

Erlenpfote entging nicht, dass alle Katzen ihn und Funkenpfote mit den beiden Jungen anstarrten. Er hätte sich am liebsten unter dem nächsten Busch verkrochen, zwang sich aber, still zu sitzen und die neugierigen Blicke äußerlich gelassen zu ertragen.

»Soweit ich weiß, ist das nicht ganz richtig, Brombeerstern«, fuhr Eschenstern fort. »Sicher wolltest du sagen, dass Erlenpfote und Nadelpfote die Jungen gemeinsam gefunden haben, nicht wahr? Und dass Nadelpfote unterwegs Erlenpfote vor dem Tod bewahrt und ihm ans Ufer geholfen hat, weil er sonst ertrunken wäre?«

Brombeerstern neigte den Kopf. »Ja, so ist es. Aber was hatte Nadelpfote da überhaupt zu suchen? Ist es üblich, dass SchattenClan-Schüler auf eigene Pfote allein umherziehen?«

»Das geht dich nichts an«, blaffte Eschenstern, und Erlenpfote sah, dass dem SchattenClan-Führer die Frage peinlich war. »Wichtig ist, dass der DonnerClan diese Jungen nicht ohne Hilfe gefunden hat. Und soweit ich weiß«, fügte er hinzu, »sind die Jungen zum DonnerClan gebracht worden, um schnellstens von euren Heilerkatzen versorgt zu werden. Aber wo sie dauerhaft bleiben, soll auf dieser Großen Versammlung entschieden werden.«

Bevor Brombeerstern antworten konnte, trat Nebelstern einen Schritt vor. »Ich glaube, Kurzstern und ich würden etwas mehr Informationen begrüßen«, miaute sie höflich. »Wir hören gerade zum ersten Mal von dieser Mission.«

»Worauf ihr wetten könnt«, knurrte Kurzstern, der auf einem tieferen Ast hockte, wo zwischen den Blättern außer seinen Augen fast nichts von ihm zu sehen war. »Oder ist das noch so ein Fall, bei dem der DonnerClan denkt, er könnte den ganzen Wald kontrollieren?«

»Ganz und gar nicht«, antwortete Brombeerstern. Erlenpfote wusste, dass es dem Anführer des DonnerClans schwerfiel, sein Temperament zu zügeln.

Brombeerstern begann, von der Mission zu berichten, allerdings ohne den WolkenClan zu erwähnen. »Sandsturms Geist hat Erlenpfote zur Entdeckung der Jungen geführt«, miaute er abschließend. »Deshalb denke ich, dass sie für uns irgendwie wichtig sein müssen, selbst wenn sie nicht das sind, was wir laut Prophezeiung in den Schatten finden sollen.«

Unter den Katzen auf der Lichtung wurde aufgeregt spekuliert und diskutiert. Erlenpfote befürchtete, dass der Lärm und die neugierigen Blicke die Jungen ängstigen könnten, aber sie schienen unbesorgt, hörten eng aneinandergekuschelt zu, aber offensichtlich ohne zu verstehen, dass über ihre Zukunft beschlossen wurde.

Oben in den Ästen der Großen Eiche stritten sich nun auch die Anführer.

»Mir könnt ihr nicht einreden, dass es diese Jungen sind, die wir aufnehmen sollen«, brummte Kurzstern. »Also wirklich … es sind Junge! Was wissen die schon?«

»Sie müssen gar nichts wissen«, hob Eschenstern hervor und peitschte gereizt mit dem Schwanz. »Aber wenn uns der SternenClan zu ihnen geführt hat, dann reicht mir das.«

Nebelstern nickte zustimmend.

»Wir können uns da nicht sicher sein«, miaute Brombeerstern, sein Blick schweifte über die anderen drei Anführer. »Erst wenn die Jungen größer sind, werden sie mehr offenbaren. Unumstritten bleibt bis jetzt nur, dass die Clans für sie verantwortlich sind und für sie sorgen müssen.«

»Das ist alles schön und gut«, antwortete Eschenstern und

bleckte drohend die Zähne. »Das heißt aber nicht, dass die Jungen unbedingt beim DonnerClan bleiben müssen. Vielleicht gehören sie zum SchattenClan mit Nadelpfote, die dazu beigetragen hat, dass sie gefunden wurden, und sich auch um sie gekümmert hat.«

»Aber jetzt geht es ihnen gut und sie sind glücklich«, warf Brombeerstern ein. »Es wäre grausam, sie woanders hinzubringen.«

»Das musstest du ja sagen, Brombeerstern«, fauchte Kurzstern. »Du willst doch nur, dass die Jungen beim DonnerClan bleiben.«

»So sieht es jedenfalls aus, Brombeerstern.« Nebelstern klang versöhnlich. »Aber die Prophezeiung hat sich an alle Clans gewandt, nicht nur an den DonnerClan. Es steht dir nicht zu, die Jungen zu behalten.«

»Das ist so ungerecht!«, rief Funkenpfote, aber Erlenpfote bedeutete ihr mit einem Schwanzschnippen, still zu sein. Er wollte kein einziges Wort der Diskussion verpassen.

»Das sehe ich ein«, miaute Brombeerstern zu Erlenpfotes Entsetzen. »Und ich sehe auch ein, dass der SchattenClan einen Anspruch auf die Jungen hat – oder wenigstens auf eines von beiden.«

»Dann ist es nur gerecht«, warf Nebelstern ein, »wenn der DonnerClan ein Junges behält und das andere an den SchattenClan abgibt.«

Erlenpfote starrte verzweifelt auf Zweigjunges und Veilchenjunges hinab. *Sie zu trennen wäre noch grausamer!*

»Was ist passiert?«, fragte Zweigjunges aufgeregt.

»Ja, warum ist jede Katze wütend?«, wollte Veilchenjunges wissen.

»Ist schon gut, ihr Kleinen.« Erlenpfote leckte beiden Jungen liebevoll die Ohren. »Clan-Anführer streiten ständig.«

Die Jungen wurden ruhiger, akzeptierten, was er sagte, während sich Erlenpfote schuldig fühlte, weil er sie möglicherweise belogen hatte.

»Brombeerstern wird doch nicht zulassen, dass sie getrennt werden, oder was glaubst du?«, flüsterte ihm Funkenpfote ins Ohr.

»Ich weiß es nicht«, flüsterte Erlenpfote zurück, aber insgeheim fürchtete er, dass ihr Anführer es doch tun würde. *Er hat eigentlich keine Wahl.*

Erlenpfote hörte wieder zu, was noch miaut wurde. »Glücklich bin ich darüber nicht«, miaute Brombeerstern, »aber ich sehe ein, dass ich einverstanden sein muss, wenn der SchattenClan ein Junges zu sich nimmt.«

»So einfach geht das doch nicht!«, protestierte Kurzstern, während es Erlenpfote eiskalt wurde vor Entsetzen. »Was ist mit dem WindClan und dem FlussClan? Sollten die Clans die Jungen nicht gemeinsam großziehen?«

Die anderen Anführer begegneten seinem Vorschlag mit Schweigen.

»Hat der ein Mäusehirn?«, murmelte Funkenpfote zu Erlenpfote. »Wie soll das denn gehen?«

Kurzstern fauchte einmal wütend auf, dann zog er sich tiefer ins Laub zurück und starrte drohend heraus.

Die Katzen auf der Lichtung hörten nicht auf, miteinander zu tuscheln. Einige drängten heran, um die Jungen besser sehen zu können. Zweigjunges und Veilchenjunges rückten noch dichter zusammen und duckten sich. Zwischen so vielen ausgewachsenen Katzen sahen sie noch winziger aus.

»Zurück, ihr Flohpelze!«, fauchte Funkenpfote. »Ihr macht ihnen Angst.«

Oben in der Großen Eiche peitsche Nebelstern frustriert mit dem Schwanz. »Gibt es sonst noch was zu besprechen?«, rief sie laut, um sich im allgemeinen Stimmengewirr Gehör zu verschaffen.

»Sei nicht albern«, knurrte Kurzstern. »Keine Katze wird jetzt noch über Alltäglichkeiten reden wollen!«

»Dann erkläre ich die Große Versammlung hiermit für beendet«, verkündete Nebelstern. Sie sprang vom Baum und verschwand in einer Gruppe von FlussClan-Kriegern.

Erlenpfotes Herz klopfte vor Aufregung, als Brombeerstern und Eschenstern gleichzeitig aus der Eiche sprangen und sich durch die Katzenmenge zu dem Busch durchschlugen, unter dem er und Funkenpfote mit den Jungen warteten.

»Wie kannst du dem nur zustimmen!«, platzte Erlenpfote heraus, als sein Vater näher gekommen war.

Brombeerstern sah ihn ernst an, dann senkte er den Kopf. »Es gibt keine andere Möglichkeit. Eschenstern, such dir ein Junges aus.«

Eschenstern zögerte, und Erlenpfote spürte, dass er über die Lösung auch nicht glücklich war. Er würde die Rechte des SchattenClans gegen jede Katze verteidigen, aber grausam war er nicht, und er wusste genau, was er tat.

»Ich nehme das schwarz-weiße«, miaute er.

»Das ist Veilchenjunges«, erklärte ihm Erlenpfote mit zitternder Stimme. »Pass bitte auf sie auf.«

Eschenstern neigte den Kopf. »Der SchattenClan wird sie gut versorgen«, versprach er. Dann packte er Veilchenjunges vorsichtig beim Nackenfell und hob sie hoch.

Endlich verstanden die Jungen, was geschah. Veilchenjunges jaulte schrill auf und trat hilflos mit ihren winzigen Pfoten um sich.

»Nein! Nein! Nimm sie nicht mit!«, jaulte Zweigjunges, warf sich an Eschensterns Bein und kratzte an seinem Pelz.

»Erlenpfote! Hilf mir!«, flehte Veilchenjunges. »Ich will nach Hause! Ich will zu Lilienherz!«

Erlenpfote glaubte, sein Herz würde zu Eis erstarren und zerspringen. Er legte den Schwanz um Zweigjunges und zog sie von Eschenstern weg. »Es hat keinen Sinn, ihr Kleinen«, miaute er. »Es muss sein.«

»Geh schnell mit ihr weg«, fauchte Brombeerstern Eschenstern zu.

Sofort wirbelte der SchattenClan-Anführer herum und lief zu seinem Clan, der sich für den Heimweg versammelte. Veilchenjunges baumelte in seinem Maul und wand sich verzweifelt, um ihre Schwester nicht aus den Augen zu verlieren.

»Zweigjunges! Zweigjunges!«, rief sie immer wieder, bis sie aus Erlenpfotes Blickfeld verschwunden war.

Erlenpfote stellte sich vor, wie entsetzlich schmerzhaft es für ihn wäre, wenn sie ihn von Funkenpfote trennen würden. Aber dann durchzuckte ihn ein Schmerz, der noch viel größer war. Er glaubte zu spüren, wie die Clans durch einen langen, finsteren Tunnel gespült wurden, und diese schreckliche Trennung schien nur der Anfang von viel größeren Kümmernissen zu sein, die noch kommen würden.

Ich müsste mich doch freuen, redete er sich ein. *Ich habe die Jungen gefunden, und vielleicht sind sie es, die wir aufnehmen müssen, um die Clans zu retten.* Zugleich spürte er jedoch drohendes Unheil, das wie eine Gewitterwolke über ihm zu schweben und nur auf den richtigen Moment zu warten schien, um ihren Zorn zu entladen.

Ein fester Tritt von Funkenpfote riss ihn in die Gegenwart zurück. »Hör auf zu träumen! Zweigjunges braucht dich.«

Die kleine graue Kätzin lag wimmernd vor Verzweiflung am Boden. Erlenpfote beugte sich über sie und leckte ihr den Kopf und die Ohren. »Sei nicht traurig, meine Kleine«, flüsterte er. »Wir werden für dich sorgen. Und du wirst Veilchenjunges wiedersehen, wenn du alt genug bist, um zur Großen Versammlung zu gehen.«

»Das ist aber nicht dasselbe«, maunzte Zweigjunges. »Ich will Veilchenjunges jetzt! Und was soll sie ohne Lilienherz tun?«

»Eine SchattenClan-Katze wird sich um sie kümmern«, versprach Funkenpfote. »Eine *nette* SchattenClan-Katze.«

Erlenpfote streichelte Zweigjunges liebevoll von der einen Seite mit dem Schwanz und Funkenpfote von der anderen, aber das Junge ließ sich nicht trösten.

»Der DonnerClan bricht auf«, miaute Funkenpfote. »Wir müssen gehen.«

Erlenpfote hob den Kopf und sah, dass sich Brombeerstern und seine übrigen Clan-Gefährten am Fuß der Großen Eiche versammelten hatten, wo die SchattenClan-Katzen auf ihrem Weg zur Baumbrücke an ihnen vorbeiströmten. Zwischen ihnen entdeckte er Nadelpfote, die Veilchenjunges auf ihrem Rücken trug.

Nadelpfote sah ihn kurz an und Erlenpfote starrte zurück. Fragen summten durch seinen Kopf wie Bienen in einem Bienenstock.

Hast du ihnen vom WolkenClan erzählt? Wirst du's noch

tun? Wirst du dich um Veilchenjunges kümmern? Vermisst du mich?

Aber Nadelpfotes Blick war nicht freundlich und sie sah auch gleich wieder weg und folgte ihren Clan-Gefährten. Veilchenjunges wirkte verängstigt, als sich Nadelpfote duckte und ins Gebüsch schlüpfte. Dann waren sie weg.

Erlenpfote fragte sich, was die Zukunft wohl für Veilchenjunges bereithielt. Er dachte daran, wie einsam ihm Nadelpfote vorgekommen war, und fragte sich, ob Veilchenjunges das nun wohl auch bevorstand, nachdem sie ihre Schwester verloren hatte. Dabei war ihm bewusst, dass er ihre Zukunft nicht mehr beeinflussen konnte. *Ich kann aber auf Zweigjunges aufpassen,* dachte er und blickte auf das graue Junge hinab. *Und das werde ich immer tun, und ich werde alles tun, damit sie glücklich ist.* Er berührte ihre Nase mit der seinen und spürte, wie sich ein Gefühl von Wärme in seinem Körper ausbreitete. *Wenn meine Mission schon nichts gebracht hat, kann ich wenigstens dafür sorgen, dass diese Kleine ein gutes Leben hat.*

Mehr von Erin Hunter findest du auf den folgenden Seiten …

Zweibeiner-
lichtung
Zweibeiner-
nest
Zweibeinerweg
Lichtung
Zweibeinerweg
Lager des
SchattenClans
Halbbrücke
Kleiner
Donnerweg
Monsternest
Halbbrücke
Insel
Bach
Lager des
FlussClans

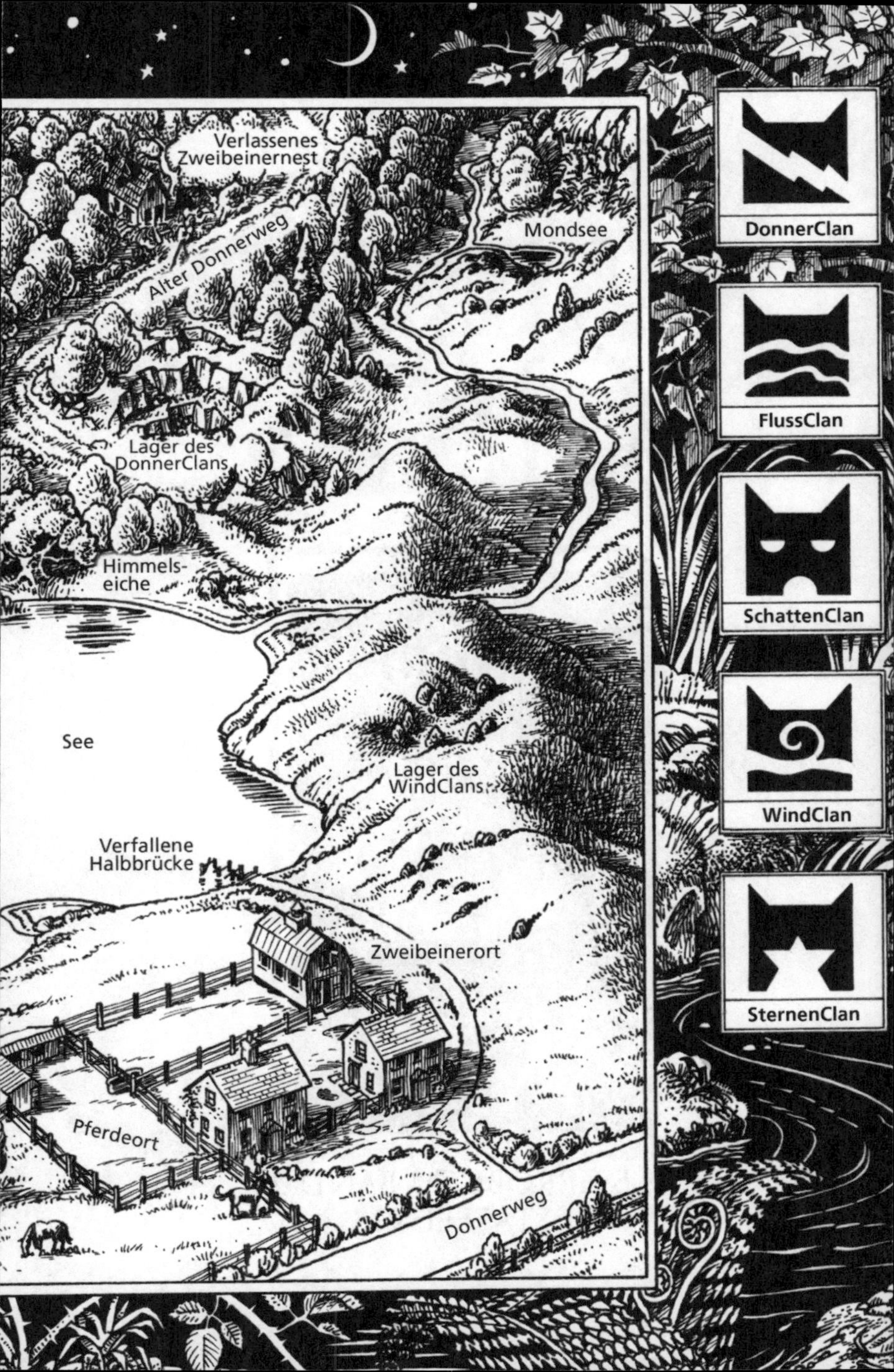
Verlassenes
Zweibeinernest
Mondsee
Alter Donnerweg
Lager des
DonnerClans
Himmels-
eiche
See
Lager des
WindClans
Verfallene
Halbbrücke
Zweibeinerort
Pferdeort
Donnerweg
DonnerClan
FlussClan
SchattenClan
WindClan
SternenClan

ERIN HUNTER

WARRIOR CATS

LESEPROBE ZU BAND 2
STAFFEL VI

Leseprobe

WARRIOR CATS – Vision von Schatten Donner und Schatten

Veilchenjunges blieb stehen und fragte sich, ob sie den Sprung über die tiefe Furche im Waldboden wirklich schaffen würde. Ganz unten konnte sie Wasser schimmern sehen. Es roch eklig und sie wollte auf keinen Fall hineinfallen. Sie straffte ihre Muskeln, duckte sich und trat auf den Hinterläufen hin und her. Dann heftete sie den Blick auf die andere Seite und sprang.

Ihre Vorderpfoten erreichten die gegenüberliegende Seite, doch ihre Hinterpfoten rutschten ab. Sie schlug die Krallen in die mit Kiefernnadeln bedeckte Erde und strampelte verzweifelt mit den Hinterbeinen. Voller Angst versuchte sie, sich hochzuziehen.

Zähne packten sie am Genick, dann wurde sie durch die Luft geschwungen und von Nadelpfote am Boden abgesetzt. »Wir sind ja ewig unterwegs, wenn du nicht mal über einen kleinen Graben springen kannst.

Eine Eule kreischte. Veilchenjunges duckte sich mit klopfendem Herzen. »Was war das?«

Nadelpfote schnaubte amüsiert. »Eine Eule, du Krötenhirn! Hast du noch nie den Schrei einer Eule gehört?«

»Doch, aber ich wusste nicht, dass sie fliegen können!« Sie hatte Löwenjunges und Birkenjunges von Eulen reden hören, die nachts die Jungen raubten, und gedacht, es wären Tiere wie Füchse. Sie bekämpfte den Drang, sich unter Nadelpfotes Bauch zu verstecken. Und wenn die Eule wieder zurückkam? Sie könnte Veilchenjunges packen und in ihr Nest bringen wie Frischbeute.

»Keine Sorge«, sagte Nadelpfote, als könnte sie Gedanken lesen. »Ich kann eine Eule abwehren. Hier.« Sie kauerte sich neben Veilchenjunges. »Klettere auf meinen Rücken, sonst sind wir niemals rechtzeitig da.«

»Rechtzeitig wofür?« Worum ging es nur bei diesem geheimnisvollen Abenteuer?

»Hör auf, dauernd Fragen zu stellen.«

Veilchenjunges, die nun vor Neugier brannte, vergaß die Eule und zog sich auf Nadelpfotes Rücken. Sie klammerte sich an die Schultern der schlanken Schülerin und schmiegte sich in ihren Pelz. Nadelpfote trabte los. »Gibt Kiefernnase dir auch genug Milch?«, fragte Nadelpfote neckend. »Eine Maus ist ja schwerer als du.«

»Sie gibt mir ganz viel Milch«, erklärte Veilchenjunges und sorgte sich sofort, dass sie zu klein sein könnte. Was, wenn sie nie so groß werden würde wie die Clan-Katzen? Dann würden die anderen immer denken, sie gehörte nicht dazu.

Nadelpfote rannte nun in schnellem Tempo durch den Wald. Veilchenjunges musste sich gut festhalten, als die Schülerin über einen umgestürzten Baum setzte, schnell einen Hang hinunterjagte und in rascher Folge über drei Gräben sprang. Der Waldboden, der hin und wieder von einem Streifen Mondlicht beleuchtet wurde, flog unter Veilchenjunges hinweg und ihr wurde ganz schwindelig. Sie schloss die Augen und klammerte sich wie eine Zecke fest. Wohin gingen sie nur?

Immer weiter entfernte sich Nadelpfote vom Lager. Und wenn nun jemand bemerkte, dass sie weg waren? Wenn sie sich verliefen? Veilchenjunges' Gedanken wirbelten. Allmählich veränderten sich die Gerüche um sie herum. Sie öffnete die Augen und stellte fest, dass die Kiefern von knorrigen Eichen und schlanken Birken abgelöst wurden. Der Waldboden war von Laub bedeckt und der modrige Geruch welker Blätter zog ihr in die Nase. »Wo sind wir?«, hauchte sie.

»Erkennst du den Gestank denn nicht?« Nadelpfote lief langsamer, bis sie schließlich innehielt und sich setzte.

Veilchenjunges glitt von ihrer Schulter, und die Blätter knirschten unter ihren Pfoten, als sie auf dem Boden aufkam. Sie holte tief Luft. Es roch nach Katze, es war aber kein SchattenClan-Geruch. Dennoch war er ihr vertraut. Sie sah sich blinzelnd um und erinnerte sich wieder. *DonnerClan!* »Sind wir auf DonnerClan-Gebiet?« Nervös starrte sie ins Dickicht. »Und wenn uns eine Patrouille entdeckt? Wenn uns eine SchattenClan-Katze hier sieht? Wenn …«

Nadelpfote gab ihr einen freundlichen Knuff aufs Ohr. »Du und deine *Wenns*! Niemand wird uns sehen. Im DonnerClan schlafen sie alle, und unsere Clan-Gefährten sind zu sehr damit beschäftigt, um Kleinwolke zu trauern und sich um Grasherz zu sorgen, als dass sie eine Patrouille losschicken würden.«

»Und warum sind wir dann hier?« Veilchenjunges sah Nadelpfote mit nervös zuckenden Ohren an. Nadelpfote spähte in das Farndickicht vor ihnen. Mondlicht schien auf sie herab.

Blätter schwebten zu Boden, als ein leichter Wind durch den schlafenden Wald zog.

»Warum ...«, wollte Veilchenjunges wieder fragen, doch Nadelpfote unterbrach sie.

»Still! Sie kommen.«

»Wer?«

»Schnell! Versteck dich!«

Veilchenjunges meinte, ihr Herz würde zerspringen, als Nadelpfote hinter die herausragende Wurzel einer Eiche huschte. Sie folgte ihr hastig und duckte sich keuchend neben die Schülerin. Pfotenschritte waren zu hören. *Du hast gesagt, sie schlafen alle.* Veilchenjunges wagte nicht, das laut zu sagen. Blut rauschte in ihren Ohren. Sie hätte so gern hinter der Wurzel hervorgespäht, wusste aber, dass sie sich nicht zeigen durfte.

»Nadelpfote.« Eine leise Stimme ertönte ein paar Schwanzlängen entfernt. »Bist du da?«

Veilchenjunges überlegte. Diese Stimme kannte sie doch. Sie öffnete das Maul und prüfte den Geruch mit der Zunge. Es war ein Kater – ein Kater, dem sie erst vor wenigen Tagen begegnet war.

»Das ist Erlenpfote!«, zischte sie Nadelpfote zu und ihre Angst legte sich ein wenig. »Was macht er denn hier?«

»Er hat jemanden mitgebracht, der dich sehen möchte.« Nadelpfote sprang mit einem Satz auf die Wurzel hinauf und peitschte mit dem Schwanz. »Hallo, Erlenpfote.« Ihre Augen glänzten amüsiert, als Erlenpfote mit gesträubtem Fell erschrocken zurückwich.

»Du hast mich erschreckt!«, beschwerte er sich.

»Hab ich das?« Nadelpfote legte unschuldig den Kopf schief. »Hast du sie mitgebracht?«

»Wen hat er mitgebracht?« Beunruhigt kletterte Veilchenjunges neben Nadelpfote auf die Wurzel und schaute zu Erlenpfote hinunter.

Eine kleine Gestalt bewegte sich hinter ihm. Zwei Ohren lugten neben ihm hervor, dann eine Schnauze.

»Veilchenjunges?« Ein leises Maunzen klang durch die Dunkelheit.

Veilchenjunges erstarrte, ihre Gedanken rasten. Konnte das sein? Sie sprang von der Wurzel und schnupperte. Ein Katzengeruch stieg ihr in die Nase, vertraut und fremd zugleich. »Zweigjunges?«

Grüne Augen blinzelten neben Erlenpfote. Dann schoss ein graues Junges hervor und stürzte sich auf Veilchenjunges. Sie verlor das Gleichgewicht und kippte rücklings um.

»Du bist es! Du bist es wirklich!« Laut schnurrend schmiegte Zweigjunges ihre Nase an Veilchenjunges' Wange.

Überrascht schüttelte Veilchenjunges sie ab und sprang auf. Zweigjunges sah sie an. »Du erinnerst dich doch an mich, oder?«

»Natürlich tu ich das!« Veilchenjunges war zu überwältigt, um sich rühren zu können.

Sorge blitzte in Zweigjunges' Augen auf. »Du freust dich doch, mich zu sehen, nicht wahr?«

Veilchenjunges zögerte, widerstreitende Gefühle wirbelten wie Sturmwolken in ihr. Sie freute sich mehr, als sie sagen konnte, aber was erwartete Zweigjunges nun von ihr? Wie sollte sie reagieren? »N-natürlich!«, stotterte sie.

»Du siehst ganz anders aus und trotzdem noch irgendwie gleich«, platzte es aus Zweigjunges heraus. Sie beugte sich vor und schnupperte an Veilchenjunges. »Und du riechst so komisch.«

»Du auch.« Veilchenjunges war überrascht, wie fremd ihr der DonnerClan-Geruch mittlerweile war. »Du riechst nach Spinnweben.«

»Und du nach Kiefernnadeln.« Zweigjunges strich laut schnurrend um sie herum. »Es ist so schön, dich zu sehen. Ich lerne gerade, eine Heilerkatze zu sein. Wenn ich alt genug bin, möchte ich eine Heilerschülerin werden. So wie Erlenpfote. Erlenpfote ist mein Freund.« Sie schaute Nadelpfote an. »Ist sie deine Freundin?«

Nervös folgte Veilchenjunges dem Blick ihrer Schwester. Würde es Nadelpfote stören, wenn sie Ja sagte? Sie wollte nicht, dass Zweigjunges dachte, sie hätte keine Freunde im SchattenClan. Zweigjunges und Erlenpfote standen sich offensichtlich sehr nah. Vermutlich hatte sie viele Freunde im DonnerClan. »Ich glaube schon«, miaute Veilchenjunges leise.

»Wie heißt sie?« Zweigjunges sah Nadelpfote blinzelnd an.

»Ich bin Nadelpfote.« Die schlanke, silberne Kätzin sprang von der Wurzel und tappte um Erlenpfote herum. »Hast du es tatsächlich geschafft, dich aus dem Lager zu schleichen, ohne entdeckt zu werden?« Veilchenjunges sah das Funkeln in Nadelpfotes Augen. Es klang, als würde sie Erlenpfote necken. Merkwürdig. Waren sie Freunde?

»Komm, wir spielen!« Zweigjunges' Ruf überraschte Veilchenjunges. Eine Pfote stieß gegen ihre Flanke. »Hab dich! Du bist der Krieger und ich bin die Maus.« Zweigjunges rannte zur Wurzel und kletterte hinüber.

Veilchenjunges sah ihr nach und fragte sich, was sie nun machen sollte.

»Das ist ein Spiel, Krötenhirn«, erklärte Nadelpfote. »Renn los und jag sie. Erlenpfote und ich wollen uns unterhalten. Aber geht nicht zu weit weg. Hier gibt es auch Eulen.«

Eulen? Veilchenjunges' Herzschlag stockte.

Zwei kleine Ohren lugten hinter der Wurzel hervor. »Komm schon, Veilchenjunges! Du musst mich jagen!«, rief Zweigjunges. Ihre Ohrenspitzen zuckten verführerisch.

Veilchenjunges' Pfoten kribbelten aufgeregt und sie vergaß die Eulen. Mit einem begeisterten Quieken sprang sie über die Wurzel und rammte Zweigjunges, sodass sie beide durch das Laub kullerten.

Zweigjunges befreite sich von ihr. »Jetzt bist du die Maus!« Veilchenjunges rannte davon, Blätter streiften ihr Gesicht, als sie sich durch ein Gestrüpp aus Dornenbüschen zwängte und zwischen hohen Farnwedeln untertauchte. Sie hörte ein Rascheln hinter sich, als auch Zweigjunges sich in das Dickicht stürzte.

»Hab dich gleich!«, rief Zweigjunges fröhlich. Veilchenjunges stürmte durch die Farnbüschel und schlängelte sich zwischen den Stängeln hindurch, bis sie Zweigjunges' weiche Pfote an ihrer Schwanzspitze spürte.

»Jetzt bin ich wieder die Maus!«, rief Zweigjunges. Sie drehte sich um, schob sich aus dem Dickicht und rannte über einen Flecken freien Waldbodens.

Während Veilchenjunges hinter Zweigjunges herjagte, hüpfte ihr Herz vor Freude. Im SchattenClan war sie so einsam gewesen. Nun war sie endlich wieder mit ihrer Wurfgefährtin zusammen. Und sie spielten miteinander, wie sie es nicht mehr getan hatten, seit man sie getrennt hatte. Ihr war, als müsste sie vor Glück platzen.

Sie jagten hintereinander her, bis beide außer Atem waren, und blieben dann vor Erlenpfote und Nadelpfote stehen. Die Schüler unterhielten sich, Erlenpfote starrte Nadelpfote mit großen, sehnsüchtigen Augen an, während Nadelpfote mit hoch erhobenem Schwanz auf und ab stolzierte.

»Ich wette, Bernsteinpelz ist eine noch viel unfreundlichere Mentorin als Häherfeder.«

»Unfreundlicher als Häherfeder kann niemand sein.«

Veilchenjunges unterbrach die beiden. »Warum spielt ihr eigentlich nicht?«

Erlenpfote sah sie an. »Ich hab den ganzen Tag trainiert«, erklärte er. »Ich will nicht spielen.«

Nadelpfote verdrehte die Augen. »DonnerClan-Katzen sind so was von langweilig.«

»Das stimmt nicht.« Neckend stieß Erlenpfote ihr mit der Nase gegen die Schulter.

Nadelpfote wich ihm aus. »Komm jetzt!« Sie nickte Veilchenjunges zu. »Wir müssen zurück nach Hause.«

»Nach Hause?« Trauer bohrte sich in Veilchenjunges' Herz. Sollten Zweigjunges und sie sich schon wieder trennen? Hatte Nadelpfote sie nicht deshalb hierhergebracht, damit sie für immer zusammen sein konnten? Verzweifelt blinzelte sie die SchattenClan-Kätzin an. »Kommt Zweigjunges mit uns?«

»Zweigjunges kann doch nicht zum SchattenClan kommen.« Nadelpfote klang überrascht.

»Warum hast du mich dann hergebracht?«, fragte Veilchenjunges. Am liebsten hätte sie laut geheult.

»Damit du deine Schwester sehen kannst.« Nadelpfote blinzelte gleichmütig. »Ihr habt doch Spaß zusammen gehabt, oder? Und jetzt ist es Zeit, wieder nach Hause zu gehen.«

Vor Trauer drohten Veilchenjunges' Pfoten unter ihr nachzugeben, als nun auch Erlenpfote durch die Zweige zum Himmel blickte. »Bald kommt der Morgen. Wir müssen ins Lager zurück, bevor die anderen Katzen aufwachen.«

»Unsere sind schon wach«, schnaubte Nadelpfote. »Kleinwolke ist gestorben. Die alten Katzen halten Totenwache.«

Erlenpfotes Blick verschleierte sich vor Kummer. »Das tut mir leid.«

Nadelpfote schnippte gleichgültig mit dem Schwanz. »Es kam ja nicht gerade überraschend. Er war schon lange die älteste Katze im Wald.« Die Kätzin ging den Hang hoch in Richtung Kiefernwald. »Komm jetzt, Veilchenjunges!«

Veilchenjunges starrte ihr wie benommen hinterher und bemühte sich, das alles zu verstehen. Warum hatte Nadelpfote sie hergebracht, nur um sie dann wieder wegzubringen?

Nadelpfote schnippte mit dem Schwanz. »Wir müssen zurück sein, bevor Kiefernnase merkt, dass du weg warst.«

Veilchenjunges' Kehle schnürte sich zusammen. Verzweifelt sah sie Zweigjunges an. »Hast du gewusst, dass wir uns nur so kurz sehen?«

»Erlenpfote hat es mir erklärt.« Liebevoll legte die kleine DonnerClan-Kätzin die Schnauze an Veilchenjunges' Wange. »Nadelpfote und er wollten uns eine Freude machen. Da ist ihm dieses Treffen eingefallen.« Ihr warmer, süßer Atem kitzelte Veilchenjunges' Ohr. Veilchenjunges presste sich zitternd an sie. Da fiel ihr wieder ein, wie es sich anfühlte, neben ihrer

Schwester zu schlafen, eng zusammengerollt an ihr weiches Fell geschmiegt.

»Wir sehen uns bald wieder«, versprach Zweigjunges.

Veilchenjunges war nicht überzeugt. »Woher weißt du das?«

»Weil wir es müssen.« Zweigjunges löste sich mit großen Augen von ihr. »Wir sind doch Schwestern.«

Erlenpfote nickte Zweigjunges zu. »Komm jetzt. Wir müssen uns beeilen.« Sanft drängte er die junge Katze eine mit Laub bedeckte Böschung hinauf.

Veilchenjunges' Magen fühlte sich hohl an, als sie beobachtete, wie Erlenpfote ihre Schwester über den Kamm der Anhöhe führte. Blätter raschelten, dann waren die beiden im Schatten des Waldes verschwunden.

»Nein!« Das Jaulen entfuhr ihr, bevor sie es hinunterschlucken konnte. Trauer wogte wie eiskaltes Wasser über sie hinweg. Sie musste nun zurück in den SchattenClan, wo niemand mit ihr spielen wollte, wo sie den warmen Geruch ihrer Schwester nicht mehr riechen konnte. Sie würde wieder ganz allein sein.

Eine warme Schnauze legte sich auf ihren Kopf. Veilchenjunges' Herz machte einen Satz. Sie sah auf und stellte überrascht fest, dass Nadelpfote sie mit freundlichen, mitleidigen Augen ansah.

»Mach dir keine Sorgen, Krötenhirn«, miaute sie sanft.

»Aber ich gehöre zu ihr! Nicht zum SchattenClan.« Wut stieg in Veilchenjunges auf. »Der SchattenClan will mich doch gar nicht. Da bin ich doch allen egal. Ich bin so allein!«

Nadelpfotes Augen schimmerten liebevoll. »Ich weiß, wie sich das anfühlt, Kleine.« Sie strich Veilchenjunges mit dem Schwanz sanft über den Rücken. Dann streckte sie die Brust heraus, als hätte sie eine wichtige Entscheidung getroffen. »Aber das wird sich ändern. Von jetzt an werde ich mich um dich kümmern. Dir soll es gut bei uns gehen.«

Veilchenjunges sah sie an und ein Hoffnungsschimmer drang durch ihren Kummer. Es schmerzte immer noch fürchterlich, dass ihre Schwester nicht mit ihr im SchattenClan war und dass so viele Katzen dort sie kaum beachteten. Aber Nadelpfotes Blick wirkte aufrichtig. Vielleicht würde sich nun wirklich alles ändern.

Vielleicht hatte sie endlich eine Freundin gefunden.

Den WolkenClan konnten Erlenpfote und Funkenpfote auf ihrer Mission nicht finden, aber sie haben zwei verlassene Junge mitgebracht. Sind sie der Schlüssel zur Prophezeiung? Doch Erlenpfote hat keine Zeit zu überlegen, denn nicht nur sie kamen mit ins Clanlager: Die gleiche bösartige Gruppe von Streunern, die den WolkenClan vertrieben hatte, ist Erlenpfote gefolgt.

ERIN HUNTER

VISION VON SCHATTEN

WARRIOR CATS

»NEHMT AUF, WAS IHR IN DEN SCHATTEN FINDET, SONST SIND DIE WOLKEN FÜR IMMER VERLOREN.«

Nach Feuersterns Tod führt nun Brombeerstern den DonnerClan an. Seine Jungen Erlenpfote und Funkenpfote könnten unterschiedlicher nicht sein: Funkenpfote ist die geborene Kriegerin, während Erlenpfote jeglicher Jagdinstinkt fehlt. Aber er hat andere Fähigkeiten. Nach Verkündung der Prophezeiung träumt er von Katzen in einer Schlucht, die in großer Not sind und ihn um Hilfe anflehen. Ist der vor langer Zeit vertriebene WolkenClan gemeint? Erlenpfote und seine Schwester machen sich auf die gefährliche Suche.

Sonderbände

WARRIOR CATS

SHORT ADVENTURE

Wolkensterns Reise
Taschenbuch, 97 Seiten
ISBN 978-3-407-74537-8

Distelblatts Geschichte
Taschenbuch, 93 Seiten
ISBN 978-3-407-74646-7

Nebelsterns Omen
Taschenbuch, 94 Seiten
ISBN 978-3-407-74921-5

Taubenflugs Schicksal
Taschenbuch, 120 Seiten
ISBN 978-3-407-74897-3

Ahornschattens Vergeltung
Taschenbuch, 112 Seiten
ISBN 978-3-407-74966-6

Tigerkralles Zorn
Taschenbuch, 95 Seiten
ISBN 978-3-407-75540-7

Blattsees Wunsch
Taschenbuch, 93 Seiten
ISBN 978-3-407-75490-5

Tüpfelblatts Herz
Taschenbuch, 93 Seiten
ISBN 978-3-407-81261-2

www.warriorcats.de

Special Adventure

Feuersterns Mission
Gebunden, 555 Seiten
ISBN 978-3-407-81075-5
Taschenbuch: ISBN 978-3-407-74360-2

Das Schicksal des WolkenClans
Gebunden, 503 Seiten
ISBN 978-3-407-81119-6
Taschenbuch: ISBN 978-3-407-74496-8

Blausterns Prophezeiung
Gebunden, 551 Seiten
ISBN 978-3-407-81150-9
Taschenbuch: ISBN 978-3-407-74598-9

Streifensterns Bestimmung
Gebunden, 532 Seiten
ISBN 978-3-407-81172-1
Taschenbuch: ISBN 978-3-407-74839-3

Gelbzahns Geheimnis
Gebunden, 545 Seiten
ISBN 978-3-407-81203-2
Taschenbuch: ISBN 978-3-407-74898-0

Riesensterns Rache
Gebunden, 555 Seiten
ISBN 978-3-407-82174-4
Taschenbuch: ISBN 978-3-407-74971-0

Brombeersterns Aufstieg
Gebunden, 516 Seiten
ISBN 978-3-407-82296-3
Taschenbuch: ISBN 978-3-407-75477-6

Mottenflugs Vision
Gebunden, 523 Seiten
ISBN 978-3-407-82361-8
Taschenbuch: ISBN 978-3-407-75537-7

Habichtschwinges Reise
Gebunden, 437 Seiten
ISBN 978-3-407-75438-7
Taschenbuch: ISBN 978-3-407-81260-5

Tigerherz' Schatten
Gebunden, 432 Seiten
ISBN 978-3-407-81242-1
Taschenbuch: ISBN 978-3-407-81267-4

Krähenfeders Prüfung
Gebunden, 465 Seiten
ISBN 978-3-407-75567-4

Eichhornschweifs Hoffnung
Gebunden, 432 Seiten
ISBN 978-3-407-75586-5

Alle Bände auch als E-Books.

www.warriorcats.de